GOLDMANN

Buch

In einem streng bewachten Forschungslaboratorium in Sibirien entdeckt der Biologe Juri Trofimowitsch bei geheimen Psi-Experimenten ein körpereigenes Serum, das die Lebenserwartung des Menschen um dreißig bis vierzig Jahre verlängern könnte. Noch wissen erst zwei seiner engsten Mitarbeiter von dieser umwälzenden Entdeckung, und ihrer Loyalität ist sich Professor Trofimowitsch gewiß. Nach mehreren schlaflosen Nächten steht sein Plan fest: Es muß ihm irgendwie gelingen, die kostbare Formel ins Ausland zu schmuggeln, denn ein solches Mittel darf nicht in die Hände der Machthaber fallen.

Etwa zur selben Zeit wird unter mysteriösen Umständen der berühmte, im Ausland als Held gefeierte russische Volksdichter Jewgeni Schar aus dem Arbeitslager entlassen und des Landes verwiesen. Bei seiner Ankunft in New York erwarten ihn Presseleute und gerührte russische Emigranten, die ihn jubelnd empfangen. Keiner von ihnen ahnt, daß dieser Dissident, der seine Rolle so meisterhaft spielt, in Wahrheit einer der Star-Agenten des KGB ist. Sein Auftrag: den Empfänger der auf abenteuerlichen Wegen nach Amerika gelangten Formel ausfindig zu machen, deren Entschlüsselung in einer kleinen Emigrantenwohnung in Manhattan fieberhaft vorbereitet wird…

Autor

Richard Lourie, Sohn russischer Emigranten, ist einer der angesehensten Übersetzer russischer und polnischer Literatur in Amerika. Er lebt in Newton, Massachusetts. »Verräter leben länger« ist sein zweiter Roman.

RICHARD LOURIE

Verräter leben länger

Roman

Berechtigte Übersetzung
aus dem Amerikanischen von Franziska Reiter

GOLDMANN VERLAG

Ungekürzte Ausgabe
Titel der Originalausgabe: First Loyalty

Der Goldmann Verlag
ist ein Unternehmen der Verlagsgruppe Bertelsmann

Made in Germany · 1. Auflage · 6/89

Lizenzausgabe mit freundlicher Genehmigung
des Paul Zsolnay Verlages, Wien und Hamburg
Umschlagentwurf: Design Team München
Umschlagfoto: Walker / ZEFA-Masterfile, Düsseldorf
Druck: Elsnerdruck, Berlin
Verlagsnummer: 9390
MV · Herstellung: Sebastian Strohmaier
ISBN 3-442-09390-2

An alle, die darüber nachdenken

Ein Dichter ... hat keine Identität — ständig ... erfüllt er irgendeinen ... anderen Körper

JOHN KEATS

... so sollt ihr hören
Von Taten, fleischlich, blutig, unnatürlich,
Zufälligen Gerichten, blindem Mord;
Von Toden, durch Gewalt und List bewirkt,
Und Planen, die verfehlt zurückgefallen
Auf der Erfinder Haupt: Dies alles kann ich
Mit Wahrheit melden.

WILLIAM SHAKESPEARE
Hamlet, 5. Akt, 2. Szene

1

„Ich werde morgen entlassen", sagte Natscherian, der neben Jewgeni Schar stand. An diesem Tag mußten sie die Gehäuse der Fernsehapparate polieren. Der beste Job in T-52. Der ärgste war, Glas für Bildröhren zu schleifen. Die Plastikvisiere nützten nichts; der feine Glasstaub drang ja doch in die Lunge und glitzerte dann in dem Blut, das man spuckte.

„Gratuliere", sagte Schar. „Ins Exil oder heim?"

„Heim. Leningrad."

Schar wußte, was Natscherian ihm damit sagen wollte — er machte ihm ein Angebot. Das Angebot, ihm einen Dienst zu erweisen. Einen kleinen, nützlichen Dienst.

Schar wandte den Blick von Natscherian ab und sah in jenen Abschnitt von T-52, den er überblicken konnte. Einer der echten Kriminellen — ein untersetzter Mann, ohne Hals, mit vorstehenden Augen —, Wenja der Schwan, schob einen Karren mit noch nicht polierten Gehäusen heran und stieß ihn plötzlich gegen einen der politischen Häftlinge, einen großen jungen Mann mit weichem braunem Haar, der es einmal verabsäumt hatte, seine Verachtung für Wenja zu verbergen. Ein schwerwiegender Fehler, der seine Folgen hatte. Wenja nahm unter den Kriminellen den ersten Rang ein und verbat sich Verachtung. Selbst die Wärter behandelten ihn mit Vorsicht.

Der Karren traf den jungen Mann am Bein, und er stürzte sofort zu Boden. Wenja der Schwan zog einen scharfgespitzten Bleistift aus der Tasche und rannte ihn dem jungen Mann mit dem Geschick eines Arztes in die Niere.

Jedermann würde behaupten, der Junge müsse den Bleistift in der hinteren Hosentasche getragen haben. Diese Intellektuellen mit ihren ewigen Bleistiften, sie sollten nun wirklich besser aufpassen.

Das Kreischen der Maschinen war so laut, daß die Schmerzensschreie des Jungen nur undeutlich zu hören waren.

Wenja schob den Karren weiter, ganz in seine Arbeit vertieft.

,,Er war dumm", sagte Natscherian zu Schar. ,,Ich habe es ihm noch gesagt, ich habe ihm geraten, sich zu entschuldigen."

Wenja schob den Karren bis an das Ende des Fließbandes und stellte ihn nur wenige Schritte von Schar und Natscherian entfernt ab.

,,Da sind noch zwölf", sagte Wenja lächelnd, denn er wußte, daß die beiden alles beobachtet hatten.

,,Danke, Wenja", sagte Natscherian, der sich an seinem letzten Tag im Lager auf kein Risiko einlassen wollte.

,,War das ein Freund von dir?" fragte Wenja Schar.

,,Er ist erst seit einem Monat da", sagte Schar. ,,Er war hier ganz verloren, Wenja. Er wußte nicht, wie man sich zu benehmen hat. Er hat dich beleidigt, ohne zu wissen, was er tat. Und das ist etwas ganz anderes als eine gewollte Beleidigung."

Wenja schob nachdenklich die Unterlippe vor. ,,Irgendwie hast du recht. Aber für Fehler muß man bezahlen."

Die Alarmglocke schrillte.

Einen Augenblick lang flackerten Wenjas Augen, und sein Körper spannte sich.

,,Vielleicht überlebt er es", fuhr er fort, ,,und damit zwischen uns kein böses Blut ist, schenke ich dir etwas."

Wenja zog einen zweiten Bleistift heraus, der genauso aussah wie jener, den er in die Niere des Jungen gestoßen hatte.

Er hielt ihn Schar mit einem herausfordernden Lächeln entgegen.

,,Ich habe dir zugehört, wie du im Hof deine Gedichte vorgelesen hast", sagte Wenja. ,,Ein paar haben mir gefallen."

,,Danke", sagte Schar und nahm Geschenk und Kompliment gleichzeitig entgegen.

Zwei asiatische Wärter rannten vorbei, verschwommene Gestalten aus dunklem Pelz, schwarzen Augen und fahler Haut.

,,Ich muß wieder an die Arbeit", sagte Wenja und begann, die unfertigen Gehäuse abzuladen.

Einer der asiatischen Wärter rief dem anderen etwas zu, wobei er in der Erregung des Augenblicks in seine Muttersprache verfiel.

,,Ich könnte etwas mit hinausnehmen, Jewgeni, ein Gedicht, einen Brief. Ich habe Zigarettenpapier", sagte Natscherian.

,,Und ich", sagte Jewgeni Schar mit einem gequälten Lächeln, ,,habe einen Bleistift. Gut. Machen wir uns gleich ans Werk, und nützen wir die momentane Verwirrung aus."

Natscherian zog zwei Stückchen Zigarettenpapier aus seiner Hosentasche, drückte sie Schar in die Hand und sagte: ,,Mir gefällt das Gedicht ‚An meine Tochter' besonders gut."

,,Gut", sagte Schar, ,,das hilft mir bei der Auswahl."

,,Weißt du sie wirklich alle auswendig?"

,,Jedes Komma", sagte Schar. ,,Ich geh' hinter den Stapel fertiger Gehäuse. Hol' mich, wenn wir antreten müssen."

Die Wärter hatten den Befehl gegeben, die Maschinen abzuschalten. Nachdem das Kreischen und Heulen verklungen war, wurden die Schreie des Gefangenen lauter und hysterischer, als sich Angst mit Schmerz paarte.

Schar legte die beiden dünnen Papierchen auf eines der glänzenden Gehäuse, in dessen einer Ecke sich eine Vertiefung von zehn Quadratzentimeter befand. Er zwang sich, nicht zu sehr aufzudrücken, um nicht mit der Spitze des Bleistifts das Papier zu zerreißen. Die Buchstaben mußten so klein wie möglich sein, was eine präzise Bleistiftführung erforderte. Er schrieb den Titel in Großbuchstaben: AN MEINE TOCHTER.

Fünfzig Mann schlafen unter den Decken des Staates.
Einer bin ich. In den freundlichen Stunden des Traumes...

Andere Wärter liefen vorbei. Einer von ihnen warf Schar einen raschen, bösen Blick zu. Der Mongole. Er schlug gerne zu.

Die Sirene des lagerinternen Krankenwagens hatte gerade zu heulen begonnen, als Schar das erste Gedicht fertiggeschrieben hatte.

,,Beeil' dich, beeil' dich! Wir müssen antreten!" schrie Natscherian, dessen Augen sich halb ängstlich, halb reuig, geweitet hatten. Wenn sie ihn ausgerechnet nach einem solchen Vorfall mit Schars Gedichten in der Tasche fänden, würde es zehnmal schlimmer werden.

,,Ja, ja, ist schon gut, das zweite ist kürzer."

Aber etwas von Natscherians panischer Angst hatte sich auf Schar übertragen, und er schaffte es nicht, die Hand ruhig zu halten, seine Buchstaben wurden immer größer. Es würde nicht alles auf eine Seite passen.

Die Schreie wurden schwächer, wurden zu einem Stöhnen, als der junge Mann auf eine Tragbahre gelegt wurde.

„Nicht auf den Rücken", schrie irgend jemand, „der Bleistift steckt ja noch."

Das Papier zerriß in dem Augenblick, in dem Schar das letzte Wort schrieb.

„Komm endlich, wir müssen antreten!" schrie Natscherian, Schar versteckte die Papierchen in dem Gehäuse und rannte zu ihm hinüber.

„Sie sind im obersten Gehäuse, in der Vertiefung", sagte Schar, als er neben Natscherian hertrottete. „Das letzte Wort sollte ‚Ehre' heißen."

„Ehre. Ich werde es mir merken, mach' dir keine Sorgen."

Schar stellte sich auf seinen Platz in der vordersten Reihe, der ihm aus disziplinären Gründen zugeteilt worden war.

Lagerkommandant Schimitjew, der wütend auf und abrannte und den Wärtern Befehle zubrüllte, bemerkte Schars etwas verspätetes Kommen.

Das Schweigen war fürchterlich, als sie endlich alle in Reih und Glied standen. In einer weit entfernten Ecke von T-52 surrte schwach eine einzige Maschine.

Der Lagerkommandant musterte die Gesichter, versuchte zu erforschen, wie bereitwillig die Männer ihn ansahen.

„Ich will sofort wissen, was sich hier zugetragen hat", sagte er. „Irgend jemand wird mir die Wahrheit sagen. Die Wahrheit. Schar, tritt vor."

In mühsam beherrschter Wut ging er auf Schar zu und sah dann die anderen Gefangenen an.

„Häftling Schar, du bist nicht nur Dichter und liebst die Wahrheit, du konntest den Vorfall von deinem Platz aus auch genau beobachten."

„Ich habe gearbeitet. Ich habe nicht gesehen, was passiert ist."

„Was hast du denn so eifrig gearbeitet — Gedichte geschrieben, die du dann in den Westen schmuggelst und in denen du die Sowjetunion verleumdest? Damit dann mein Scheißtelefon Tag und Nacht klingelt und ich von oben die Beschwerden über die hiesigen Sicherheitsvorkehrungen einstecken muß? Wachen, durchsucht ihn."

Der mongolische Wärter, der Schar den bösen Blick zugeworfen hatte, trat auf Schar zu und durchsuchte ihn auf eine Art, die sowohl grob als auch raffiniert war. Als er den Bleistift in Schars Tasche fand, breitete sich auf seinem Gesicht ein glückliches, triumphierendes Lächeln aus.

Der Kommandant untersuchte den Bleistift, den ihm der Mongole gab.

„Genau wie der andere", sagte der Kommandant, „und natürlich von uns gestohlen. Wir werden diese Unterhaltung im Sonderblock fortsetzen."

„Es ist den Gefangenen erlaubt, Bleistifte zu besitzen!" protestierte Schar.

Der Kommandant nickte dem Mongolen zu, der näher an Schar herantrat.

„Man darf keinen Gefangenen in die Sonderabteilung bringen, wenn er nicht gröblich gegen die Lagerdisziplin verstoßen hat. Das habe ich nicht getan. Ich habe den Bleistift auf dem Boden gefunden."

Der Schlag des Mongolen traf Schar direkt über dem Auge, auf der Nasenwurzel. Das Blut schäumte, als es ihm aus der Nase über die Lippen rann.

„Abführen wie befohlen!" schrie der Kommandant.

Schar erhaschte einen flüchtigen Blick auf Wenja, als er aus T-52 geschleppt wurde, und bemerkte, daß dieser mitfühlend und ermunternd die Achseln zuckte, wenn vielleicht auch eine Spur von Spott in Wenjas Augen lag.

In der frischen Luft fühlte Schar sich etwas weniger benommen, obwohl sich seine Wut nicht legte. Er versuchte, einen Arm frei zu bekommen, um sich das Blut am Ärmel abzuwischen. Aber der Griff der asiatischen Wärter war eisern, und Schar mußte den Kopf zum Ärmel beugen.

Hinter sich hörte er das leise Keuchen des Kommandanten.

Einige der Häftlinge starrten Schar an, als man ihn abführte, die meisten aber sahen zur Seite. Die Wärter mochten es nicht, wenn die Gefangenen bei so etwas zusahen, und hatten einen guten Blick dafür, wer die Augen nicht abwandte.

Die beiden Posten an der Tür des Sonderblocks salutierten, als die Gruppe vorbeikam.

Schar mußte Haltung annehmen, als in dem kleinen Büro die Einzelheiten seines Vergehens stichwortartig niedergeschrieben wurden.

„Möglicherweise Komplize bei einer Stecherei. Antwortverweigerung. Disziplinarvergehen. Widerstand gegen die Staatsgewalt vor den anderen Gefangenen. Anzettelung zum Aufstand", leierte der Lagerkommandant herunter.

Als die Papiere gestempelt waren, lockerten die Wärter den Griff. Jetzt war die Polizei der Sonderabteilung für Schar verantwortlich, und zwei Beamte traten vor, um den Gefangenen zu übernehmen. Sie waren Russen. Nicht-Russen dienten nie bei der Polizei der Sonderabteilung.

Sie behandelten Schar nicht so grob — als wollten sie dadurch ihre Überlegenheit über die Asiaten unter Beweis stellen. Der Lagerkommandant beantwortete ihren Gruß mit einem Kopfnicken und sagte: „Ich komme in eineinhalb Stunden wieder, um den Gefangenen zu verhören." Dann glitt eine Tür auf, die in das Innere der Sonderabteilung eins führte, und die Polizisten geleiteten Schar rasch durch einen Flur, der nach Desinfektionsmittel stank.

Schar konnte nicht erkennen, ob außer ihm noch andere Häftlinge hier waren, denn die Türen bestanden aus festem Holz und hatten nur kleine Gucklöcher.

Sie bogen um die Ecke. Er wußte, in welche Zelle man ihn bringen würde: Sie lag ganz am Ende des Flurs, war von den anderen durch einen Teil des Heizraumes getrennt und hatte von den Gefangenen den Spitznamen „Glück" erhalten, weil sie so weit von den anderen Zellen entfernt lag.

Die Tür fiel hinter Schar zu, der Luftzug fuhr ihm durch das Haar. Einen Augenblick lang kümmerte er sich um nichts anderes, als endlich mit dem unangenehm feuchten Ärmel den Rest des Blutes vom Gesicht zu wischen.

Das wäre wirklich nicht notwendig gewesen, dachte er, das nun wirklich nicht.

Er schüttelte den Kopf und ging rasch über den blauroten türkischen Teppich zum Tisch, auf dem ein Teller mit Schweinskoteletts und dampfendem Sauerkraut stand. Bevor er sich setzte, packte er eine Flasche Wodka und nahm einen kräftigen Schluck, um den Geschmack des Blutes aus dem Mund zu bekommen; dem Wodka ließ er ein Stück Brot folgen, das er von dem frischen Laib brach, der neben der Vase mit den Maßliebchen lag.

Verächtlich sah er die Zeitschrift auf dem Kaffeetisch, den japanischen Videorecorder, die Stereoanlage an. Es war nicht genug! Zwar setzte er sich und begann zu essen, aber er tat es ohne Freude, versuchte nur, seinen Hunger zu stillen.

Als das Telefon klingelte, sprang er auf. Er wußte, wer es war. Anton Winias. Shakespeare.

„Ich muß mich entschuldigen, Jewgeni", sagte Winias.

„Das war wirklich nicht notwendig."

„Meiner Meinung nach war es doch notwendig. Es ist gut für deine Legende. Vier Gefangene werden diese Woche freigelassen. Die Geschichte wird rasch die Runde machen. Übrigens habe ich eine gute Nachricht. Wir werden dich bald zwangsexilieren, und die blauen Flecken werden im westdeutschen Fernsehen sehr romantisch wirken."

„Um romantisch auszusehen, brauche ich keine blauen Flecken."

„Dann rede dir eben ein, es wäre eine Kriegsverwundung, Leutnant", sagte Winias, und in seinen Worten schwang ein befehlsähnlicher Unterton mit.

„Das Exil ist also schon festgelegt?" fragte Schar.

„Ja."

Schar sagte gar nichts.

„Woran denkst du?" fragte Winias.

„Ich werde froh sein, hier herauszukommen."

„Das glaube ich gerne."

„Sehen wir uns in Moskau?"

„Ja. Einmal."

„Gut."

„Sonst noch was?" fragte Winias.

„Ich habe fast keine Schlaftabletten mehr", sagte Schar.

„Du bekommst sie in Moskau."

„Und wenn ich das Land verlasse?"

„Werden wir dir welche zukommen lassen."

„Gut."

„Dann bitte ich nochmals um Entschuldigung", sagte Winias.

„Ich vergebe dir", log Schar.

Schar hängte den Hörer ein. Als er den dunkelblauen Arbeitsanzug auszog, der nach Schweiß und Beize stank, sagte er sich, daß nie etwas aus ihm werden würde, wenn er sich nicht eines Tages von Winias, seinem Schöpfer, seinem Mentor, seinem Gefängniswärter, löste.

2

Der fast blinde Abram Lunz schob seinen Stuhl näher an den Fernsehapparat heran, um in den Lokalnachrichten die neuesten Meldungen über den Wal zu sehen, der in der Nähe von Gloucester an Land geschwemmt worden war. Jetzt konnte er den riesigen schwarzen Körper ausmachen, der unbeholfen im seichten Wasser um sich schlug, jetzt sah der die jungen, bärtigen Wissenschaftler in durchnäßten Kleidern, die sich mit allen Mitteln bemühten, dem Tier zu helfen, auch wenn es eigentlich keine Mittel zur Hilfe gab. Plötzlich wurde es Lunz schwer ums Herz, und Tränen traten ihm in die Augen.

Seine Frau sah ihn an und sagte: „Jetzt heulst du schon um einen Wal?"

„Nicht nur um den Wal", antwortete er barsch, wütend darüber, daß sie gar nichts verstanden hatte.

Einen Augenblick lang hatte Lunz auf dem Bildschirm sein eigenes Schicksal, das Schicksal eines aus Rußland vertriebenen Dichters gesehen. Das war *er* dort auf dem Schirm, in Boston, in Amerika, umringt von wohlmeinenden, intelligenten Menschen, die einfach nicht verstehen konnten, was dieses Wesen dazu getrieben hatte, im seichten Wasser zu ersticken. Dieses Lächeln, diese Gewißheit, diese jungen, bärtigen Gesichter, diese fröhliche, jungendliche Ahnungslosigkeit.

Am nächsten Vormittag fiel Lunz auf dem Weg zum Briefkasten im Flur des mit Bundesmitteln geförderten Wohnhauses der Wal wieder ein, und er wurde sich der Tatsache bewußt, daß ihn dieses Bild an einer Stelle seines Herzens getroffen hatte, die durch Dichtung geheilt werden konnte. Es war noch zu früh, aber er war überzeugt, daß er eines Tages ein Gedicht dazu schreiben würde, und er schauderte, wenn er an die brutale Nahaufnahme des zuckenden Atemloches dachte. Dann konzentrierte er sich wieder auf das Geräusch, das seine Pantoffeln verursachten, als er durch den nach Katzen und Bohnerwachs riechenden Flur schlurfte. Aus der Nebenwohnung drang Musik — es war die Wohnung mit dem Regenbogen auf der Tür und dem Schild NIE WIEDER MISSHANDELTE FRAUEN in Englisch und Spanisch. Er hatte nie verstanden, warum jemand eine derartige Inschrift auf der eigenen Wohnungstür anbrachte — sollte sie vielleicht einen möglichen Angreifer abschrecken? Es wurde für ihn immer wichtiger, solche Dinge zu verstehen, denn seine rasch fortschreitende Erblindung könnte ihn mit einem Mal in eine schreckliche Isolation versetzen, in der er nicht einmal mehr den Trost haben würde, um sich herum Russisch sprechen zu hören. Aber wie sollte er dieses Amerika verstehen, wie sollte er aufhören, sich um das Schicksal der Welt zu sorgen, wenn dessen letzte Hoffnung sich viel mehr für dröhnende Musik und Drogen interessierte, als sich der großen, schrecklichen Verantwortung zu stellen, die diesem wohlmeinenden, intelligenten Volk auferlegt worden war, einem Volk, das so naiv war, daß man es am liebsten anschreien und ein wenig würgen würde, gerade so viel, daß es endlich wieder einmal daran dachte, worum es in diesem Leben eigentlich ging.

„Du wirst zu bösartig. Bösartig und verbittert", sagte er sich und fuhr mit dem Finger die Wand entlang, um sich im Flur zu orientieren. Wenn er die Augen zusammenkniff, sah er einen engen, hellen Tunnel, in dem sich verzerrte Formen bewegten, so als blickte man durch einen Türspion. „Warum sollte ich denn nicht verbittert und bösartig sein?" fuhr er in dem Dialog mit sich selbst fort. „Im Exil wie Dante, blind wie Homer; das eine oder das andere kann man gerade noch ertragen, aber beides zusammen ist, weiß Gott, zu viel. Wie sagte Dante doch so treffend: ‚das bittere Brot der Verbannten'. Es war wirklich ein Glück, daß man Dante nicht nach Amerika ins Exil geschickt hatte, denn sonst hätte er über das weiße, schwammige, geschmacklose Brot der Verbannten schreiben müssen, und das wäre als Reim nicht gerade überwältigend gewesen." Dieser kleine Witz verbesserte seine Stimmung so plötzlich wie ein Schluck scharfen Wodkas.

Die Post war schon gekommen, Gott sei Dank. Es war das wichtigste Ereignis des Tages, das wichtigste Ereignis fast aller Tage. Unbedeutende Honorare für bedeutende Artikel, Einladungen zu einer Lesung oder zu einem Vortrag, Briefe von Freunden, die jetzt in Deutschland oder Frankreich oder Israel lebten; die Post war wie eine Lotterie, bei der man immer gewinnen konnte. Am Anfang hatte er sich sogar über Postwurfsendungen gefreut, da sie ein Teil jenes Amerikas waren, das er ausloten wollte, jetzt sah er sie nur mehr durch, wenn er auf Sonderangebote hoffte. Heute war die Telefonrechnung gekommen (er fürchtete sich immer wieder vor der Telefonrechnung, dieser schrecklichen Abrechnung, dem Katzenjammer, der jeder Ausschweifung folgt, jedem fröhlichen transatlantischen Tratsch, der sich in vier drohende, gräßliche Ziffern verwandelte), dazu zwei russische Zeitungen (das konnte er schon ertasten, wenn er den Umschlag aufriß), eine Probepackung Handcreme und ein Brief mit einer ausländischen Marke. Er kniff die Augen stärker zusammen und sah durch den engen Tunnel auf eine rosarote Marke, eine schöne Farbe, ganz frisch, fast taufrisch, und eine Sekunde lang hielt er ein, um sie zu bewundern. Aus welchem Land stammte sie? Er nahm die Brille ab, die an einer Kette hing, und hielt den Brief ganz nahe an die Augen, wobei sich die Muskeln seiner linken Gesichtshälfte wie die eines Kameramannes verzerrten. Aus Österreich.

In eben dem Augenblick, in dem Lunz den Umschlag mit dem Zeigefinger aufriß, wurde das Haustor geöffnet, und der dunkle Mann und die blonde Frau, die am anderen Ende des Ganges wohnten, kamen herein.

„Guter Tag", sagte Lunz, der mit den Grußformeln nicht gut zurechtkam, schüchtern.

„Ja, nicht schlecht", sagte der dunkle Mann und ging zu seinem Briefkasten, um die Post zu holen.

Abram konzentrierte sich auf den Inhalt des kurzen Briefes.

Lieber Abram!

Diese beiden Gedichte wurden erst vor kurzem aus dem Lager in Mordowia herausgeschmuggelt, in dem, wie du weißt, Jewgeni Schar eine dreijährige Haftstrafe verbüßt. Wir werden uns bemühen...

Der dunkle Mann und die Frau begannen über irgend etwas zu

diskutieren, während sie ihre Post durchsahen, und einen Augenblick lang beschlich Abram die panische Angst, daß er in eine jener dummen, heftigen Auseinandersetzungen hineingezogen werden könnte.

Aber die beiden hörten bald wieder auf und gingen in ihre Wohnung, worauf Lunz sich erneut dem Brief zuwandte.

...Wir werden uns bemühen, sie in Europa zu veröffentlichen. Könntest du uns dabei helfen, sie in den Vereinigten Staaten auf Russisch und Englisch herauszubringen?

Alles Gute
Fedja Glasanow

Lunz wartete mit dem Lesen der Gedichte, bis er wieder in seinem Arbeitszimmer war. Nach seinem Geschmack war Fedjas Nachricht etwas zu kurz und zu schroff, auch wenn er wußte, daß Fedja von der Rolle des literarischen Agenten lebte und daher nie Zeit für einen auch noch so kurzen Austausch von Nachrichten und Tratsch hatte. Aber was wäre die Literatur ohne Menschen wie Fedja, die Verhandlungen, Diskussionsabende, Lesungen arrangierten, neue Anthologien erfanden, Zeitschriften gründeten, im Rundfunk Bücher besprachen.

Lunz zählte nicht zu den glühenden Bewunderern von Schars erstem Gedichtband, der so viel Aufsehen erregt hatte. Schar hatte für seine Überzeugung so bald, so oft und so schmerzlich zahlen müssen, daß es fast unmöglich war, ihn auf rein literarischer Ebene zu beurteilen, und fast ein Sakrileg, seine Werke zu kritisieren — vor allem vor den Amerikanern, die sich rasch für neue Helden begeisterten, wahrscheinlich weil sie in ihrer Jugend so viele dumme Filme gesehen hatten.

Abram schaltete die Leselampe ein, schob einen Stoß Bücher und Zeitungen beiseite und begann zu lesen. Er las mit seinem ganzen Körper, der im Rhythmus hin und herschwang, während er die Lippen bewegte, um die Präzision und den Fluß der Worte zu genießen, die, wenn sie gut gewählt waren, noch eine Zeitlang wie ein Kuß auf den Lippen nachschwangen.

Das Gedicht an die Tochter war besser als die Arbeiten, die

Schar geschrieben hatte, bevor man ihn nach Mordowia geschickt hatte. Einfacher, klarer. Schar gehörte zu den wenigen Glücklichen, deren Dichtungen sich leicht übersetzen ließen, was nach Lunz' Ansicht immer ein wenig suspekt war. Vielleicht war das das Resultat eines allgemeinen Absinkens der Sprachkultur, bewirkt durch die notwendigen Lügen im Leben der Russen, die die russische Sprache untergruben, doch schrieben die neuen Dichter, vor allem Schar, fast gereimte Prosa, deren Schönheit gewiß nicht in der perfekten Wortwahl, in der russischen Satzmelodie zutage trat. Puschkin war noch nie gut übersetzt worden, und er war nach einhelliger Auffassung der Größte. Das stellte in gewisser Weise einen Standard auf; je besser der Dichter, desto schlechter ließ er sich übersetzen.

Lunz sah sich aber auch vor die Frage gestellt, ob er sich selbst gegenüber wirklich vollkommen aufrichtig, in seinen Gedankengängen völlig frei von Erbitterung war. Immerhin hatten sich seine eigenen Dichtungen als unübersetzbar erwiesen („Tut mir leid, Abram, aber mit dem Wegfallen des Russischen verschwindet auch die Poesie", hatte ihm sein Freund David Aronow, der Übersetzer, bei mehr als einer Gelegenheit gesagt). Das bedeutete aber, daß ihm sein Exil nie den Gewinn gebracht hatte, den die anderen Schriftsteller daraus geschlagen hatten; die wichtigen amerikanischen Zeitschriften traten nie, oder fast nie, an ihn mit der Bitte um einen Artikel heran, und in den neuen Anthologien der Übersetzungen wurde er nur selten angeführt, genauso selten wie er von amerikanischen Universitäten zu Lesungen gebeten wurde. Es waren nicht die dummen Freuden des Ruhmes, die ihm fehlten, sondern die Gelegenheit, gehört, gelesen zu werden. Jedesmal, wenn er in einer der Emigrantenzeitungen eine Todesanzeige las, hatte er das Gefühl, wieder einen Leser verloren zu haben; und ein Dichter, dessen Publikum langsam verschwindet, ist wie ein Mensch, der taub wird. Etliche der Kinder von Emigranten sprachen noch Russisch, sogar ein recht gutes Russisch, aber es war nicht mehr die Sprache ihres Alltags, und viele heirateten amerikanische Partner, die ihre neuen Verwandten wie rührende exotische Geschöpfe betrachteten und blödsinnig grinsten, wenn sie auf russisch „Auf Wiedersehen" sagten, obwohl sie

„danke“ meinten. Gestrandete Wale, das waren sie alle, gestrandete Wale.

Schar war vielleicht zum Prosaschriftsteller geschaffen und hatte das selbst noch nicht erkannt. Das Arbeitslager eignete sich natürlich besser für Gedichte, die man auswendig lernen und später, nach der Entlassung, niederschreiben konnte. Nur Solschenizyn hatte es geschafft, in Gedanken ganze Bände voll Prosa zu schreiben, während er als Maurer arbeitete. Auch er hatte mit der Lyrik geliebäugelt, dann aber doch erkannt, wo seine eigentliche Begabung lag. Wahre Dichter waren sehr selten, und wenn es in einem Land zur gleichen Zeit drei oder vier davon gab, war dies sehr viel, fast schon eine Renaissance. Er würde David Aronow anrufen: David Aronow kam am ehesten in Betracht, wenn es um die Übersetzung von Schars Gedichten ging, außerdem hatte er gute Verbindungen zur Presse. Wie war seine Nummer doch gleich? 212 und was dann?

3

Nein, das stimmte auch nicht so ganz, dachte David Aronow. Beinahe wäre es schon auf dem Block notiert gewesen, und dadurch hätte er sich einer unvollständigen Entschlüsselung des Textes schuldig gemacht. Etwas paßte nicht, das Russisch auf dem Blatt vor ihm und das Englisch, das in ihm war, verwoben sich nicht, er war unfähig, die Entscheidungen zu fällen, aus denen die Kunst des Übersetzens bestand.

Wieder vergrub er sich in den Text und las die vorhergehenden Zeilen nochmals, hoffte, daß ihm ein fliegender Start gelingen würde, der ihn über den kritischen Punkt hinwegtrug. Die Autorin der Memoiren, Irina Petrowskaja, eine fünfundachtzigjährige, gesundheitlich schwer mitgenommene Frau, die in New York lebte, beschrieb, was es bedeutete, sein Vaterland zu verlieren, dessen Himmel, dessen Menschen, dessen Städte; aber sie war, wie sie selbst zugab, keine Dichterin und konnte ihr Gefühl nicht in jene Worte kleiden, die ausgedrückt hätten, daß ihr wirkliches Leben anderswo stattfand. So hatte sie schließlich auf ein ganz gewöhnliches russisches Wort, *toska*, zurückgegriffen. Und genau an diesem Wort war David Aronow hängengeblieben.

Automatisch griff er zu dem zerfledderten Wörterbuch — Russisch/Englisch, herausgegeben von Smirnitski —, dessen blauschwarzer Umschlag den Eindruck von Seriosität vermittelte. Dann aber ließ Aronow die Hand sinken; es wäre reine Zeitverschwendung gewesen. Er hatte dieses Wort schon so oft nachgeschlagen, konnte es mit geschlossenen Augen finden. ,,Schmachten" war eine der zur Auswahl stehenden Bedeutungen, aber sie paßte seiner Meinung nach nicht; es erinnerte ihn zu sehr an ein schmalziges Volkslied, und dieses Wort war ihm schon immer unsympathisch gewesen.

Manchmal paßte ,,sehnen". ,,Sehnen" war in seiner Art ein gutes Wort, es vermittelte das Gefühl von Entfernung, Trennung, und auch das Bemühen, den Abgrund durch einen großen Bogen von Gefühl zu überwinden, was dennoch erfolglos bleiben mußte. Aber auch an diesem Wort hing der Geruch des Liebesliedes. Ich sehne mich nach di-i-i-r... Es war sein kulturelles Empfinden, das solche Gefühle auslöste. Eine Fremdsprache war immer ein Land für sich: Ganz gleich, wie oft man hinkam, es gab immer Seitenstraßen, Städte, ganze Landstriche, die man nie aufsuchte, im Vordergrund standen die bedeutenden Denkmäler, an denen die Einheimischen vorbeigingen, ohne von ihnen Notiz zu nehmen.

David Aronow stand von seinem Schreibtisch auf und streckte sich, bis er mit Behagen das Knacken seiner Nacken- und Lendenwirbel hörte. Seine Beine freuten sich wie Schulkinder beim Klang der Pausenglocke, daß sie unter dem Tisch vorkommen durften. Die Memoiren brauchten mehr Zeit, als er dafür einkalkuliert hatte, aber wann war das schließlich nicht der Fall gewesen? Das Problem bestand darin, daß diese Frau einfach, aber doch sehr gefühlsbetont schrieb, und das mußte man irgendwie ins Englische übertragen, wollte man den Text nicht um seine ganze Wirkung bringen. Jetzt aber war die Zeit für eine Pause gekommen; ein paar Dollar hatte er ja immerhin schon verdient, die Elektrizitätsrechnung vom September.

Den vom Verleger gesetzten Termin würde er nicht einhalten können. Er hatte ihn noch nie eingehalten, was allen bekannt war, aber es gab den Termin, und durch seine bloße Existenz erzeugte er eine gewisse eigenständige Spannung. Wenn er näherrückte, rief jemand vom Verlag an — höflich, freundlich, man wollte sich ja nur einmal erkundigen. Normalerweise gab es keine Probleme — ein schuldbewußter Witz, ein Lachen, und der Termin wurde um drei Monate verschoben. Er genoß die Langsamkeit der Welt der Literatur — Briefe, die man sofort zwei Monate später beantwortete, Manuskripte, die hastig eingekauft wurden, wenn sie ein brennendes Problem behandelten, und die dann drei Jahre später, wenn alles längst vorbei war, in Druck erschienen. David hatte die jüngste Geschichte Osteuropas mit drei Worten zusammengefaßt: Hoffnungen, Truppen, Memoiren. Sein Gebiet waren die Memoiren.

Leider würde in diesem Fall das schuldbewußte Witzchen wirkungslos bleiben, denn die Lektorin, Karen Cooper, war bis vor kurzem seine Geliebte gewesen. David hatte immer genau gewußt, warum er seine Frau geliebt hatte, aber nie so richtig verstanden, was ihn an Karen gereizt hatte. Körperlich gesehen war sie in Ordnung, und das war ein wichtiges Zeichen für ihn, denn er schrieb geistige Qualitäten gerne körperlichen Fehlern zu. Dicke Waden bedeuteten zum Beispiel, daß eine Frau irgendwie unglücklich war. Das hieß aber auch, daß sie, erotisch gesehen, der richtige Typ war, daß ihre Lust durch ein Nervensystem gefiltert wurde, das das Knattern der Auspuffe von Lastwagen und den Gestank der New Yorker Steakbuden haßte. Natürlich war da auch die Anziehung zwischen Juden und Nicht-Juden. Nicht-Juden — das Geheimnis derer, die kein Geheimnis hatten. Auf einer Party hatte eine ältere Frau einmal gesagt: „Wissen Sie, warum Sie auf arische Frauen scharf sind? Weil wir gerne die schmutzigsten Dinge tun, aber wir tun sie auf eine saubere Art." Daran war schon etwas. Oder hatte er sich in Karen verliebt, weil sie nett und ehrlich und aufrichtig war, drei Eigenschaften, die er sich selbst nie gestattet hatte? Oder war sie einer der Jungschen Aspekte seiner weiblichen Seele? Das wußte nur Gott. Vielleicht waren aber auch diese weit hergeholten Theorien gar nicht notwendig. Es gab ein Sprichwort, das ihm immer schon gefallen hatte: „Heirate eine Frau mit den Ohren, nicht mit den Augen." Und ihre Stimme hatte er geliebt, diese klare, offene, amerikanische Stimme, die frei von jeder Dialektfärbung war. Es war ein Vergnügen, einfach auf ihrer Couch zu liegen und ihr beim Telefonieren zuzuhören. Und wenn sie ihn direkt angesprochen hatte, dann war es gewesen, als tauchte er in einen See.

Er zündete sich eine Zigarette an und trat auf das Bücherregal zu. Der Rauch biß ihn in den Augen, und er kniff sie zusammen, während sein Blick über die Buchrücken glitt, ein Mischmasch aus Farben, immer harmonisch, ganz gleich, wie die Bücher standen; er suchte nach Morosows herrlich veralteten „Russischen Idiomen", die in ihm meist Gelächter, manchmal aber auch eine Idee hervorriefen. Lies mich, lies mich, flüsterten ihm die Bücher in ihrem vollkommenen Schweigen zu.

Plötzlich fiel ihm ein, daß er den Morosow in das oberste Fach verbannt hatte, zusammen mit allen anderen mehr oder minder nutzlosen Büchern und dem grauen Pappkarton, auf dem in roten Lettern „Eine Generation“ stand und der sein eigenes, unvollendetes Buch enthielt. Er drückte seine Zigarette aus und sprang dann wie ein Basketballspieler in die Höhe, wobei er den Morosow gekonnt mit abgewinkeltem Zeigefinger hervorzog. Er lächelte; er liebte jeden Sieg, ganz gleich, wie unbedeutend er auch war.

Erstaunt bemerkte er beim Aufschlagen des Buches ein glänzendes weißes Blatt voll von bunten Rechtecken, von denen jedes das Bild eines Kindergesichtes enthielt. Ein Gesicht stach unter allen anderen hervor. Am unteren Ende des Blattes standen die Worte: DELMAR SCHOOL, DRITTE KLASSE, 1966. Dann fiel ihm ein, warum das Blatt in diesem Buch lag; vor vielen Jahren, in jenem anderen Leben, hatte er den Morosow verwendet, um eine Falte in dem Blatt glatt zu pressen. Er strich mit der Hand über die Falte, die jetzt nur mehr eine alte Wunde war.

1966 waren die Zähne seines kleinen Sohnes so gleichmäßig gewesen wie das waagrecht geschnittene blonde Haar. Die hellen Augen blickten glücklich auf das neue Spielzeug, die Welt, aber schon lag etwas Verschmitztes in dem Lächeln, das den späteren ungeschlachten Sarkasmus des Halbwüchsigen ahnen ließ und das noch später zur intelligenten Ironie eines jungen Mannes werden würde. Die Schultern des Jungen waren so schmal, daß David Aronow in sich ein Gefühl verspürte, das Zärtlichkeit und Trauer zugleich umspannte. Er dachte daran, wie ihm sein Sohn am Ende jedes Tages durch das Zimmer, über den Rasen entgegengelaufen war. Und wie sie einander umarmt und geküßt hatten, weil sie einander geliebt hatten und glücklich gewesen waren. So war es auch mit seiner Frau gewesen, unvermittelte freudige Umarmungen in der Küche, im Auto, grundloses Gelächter, das dennoch einen Sinn ergab.

Er wußte eigentlich nicht, was geschehen war. Er wußte nicht, ob der Garten einer jungen Liebe genauso war wie jeder andere Garten: Es kam der September, die Früchte fielen vom Baum, die Blumen verwelkten. Wenn das wirklich alles war, dann schwelgte er bloß in einer Mischung aus Nostalgie und Trauer.

Es gab aber noch ganz andere Gründe, warum er aus Boston fortgezogen war und allein in einem Atelier in der Fourth Avenue zwischen der Zehnten und Elften Straße wohnte, sein Brot als Übersetzer verdiente und sicher war, daß nur eine radikale Verbesserung der Weltlage seinen Beruf gefährden konnte. Es war die Einsamkeit, die sich langsam eingenistet hatte. Und als das Heranwachsen seines Sohnes die Glaskugel zerbrochen hatte, die die Familie umschlossen und vor allem beschützt hatte, waren die Kälte des äußeren Raumes und alle Bakterien der Weltgeschichte und des Existenzkampfes auf sie eingedrungen. Und schließlich hatte er erkannt, daß er allein war, wie ein Planet. In gewisser Weise genoß er dieses Gefühl der neugewonnenen Einsamkeit — schimmernd, metaphysisch, vor Wirklichkeit überquellend —, aber sie konnte sich jeden Augenblick in eine lebenslängliche Einzelhaft in der Gummizelle verwandeln.

In jener Zeit dachte er oft an Tschechows Ausspruch: „Heirate nie, wenn du Angst vor der Einsamkeit hast“, und sagte sich, daß dieses Gefühl unvermeidbar, ja, daß es ganau das war, was ein erwachsener Mensch eben fühlte; er meinte, daß es durchaus möglich wäre, seine Einsamkeit im Rahmen seiner Ehe auszuleben. Aber auch das hatte sich als Wunschdenken erwiesen.

Wunschdenken aufgrund eines ganz besonderen Charakterzuges: wegen seiner Unfähigkeit, sich zu mäßigen. Etwas, das sich jeder weiteren Analyse entzog, sagte ihm, daß es richtig gewesen war, wie er in den Jahren des Familienlebens gelebt hatte, und daß es ganauso richtig war, in den Jahren der Einsamkeit allein zu leben. Beides durfte nicht durcheinandergebracht werden; Verwechslungen und Mischungen wären schwerwiegende Fehler, und er hatte gewußt, daß er früher oder später, eher später, dieser Stimme Gehör schenken würde.

Er wollte alles auf anständige Weise regeln und hatte nicht die geringste Absicht gehabt, als Mittvierziger sein Leben durch eine „interessante Krise“ zu würzen. All die Drinks, die Telefonate, die Geständnisse, die Tränen hatte er nicht gewollt. Er konnte nicht wirklich von sich behaupten, daß er ein Philosoph sei, der versuchte, die Rätsel des Lebens nicht durch Schreiben sondern durch die Art, wie er sein Leben lebte, zu lösen. Das hätte lächerlich geklungen, kam aber der Wahrheit sehr nahe.

Seine Freunde hatten jede Menge von Einfällen. Einer stieß ihn im Restaurant an, als sie zusammen bei Tisch saßen. „Warte nur, wie es jetzt mit den Mädchen losgeht. Männer wie wir — um die Vierzig, schon einmal verheiratet gewesen, wir kennen uns dabei ja aus —, hast du eine Ahnung, was da für Puppen auf dich warten!" Er hatte eine Ahnung, und er hatte es ausprobiert. Es war eine gute Sache gewesen, physisch gut, wie ein guter Wein, wenn man auch hie und da ein paar saure Flaschen erwischt. Er versuchte, seinem Freund klarzumachen, daß ihn belanglose Affairen nicht interessierten. Sein Freund verstand ihn nicht. David konnte ihn dennoch gut leiden.

Ein anderer Freund erklärte ihm, daß er ihn gut verstünde. „Hör zu, wir kennen uns schon so lange; wir haben über alle diese Dinge gesprochen. Ich verstehe dich. Letztlich ist das Verheiratetsein etwas Demütigendes, dieses wie ein Haustier gehalten werden. Das Haus riecht immer nach der Frau, auch wenn sie nie daheim ist; wie meine. Letzte Woche habe ich sie abends nur zweimal gesehen; einmal war sie ‚zu erschöpft', das andere Mal war sie ‚verunsichert' und wollte quatschen. Ich frage mich immer wieder, was zum Teufel ich eigentlich tue, ob mein Leben wirklich so aussehen muß. Du warst clever, du hast früh geheiratet, du hast nur ein Kind, das jetzt schon selbständig ist, du bist erst vierzig, ja, du warst clever. Ich werde Scheißvierundfünfzig sein, wenn Jessie mit der Schule fertig ist." Aber auch das traf den Nagel nicht auf den Kopf. Er floh ja nicht von daheim. Er ging sehr zögernd — wenn schon nicht gegen seinen Willen, dann doch gegen seine Gefühle.

Um die anfängliche Panik der Heimatlosigkeit zu überwinden, begann er ein Buch zu schreiben, ein Buch über seine Generation, die Generation, die im Jahr 1940 geboren worden war. Er ließ das Projekt fallen, als er sah, welche Schlüsse er ziehen mußte: Daß seine Generation noch unter der alten Ordnung geboren worden war, unter dem Zeichen der Fahne und der Bibel, daß aber just in dem Augenblick, in dem sie geformt wurde, die Zukunft begonnen hatte. Ein neuer Gott wurde in der Wüste geboren, als

David Aronow drei Jahre alt war, ein Gott, der im Donner der Atomexplosion sprach. Am Anfang war das Wort, am Ende die Zahl. Und so gehörte seine Generation, die genau zu dem Zeitpunkt geboren wurde, als die Zivilisation ihren Lehrplan änderte, keiner der beiden Schulen an, sie war wie ein siamesischer Zwilling. Es war kein Wunder, daß seine Generation das Wort *freak* so freigibig und erfindungsreich gebrauchte. Auch als Zeitwort fand es Verwendung. Und David hätte damit fortfahren können nachzuforschen, warum die typischen Vertreter seiner Generation, wie er selbst, sich von guten, aufgeweckten Kindern zu verstockten Jungkriminellen mauserten, berauscht von Rhythmen und Blues, und sich daran machten, die amerikanischen Tugenden zu vernichten, vor allem die sexuelle Tugend; und warum diese Jungkriminellen, die im Grunde genommen nicht hart waren und nur ein kompliziertes Gesellschaftsspiel spielten, zu Beatniks und dann zu Hippies wurden, die das Leben ganz allgemein feierten, weil sie auf dieser Welt keinen bestimmten Platz für sich hatten, und warum einige von ihnen die Fahne verbrannten, die sie in ihrer Kindheit angebetet hatten. Aber das war die Schuld der Geschichte, nicht die Amerikas.

Die letzte Zeile seines Buches sollte in Abänderung von James Joyces Feststellung, daß die Geschichte ein Alptraum sei, aus dem zu erwachen er versuche, so lauten: „Die Geschichte ist ein Alptraum, in den hinein ich erwacht bin."

Er widerstand der Versuchung, nach dem Karton zu greifen, der das bereits geschriebene Drittel seines Buches enthielt. Obwohl es ihm eine gewisse beißende Freude bereitete, seinen Willen zu erproben, mußte er sich doch auch über seine Gefühle im klaren sein. Ein Stück seines Herzens gehörte noch immer jenem Buch, ein Stück war noch bei seiner Familie, und, was am schlimmsten war, ein Stück auch noch bei Karen Cooper. Darüber bestand kein Zweifel, denn in den zwei Wochen, die vergangen waren, seit er ihr gesagt hatte, er könne sie nicht mehr sehen, hatte er von ihr geträumt. Seltsame Träume, klar, geheimnisvoll, ohne Dramatik, eher wie Bilder von I Ching als Einakter. Die Gefühle in seinen Träumen waren immer klarer und tiefer, als sie je im wirklichen Leben gewesen waren. Nicht nur das: Sie waren eine schwer zu deutende Mischung von Gefühlen, wie er sie noch nie erlebt hatte, von Trauer und Begeisterung, deren Existenz er bislang für unmöglich gehalten hatte.

Seine Beziehungen zu Frauen waren immer schon von einer natürlichen Harmonie gewesen, die seiner Ansicht nach, wie auch alles andere, auf den Uranfang zurückging. Er konnte Frauen nahe sein, ihnen geben, was sie anscheinend am meisten brauchten: Gesellschaft. Er fühlte, wie sie ihm immer zulächelten. Aber er konnte ihnen, ihr, Karen, nicht mehr das geben, was sie wollten. Die Frauen waren ein anderer Stamm mit einer eigenen Religion, einer eigenen Sprache, einem eigenen Humor. Aber auch das war nicht ganz richtig. Es war die Dynamik, die durch nichts unterdrückbare Dynamik von Männern und Frauen, die er ihre Schnatter-Haltung nannte. Waren die richtigen Kombinationen von Signalen vorhanden, die Kurven, Farben, die Ausstrahlung, dann folgte der Mann seinem sexuellen Trieb, wie ein Entenküken dem folgt, was es für seine Mutter hält. Und er wußte, wohin das führte; er war diesen Weg einmal gegangen. Es führte dazu, daß Leben aus Leben entstand, es führte zu Glück und Unglück, und am Ende hatte es ihn in den gelbbraunen Raum geführt, in dem er jetzt stand und den Morosow und das Schulbild in der Hand hielt, und zu dem Telefon, das eben klingelte.

Er warf noch rasch einen Blick auf das Photo, und der Vater in ihm verspürte ein leises, abergläubisches Zittern, als er den Buchdeckel über dem Gesicht seines Sohnes schloß.

„Challo", sagte eine Stimme, die er lächelnd sofort als die von Abram Lunz erkannte.

„Chai", antwortete er scherzend in gespieltem Emigrantenenglisch, so wie er es immer tat, wenn sie miteinander telefonierten.

„Wie geht es dir?"

„Danke. Nicht allzu schrecklich. Du?"

„Gut."

„Und ich wirke nicht irritierend auf deine Arbeit?"

„Nein. Ich bin gerade an einem Wort hängengeblieben."

„Welches Wort?"

„*Toska*", sagte David, wobei er die zweite Silbe betonte und das o als a aussprach.

„Ein schwieriges Wort. Wie wirst du es übersetzen?"

„Ich weiß es immer noch nicht. Vielleicht mit Qual."

„Hör zu, ich... ich..." stotterte Lunz, der immer, wenn er empört oder aufgeregt war, was bei ihm meistens der Fall war, an einen Motor mit Fehlzündungen erinnerte. „Ich habe heute einen Brief aus Österreich bekommen." Lunz sprach jetzt russisch. „Er enthielt zwei neue Gedichte von Jewgeni Schar. Eines der beiden, ‚An meine Tochter', ist recht gut. Ich persönlich gehöre ja nicht gerade zu seinen Bewunderern — er behauptet zwar nicht von sich, ein Genie zu sein, wie einige unserer emigrierten Berühmtheiten, und sein Ruf wurde natürlich auch durch die schrecklichen Umstände gefördert —, jedenfalls sind die beiden Gedichte wichtig, und wenn du Zeit hast, sie zu übersetzen und sie irgendwo auf Englisch zu veröffentlichen, wäre ich dankbar."

„Aber das ist doch überhaupt kein Problem, Abram. Schicke sie mir." Das war die einzige Antwort, die er geben konnte, denn er brachte es wirklich nicht über sich, Lunz zu erklären, warum er sich nicht mit Karen Cooper in Verbindung setzen wollte, die Schars erstes Buch herausgebracht hatte und natürlich die richtige Person für diese Gedichte war. Einen Augenblick, bevor er wieder Abrams Stimme hörte, fiel ihm das Ende der letzten Unterredung mit Karen ein: „Ich kann dich nicht so lieben, wie ein Mensch geliebt werden sollte." „Du liebst mich also nicht?"

„Zuerst werde ich sie kopieren. Hast du noch dieselbe Adresse?"

„Ja."

„Kommst du einmal nach Boston?"

„Ich glaube nicht."

„Dann werde ich zu dir nach New York kommen. Du mußt aber wissen, daß ich zwar die ganze Zeit Pläne mache, Gedichte und Briefe schreibe, aber das schreckliche Gefühl nicht loswerde, daß sich die Welt ihrem Untergang nähert, oder daß das Wenige an Zivilisation, das uns noch geblieben ist, ausgelöscht werden und die Welt in ein Zeitalter der Dunkelheit, der technischen Dunkelheit, tauchen wird, das ganz anders sein wird als alles, was wir bisher erlebt haben. Und, offen gesagt, ich habe von Tag zu Tag weniger Vertrauen in den Westen. Eure Führer wissen einfach nicht, mit wem sie es zu tun haben. Nicht, daß die Führer in der Sowjetunion so klug und stark sind — nein, sondern weil sie in gewisser Hinsicht wahnsinnig sind, Irre, weil sie vom Gesichtspunkt des normalen Menschen aus im Grund genommen verrückt sind. Das macht mir Sorgen, aber jetzt muß ich zu reden aufhören, denn das kostet viel."

„Ich habe dir schon so oft gesagt, daß du ein R-Gespräch anmelden sollst."

„Das habe ich vergessen."

„Also mach' dir keine Sorgen", sagte Aronow und fiel wieder ins Englische.

„Ich umarme dich", sagte Lunz, der bei Russisch blieb.

4

Die Straßenbahn fuhr in den Birkenwald ein.

Juri Trofimowitsch Kowschin ließ die *Prawda* sinken und blickte auf die Bäume hinaus, wie er es jeden Morgen auf dem Weg ins Laboratorium tat. Sie spielten eine kleine und dennoch wichtige Rolle in Juris Leben, denn sie legten die Stimmung fest, die ihn während des Tages begleitete, wenn nicht ganz außergewöhnliche Ereignisse eine grundlegende Änderung brachten. Das mindeste, was geschah, war, daß sie die Erinnerung an die langen Häuserzeilen aus nacktem Beton auslöschten, an denen er gerade vorbeigefahren war und die im Regen besonders trostlos wirkten, aber auch die Erinnerung an die *Prawda*, die er eben gelesen hatte, deren Worte den Häusern ähnelten, eine trostlose Zeile um die andere. Manchmal lösten die Birken einen fast lyrischen Patriotismus in ihm aus, ein Gefühl, daß es etwas wie ein Rußland gab, das vor der Sowjetunion dagewesen war und sie mit etwas Glück auch überleben würde. An anderen Tagen bewunderte Juri die Birken als Resultat einer von Menschen getroffenen Entscheidung, denn es hatte einer Planungskommission bedurft, um die Bäume zu erhalten und sie sogar als Ansporn zum Nachdenken zu sehen, was in einer Gemeinde wie Noworossisk, wo so viele Wissenschaftler von Akademgorodok wohnten, besonders wichtig war. Er sah es als winziges Beispiel dafür an, was Wissenschaft, Planung und guter Geschmack zusammen erreichen konnten, nämlich einen Zustand, in dem sich Natur und Zivilisation in ausgewogener Harmonie miteinander verbanden.

Juri Trofimowitsch blickte gemächlich durch den Wagen. Die Menschen gähnten, lasen, noch halb schlafend, ihre Zeitungen. Sie sahen weder glücklich noch unglücklich aus, waren eben nur Menschen, die den Arbeitstag begannen, aber es waren die Menschen Rußlands, ihre Nasen hatten eine bestimmte Form, sie hatten einen ganz bestimmten Gesichtsausdruck, jeder von ihnen war voll von jenem Russisch, das als Reaktion auf ein einziges Wort sofort aus ihnen heraussprudeln würde. Ganz am Ende des Wagens saß ein unrasierter Mann mit einem roten Gesicht, das er in die Hände vergraben hatte. Er roch nach Armut, Trunksucht, tiefstem Unglück. Der Boden des Fasses. Auch das war Rußland, ein Rußland, das er nicht missen wollte.

Warum dachte er das? fragte er sich, als sein Blick wieder zu den Birken zurückschweifte, deren Umrisse vor dem Fenster verschwammen, als die Straßenbahn an Schnelligkeit gewann. Er wollte diese Frage nicht beantworten und spürte, daß er sich selbst auswich. Als er sich endlich eingestand, was es war, spürte er eine Art von trauriger Erleichterung. Ja, seit langem schon hatte etwas in ihm gewußt, daß er drauf und dran war — erwies sich die neue Arbeit als auch nur annähernd so erfolgreich, wie er hoffte —, ihnen, ausgerechnet ihnen!, ein Geschenk zu machen, das in ihren Händen sofort zur Waffe würde.

Noch war es nichts anderes als eine Idee, aber selbst eine Idee war zu gut und zu gefährlich, als daß *sie* sie besitzen dürften. Wenn man die neuen Anforderungen genehmigte, würde die Idee an Versuchstieren getestet werden, und wenn diese Versuchstiere, wie erwartet, eine Verlängerung ihres Lebens zeigten, dann gäbe es eine starke neue Kraft auf der Welt. Es war Wahnsinn, noch länger zuzuwarten — er mußte damit beginnen, die Hinweise zu verwischen, noch heute damit beginnen.

Er dachte an die Anfänge des Projekts zurück. Es war eigentlich Jascha Farbs Idee gewesen, die in der Gerontologie durchgeführten pharmakologischen Untersuchungen mit der Arbeit über die Vielfalt der außersinnlichen Wahrnehmungen, besser bekannt unter den Bezeichnungen Psi oder EsW, zu vereinigen und die Psipharm-Abteilung zu gründen. Jascha fehlte ihm. Ihm fehlte Jaschas verrückte jüdische Überschwenglichkeit und seine Weigerung, irgendeine Art von geistigen Kategorien anzuerkennen. „Ich arbeite nach dem Prinzip, daß wahrscheinlich alles, was wir glauben, falsch ist, hauptsächlich deshalb, weil wir es sind, die es glauben ...", war Farbs Lieblingsmethode, ein Argument zu entkräften und ein neues Spektrum von Möglichkeiten zu eröffnen. „Selbst unser Konzept des Menschen ist unwahrscheinlich primitiv, wie ein beliebiges Cartoon im Vergleich zu einem Rembrandt. Natürlich ist das Psi-Zeug noch sehr unbestimmt, aber das ist an sich schon ein gutes Zeichen. So sieht das Unbekannte immer aus." Von einem bestimmten Zeitpunkt an hatten sie Farb eigentlich nicht mehr gebraucht; er war einer jener Menschen, die originelle Einfälle hatten, er war die Wünschelrute, die die Wasserader aufspürte, nicht aber die Schaufel, die sie ausgrub. Was keine Herabwürdigung der Qualität der von ihm geleisteten Arbeit bei der Einrichtung der Psipharm-Abteilung und der Entwicklung neuer Wege für die Blutanalyse und chemische Synthese war.

Farb hatte es jedoch vorgezogen, am Höhepunkt der jüdischen Auswanderungswelle mit seiner seltsamen Schwester Raissa das Land zu verlassen. Juri hatte immer vermutet, daß sie die treibende Kraft zu diesem Entschluß gewesen war, denn Farb hatte die Gabe des Wissenschaftlers, sich von der Welt abzuriegeln, und hätte wahrscheinlich auch in der Sowjetunion weiterleben und arbeiten können. Aber was weiß man schon? Die Familie hatte schrecklich gelitten: erst unter den Deutschen, und später noch einmal, Ende der vierziger Jahre. Und obwohl er nie etwas erwähnt hatte, hatte Farb das Wiederaufleben des Antisemitismus während der Auswanderungswelle vielleicht doch getroffen; vielleicht hatte er auch erkannt, daß sich hier früher oder später alles doch zum Schlechten wenden würde; vielleicht war Farb aber auch nur den Verlockungen des Westens erlegen, von dem er annahm, daß er ihm ein größeres Betätigungsfeld für seine Leidenschaften bieten würde — für die theoretische Pharmakologie und für Liebesabenteuer.

Sie waren ein so ungleiches Freundespaar gewesen. Farb — hochgewachsen, glattrasiert, jugendlich, überschwenglich, eckig, unbeständig — und Juri — vollbärtig, melancholisch, gnomenhaft, fest verheiratet, mit einem einzigen extravaganten Zug, einer Vorliebe für Jeans und Cowboystiefel.

Juri erinnerte sich an ihren letzten gemeinsamen Spaziergang, an Farbs etwas melancholisches und doch strahlendes Gesicht. Juri war sogar etwas beleidigt gewesen, daß Farb die Trennung nicht schwerer gefallen war. „Ich werde dir jetzt sagen, wie es weitergehen wird, Juri Trofimowitsch", sagte Farb und wich einer Pfütze — der unvermeidlichen sowjetischen Pfütze — aus. „Es wird wie das Experiment sein, bei dem zwei Menschen, durch einen Paravent getrennt, einander gegenübersitzen und versuchen, dieselben Gedanken zu denken. Das werden wir sein. Nur liegt dann ein Viertel von Rußland, ganz Europa und der Atlantik zwischen uns."

„Ich habe aber gehört, daß die da drüben an Psi nicht sonderlich interessiert sind."

„Ich werde sie schon dafür interessieren. Oder ich mache einfach etwas anderes."

„Und doch, Rußland verlassen... das heißt, daß du nie mehr eine Heimat hast."

„Ich weiß", sagte Farb nach einem Augenblick traurigen Schweigens, „aber auch das kommt mir irgendwie richtig vor. Wir müssen die Heimat verlassen, die alten Ideen einer Heimat ablegen. Mit diesen alten, dummen Ideen können wir den Menschen keine neue Zukunft aufbauen."

„Kennst du die Zeile aus Schars Gedicht 1999 — ‚Unser Heiland, die Zukunft, die du bist im Himmel der endlosen Morgen'?" fragte Juri.

„Ich kenne sie", murmelte Farb.

Die Straßenbahn war am Ende des Birkenwaldes angekommen und fuhr langsam durch eine Kurve, und die Bäume hoben sich wieder deutlicher und lebendiger vom klaren Himmel des Morgens ab.

Die Fahrgäste falteten ihre Zeitungen zusammen und stopften sie in ihre Manteltaschen. Der Mann mit dem roten Gesicht am Ende des Wagens ließ den Kopf zwischen die Knie sinken und übergab sich. Eine Sekunde lang verspürte Juri die panische Angst und Schmach des Verräters. Nicht nur seinem Land, sondern auch sich selbst gegenüber. Denn er war nicht mehr ganz er selbst, nicht derselbe Mann, der vor zwanzig Minuten die Straßenbahn bestiegen hatte. Dieser Mensch erschien ihm jetzt unendlich weit fort; wie der naive junge Mann, der er in seiner Studienzeit gewesen war. Jetzt hatte er ein neues Verständnis gewonnen, war darin verfangen, war ein neues Ich, das niemand sehen durfte. Jetzt würde er eine Rolle spielen müssen, konnte nicht einfach mehr der Scheuklappen tragende, nur der Wissenschaft verschriebene Pharmakologe sein, dessen Widerspruchsgeist sich auf den ungeduldigen Ton beschränkte, den er in der Konfrontation mit dem Amtsschimmel anschlug, und der jeden Tag brav von der Arbeit heimfuhr und mit der Frau und Tochter zu Abend aß.

Während Juri Trofimowitsch mit einer Hand die Galoschen abstreifte und mit der anderen die Post sortierte, kam seine Sekretärin mit einer Tasse heißen Tees herein.

„Genosse Kowaljow läßt bitten, daß Sie heute vormittag gegen zehn in sein Büro kommen, aber nur — das hat er ausdrücklich betont —, wenn er Sie dadurch bei keiner wichtigen Tätigkeit stört."

„Danke, Klara Iwanowna", sagte Juri und deutete mit dem Kopf auf den Tee.

Das war Pech. Er wollte Kowaljow heute nicht sehen, nicht jetzt, nicht so früh am Morgen. Er fühlte sich noch immer nackt, durchschaubar. Und obwohl sich Kowaljow kaum die Mühe machen würde nachzuforschen, was Juri vorhatte, so blieb die Tatsache bestehen, daß Juri nichts Dringendes vorhatte, keine Besprechungen, kein derzeit laufendes Experiment, und wenn sich in den nächsten Minuten nichts mehr ereignete, hatte er nicht den geringsten Grund, nicht bei Kowaljow zu erscheinen. Er fand Kowaljows Unterwürfigkeit widerlich — „wenn er Sie dadurch bei keiner wichtigen Tätigkeit stört". Diese scheinbare Unterwürfigkeit enthielt eine gewisse Ironie und besagte: Ich kann natürlich warten, was tue ich schließlich schon, außer den Sowjetstaat zu beschützen, verglichen mit der Forschungstätigkeit des brillanten Wissenschaftlers Juri Trofimowitsch.

Juri Trofimowitsch setzte sich an seinen Schreibtisch und goß ein wenig Tee in die Untertasse. Er spitzte die Lippen, die von dem gekräuselten Bart umrahmt waren, in dem nach Ansicht seiner Tochter allerlei seltsame kleine Tiere wohnten, und blies auf den bernsteinfarbenen Tee, dessen Duft er mit Freude einatmete. Jetzt war er ein neuer Mensch, er war der einzige Mensch auf der Welt, der wußte, wer er wirklich war.

Die Minuten verstrichen, und niemand trug ein ernsthaftes Problem an ihn heran; das Telefon blieb stumm; die Geräusche aus dem Sekretariat deuteten auf nichts Außergewöhnliches. In seiner Post fand er eine Einladung, in Amsterdam über seine Arbeit über Antistreß-Pharmazeutika zu sprechen, und wußte, daß er höflich ablehnen würde. Die Psipharm-Abteilung hatte schon eine Reihe interessanter Resultate hervorgebracht, die offensichtlich an oberer Stelle beeindruckt hatten, denn ihre Arbeit wurde jetzt vom Verteidigungsministerium und dem KGB genauer unter die Lupe genommen. Obwohl ihr Sicherheitsrisiko offiziell noch nicht höher eingestuft worden war, gab es inoffiziell doch verbindliche Richtlinien; ihre Reisetätigkeit beschränkte sich auf Ungarn und Bulgarien, was sowohl ein Hinweis auf die Bedeutung ihrer Arbeit als auch ein Gradmesser des beschränkten Vertrauens war, das man den Mitarbeitern entgegenbrachte. Ihre Arbeit wurde jetzt als „vorrangig" angesehen, was nach dem widerlichen Höflichkeitscode bedeutete, Einladungen aus dem Ausland mußten „wegen bereits eingegangener Verpflichtungen" abgelehnt werden. Juri war wütend auf sich, daß er in der Straßenbahn auch nur eine Sekunde lang Scham und Ekel vor sich verspürt hatte. In der Hölle war Verrat das Werk der Engel. Durch den heißen Tee und das Feuer seiner Wut angestachelt, sagte sich Juri Trofimowitsch, daß es vielleicht sogar gut und nützlich war, wenn er jetzt vor Kowaljow trat, denn er würde in Zukunft so viele Hindernisse überwinden müssen, daß er sich besser von Anfang an daran gewöhnte.

Kowaljow telefonierte, als Juri sein Büro betrat. Er hatte sich halb vom Schreibtisch abgewandt und sah Juri von der Seite an, wobei der scharfe Ausdruck in seinen Augen in krassem Gegensatz zu seinem lachenden Gesicht stand; anscheinend amüsierte er sich über die Bemerkungen, die einer seiner Freunde am anderen Ende der Leitung machte. Kowaljow wies mit dem Kopf auf einen Stuhl.

„Warte doch", sagte Kowaljow, „du willst mir also weismachen, daß Borja aufstand, um die Enten zu schießen, und dann — was? Wirklich der Länge nach? Rückwärts in den See? Und das Gewehr? Was? Wie ein Stein? Und dann? Er hat die örtliche Polizei zwei Tage danach tauchen lassen? Und seine Frau? Wanja, Wanja, hör auf, ich habe Besuch."

Während Juri es sich auf dem Stuhl bequem zu machen versuchte, wußte er ganz genau, daß dies ein Teil des Spieles war, das allen diesen Leuten offensichtlich so viel bedeutete: das Spiel mit der Macht. Es war natürlich eine Beleidigung, ihn warten zu lassen; und am Telefon über persönliche Dinge zu plaudern, machte Juri so unsichtbar wie einen Diener. Genauso war es mit der Bemerkung „wenn er Sie dadurch bei keiner wichtigen Tätigkeit stört" gewesen, es war die sarkastische Höflichkeit des Feudalherren. Vielleicht waren alle Menschen so konzipiert; zumindest benahmen sich die meisten von ihnen so, und vielleicht waren Juri und einige wenige andere nur eine Ausnahme, die nichts bewies. Juri konnte nicht einfach bequem auf seinem Stuhl sitzen und sich entspannen. Sein Körper schien ihm wie ein Sammelsurium von Einzelheiten, ein Fuß, ein rechter Oberschenkel, eine linke Schulter, ein Kopf. Kowaljow dagegen, der ohne Rock im weißen Hemd vor ihm saß, das über dem Bauch spannte, der sein Haar im Nacken kurzgeschnitten trug, war fröhlich und vergnügt. Wie kam es nur, fragte sich Juri, daß es diesen Menschen anscheinend immer gut ging?

„Nun, Juri Trofimowitsch", sagte Kowaljow und wandte sich ihm zu, „wie steht es denn mit unserer Arbeit?"

Das Wort „unsere" wurde durch ein leichtes Anheben von Kowaljows Stimme betont.

„Wenn Sie die letzten Berichte gelesen haben, wissen Sie, daß wir gut vorankommen."

„Ich habe die letzten Berichte und auch die letzten Anforderungen gelesen. Sie erwarten sich eine schöne Stange Geld vom Staat."

„Es dient einem guten Zweck."

„Möglich. Aber betrachten wir einmal das, was wir bis jetzt erreicht haben und was es gekostet hat. Die Antistreßpille — verzeihen Sie, wenn ich sie Pille nenne — wurde in der Raumfahrt mit gutem Erfolg eingesetzt, und ich habe sagen hören, daß einige Mitglieder des Zentralkomitees darauf schwören. Aber bis jetzt hat das jüngste Projekt nichts anderes hervorgebracht als..."

„Interessante Daten, nützliche Daten."

„Nützlich wozu?"

„Bis jetzt gibt es sehr wenige ernsthafte Arbeiten, die sich mit dem Grenzbereich zwischen Geist und Körper beschäftigen", sagte Juri langsam und trocken und hoffte, daß seine Zurückhaltung als die überlegene Arroganz des Wissenschaftlers ausgelegt würde.

„Ich habe etwas hier, das Farb vor langer Zeit geschrieben hat", sagte Kowaljow und öffnete den dünnen Akt auf seinem Schreibtisch. ‚Ja, hier ist es. Farb schrieb — wie formulierte er es nur — ‚Die Menschheit hat immer schon davon geträumt, über sich hinauszuwachsen. Die Oktoberrevolution war ein Ausdruck dieses Dranges. Geschichtliche Veränderungen beschränken sich aber nicht nur auf das Schlachtfeld, und es ist wohl möglich, daß die Wissenschaft, wenn sie in das unerforschte Gebiet eindringt, in dem Geist und Körper aufeinandertreffen, unter Zuhilfenahme chemischer Mittel einen neuen und besseren Menschen schaffen wird.'"

Kowaljow blickte auf, starrte Juri Trofimowitsch an und wartete auf dessen Reaktion.

Juri lächelte milde. „Farb war ein großer Visionär. Wir säßen heute nicht hier, wenn er nicht gewesen wäre."

„Ja, das weiß ich. Und manchmal glaube ich, daß es ein Fehler war, ihn auswandern zu lassen. Wäre er nicht gerade jetzt von großem Nutzen? Würden wir in diesem Fall wirklich so viel Geld für Computer, Versuchstiere und so weiter brauchen?"

„Doch. Denn das liegt in der Natur jedes Projektes. Projekte beginnen mit einer Erkenntnis, einem enthusiastischen Ausbruch, aber in der Mitte gibt es immer einen Punkt, an dem alles steckenbleibt und eine Extradosis Energie sehr viel hilft."

„Das heißt also, daß wir irgendwo in der Mitte stehen?"

„Ja, irgendwo in der großen Mitte."

„Und da Sie bis jetzt ungefähr achtzehn Monate gearbeitet haben, heißt das, daß wir in ungefähr zwölf bis achtzehn Monaten konkrete Resultate erwarten können?"

„Statistisch gesehen ja, aber in der Praxis ist, wie Sie ja selbst wissen, alles möglich."

„Das heißt also, auch ein völliger Mißerfolg?"

„Mißerfolg ist ein Maß, das vom Standard abhängt, den man anwendet. Wenn wir in achtzehn Monaten nichts erreicht haben, könnte man das Laboratorium schließen und das Experiment als Mißerfolg einstufen. Man könnte aber auch weitere zehn Monate weiterarbeiten und Erfolg haben. So gesehen wären die vorausgegangenen achtzehn Monate dann kein Mißerfolg gewesen."

„Und wie lautet ihre Voraussage?"

„Ich treffe keine Voraussagen. Ich bin Wissenschaftler."

„Gut, dann treffe ich eine Voraussage. Ich sage zum Beispiel voraus, daß die von Ihnen angeforderten Mittel sehr rasch bewilligt werden und wir gar nicht so rasch schauen können, bis wir zwischen neuen Chips und Computern sitzen. Ich sage auch voraus, daß Ihre Anforderung für neue Filmkassetten bewilligt werden wird."

„Dafür bin ich Ihnen sehr dankbar."

„Aber nicht doch. Sie brauchen mir doch nicht zu danken, Juri Trofimowitsch. Wir wissen doch alle, wem der Dank gebührt."

„Ja", sagte Juri.

„Ja, dem sowjetischen Staat. Überrascht es Sie übrigens gar nicht, daß einige Menschen so undankbar sind? Wie manche Menschen nach den vielen Jahren, während derer ihnen der Sowjetstaat Schutz, Ausbildung und einen Beruf geboten hat, eben diesen Staat behandeln, ist wirklich erstaunlich. Man glaubt es kaum, Juri Trofimowitsch, daß sich Menschen, sogar die besten, so schlecht benehmen können. Sie lügen uns an; sie sagen: ‚Wir wollen nach Jerusalem und bei unserem eigenen Volk leben.' Und als nächstes hört man, daß sie in New York sind. Obwohl das vielleicht auf dasselbe hinauskommt."

Juri zuckte zusammen. Er empfand unwillkürlich Haß bei diesen kleinen antisemitischen Sticheleien, die manchen Russen so selbstverständlich waren wie Salzgebäck zum Wodka; nichts weiter als ein Beweis, ‚in' zu sein, so wie es ‚in' war, Fußballfan zu sein.

„Tja, es tut mir leid", fuhr Kowaljow fort, „aber ich persönlich finde es empörend, daß die westliche Presse ständig von den sechs Millionen ermordeter Juden spricht und nie erwähnt, daß immerhin zwanzig Millionen Russen umgekommen sind. Macht Sie das als Russe, Juri Trofimowitsch, nicht auch wütend?"

‚Ja, Lügen und verzerrte Darstellungen tun das immer."

„Sie glauben also", sagte Kowaljow mit etwas schärferer Stimme, ein Zeichen, daß sich die Unterredung ihrem Ende näherte, „Sie glauben also, daß es in diesem Stadium vor allem eine Sache von Rubel und Überstunden ist, und daß wir, ganz gleich, was immer geschieht, auf diesem Gebiet einen beachtlichen Vorsprung haben?"

‚Ja, so ist es."

„Sehr gut, dann werde ich Sie keinen Augenblick länger von Ihrer Arbeit abhalten", sagte Kowaljow und stand auf.

Juri erhob sich ebenfalls. Der gefürchtete Augenblick war gekommen. Er hatte den Eindruck, daß die Imitation seines bekannten geistesabwesenden, störrischen Ichs recht gut gelungen war, fürchtete aber, daß ihn seine Hand verraten würde, wenn sie die Kowaljows berührte. Glücklicherweise rauchte Juri gerade und brauchte ostentativ lange, um die Zigarette von einer Hand in die andere zu geben, was hoffentlich verhüten würde, daß Kowaljow die Spannung der Finger und die Feuchtigkeit der Handfläche spürte.

Kowaljows mächtige Hand umschloß Juris drahtige, tabakgefärbte Finger, während er ihm lächelnd und anerkennend zunickte. Aber Juri machte sich keine Illusionen; irgend etwas war von Hand zu Hand gesprungen.

Oder litt er schon unter Verfolgungswahn? fragte er sich, als er auf den Flur hinaustrat, während sein Herz noch immer rascher schlug und seine Gedanken sich überstürzten.

5

Sein Knie schmerzte.

Es war ein ständig vorhandener, unterschwelliger Schmerz, der ganz plötzlich in siedendheißes Stechen ausarten konnte. Manchmal kam er, wenn er völlig bewegungslos hinter dem Schreibtisch saß, plagte ihn aber nicht, wenn er Treppen stieg. Manchmal weckte er ihn nachts oder ließ ihn fluchend vom Eßtisch auffahren. Die Ärzte hatten ihm verschiedene Medikamente verschrieben, aber alles, was den Schmerz wirkungsvoll dämpfte, dämpfte auch seine Gedanken und machte ihn lethargisch und gereizt. Er konnte mit dem ständigen Schmerz leben, ja, er hatte sich sogar mit ihm angefreundet, hatte ihn in seinen Tagesablauf eingegliedert. Aber die plötzlichen, stechenden Schmerzen waren mehr, als er ertragen konnte. Wenn sie vorbei waren, zitterte er noch Minuten danach durch den plötzlichen Adrenalinstoß. Das Schlimmste war, daß man nie wußte, wann der Schmerz zuschlagen würde. Wenn er sich nicht sehr in der Hand hatte, konnte es geschehen, daß sein ganzer Tagesablauf nur mehr im Warten auf den Schmerz bestand.

Anton Winias betrachtete diesen Schmerz als Demütigung, als persönliche Niederlage und böses Omen, das ihn an die Grenzen des menschlichen Willens mahnte. Winias haßte diesen glühendheißen Wurm des Schmerzes, nicht nur, weil er ihn nicht beherrschen konnte, sondern auch, weil ihm im Vergleich alles andere belanglos erschien. In den schlimmen Augenblicken lag er vor diesem blinden, tauben Gott des Schmerzes auf dem Boden und gelobte, alles zu tun, was dieser wollte. Aber der verlangte nichts von ihm, und Winias blieb mit seiner Schmach allein.

Winias war der Leiter der SPEZDESINFORM, einer Sonderabteilung der Abteilung für Desinformation des Komitees für Staatliche Sicherheit (KGB). Seine besondere Begabung lag darin, Geschehnisse im Ausland so darzustellen, als seien sie gewöhnliche

Bestandteile des Lebens der jeweiligen Gesellschaft und nicht Tausende Kilometer entfernt ersonnene Szenarien. Es konnte sich dabei um ein Massaker bei einem brasilianischen Fußballspiel oder auch um einen Kultmord in Kalifornien handeln. Auf diesem Gebiet reichte keiner an Winias heran, und er war mit einem Minimum von Intrigen an die Spitze gelangt. Seine Kollegen kannten ihn unter dem Namen „Shakespeare", und er wurde mit einer gewissen Ehrfurcht behandelt; obwohl er die Bewunderung genoß, war er doch nicht im eigentlichen Sinn des Wortes eitel. Und außerdem schien ihm die Bewunderung von weniger Begabten nicht als großes Kompliment.

Er hatte eine kurze theoretische Abhandlung mit dem Titel „Wie setzt man Ereignisse in Gang" geschrieben, die in einer Auflage von sechzehn Stück erschienen war; fünfzehn davon lagen wohlversperrt im Lesesaal der Abteilung und konnten nur dort eingesehen werden. Es bereitete ihm immer wieder eine gewisse Freude, wenn er sah, wie sich ein junger Mensch in diesen Leitfaden vertiefte. Er fragte sich oft, was sie wirklich davon verstanden, denn die von ihm angeschnittenen Begriffe handelten von den Grundlagen der Wirklichkeit und der Wahrnehmungen, eine wesentlich heiklere Sache, als jemanden auf der Straße niederzuschießen — obwohl es manchmal natürlich gerade darauf ankam, diese beiden anscheinend so unterschiedlichen Dinge in Verbindung zu bringen. Obwohl Winias zugab, daß es eine objektive Wirklichkeit gab, sah er Zeit, Raum und die Masse der Menschheit als farblos und formlos an und hielt sie, zumindest auf lokaler Ebene, für Manipulation äußerst zugänglich. Winias legte besonderes Gewicht auf Empfindungen, auf das Schaffen von Empfindungen durch die Manipulation von Ereignissen und Informationen. Die Wirklichkeit war nichts anderes als eine Menge von Unterlagen, die darauf warteten, aufbereitet zu werden.

Er hatte seine Ideen in dem dünnen Band am Beispiel der Memoiren des Horst Neidrich dargelegt, eines Mannes, der in Heilbronn am Neckar in Westdeutschland gelebt hatte und im Zweiten Weltkrieg Hauptmann in der Wehrmacht gewesen war. Es war richtig, daß Neidrich an der russischen Front gedient hatte, bei der Exhumierung der Leichen von fünftausend polnischen Offizieren in Katyn dabeigewesen und auf einem Foto des internationalen Untersuchungsausschusses identifiziert worden war. Anfang der siebziger Jahre hatte man Neidrich mitgeteilt, daß sein Bruder lebte und sich in einem russischen Arbeitslager befand (in das er als Kriegsgefangener eingeliefert worden war und in dem man ihn festgehalten hatte, als man seine Nützlichkeit erkannte). Nachdem man Neidrich einen Film vorgeführt hatte, in dem ihn sein Bruder um Hilfe bat, hatte er keine allzu großen Gewissensbisse gehabt, seine Memoiren zu schreiben, in denen er die Wahrheit über Katyn enthüllte — daß es sich dabei in Wirklichkeit um eine Greueltat der Nazis gehandelt hatte, jedoch so aufgemacht, daß sie wie das Werk der Sowjets wirkte, und die natürlich aus Propagandazwecken begangen worden war. Neidrich schrieb, daß ihm sein Gewissen alle die Jahre keine Ruhe gelassen habe und er jetzt nicht anders könne, als die Wahrheit zu sagen, da er sehe, wie sich das Gespenst des Faschismus wieder erhebe.

Das Buch wurde wie jedes andere Buch behandelt, erstens, weil es einfach da war, weil es aus Papier und Pappe hergestellt worden war und weil die Buchstaben dieselben waren, die man überall sah. Es wurde für wahr gehalten, weil der Autor in groben Zügen die Wahrheit gesagt hatte, eine Wahrheit, für die es fast überall Beweise gab, und weil Fotos von ihm existierten, die ihn an den Plätzen zeigten, die er beschrieben hatte. Das Buch wurde in verschiedene Sprachen übersetzt, besprochen und natürlich angegriffen; aber Angriffe waren etwas Gutes; schließlich greift man nicht etwas an, das es gar nicht gibt. Und fast überall wurde Mißtrauen gesät; vielleicht war doch etwas Wahres an der Sache.

Da Katyn jedoch unter sowjetischer Herrschaft stand, konnte man so oder so nichts beweisen, und das Problem blieb ungelöst, undurchschaubar, aufreizend vage. Dies war vor allem wegen Polen wichtig, in dem sich immer wieder der Widerspruchsgeist des Volkes erhob: Katyn war allemal ein Thema, das die Leidenschaft wachrief, der Schlachtruf aller Polen. Winias' Aufgabe war es, die Sympathien des Westens für Polen zu trüben — was nie besonders schwierig war, denn der Westen fürchtete Osteuropa so, wie ein reicher, fetter Junge die schlechten Bezirke seiner Heimatstadt fürchtet.

Nach der Veröffentlichung seines Buches erhielt Neidrich eine Reihe von Morddrohungen, von denen jede genauso erfunden war wie die Schlüsselstellen seines Buches; den Drohungen folgte ein Bombenattentat auf seinen Wagen, für das die neofaschistische Organisation „Die Echte" verantwortlich zeichnete. Schließlich verfluchte er das neofaschistische, kapitalistische Westdeutschland, nahm aus Angst um sein Leben die ostdeutsche Staatsbürgerschaft an (an sich ein guter Propagandazug gegen die Berliner Mauer) und siedelte sich in einem Außenbezirk von Leipzig an, wo er, wie geplant, seinen Bruder gerührt in die Arme schloß.

Der Fall Neidrich war jedoch eine Kleinigkeit im Vergleich zu dem Fall von Jewgeni Schar, dem Dichter und Dissidenten. Er war Vollwaise, im Kinderheim herangewachsen, und wurde mit neunzehn Jahren verhaftet, da er eine kleine Werkstatt eingerichtet hatte, in der er Ikonen herstellte, welche er anschließend bei Ausländern gegen Blue Jeans eintauschte, die er dann mit enormem Gewinn weiterverkaufte. Winias hatte durch Zufall von ihm gehört, und zwei Eigenschaften hatten ihm an Schar sofort gefallen — die Ikonenwerkstatt und die Tatsache, daß es Schar gelungen war, so leicht mit Ausländern Kontakt aufzunehmen. Winias wußte, was das bedeutete — daß Schar sie durchschaute, daß es ihm gelungen war, sie in Sicherheit zu wiegen.

Die Durchsuchung von Schars Werkstatt hatte die üblichen Gegenstände zutage gebracht — dänische Pornographie, eine Tonbandkassette, die dem Sohn eines französischen Diplomaten gestohlen worden war (und ihm zurückgestellt wurde), Haschisch aus Turkestan. Schar hatte aber auch, der Tradition der russischen Unterwelt folgend, eine Reihe von Balladen geschrieben — auf hochtrabende Weise nihilistisch, anstößig, ehrgeizig und langatmig. Obwohl der Einfluß der russischen Volksmusik und der Untergrundlieder von Majakowsky und Esenin deutlich spürbar war, sah Winias, daß der junge Mann echte eigene Begabung besaß.

Nach der ersten Unterredung mit ihm erkannte Winias auch, daß Schar eine bemerkenswerte Eigenschaft aufwies: Er wußte sofort, was der andere wollte, und paßte sich so rasch, so geschickt an, daß er de facto unsichtbar wurde. Es gab einen bestimmten

Frauentyp, der diese Gabe ebenfalls besaß, die Gabe derer, die scheinbar dienen; ohne die Belastung durch die eigene Persönlichkeit konnten sie sich auf diese Weise vollständig in die Person des anderen, des ich-bezogenen, blinden Menschen hineindenken. Es war sonderbar, daß Kollegen oder Kritiker bei der Besprechung von Schars Dichtungen sich immer über deren Selbstlosigkeit und Transparenz ergingen, diese Eigenschaften als große Tugenden priesen und nicht als geistiges Manko sahen. Selbst Schar hatte dies einmal lächelnd erwähnt, und in diesem Augenblick verstand Winias, daß Schar gewisse ironische Bemerkungen, gewisse Witze richtig zu schätzen wußte. Oder war er vielleicht gewitzter als alle anderen und spielte ein meisterhaftes Spiel, ein Spiel, das allen anderen verborgen blieb? Das war durchaus möglich. Aber Winias glaubte nicht daran. Winias glaubte, daß Schar gleich ihm ein Mensch war, der in dieser Welt genau zu der Stellung aufgestiegen war, die ihn ausfüllte. Es gab zwar Menschen, die Winias unterstellten, eine höhere Position anzustreben, doch war dies ein großer Irrtum. Winias hatte eine beträchtliche Zeit als Attaché bei den Vereinten Nationen in den USA verbracht und ganz objektiv festgestellt, daß man in Amerika besser leben konnte, da man alles bekam und sich keiner darum kümmerte, was man tat. Aber Winias war nie vor der Frage gestanden, ob er sich in Amerika verwirklichen könnte. Was wäre dort drüben aus ihm geworden? Ein frustrierter Mensch, ein verbittertes, verwirrtes Individuum, das sich nie so richtig in der Hand hatte, ein wahrer Künstler im Bohemien-Milieu. Nein, für einen Menschen mit seinen Qualitäten und seinen Wünschen war nur in der Sowjetunion Platz, und genau diesen Platz nahm Winias ein.

Als Leiter der Sonderdesinformation war es Winias gelungen, einen ungehobelten, begabten Kleinkriminellen in Jewgeni Schar zu verwandeln, den Dichter, der die Herzen der Russen in einer Weise gewonnen hatte, wie es seit Esenin niemandem mehr gelungen war. Schars Sprache war einfach und verständlich, seine Visionen nicht etwas, das sich einzig und allein höherdenkenden Gemütern erschloß; seine Worte wurden zum Allgemeingut. Sein erster Gedichtband trug den Namen „Ikonen“ und war in seiner Stimmung und seinen Anliegen eher russisch als sowjetisch. Nach einiger Zeit kam er wegen seiner Ansichten natürlich in Konflikt mit den Behörden, denen seine Visionen von einem in letzter Minute zum Christentum bekehrten Rußland, wie er sie in seinem Gedicht „1999" darlegte, gar nicht gefielen.

Obwohl selbst Winias die Frage nie beantworten konnte, ob Schars Talent mehr war als eine unendlich feinfühlige Nachahmungsgabe und die Fähigkeit, genau das zu erraten, was sein Publikum wollte, so war Schar doch unbestritten intelligent und lernte die Geistesgeschichte und die Geisteshaltung Rußlands sowie die des Westens mit einer Leichtigkeit, als handle es sich um eine nicht allzu schwierige Fremdsprache. Jedenfalls sollte er immer natürlich und nie intellektuell wirken. Winias arbeitete jahrelang an Schar, bis dessen Arbeiten endlich sogar seinen hohen Ansprüchen entsprachen. Es war vielleicht nicht sehr schwer, ein Gedicht, sehr schwer aber, einen Dichter zu schaffen. Schar schien mit seiner Rolle zufrieden, selbst wenn sie Verhaftungen und gewisse körperliche Unannehmlichkeiten mit sich brachte und ihm vor zwei Jahren die Verurteilung zu drei Jahren Arbeitslager eingetragen hatte. Das hatte Schars Ruhm im Westen natürlich beträchtlich gesteigert, wenn sich auch der Absatz seiner Werke deshalb nicht besonders erhöht hatte. Anscheinend stieg man dort drüben schon in den Rang einer Berühmtheit auf, wenn man nur eine Zeitlang im Rampenlicht stand und danach kaum mehr etwas tat; man behielt einen gewissen Glanz.

Schar sollte bald freigelassen werden. Es war wichtig, daß sich die Kampagne „Freiheit für Schar" im Westen noch etwas verstärkte, damit man glaubte, die Sowjetunion hätte sich dem Druck moralischer Empörung gebeugt, eine der beliebtesten Wahnvorstellungen des Westens. In Wirklichkeit war es eine Frage der Außenpolitik. Die Sowjetunion brauchte ein paar Pluspunkte, denn sie wollte in Kürze eine neue Friedensoffensive starten, was Winias allerdings nicht berührte. Seine Aufgabe war es, die Schachfigur Jewgeni Schar aus dem Arbeitslager nach Moskau, von Moskau nach Frankfurt und von Frankfurt nach New York zu bringen. Dort würde Schar sehr rasch aus seinem Ruhm Gewinn schlagen und sich als Stimme Rußlands im Exil etablieren. Er würde zweifellos in kurzer Zeit populär werden; er sah gut aus, was dort drüben sehr wichtig war, vor allem wegen des Fernsehens; sein Englisch war durchaus gut; die Frauen würden ihn attraktiv, die Männer bewundernswert finden.

Auf Schar warteten eine Reihe von Aufgaben. Er würde als Echolot dienen und Winias über die neuesten Veränderungen der amerikanischen Gesellschaft berichten, die sich in atemberaubender Schnelligkeit abspielten. Seine wichtigste Aufgabe würde jedoch darin bestehen, den Einfluß der russischen Exilgemeinde auf die Politiker des rechten Flügels zu unterminieren. Breschnew und Andropow hatten einen Fehler gemacht: Es war keine glorreiche Idee gewesen, alle Dissidenten aus dem Land zu vertreiben. Sie rotteten sich im Westen zusammen, veröffentlichten Buch um Buch, und kaum versah man es sich, so schwenkten die Amerikaner auf den harten Kurs um und bauten Bomben. Winias wußte, daß dies im Grunde genommen die Schuld Andropows war. Er war ein Schachspieler — stelle Solschenizyn dorthin, halte Sacharow im Exil fest, nimm den Bischof von Rom.

Und an ihn, Winias, war man mit der Aufforderung herangetreten, diese Situation zu bereinigen. Das war der einzige Ruhm, der ihn interessierte.

Schar würde in Amerika eintreffen, die Dichtungen veröffentlichen, die er im Arbeitslager geschrieben hatte, zu großen Ehren gelangen, aber dann, im richtigen Augenblick, Amerika in einem brillanten und herzzerreißenden Buch „Das goldene Kalb" anklagen. Er würde sich mit einem dramatischen Appell an Rußland wenden, ihm die Heimkehr zu gestatten, ein reuiger verlorener Sohn. Rußland würde sich weigern. Das alles würden die Russen aus Radio Freies Europa erfahren. In der Sowjetunion würde es Demonstrationen geben, die natürlich von der Polizei zerstreut werden würden. Westliche Journalisten würden jedoch von einem Polizisten persönlich erfahren, daß er der Menge so nachgiebig wie möglich entgegentrat, waren er und viele seiner Kollegen doch selbst für die Rückkehr Schars. Die Stimme Rußlands würde sprechen und gehört werden. Jewgeni Schar würde es gestattet werden heimzukehren. Winias hatte mehr als einen Dichter, er hatte ein Schicksal und einen Mythos geschaffen.

Das Telefon klingelte; Winias wurde ins Büro von Oberst Malonow befohlen. Auf dem Weg dorthin wurde er sich eines gewissen Unwillens bewußt. Ja, Malonow durfte ihn zu sich beordern und tat es manchmal recht gerne, als wollte er Winias einfach beweisen, daß trotz aller Begabung der Rang mehr zählt und dies durch Gehorsam bewiesen werden konnte. Was für ein diabolisches Paradoxon, dachte Winias; ich habe die perfekte Position, die nur deshalb nicht völlig perfekt ist, weil ich Idioten unterstellt bin, die mir Befehle erteilen können. Ich könnte höher hinaufkommen als sie, aber nur, wenn ich diese ansonsten perfekte Position aufgäbe.

Malonow freute sich, ihn zu sehen, da ihm als Beweis der eigenen Macht Winias' bloße Gegenwart in seinem geräumigen Büro mit den wandhohen Fenstern genügte.

„Tee?" fragte Malonow.

„Ja, bitte", antwortete Winias.

Als der Tee gebracht wurde, nahmen sie ihre Tassen und setzten sich am anderen Ende des Raumes an einen langen, ovalen Tisch aus hellem Holz.

„Schwedisch?" fragte Winias und sah den Tisch an, während er sich setzte.

„Finnisch."

„Er gefällt mir gut."

„Ja? Ich habe mich noch nicht daran gewöhnt."

„Der alte war ja in einem schrecklichen Zustand."

„Aber dieser hier ist so auffallend. Vielleicht deshalb, weil das Holz so hell ist."

„Nein, sondern ganz einfach deshalb, weil Sie sich noch nicht daran gewöhnt haben."

„Möglich." Malonow trank einen Schluck Tee. „Winias, glauben Sie, daß an der ganzen Sache mit Psi etwas dran ist?"

„Irgend etwas sicherlich."

„Ich habe einmal ganz realistisch geträumt, daß mein Großvater starb, und eine Stunde, nachdem ich aufgewacht war, erhielten wir die Nachricht von seinem Tod. Aber das war nur ein einziges Mal. Obwohl man es nie genau wissen kann."

„Ich halte nicht viel davon", sagte Winias, „aber wie es schon im Sprichwort heißt, im Trüben ist gut fischen."

,,Anscheinend gibt es eine ganze Reihe Menschen, die diese Meinung teilen. Man wendet für die einschlägige Forschung noch mehr Mittel auf und erwartet in nicht allzu ferner Zukunft konkrete Resultate. Allerdings ist einer der Urväter der Psipharm-Abteilung, ein Jude namens Farb, vor einiger Zeit in die Vereinigten Staaten ausgewandert, noch bevor die Sache hier sehr ernst genommen wurde. Und jetzt stehen wir vor dem Problem, daß er drüben ist."

,,Ich hatte nicht den Eindruck, daß die Sache hier bei uns sehr ernst genommen wurde."

,,Das wollte man uns vielleicht glauben machen. Man weiß ja schließlich nie, wann man getäuscht wird."

,,Das stimmt."

,,Farb ist eine Schwachstelle. Alles, was nach drüben durchsickert, wird wahrscheinlich in seine Hände gelangen, und er weiß sowieso schon sehr viel. Was geschehen muß, ist völlig klar. Der Akt ist schon auf dem Weg zu Ihnen. Haben Sie etwas?"

,,Nein, es ... es passiert nur manchmal ... daß ich diese Schmerzen im Knie habe. Sie sind ganz fürchterlich."

,,Was sagen die Ärzte?"

,,Entweder eine Operation oder Medikamente."

,,Haben Sie schon gehört, daß man in der Psipharm-Abteilung angeblich bemerkenswerte Erfolge mit Wunderheilern erzielt hat? Vielleicht sollten Sie sich einmal dort umhören. Rufen Sie Kowaljow an. Er ist unser Mann in der Abteilung; er weiß wahrscheinlich Bescheid."

,,Das wäre eine Möglichkeit."

An der Tür schüttelten sie einander die Hände. Von der durch den Schmerz ausgelösten Übelkeit betäubt, drehte Winias sich erst nach ein paar Schritten um und wollte Malonow noch einmal nach dem Namen des Kontaktmannes fragen, den dieser erwähnt hatte, aber Malonow hatte sich schon abgewandt und starrte mit mißbilligendem Gesichtsausdruck auf seinen neuen Tisch.

6

„O.k., alles auf die Plätze!“

Der Regisseur drückte die Zigarette mit niedrigem Teergehalt angeekelt aus, als wollte er sie dafür bestrafen, daß sie ihm keinen Genuß gebracht hatte. Er krempelte die Ärmel seines Armeepullovers auf und ging auf das mit Kreidestrichen markierte große Rechteck auf dem Boden des Ateliers zu. Während er darauf wartete, daß die Frau im beigen Regenmantel und der Mann neben ihr die Plätze einnahmen, begann er: „Und jetzt denken Sie bitte daran, daß das hier eine Auseinandersetzung ist, die Sie schon oft hatten, daß aber noch mehr dahintersteckt. Dieser Streit arbeitet die ganze Zeit in euch beiden fort. Er ist nicht ein Bestandteil eurer Beziehung, er *ist* eure Beziehung. Das hat aber keiner von euch begriffen; ihr glaubt noch immer, daß es etwas gibt, worüber ihr streiten müßt. Aber dennoch ist euch im tiefsten Inneren klar, daß es keine Hoffnung mehr gibt, und das verleiht diesem Streit seine ganz besondere jämmerliche Wut, versteht ihr das?“

Die beiden nickten.

„Achmed, fertig?“ rief der Regisseur.

Ein kleiner, dunkler Mann sah hinter den Säulen hervor, die das schmutzige Blechdach trugen. „Ich bin fertig.“

„Gut“, sagte der Regisseur, hob eine Aktentasche vom Boden auf und stellte sich ungefähr fünf Meter rechts neben dem Paar auf. „Ich stelle ihn dar — wir fangen mit der Zeile vom Stolz des Mannes an. Ihr seid noch in dem Stadium, in dem ihr einander bösartig anfaucht — es wird weder geschrien noch gebrüllt, versteht ihr? Los.“

Die Frau holte tief Luft. Sie war Mitte Dreißig, hatte ein scharfgeschnittenes Gesicht und weißblondes Haar. Der Mann neben ihr täuschte einen Spitzbauch vor, der sinnbildlich für die aggressive Empfindlichkeit des besiegten Mannes stand.

„Hast du denn gar kein Gefühl für den Stolz eines Mannes?“ fragte er.

,,Bei dir nicht. Das ist kein Stolz, das ist Überempfindlichkeit, und ich habe jetzt genug. Es ist, als würde man mit einem Unzurechnungsfähigen zusammenleben."

,,Gut, gut, ich weiß, daß ich ein ordinärer, gefühlloser Widerling bin, wenn ich auch nur ein einziges Wort sage, das dir nicht paßt, aber es ist natürlich völlig in Ordnung, wenn du mich vor einem Kellner heruntermachst. Hast du seinen Gesichtsausdruck gesehen?"

,,Du meine Güte, das darf doch nicht wahr sein. Willst du vielleicht behaupten, daß sogar das zu viel für dich war? Das ist ja nun wirklich unglaublich. Natürlich hat er dich so angesehen. So sieht ein Kellner eben einen Menschen an, der unfähig ist, einen Entschluß zu fassen, einen Menschen, der wie ein Säugling ist und nicht ein Wort konstruktiver Kritik verkraften kann, und dann wundert sich so ein Mensch, daß er immer und überall versagt."

,,Ich? Ich versage? Wobei?"

,,Denke einmal an das Leben, die Liebe, die Arbeit, und an alles andere, was da noch bleibt."

Der Regisseur nickte zufrieden. Die beiden hatten den Ton des Selbstmitleids gut getroffen, das weinerliche Gejammere einer verhaßten Schwäche. Einen Augenblick schloß er die Augen und lauschte den Stimmen, abstrahierte die Emotionen; ein Trick, den er im Lauf seiner Karriere vervollkommnet hatte. Aber es war wirklich gut. Der Mann versuchte, der in ihm aufgestauten Gewalt Herr zu werden, und die Frau trieb ihn mit der dummen Hartnäckigkeit eines Nagetieres in diesen verborgenen Winkel seines Ichs zurück.

Diese Zigaretten sind schrecklich, dachte der Regisseur. Kaum hat man eine geraucht, so will man zwei Minuten später die nächste.

Er öffnete die Augen. Seine linke Schulter begann im Takt eines unhörbaren Rhythmus zu zucken, als würde er zählen. Dann rief er laut: ,,Jetzt, Achmed."

Der kleine dunkle Mann trottete hinter einer Säule hervor, ging an dem Paar vorbei, das ihn kaum beachtete, und blieb vor dem Regisseur stehen.

,,Du, gib mir sofort deine beschissene Brieftasche", sagte Achmed mit nasalem spanischen Akzent.

7

Das Gefühl veränderte sich immer wieder.

Anfangs war Jascha Farb der Pfeil, und sie war der Bogen, der sich immer weiter spannte, lockerer wurde und wieder spannte, nahe daran, den Pfeil abzuschießen, und es doch nicht tat. Dann schwitzte er in der prallen Sonne, und sie war der Heuhaufen, den er mit seiner Gabel anstach. Dann wieder schien das, was sie taten, ein vollendeter Gleichklang, perfekter und präziser als Paarläufer auf zischendem, funkelndem Eis. Dann war er ein Satyr, dessen Beine mit ihm davonliefen, als er durch sie hindurch auf die andere Seite vorstoßen wollte. Die andere Seite. Als sie zu stöhnen begann wie eine Traumwandlerin, wie eine gebärende Frau, wie eine Sterbende, wurde die Quecksilbersäule in ihm, die höher und höher stieg und darauf wartete, aus ihm zu quellen, zu einem silbernen Stab, auf dem er in den Himmel sprang, und jede Zelle und jeder Nerv schrien: Spring' über die Stange, spring' über die Stange. Er sprang darüber und blieb einen Augenblick in der Luft stehen, während sie ihm auf dem Trapez entgegenflog und es dann losließ; er fing sie perfekt auf, und gemeinsam ließen sie sich zum dröhnenden Applaus ihres Blutes in das Sicherheitsnetz des Bettes fallen.

Dann begannen sie einander zu küssen und nach einer bequemeren Stellung zu suchen, denn ihrer beide Knie und Ellenbogen waren plötzlich wieder kantig geworden.

„Das war großartig", sagte Jascha. „Und an einem Dienstag."

Carolyn lachte und griff nach einer Zigarette. „Viel besser als das Praktikum."

„Aber das Wichtige ... "

„Ja", sagte sie mit übertrieben verführerischer Stimme, „ja, was ist denn das Wichtige?"

„Das Wichtige ist immer, vom Einzelnen ausgehend zu verallgemeinern."

„Oh nein, jetzt fängst du mir nicht schon zu verallgemeinern an", sagte Carolyn mit der Gelöstheit der Frau, die sich sexuell bestätigt weiß.

„Aber hör mir doch zu", sagte Farb, dessen Stirn sich vom angestrengten Denken runzelte. „Das Einzelne, das sind wir. Wir lieben einander. Wir stehen dem Sein positiv gegenüber. Wir wollen nicht für Abstraktionen kämpfen. Wir lieben das Leben. Das stimmt doch?"

„Stimmt."

„Die meisten Menschen sind offenbar nicht so zufrieden. Unsere Erde kann man ja nicht gerade als Planeten des Glücks bezeichnen. Wenn schöner Sex glücklich macht und die meisten Menschen nicht glücklich sind, dann heißt das doch, daß die meisten Menschen keinen schönen Sex erleben, nicht wahr?"

„Ich halte das für eine Untertreibung, Jascha."

„Und daher würden viel mehr Menschen glücklich werden, wenn sie auf irgendeine Weise schönen Sex erleben könnten. Was wissen wir schon, ob es nicht vielleicht viel wichtiger ist, die Mittel zur Reproduktion zu steuern als die der Produktion."

„Was soll denn das heißen?" fragte sie und stieß den Rauch aus.

„Gehen wir von der Annahme aus, daß das zwanzigste Jahrhundert jenes Jahrhundert ist, in dem die Träume der Menschen wahr werden. Natürlich auch die Alpträume, aber das steht auf einem anderen Blatt. Der Mensch träumte zum Beispiel immer vom Fliegen; jahrhundertelang sah er den Vögeln zu und wollte es ihnen gleichtun. Und dann, hoppla, haben wir das zwanzigste Jahrhundert, und es geht hinauf, sogar in den Weltraum. Der Mensch träumt schon seit Urzeiten von einem vollendeten Aphrodisiakum. Er hat alles versucht, aber nichts hat genützt — noch heute bringt man in Afrika die Nashörner wegen ihrer Hörner um. Man bringt riesige Rhinozerosse um, damit die Menschen Spaß im Bett haben! Wenn wir aber fliegen können, dann können wir auch das perfekte Aphrodisiakum entdecken. Es ist ja schon alles da, wir müssen es nur noch finden. Eine kleine Pille? Sie könnte uns sexuellen Genuß bringen und gleichzeitig zur Geburtenregelung und der Bekämpfung von Geschlechtskrankheiten dienen. Wer würde keinen Wert darauf legen?"

„Ich", sagte sie, „ich habe ja dich."

Eine Stunde lang schlenderte Farb in bester Laune den Broadway entlang, völlig überzeugt, einer großen Sache auf der Spur zu sein. Er achtete nicht auf die Menschen um sich herum und lenkte seine Schritte gedankenverloren, intuitiv, dem Stadtzentrum zu.

Es gab vieles, worüber er nachdenken mußte. Es war ihm bekannt, daß die ersten Untersuchungen auf dem Gebiet der Sexologie in Moskau zu dem Ergebnis geführt hatten, daß es in der Sowjetunion um Sex noch schlechter stand als um die Ernten. Selbst ohne ein Anhänger von Reichs Theorien über den Zusammenhang von politischem System und Orgasmus zu sein, konnte man sichergehen, daß verängstigte, müde, unglückliche Menschen den Geschlechtsakt in den meisten Fällen verdarben und damit in der Überzeugung bestätigt wurden, das Leben sei trostlos und sinnlos, was sie wiederum zu besseren Staatsbürgern eines totalitären Regimes machte, dessen größter Feind das menschliche Glück ist, das so eng mit Freiheit und Würde in Zusammenhang steht.

Farb war schon immer der Meinung gewesen, daß früher oder später eine technische Erfindung zum Untergang der Sowjetunion führen würde. Eine Zeitlang hatte er sie auf dem Gebiet der Nachrichtentechnik erhofft, denn es gab nichts, das die Sowjets mehr fürchteten, als einen freien und offenen Nachrichtenaustausch, der das Zeichen von gesunder Persönlichkeit, der Ausdruck eines intakten Gesellschaftssystems ist. Erfände zum Beispiel irgend jemand einen winzigen Bestandteil, der ein gewöhnliches Radio oder einen Fernsehapparat zu einem Instrument wechselseitigen Nachrichtenaustausches machte, so hätte das wahrscheinlich revolutionäre Auswirkungen auf die Isolation, in der die Sowjetunion lebte.

Auch würde die Entdeckung eines Stoffes mit echter aphrodisischer Wirkung einen nicht zu unterschätzenden Einfluß auf die Weltlage ausüben, denn Menschen, die die Schönheit des Sex entdeckten, würden sich gleichzeitig ihrer Würde als Mensch bewußt werden. Es lag auf der Hand, daß das einundzwanzigste Jahrhundert ein Jahrhundert der Drogen sein würde. Die Menschheit würde mehr Drogen als je zuvor zu sich nehmen. Drogen waren unwiderstehlich. Wie das Fernsehen. Man braucht ein Kind nur in ein Haus zu führen, in dem irgendwo der Fernsehapparat läuft, und es wird nicht lange dauern, bis es den Apparat gefunden hat. Das wird durch die Natur des modernen Lebens bedingt, das ja im Grund genommen langweilig ist.

Vielleicht hatten die Amerikaner recht damit, sich über EsW lustig zu machen und es als Sackgasse anzusehen, da es weder ernsthaft für Spionage noch für Verteidigungszwecke eingesetzt werden konnte. Vielleicht gehörte den Amerikanern die Zukunft, weil sie auf wissenschaftlicher Ebene die richtigen Entscheidungen trafen oder zumindest die Bedingungen schufen, unter denen solche Entscheidungen getroffen werden konnten. Die Naturwissenschaften würden die Zukunft der Menschheit entscheiden, eine Zukunft, die keinesfalls der gegenwärtigen Welt gleichen würde, dieser Welt mit den abscheulich antiquierten nationalistischen Staaten, den Dinosauriern der Geschichte.

Vielleicht würde es gar nicht so schwer sein, Kapital für ein derartiges Projekt aufzutreiben. Die Universitäten wären dafür allerdings kaum zu interessieren — es würde ihren Sinn für Anstand verletzen —, aber die Privatwirtschaft hatte mehr Gefühl in solchen Dingen, und es war klar, daß das Projekt, wenn es erfolgreich verlief, einen unerhörten finanziellen Gewinn brächte. Immerhin würden es Millionen Menschen tagtäglich brauchen, jede einzelne Woche des Jahres. Was für Aussichten, was für Aussichten!

Ein Taxi hupte Farb wütend an, und er trat auf den Gehsteig zurück. Aus irgendeinem Grund erinnerte ihn dies daran, daß er seine Aktentasche im Büro gelassen hatte, als er die Universität mit Carolyn verlassen hatte, nachdem ihr Praktikum ausgefallen war. Da er nicht auf derselben Straßenseite zurückgehen wollte, auf der er eben gekommen war, überquerte Farb den Broadway und machte sich auf den Weg zurück zur Columbia University.

Ja, spann er seine Gedanken zufrieden fort, Amerika war der

ideale Ort, solche Unternehmen durchzuführen. Erstens hielt die amerikanische Gesellschaft unendlich viel von Sex; zweitens konnte man mit Sex alles verkaufen, also warum dann nicht Sex selbst; und drittens waren die grundlegenden Untersuchungen wahrscheinlich schon von all den Instituten vorgenommen worden, die den Orgasmus und das Anschwellen der Brustwarzen und weiß Gott noch was maßen. Natürlich waren sie nur an der reinen Forschung interessiert, am Zusammentragen von Daten und deren erster Auswertung, wogegen er immer an eine engagierte Wissenschaft geglaubt hatte, die bewußt eine Auswahl traf und die Welt zu revolutionieren versuchte — wahrscheinlich eine angeborene Neigung zum Erlösertum, die den Juden und den Russen gleichermaßen eigen war.

Amerika, Amerika, Land der Exzentriker und Millionäre, er liebte es mehr denn je. Und jetzt verstand er auch, daß er trotz seines Beharrens auf der Prämisse „das alles, was wir glauben, wahrscheinlich falsch ist", in seinem eigenen Denken nicht frei genug gewesen war. Das war auch der Grund, warum er trotz all seiner Fähigkeiten in Amerika keinen besonderen Erfolg gehabt hatte. Sein Universitätsposten bestand derzeit aus zwei kaum ertragbringenden Jobs, die man zu einem vereint hatte, und vielleicht hätte er nicht einmal diesen bekommen, hätte die politisch aktive Fakultät nicht Druck ausgeübt. Es hatte triftige budgetäre Gründe gegeben, die beiden Teilzeitjobs einfach aufzulassen, seine Position war schwach, das Ziel von Angriffen der Buchhalter, welche sich an der Administration stießen, die notwendig war, um Jakob Farbs Posten zu erhalten, das heißt, ihn am Leben zu erhalten. Und jetzt, zum ersten Mal in seinem Leben, hatte er eine Chance gesehen, reich zu werden. Phantastisch, fast lächerlich reich. Warum auch nicht? Er war nicht dumm; er wußte zu leben, das Geld wäre an ihn nicht verschwendet. Er würde ein legendärer Kunstmäzen werden, Parties geben, die die Gäste ihr Leben lang nicht vergessen könnten, und die Welt weiterhin mit den Wundern, die aus seinem Laboratorium kamen, in Erstaunen versetzen. Und vielleicht wäre dann sogar seine Schwester glücklich.

Beim Gedanken an seine Schwester überflog ein Schatten sein Gesicht. Diese Verachtung, diese Wut. Selbst die Art, in der Raissa ein Auto lenkte, erschreckte ihn. Warum hatte er sich nur überreden lassen, den riesigen Oldsmobile zu kaufen, statt etwas Vernünftiges wie zum Beispiel einen Dasher; er würde das nie verstehen. Jedesmal, wenn er sie den Wagen vor dem Reihenhaus in der Bronx, in dem sie wohnten, starten hörte, beschlich ihn ein vages Gefühl der Angst. Und wenn Raissa auf der West Side Autostraße mit hundert Stundenkilometern unaufhörlich die Spur wechselte, um rechtzeitig zur Arbeit zu kommen, die darin bestand, Russisch in einer Mittelschule auf Staten Island zu unterrichten, war das mehr, als er auch nur in Gedanken ertragen, geschweige denn miterleben konnte. Sicher hatten er und seine Schwester sehr Schlimmes durchgemacht, aber irgendwann mußte man damit zu leben lernen und erkennen, daß die Taten dieser Ungeheuer in Menschengestalt einem nicht das ganze restliche Leben zerstören durften. Sicher würden die Alpträume und die Trauer nie ganz verschwinden. Aber er wußte es nicht sicher; er wünschte, er hätte nicht an Raissa gedacht, denn mit ihr kamen all die anderen Probleme wieder. Vielleicht war es auch nur eine Frage ihres Naturells; sie wäre vielleicht auch voll von Schatten und Feuer gewesen, wenn sie in einer geordneten amerikanischen Vorstadt aufgewachsen wäre, und er hätte überall seiner fröhlichen Neugier gefrönt, wo ihn das Schicksal auch hingestellt hätte.

Obwohl er sich wieder mit der neuen Idee befassen wollte, hatten die Gedanken an die vergangenen Leiden seine Gemütsverfassung so gedrückt, daß keine rechte Begeisterung mehr in ihm aufkam. Immerhin war er durchaus imstande, die praktischen und unmittelbaren Auswirkungen seiner Idee durchzudenken. Er könnte zum Beispiel schon damit beginnen, Literatur über diesen Gegenstand zu sammeln, sich darüber informieren, wer was und zu welchem Zweck machte. Hatte er nicht irgendwo in den naturwissenschaftlichen Spalten der *Times* über die aphrodisischen Eigenschaften der Trüffel gelesen? Und er könnte sich auch Gedanken über die Finanzierung machen. Welcher Industriezweig wäre wohl am ehesten bereit, seine Forschungen finanziell zu unterstützen — Alkohol, Parfum, die pharmazeutische Industrie? Hatte er irgendwelche Bekannte, die sich als nützlich erweisen könnten? Es fiel ihm niemand ein. Er hatte in Amerika, sowohl unter seinen amerikanischen Kollegen als auch in der russischen Emigrantenszene nur wenige Freunde gewonnen, — und genau aus diesem Grund fand er Amerika sehr liebenswert. Die Küche ausgenommen, hegte er nicht die typisch slawische Sehnsucht nach Rußland und teilte weder die Verachtung der amerikanischen Liberalen für das amerikanische Gesellschaftssystem, noch das Mißtrauen der russischen Emigranten gegen die losen Sitten Amerikas. Seiner Meinung nach waren die Emigranten in ihrer Denkweise durch die politischen und geschichtlichen Traumata des zwanzigsten Jahrhunderts derart geprägt worden, daß ihnen jedes Umdenken unmöglich war, und er daher trotz ihrer vielfachen Talente und ihres Edelmuts lieber ihre Bücher las und ihre Konzerte hörte, als sich in den unvermeidlichen Diskussionen zu verlieren, die nur die Nerven strapazierten und Freundschaften zerstörten. Was die Amerikaner anlangte, so waren die Konservativen intelligent, aber von zimperlicher Langeweile, wogegen die Liberalen zwar amüsanter, aber von nervtötender Dummheit waren.

Er mochte Amerika, weil es ein offenes und dynamisches Medium war, ein Laboratorium, in dem ohne Unterlaß die bizarrsten Experimente durchgeführt wurden. Amerika war wie das Fernsehen, eine erstaunliche Erfindung mit derart miserablen Programmen, daß man darüber vergaß, was für ein herrliches Instrument es war. Man müßte einzig und allein die Programme verbessern. Und wie die neuen Fernsehapparate mit einem Dutzend Kanälen zeigten, liebte Amerika Veränderung, Vielfalt, Wahlmöglichkeiten. Amerika hatte entdeckt, daß es viel nützlicher war, etwas anzunehmen statt auszuschließen. Wenn in Amerika jemand die amerikanische Gesellschaft angriff, wurde sein Buch zum Bestseller, der Autor wurde überall interviewt und einige seiner Ideen breiteten sich aus und gewannen Einfluß auf die Gesellschaft. In Rußland gab es nur die Wahl zwischen dem Entweder und dem Oder, wogegen das kluge Amerika dieses Problem umging, indem es alle Möglichkeiten zuließ.

Warum sollte er leiden, warum sollte er bis zu seinem letzten Tag die Welt anklagen, so wie Raissa es tat? Das war ihre Spezialität, dachte er, als er die Tür zu seinem Büro aufschloß.

Es war sonderbar, daran zu denken, daß er vor kaum zwei Stunden hier gestanden war und gerade geprüft hatte, ob er die Tür versperrt hatte, als Carolyn um die Ecke gelaufen kam und so heftig keuchte, daß sie kaum die Worte herausbrachte: „Mein Praktikum ist gerade abgesagt worden." Wer hätte gedacht, daß ein solcher Satz so erotisch sein könnte? Die ihm offenstehenden Möglichkeiten hatten sich verändert, und statt spazierenzugehen oder allein in einer Studentenkantine ein Glas Tee zu trinken, hatte er zwei glückliche Stunden in ihrer Garçonniere verbracht, und darüber hinaus war eine neue Idee geboren worden. Er mochte alles an ihr, ihre Stimme, ihr Haar, ihre Bluse, die Ohrgehänge, sogar ihre Begeisterung für die Wissenschaft, obwohl sie für seinen Geschmack etwas zu praktisch veranlagt war.

Farb war gerade dabei, Gegenstände auf seinem Schreibtisch etwas planlos herumzuschieben, als irgend jemand heftig und dennoch etwas zögernd an die Tür klopfte. Carolyn? Irgendein Student?

„Herein", rief er.

Als die Tür aufging, sah Farb einen kleinen, vogelähnlichen Mann mit schütterem roten Haar, das in verstreuten Büscheln auf seinem Kopf wuchs, einer spitzen Nase und graugrünen Augen vor sich. Ihre Blicke trafen einander mit der Sicherheit und Vertrautheit zweier russischer Juden. Sie erkannten einander.

„Saposchnikow, Efrem Emanuelowitsch", stellte sich der Besucher vor.

„Farb, Jakob Samuelowitsch. Treten Sie bitte ein."

„Es tut mir leid, aber ich kann nur eine Sekunde bleiben: Ich parke mit meinem Lastwagen in zweiter Spur. Ich habe etwas für Sie. Wo ist es nur?" murmelte Saposchnikow und zog aus der Tasche seiner Lederjacke eine prall gefüllte Brieftasche, die von einem dicken Gummiring zusammengehalten wurde. Er streifte den Gummiring ab, schob ihn auf sein linkes Handgelenk und begann in der Brieftasche zu kramen. Farb lächelte. Die russische Unordnung ging ihm oft ab. Selbst Carolyn hatte einen dieser aufklappbaren Aktenkoffer und wußte immer ganz genau, wo alles war.

„Da?" sagte Saposchnikow erstaunt und erleichtert, doch seine

Miene verdüsterte sich sofort wieder. ,,Nein, das ist nicht der Ihre. Also das verstehe ich wirklich nicht."

Er legte die Brieftasche auf Farbs Schreibtisch und begann in seinen Taschen zu wühlen. Er hatte alle Taschen schon zweimal durchsucht, als er sich mit fast übermenschlicher Willenskraft zwang, damit aufzuhören, und mit einem etwas dümmlichen Gesichtsausdruck zu Farb sagte: ,,Einen Augenblick. Wir hören sofort damit auf und gehen es wissenschaftlich an. O.k.? Gut. Linke Vordertasche? Nein. Rechte Vordertasche. Nein. Nein. Innen links? Halt, was ist das?" Saposchnikow zog einen Briefumschlag heraus, der zweimal gefaltet und vielleicht durch das Gewicht der Brieftasche noch weiter nach hinten gedrückt worden war. Er blies ein paar Staubkörner und Tabakkrümel von dem Umschlag und strich in glatt, las den Namen genau, um absolut sicherzugehen, daß ihm diesmal kein Fehler unterlaufen war. ,,Da", sagte er und übergab Farb den Brief, ,,für Sie. Es ist wunderbar gelaufen. Der Brief ist wahrscheinlich erst vor drei oder vier Tagen in Rußland abgegangen. Unsere Post ist sechsmal rascher, ganz zu schweigen von gewissen anderen Vorteilen. Meine Telefonnummer steht auf dem Umschlag; rufen Sie mich an, wenn Sie eine Antwort schicken wollen."

,,Danke", sagte Farb, nahm den Brief und sah ihn etwas besorgt an, bevor er ihn vor sich auf den Schreibtisch legte.

,,Können Sie nicht einen Augenblick bleiben?" fragte er.

,,Nein, tut mir leid, das kann ich nicht. Ich habe lange gebraucht, um dieses Büro zu finden, und mein Lastwagen steht in zweiter Spur. Und zwischen meiner Arbeit und der Zustellung dieser Briefe bleibt mir keine Sekunde Zeit."

Nachdem er den Gast hinausgeführt und ihm die Hand geschüttelt hatte, ging Farb zu seinem Schreibtisch zurück, blieb stehen und blickte auf den Brief hinunter. Er hatte die Konsistenz des sowjetischen Papiers gespürt und war nicht erbaut darüber, seinen Namen in kyrillischen Buchstaben auf dem Umschlag zu sehen. Instinktiv wandte er den Blick ab, der nun auf Saposchnikows Brieftasche fiel, die noch immer auf dem Schreibtisch lag.

Oh mein Gott, dachte Farb, packte die Brieftasche und rannte in den Flur hinaus, der im Licht des späten Nachmittags leer und trostlos vor ihm lag. Er lauschte, ob Schritte zu hören waren, aber es war still. In welche Richtung war Saposchnikow gegangen? Er beantwortete die Frage, indem er mit gesenktem Kopf, so rasch er konnte, nach rechts lief. Er stieß mit Saposchnikow zusammen, der gerade um die Ecke bog.

,,Tut mir leid", keuchte Saposchnikow, ,,ich habe die verdammte Brieftasche vergessen."

,,Da ist sie", sagte Farb und drückte sie ihm in die Hand.

Saposchnikow blickte die Brieftasche wütend an, als besäße sie eine ganz eigenständige Bosheit, streifte dann das Gummiband vom Handgelenk und legte es zweimal um das unfolgsame Ding, das er darauf fest in seine innere Rocktasche stopfte. ,,Gegenstände, immer diese Gegenstände. Jetzt haben sie mich sicher schon abgeschleppt."

,,Dann laufen Sie doch."

Saposchnikow hob die Arme in einer Geste, die besagen sollte, daß er genug davon hatte herumzulaufen, nur um der Welt mit ihren Schwierigkeiten einen Gefallen zu tun, und daß er die Brieftasche vielleicht gar nicht vergessen hätte, hätte er sich die Zeit genommen, sich wie ein normaler Mensch zu verabschieden. Farb verstand die Geste, umarmte ihn, klopfte ihm ein paarmal auf die lederverhüllte Schulter und blieb im Flur stehen, bis Saposchnikow verschwunden war.

Von wem war der Brief eigentlich?

Nachdem er den Luftpostumschlag sorgfältig geöffnet hatte, strich er den Brief glatt und sah die Unterschrift ,,Wanka-Wstanka", wie er Juri Trofimowitsch früher scherzhaft genannt hatte. In freudiger und doch gespannter Erwartung setzte er sich und las diesen Brief, der aus einer anderen Welt kam.

Lieber Jascha,

Ich schreibe Dir aus zwei Gründen. Erstens einmal möchte ich Dich davon informieren, was für Fortschritte die Arbeit gemacht hat, die wir gemeinsam hier begonnen haben, und zweitens möchte ich mit Dir eine Verbindung herstellen, die nicht einer unerwünschten Zensur unterliegt. Das bedeutet, daß Du mir un-

bedingt antworten und dabei dasselbe System verwenden mußt. Teile mir bitte auch mit, wann genau Du den Brief erhalten hast, weil ich den Postweg einkalkulieren möchte. Wenn Du irgend etwas über die Arbeit wissen willst, dann halte Deine Fragen im Augenblick eher vage und allgemein. Das Wichtigste ist, daß ich von Dir eine Antwort bekomme und damit weiß, daß ich nicht nur mit mir selbst rede.

Die Arbeit scheint endlich Resultate zu bringen. Wir können das nicht vor denjenigen verbergen, in deren praktischem Interesse ein Erfolg unsererseits liegt, wobei ich allerdings zugeben muß, daß sie in der Bereitstellung von finanziellen Mitteln und Ausrüstung sehr großzügig waren, was natürlich auch zu strengeren Kontrollen führte. Ich bin zur festen Überzeugung gekommen, daß, was immer wir erreichen, nicht dazu verwendet werden sollte, die Skala zu ihren Gunsten ausschlagen zu lassen.

Wir haben schon immer gewußt, daß unsere Arbeit mit besonderem Wohlwollen von einem an der Spitze beobachtet wurde, der eine bekannte Schwäche für Wunderheiler hat und vielleicht exaltierte Vorstellungen von Superspionen hegt, die Gedanken lesen, Wachebeamte à la Wolf Messing hypnotisieren und ihre Gedanken auf einen Film projizieren können. Ohne noch ins Detail gehen zu können, muß ich Dir sagen, ich bin, sogar gegen meinen Willen, überzeugt, daß einige dieser Phänomene tatsächlich existieren, obwohl sie aus ihrer Natur heraus weder voraussagbar noch steuerbar sind.

Das Wichtigste allerdings ist, daß Deine sehr allgemeine Idee, daß nämlich bestimmte chemische oder endokrine Substanzen im Zusammenhang mit ungewöhnlichen Tätigkeiten des Menschen stehen — die Langlebigkeit mancher Georgier und die außersinnlichen Wahrnehmungen, die ein kleiner Teil der Bevölkerung erlebt —, pharmakologisch gesehen richtig ist.

Ich werde Dir mehr Informationen zukommen lassen, wenn ich sicher bin, saß wir ungehindert miteinander korrespondieren können. Ich wünschte, solche Vorkehrungen wären nicht notwendig; es ist eine Tragödie, unsere Tragödie, daß dem so ist.

Grüße an Deine Schwester.

Wanka-Wstanka.

8

Aus irgendeinem Grund hatte sich David Aronow bereit erklärt, die Übersetzung von Schars Gedichten selbst an Karen Cooper weiterzugeben. Auf eine ihm unerklärliche Weise hatte sich diese Absicht in ein Mittagessen verwandelt, von dem ihn jetzt nur mehr fünfzehn Minuten trennten. David warf die maschinengeschriebenen Blätter auf den Schreibtisch und ließ einen kurzen Augenblick lang die Erinnerung an die Worte darauf in jenem Teil seines Gehirns nachklingen, der die Musik der Vokale genau erfaßte.

Es war eine Erlösung gewesen, einmal Gedichte zu übersetzen; Prosa war, so wohltönend sie auch sein mochte, doch nur Routine.

Er beschloß, das Gedicht „An meine Tochter" nochmals zu lesen; es war eindeutig das bessere der beiden Werke. Obwohl es ihm peinlich gewesen wäre, hätte jemand ihm einen Fehler, einen Lapsus nachweisen können, entweder in der Presse oder von privater Seite, so war dies doch nicht der wahre Grund, warum er sich so bemühte, hervorragende Arbeit zu liefern. Qualität war ihm vor allem wichtig — das Wort, die Idee, die Sache an sich. Manche Menschen waren so veranlagt, und er gehörte zu ihnen; er war nicht nur ein Vorzugsschüler gewesen, sondern der beste aller Vorzugsschüler. Und er wußte, daß das Notensystem, mit dem die Menschen vom ersten Schultag an lebten, sie alle ein ganzes Leben lang begleiten würde. Wenn man über ein Theaterstück gefragt wurde und es als „3-" einstufte, dann war der Rest mehr oder weniger unwichtig, man war verstanden worden. Er hatte einmal eine Frau kennengelernt, die sich mit erschreckender Offenheit als „2 + " bezeichnete.

Er nahm das Gedicht zur Hand.

AN MEINE TOCHTER

Fünfzig Mann schlafen unter den Decken des Staates.
Einer bin ich. In den freundlichen Stunden des Traumes
Sind wir freie Männer, alle fünfzig sind wir Bürger
In einer Welt, die, selbst wenn sie im Alptraum befangen,

Dieser Baracken des Staates spottet, gezimmert
Aus Brettern und Phrasen, Hammer, Nagel und Schmerz.
Der zarte Druck meines Kindes Arm, meiner Tochter,
Einer Sechsjährigen Arm um meinen Hals, meine Schultern —

Sag mir, woher kommt dieses herrliche Gefühl, sag mir,
Wieso ist das stärker als alles, was mir widerfahren
In jenem anderen Leben, in dem fünfzig Sklaven, auch ich,

Gerissen werden aus dem Schlaf unter den Decken des Staates
Fünfzig weiße Leiber, die knarren wie rostige Kellertüren.
Manche haben geträumt von Seen und Frau'n; ich aber,
Ich habe Katja gehalten, meine nie geborene Tochter.

Er hatte einige wirkungsvolle Effekte erzielt, ja, einige Stellen gefielen ihm sogar besser als das Original, „Aus Brettern und Phrasen, Hammer, Nagel und Schmerz" zum Beispiel. „Seen und Frau'n" war auch gut, hier zählte die Verbindung der Begriffe — Seen, Frauen, alle die Assoziationen, die man zwischen ihnen herstellte.

Er bedauerte einen Augenblick, daß er nicht versucht hatte, eine gereimte Version zu schreiben, aber das Englische war in dieser Hinsicht armselig, und die Russen, vor allem Lunz, konnten nur den Kopf in sprachlosem Mitleid mit einer Sprache schütteln, in der sich Gedichte nicht reimten und man den Menschen, den man liebte, nicht mit „du" anreden konnte.

„Du". Es war schade, daß es dieses Wort im Englischen nicht mehr gab, denn obwohl es auch als Ausdruck der Verachtung gebraucht werden konnte, so war es doch in jedem Fall der Ausdruck einer engen Verbindung. So ganz neunzehntes Jahrhundert, dieses Spielzeugjahrhundert. Das zwanzigste Jahrhundert wäre darüber hinweggerollt wie ein Panzer über Spielzeugsoldaten. Und er stammte aus eben diesem Jahrhundert, aus einer schlechten Umgebung. „Du“ war das, was jeder sagen wollte, was jeder sein wollte. Karen hatte sein „du“ sein wollen, und er hatte ihr dieses Gefühl entgegengebracht, ein befreiendes Gefühl, das in ihm aufstieg und ihn schwindlig machte. Aber es war eine ernsthafte Angelegenheit, das wußte er aus Erfahrung. Dieses Gefühl ging Hand in Hand mit einem Schwur. Das war es, was er ihr hatte erklären wollen — nicht, daß er das Gefühl nicht in sich spürte, sondern daß er nicht bereit war, diesen Schwur abzulegen.

Er fragte sich, ob es möglich sein würde, die Angelegenheit während des Essens ruhen zu lassen. Zwischen ihnen beiden würden natürlich Gefühle hin und herschwingen, aber das Gespräch würde wohl oberflächlich bleiben — sie die Intellektuelle aus Manhattan, er der vergnügte Sarkastiker. Personaville, USA.

Wie dem auch war, es war sechs vor eins, sie hatten sich für ein Uhr verabredet, und es war höchste Zeit zu gehen.

In New York ging er gerne zu Fuß, obwohl er es haßte, sich zu beeilen. Er ging immer etwas schneller als notwendig, denn in New York war es gut, nicht dahinzuschlendern, das verlieh einem zu sehr den Anstrich eines Fremden, und das hieß wiederum, daß man verwundbar war. Das Beste an New York war, daß es in gewissem Sinn das ganze geballte Spektrum der Geschichte verkörperte. Es war ein gigantisches, auf vollen Touren laufendes Unternehmen; nur waren die Augen zu schwach, um dies zu erkennen.

Eine zahnlose verwirrte Schwarze mit zitterndem Kinn kam ihm auf dem Gehsteig entgegen und faselte von Jesus Christus. Das Seltsame an New York war, daß es nicht nur alles, sondern von allem das Fünfunddreißigfache gab, und daher faselten in diesem Augenblick an vierunddreißig anderen Stellen der Stadt zahnlose verwirrte Schwarze mit zitterndem Kinn von ihren Sünden und dem Heiland.

Er, der selbst gerne faselte, liebte die, die es auch taten.

Sie gehörten einem ganz speziellen Menschentyp an — denen, die den Zustand dieser Welt nicht ertrugen. Ihn selbst hielten nur die ihm von seiner Intelligenz auferlegten Hemmungen davor zurück, laut zu faseln. Aber es bedurfte nur eines ganz bestimmten Gesichts, um auch ihn dazu zu bringen — er nannte es das Zukunftsgesicht, dessen Züge wie aus Plastilin waren, die einer Comicsfigur ähndelten; solche Menschen lernten in Seminaren, Mensch zu sein. All die Schönheit, all das Leid der vergangenen Jahrhunderte hatte ausgerechnet das hervorgebracht. War es nur ein höllischer Spaß, oder hatten wir die Höhlenmenschen und die alten Griechen genarrt, indem wir uns zu so etwas entwickelten? Es gab noch einen zweiten Grund, warum ihm die verrückte Schwarze gefiel. Wenigstens faselte sie von Jesus Christus. Wahrscheinlich war sie der einzige Mensch in weitem Umkreis, der einen metaphysischen Gedanken im Kopf hatte.

Das einzige Fenster des Restaurants war mit einem Vorhang verhangen, was einen gewissen Frieden im Inneren des Raumes vorspiegelte, einen lauten Frieden allerdings, denn an der Bar drängte sich eine Schar von geltungssüchtigen Menschen, deren Köpfe sich ohne Unterlaß drehten und wendeten, deren Augen unaufhörlich auf der Suche nach den Berühmten, den Schönen, den Besten waren. Einige Blicke blieben sekundenlang an ihm haften. Er wußte, warum. Es war das Grau in seinem Bart und an den Schläfen — das, was er sein „vornehmes" Äußeres nannte —, und darüber hinaus hielten sie wahrscheinlich das silbrige Glitzern seiner Augen und die innere Spannung für die selbstgefällige Distanziertheit eines berühmten Mannes.

Jetzt ließ er selbst auf der Suche nach Karen seinen Blick durch den kleinen Speisesaal hinter der Bar schweifen, in dem das feinstrukturierte Leinen der Tischtücher das sich in ihnen widerspiegelnde Licht der Tischlampen milderte. Stimmen, das Klirren von Silber, Eiswürfel in Gläsern. Sie war noch nicht da.

Die Empfangsdame hob mit fragendem Blick die Hand. Er antwortete durch das Heben von zwei Fingern, dem Siegeszeichen. Jetzt waren sie beide zufrieden. Er war nicht allein in Manhattan, es ging kein Platz verloren, man würde ein weiteres Essen an den Mann bringen, das Trinkgeld der Kellnerin würde doppelt so hoch ausfallen.

Er bestellte ein Glas Rotwein und zündete nach dem ersten Schluck eine Zigarette an. Ein wunderbarer Geschmack, als küßte man eine Frau, die rauchte.

Dampf drang aus der Küche, als die Doppeltür aufschwang. Er

sah zu, wie zwei Köpfe näherkamen, wie Bemerkungen ausgetauscht wurden. Er ließ seinen Blicken freien Lauf, und sie wanderten zu einem metallenen Armband auf einem behaarten Unterarm und dann zwei Tische weiter zum Hals einer Frau. Die Haut am Hals hatte schon nachgegeben. An manchen Tagen sah sie sicher noch gut aus, aber an bösen Tagen, wenn die Frau müde war oder unter Druck stand, wirkte sie sicherlich schlaff und kläglich. Keiner hatte wohl mehr den Wunsch, diesen Hals zu küssen. Er würde ihn sicher nicht küssen wollen, dessen war er sich sicher, und deshalb verspürte er Mitleid mit ihr, vor allem, als er ihr wissend verzweifeltes Lachen hörte. Die Zeit hatte von ihnen allen Besitz ergriffen; auf eine erstaunliche Art waren auch dieses Mittagessen um ein Uhr, der Arbeitstag, das Wochenende Kräfte, die den Körper veränderten und einem das Leben raubten.

Er sah auf die Uhr. Karen hatte sich schon fast um fünfzehn Minuten verspätet. In New York konnte man eine Verspätung von fünfzehn Minuten noch als Pünktlichkeit ansehen, wenn man alle widerwärtigen Umstände in Betracht zog, aber Karen erreichte das Restaurant zu Fuß und war damit vor einem Verkehrschaos gefeit.

Ihr Zuspätkommen ärgerte ihn, vor allem, weil er ja gar nicht hatte kommen wollen, und er begann Gründe zu suchen, weshalb er sie nicht mehr liebte. Er liebte sie nicht, weil sie der hektischste und konfuseste aller Menschen war, eine moderne amerikanische Frau, eine Kombination, in der seiner Ansicht nach Eigenschaftswörter und Hauptwort nicht zusammenpaßten. Er liebte sie nicht, weil sie davon überzeugt war, daß lange, mühsame Sitzungen beim Psychiater sie aus dem Labyrinth ihrer Neurosen befreien würden. Zweimal wöchentlich trug sie ihre Träume, ihre Ängste, ihre kleinen Erlebnisse getreulich für einen hohen Preis in die Upper West Side, wo sie sie mit ihrer Analytikerin besprach; es störte ihn, daß er in diese intimen Erzählungen und Traumbilder einbezogen wurde. Er liebte sie nicht, weil ihr schöner Körper, für ihn der Inbegriff der weiblichen Erotik, eines Tages erschlaffen, ihre Haut faltig werden würde, und er wollte es sich ersparen, eines Morgens aufzuwachen und das sehen zu müssen. Er liebte sie nicht, weil sie seine Lektorin war, was dazu führte, daß sie manchmal spitz und schulmeisterlich wurde, dann aber wieder überschwenglich und schwärmerisch, Eigenschaften, die sie mit beißender Ironie bekämpfte, wenn sie ihrer gewahr wurde, mit einer geistreichen Bemerkung, die sich in ihrer eigenen bissigen Trivialität gefiel. Sie konnte nicht anders, denn sie stammte nicht aus New York, sondern aus dem Großen Peinlichen Anderswo, wo Mammi noch wohnte und die gesammelten Readers-Digest-Auswahlbände fein säuberlich aufgereiht auf dem Ablagebrett des messingenen Fernsehtisches standen. Er liebte sie nicht, weil sie ernst war und sich in gewisser Weise an ihre Beziehungen so herangemacht hatte, als wäre sie ein bedeutendes wissenschaftliches Projekt.

Er liebte sie nicht, weil für sie alles ein „Problem" war, das man besprechen mußte, und weil sie keinen Sinn für das Metaphysische hatte. Er liebte sie nicht, weil sie nie ihr Konto überzog, regelmäßig zum Zahnarzt ging und sich wahrscheinlich noch in einer Bahnhofshalle gut unterhalten würde. Er liebte sie nicht, weil sie ihn liebte. Und schließlich liebte er sie nicht, weil er sie liebte.

„Par-dong", hörte er sie sagen, und in ihrer Stimme schwang ein belustigtes Schuldbewußtsein mit.

Sie sah ihn gerade so lange an, um zu erkennen, daß er sich vor ihr verschlossen hatte, dann begann sie, ihr Tuch abzulegen, dessen Farben, ein warmes Braun mit zarten roten Streifen, ihm gut gefielen. Sie küßten einander zur Begrüßung nicht auf die Lippen, sondern legten Wange an Wange, die ihre noch kühl von der Luft des späten Septembers.

„Wie immer, gerade als ich gehen wollte", sagte sie, setzte sich und sah sich nach der Kellnerin um, „kam ein Ferngespräch aus Paris, es war einer unserer Agenten. Eigentlich dürfte ich dir ja nicht verraten, wessen Agent es war, also plaudere es bitte nicht aus, aber es war Kronskis Agent."

„Kronski?"

„Kronski, der Autor von den ‚Notizen aus der sowjetischen Unterwelt'. Verbrechen in der Sowjetunion. Penthause hat die Rechte für einen Fortsetzungsabdruck erworben. Selbstverständlich haben sie mit dem Kapitel über Prostitution begonnen, und genauso selbstverständlich glaubt Kronskis Agent jetzt, daß er die tollste Sache seit Nikolai Gogol gefunden hat und will für das nächste Buch, ‚Verbrechen und Strafe in der Sowjetunion', gleich fünfzigtausend Dollar mehr. Ich habe ihm gesagt, daß er das vergessen kann. Mehr oder minder deutlich. Fräulein, einen Dewar on the rocks, bitte."

Während sie den Drink bestellte, überkam David der Gedanke, daß er recht gehabt hatte. Sie waren höflich zueinander, von einer banalen, übertriebenen Höflichkeit. Was er nicht vorausgesehen hatte, war, wie schmerzhaft und bedrückend das sein würde. Und natürlich verwendete sie diese Höflichkeit dazu — was konnte sie sonst schon tun —, um ihm zu sagen: So ist das also, wenn wir nur freundlich und klug und höflich sind. Alles wirkt gedämpft, wie in Pastellfarben. Willst du das wirklich?

„Nun erzähle", sagte sie munter, „wie kommst du mit den Memoiren der Irina Petrowskaja weiter?"

„Du brauchst dir wegen des Termines keine Sorgen zu machen. Ich liefere immer mit drei Monaten Verspätung."

„Nein, ganz im Ernst."

„Die Memoiren sind gut. Was soll ich dazu sagen? Die Kritik wird gut ausfallen, keiner wird sie kaufen, und wir machen uns an das nächste Buch."

„Du wirst doch nicht etwa auf deine alten Tage zynisch?"

Er lachte ein wenig über diese Bemerkung, die sie wie eine witzige Herzogin in einem Kostümfilm vorbrachte. Er dachte daran, daß er einundvierzig und sie vierunddreißig war. Dachte daran, daß diese Trennung zwischen ihnen, die nicht ihre erste war, zu etwas Schrecklichem führen würde, wenn sie zu lange dauerte: Etwas, das gelebt hatte, würde verdorren und zerfallen, wie die Blätter, die im Herbst zu Boden fielen.

Ihr Drink kam.

„Worauf sollen wir trinken?" fragte sie. „Aber laß dir rasch etwas einfallen; nach dem Gespräch mit Kronskis Agenten bin ich schon ganz verdurstet."

Er wollte etwas Wahres, etwas Wahres und Direktes zu ihr sagen, aber er schaffte es nicht, sich vom Oberflächlichen loszureißen und hörte sich sagen: „Auf Jewgeni Schar, der uns dieses

Treffen möglich gemacht hat, und auf Gander und Kuhn, die wahrscheinlich die Rechte erwerben werden."

„Keine Angst, wir kommen ins Geschäft", sagte sie und prostete ihm andeutungsweise zu, bevor sie einen kräftigen Schluck Scotch nahm. „Das heißt, wir kommen ins Geschäft, wenn du mir Schars Gedichte gebracht hast."

„Ja, ich habe sie bei mir."

„Dann gib sie mir lieber gleich, sonst muß ich mir während des ganzen Essens Sorgen machen, daß ich sie nachher vergesse."

„Da", sagte er und reichte ihr den festen Briefumschlag.

„Danke."

„Was tust du denn da?"

„Ich sehe nur nach, ob sie wirklich drinnen sind."

„Du lieber Gott, was du immer für Ängste hast!"

„Man kann nie wissen. Letzte Woche bildete ich mir ein, daß ich vierzig Seiten Autorenkorrekturen verloren hätte. Vierzig Seiten! O. k., sie sind da, ich sehe es. Eines hat keinen Titel, das andere heißt ‚An meine Tochter', ist das richtig?"

„Ja."

„Welches ist besser?"

„Das an seine Tochter."

„Hat Schar denn eine Tochter?"

„Er träumt von einer Tochter, die er nie gehabt hat. In diesem Gedicht ist sie schon sechs Jahre alt."

Einen Augenblick lang herrschte ein seltsames Schweigen, so als verstummte ein ganzer Häuserblock urplötzlich. Er versuchte, ihren Blick zu erhaschen, aber es wurde nicht mehr als eine flüchtige Begegnung ihrer Augen, während sie sich zu der Kellnerin umwandte, die gekommen war, um ihnen die Tagesgerichte aufzuzählen. Karens Gesicht mit dem strahlenden skandinavischen Leuchten und den Augen, die die Farbe von Immergrün hatten, das sich im Wasser spiegelte, dieses Gesicht, das nie eines Makeups bedurfte, vielleicht mit Ausnahme von Maskara oder eines Hauchs von Lippenstift, den sie rührend ungeschickt auftrug, verlor im Profil etwas. Die Nase wurde zur Spitze hin lächerlich lang, die ungebrochene Fläche ihrer Wangen war glatt, fast kindlich; aber so konnte er ihr Haar besser sehen, das von einem dunklen

Braun war, sich glatt gebürstet an den Kopf legte und im Nacken von einer einfachen silbernen Spange zusammengehalten wurde.

Die Erwähnung der nie geborenen Kinder machte ihnen den Schmerz über das, was sie selbst verloren hatten, deutlicher.

Warum quälst du sie, dachte er, warum liebst du sie nicht einfach?

Sie bestellte Seezunge, was er schon vermutet hatte, er das Londoner Ragout und ein zweites Glas Rotwein.

Als die Kellnerin gegangen und die Hektik des Bestellens vorbei war, fühlten sie sich noch einsamer als zuvor.

„Hör zu", sagte David, ohne ganz sicher zu sein, was er als nächstes sagen würde, „glaub bitte nicht, daß du mir nicht fehlst."

„Willst du mir erklären, daß ich dir fehle?" fragte sie mit einer Grimasse, die dem traurigen Lächeln eines Clowns glich.

„Ja, natürlich fehlst du mir."

„Du fehlst mir auch. Sehr sogar", sagte sie und legte besondere Betonung auf die beiden letzten Worte, die dadurch, daß sie sie fast wie ein Kind sprach, noch viel mehr aussagten.

„Für mich ist das Schlimmste", sagte David und fragte sich, warum die falschen Worte aus seinem Mund drangen — sie waren zwar wahr, aber nicht das, was er ihr hatte sagen wollen —, „das Schlimmste an der ganzen Sache ist, daß ich weiß, daß du in der Nähe bist."

„Ich werde ganz bestimmt nicht deinetwegen aus New York fortziehen, du Kindskopf."

Sie lachten beide, und plötzlich fiel alles von ihnen ab, das in der Vergangenheit gesagt oder getan worden war. Dann aber riß er sich zusammen. Ein einziger Schritt noch, und er würde sich in seinem eigenen Verlangen nach Glück verlieren, das war nicht zu übersehen. Und das würde wieder eine Runde — zumindest eine — bedeuten. War das fair? Ihr gegenüber fair?

„Ich kann dir sagen, was eigentlich los ist. Ich glaube, daß der Ausspruch: ‚Sei dir selbst treu, dann kannst du einem andern nicht untreu werden', irgendwie falsch ist. Wenn du dir selbst treu bist, dann kannst du allen andern gegenüber nur untreu sein. Der Augenblick der Entscheidung kommt auf jeden Fall, und dann muß man wählen. Das ist auch der Grund, warum ich zu dir komme und auch wieder gehe."

,,Du glaubst nicht, daß die wahre Ursache darin liegt, daß die Menschen das Glück einer echten Liebe nicht ertragen können?"

,,Das könnte es auch sein. Ja, vielleicht."

,,Für mich ist es so", sagte sie. ,,Ich habe immer Gründe gefunden davonzulaufen. Wann immer ich spürte, daß es mich wirklich packte, war es zuviel — ich mußte mich zurückziehen. Aber mit dir hat es Augenblicke gegeben..."

Sie trank einen Schluck Wasser, und als sie ihm das Gesicht wieder zuwendete, zog der feuchte Schimmer auf ihren Lippen seinen Blick an, der an den feinen Furchen hängenblieb.

,,Tja, vergib mir im voraus, mehr kann ich nicht sagen", sagte er.

,,Ich habe einen guten Wein daheim, Petit Sarah."

9

Der Wachebeamte betrachtete die Fotografie auf Juris Ausweis, sah ihn dann scharf an und blickte wieder auf die Fotografie. Dieselbe Knollennase, derselbe schüttere Bart, aber da Juri beim Aufleuchten des Blitzlichts die Augen zugekniffen hatte, waren seine Augen auf dem Foto nicht zu sehen. Der Beamte war neu auf seinem Posten und nahm seine Aufgabe ernst. Juri spürte, wie sein Blut durch Scham und Schuld aufgepeitscht wurde, ein Gefühl, das er immer noch nicht abschütteln konnte, obwohl er wußte, daß das, was er tat, unvermeidlich und richtig war. Etwas an der Jugend des Wachebeamten, an der Sorgfalt und dem Ernst, den dieser seiner Aufgabe widmete, war der Grund für Juris kleinen Anfall. Endlich gab ihm der Beamte den Ausweis mit einem letzten, scharfen Blick auf seine Augen zurück — sah er ihn nur deshalb nochmals an, weil er sichergehen wollte, oder war es ein Blick voll von Verachtung für Juris schwache Nerven, die dem Blitzlicht nicht standgehalten hatten?

Juri nickte und setzte seinen Weg zu Flügel drei fort, hielt sich ein wenig schief, um das Gewicht seines Aktenkoffers auszugleichen, und überlegte einen Augenblick, ob der Handgriff, der schon abgenützt und etliche Male mit Klebstoff und Isolierband geflickt worden war, wohl nun endgültig reißen würde. Was für ein wunderbarer Luxus diese weltlichen Sorgen doch jetzt für ihn waren!

An diesem Vormittag waren die Gänge zum großen Teil leer. Ein Techniker, der durch eine Tür verschwand, eine Sekretärin, die mit Ordnern bepackt kurz nickend mit klappernden Schritten an ihm vorbeiging. Vor der Abteilung für Gerontologie standen zwei alte, schnauzbärtige Georgier und plauderten in ihrer lebhaften und sinnlichen Sprache miteinander. Die Hintergrundgeräusche an diesem Vormittag waren anders als sonst, und Juri konnte sich anfangs nicht erklären, weshalb. Er blieb einen Augenblick lang stehen. Das Geräusch im Vordergrund kannte er: Es waren die automatischen Mischer, in denen die Karten für die EsW-Tests gemischt wurden, die in einer halben Stunde beginnen sollten. Dazu noch wie gewohnt das Klappern der Schreibmaschinen, das Läuten der Telefone, das Surren der Computer, das Stimmengemurmel hinter Milchglasscheiben. Und plötzlich erkannte er das Geräusch. Ein Geräusch, das weder von einer Maschine, noch von einem Menschen kam. Der Schrei eines Tieres in Not. Jetzt fiel es ihm wieder ein. An diesem Wochenende hatte man die Tiere erwartet — alles von Hunden bis zu Schimpansen — und es waren ihre Stimmen, die sich jetzt dem Chor der Wissenschaft anschlossen.

Vielleicht waren es nur seine Stimmung und die Tatsache, daß ihn der Wachebeamte recht barsch behandelt hatte, aber an diesem Vormittag wirkten die Geräusche irgendwie bedrohlich, dieses automatische Vorwärtsschreiten der Wissenschaft, die so sehr an sich selbst glaubte und doch immer wieder zugab, daß sie keine Ahnung hatte, wohin ihr Weg sie führte. Um sich zu beruhigen, hatte Juri wieder Fjodorow gelesen; den heiligen Fjodorow, der auf einem Baumstamm geschlafen hatte, da ihm selbst ein Bett als dummer Luxus erschien; Fjodorow, in dessen Gegenwart sich Tolstoi das einzige Mal in seinem Leben demütig gefühlt hatte. Fjodorow hatte gesagt, daß das Ziel der Wissenschaft und aller Bemühungen des Menschen die Wiederauferstehung der Toten sei, aller unserer toten Vorfahren. Vielleicht war es um Jahrhunderte verfrüht, ihn wörtlich zu nehmen, vielleicht hatte er nie wörtlich genommen werden wollen, aber metaphorisch gesehen war Fjodorows Aussage ganz klar — die Wissenschaft sollte zum absolut Besten im Leben des Menschen dienen, und was könnte besser sein, als unsere Mitmenschen dem verhaßten Tod zu entreißen? Und was war die Wissenschaft, wenn sie nicht dem Guten diente? Eine Rüstungsfabrik der einen oder anderen Art. Oh bitte, gib mir den Mut, damit aufzuhören, mich vor mir selbst zu rechtfertigen, dachte Juri Trofimowitsch

Als Juri um die Ecke bog und Kowaljow an der Tür zum Laboratorium im Gespräch mit Andruscha sah, verhaspelte er sich und blieb mit einem Fuß einen Augenblick lang hängen. Es war kein richtiges Stolpern gewesen, doch ausreichend für Kowaljow, der für derartige Dinge einen scharfen Blick hatte. Kowaljow ließ durch nichts erkennen, daß er etwas bemerkt hatte, als er sich mit seinem offiziellen Lächeln von Andruscha zu Juri umdrehte.

„Guten Morgen, Juri Trofimowitsch", sagte Kowaljow mit einer Herzlichkeit, die genau so offiziell wie sein Lächeln war. „Ich habe gerade mit Andruscha darüber gesprochen, daß Ihnen die Budgeterhöhung hoffentlich nicht zu Kopf gestiegen ist und Sie zu einem jener launenhaften Typen gemacht hat, die nur dann auftauchen, wenn sie Lust dazu haben."

Ein verzerrtes Lächeln tauchte aus Juris Bart hervor. Er blickte zu Andruscha hinüber, und sofort wurde sein Lächeln echt, als er dessen komische Grimasse langen Leidens sah. Es war etwas so Liebenswertes an Andruscha — seine fröhlichen Augen; das Haar, schwarz und lockig wie das eines Engels auf einer griechischen Ikone; der schneeweiß-rosenrote Teint — Juris Laune besserte sich fast immer, wenn er Andruscha auch nur ansah.

„Wir", sagte Juri zu Kowaljow, „gehen mit den uns von der Regierung zur Verfügung gestellten Mitteln sehr sorgfältig um, und es gibt bei uns auch keinen Personenkult, wenn Sie das beruhigt."

„Dazu bedarf es keiner besonderen Versicherung Ihrerseits, Juri Trofimowitsch. Ich bin hergekommen, um mich selbst davon zu überzeugen."

„Und das heißt?"

„Das heißt, daß ich zum Beispiel dem heutigen Experiment beiwohnen werde, und ganz allgemein, daß ich mich wie eine Laus in Ihrem Pelz einnisten werde."

„Geht in Ordnung. Wir begrüßen Ihre Anwesenheit bei unserem Experiment. Ich bin überzeugt, daß ich Sie nicht erst daran erinnern muß, daß die Interessen der Wissenschaft dann am besten wahrgenommen werden können, wenn Sie sich auf die Rolle des Beobachters beschränken und genau das tun, worum wir Sie ersuchen."

„Aber selbstverständlich", sagte Kowaljow. „Dort drinnen sind Sie der Boß, Juri Trofimowitsch. Zuerst habe ich aber eine ganz bestimmte Frage an Sie."

,,Bitte."

,,Diese speziellen Filmkassetten, die Sie für Andruschas Kamera bestellt haben — welchem Zweck dienen sie eigentlich?"

,,Das ist einfach erklärt", sagte Juri erleichtert. ,,Bei den meisten unserer Experimente tritt die Wirkung des Serums zwanzig Minuten nach der Injektion ein. Eine Standardfilmkassette hat eine Laufzeit von zehn Minuten, oder irre ich mich, Andruscha? Wir aber müssen zwanzig Minuten ohne Unterbrechung drehen können, damit das Experiment vollständig aufgezeichnet werden kann."

,,Ist es denn so schwierig, einen Film zu wechseln?"

,,Nein, aber es geht darum, daß der Film, wenn er als wissenschaftliches Dokument überhaupt von Wert sein soll, ein fortlaufender, aus demselben Blickwinkel aufgenommener Streifen sein muß, sonst könnte seine Echtheit angezweifelt werden."

,,Sind denn derartig komplizierte und teure Maßnahmen notwendig, wenn diese Filme doch nur unseren eigenen Wissenschaftlern gezeigt werden?"

,,Das ist die Methode, die die Wissenschaft verlangt, und die sowjetische Wissenschaft erfordert das allerhöchste Niveau", sagte Juri, um jeden Widerspruch auszuschalten; dann wendete er sich an Andruscha: ,,Ist alles bereit?"

,,Ich werde mich noch ein bißchen mit der Beleuchtung beschäftigen, sonst ist alles in Ordnung."

,,Und Maria Nikitowna kommt um zehn?"

,,Es ist angerufen worden, daß sie sich vielleicht ein bißchen verspätet."

,,Sehen wir uns den Raum noch einmal an, und dann können wir durch den Sucher schauen — vielleicht wollen Sie das auch versuchen, Genosse Kowaljow."

,,Gerne. Ich wäre ihnen darüber hinaus für alle Erklärungen dankbar, die sie mir geben können. Meine Ausbildung wurde, wie Sie ja wissen, durch den Krieg unterbrochen."

Zu dritt betraten sie den Raum, der mit Ausnahme eines einfachen Holztisches, eines Stuhls und einer Wanduhr leer war.

,,Wo ist die Kamera?" fragte Kowaljow.

,,Dort oben." Andruscha deutete auf eine kleine, rechteckige

Öffnung, die sich ungefähr einen Meter unterhalb der Zimmerdecke befand. ,,Die meisten Menschen werden nervös, wenn eine Kamera direkt auf sie gerichtet ist. Wir selbst werden dort oben ebenfalls unseren Beobachtungsposten beziehen."

Kowaljow blickte zu der großen, rechteckigen Glasscheibe neben der Öffnung für die Kamera hinauf. ,,Einwegglas?" fragte er. Andruscha nickte. ,,Und was werden Sie uns heute zeigen, Juri Trofimowitsch?"

,,Vielleicht etwas sehr Interessantes, vielleicht auch gar nichts. Ist Ihnen eine Überraschung denn nicht lieber?"

,,Ich mag keine Überraschungen."

,,Entschuldigen Sie", sagte Andruscha zu Kowaljow, ,,Könnten Sie uns bitte einen Gefallen tun?"

,,Natürlich."

,,Könnten Sie sich an den Tisch setzen, während Juri Trofimowitsch und ich durch den Sucher noch einmal den Schattenwurf überprüfen?"

,,Natürlich."

Als Kowaljow zum Tisch trat, gingen Juri und Andruscha quer durch den Raum zu einer kleinen Tapetentür. Auf der Treppe zum Beobachtungsstand flüsterte Juri Andruscha zu: ,,Ich weiß nicht, ob das eine sehr gute Idee war."

,,Warum nicht? Hier sind wir ihn wenigstens für fünf Minuten los."

,,Du weißt doch, wie diese Medien sind — sie spüren alles, was um sie herum vorgeht, und ich kann nicht glauben, daß Kowaljows Vibrationen eine Hilfe für Maria Nikitowna sein werden."

,,Du machst dir zu viele Sorgen. Vielleicht wäre es sogar besser, wenn unser heutiger Versuch fehlschlägt; dann kriecht die Laus wieder aus dem Pelz wieder hinaus und gibt dir mehr Freiraum."

,,Ja, sicher, das ist schon richtig", sagte Juri, den dieser Gedanke erleichterte. Er wünschte, so zu sein wie Andruscha, immer überlegene Ruhe zu bewahren.

,,So ein Ungeheuer!" sagte Andruscha.

,,Wer? Kowaljow?"

,,Der natürlich auch, aber eigentlich spreche ich davon", sagte Andruscha und wies auf die plumpe Plastikkassette, die oben auf der Kamera montiert war. „Sieh einmal durch."

Juri trat auf die Kamera zu und stellte sich auf die Zehenspitzen, da der Ständer für Andruscha eingestellt worden war, der gute fünfzehn Zentimeter größer war als er. Er kniff das linke Auge zu und sah durch den Sucher auf Kowaljow hinunter, der sich die Hand vor den Mund hielt, um sein Gähnen zu verbergen.

Ja, dachte Juri, das alles ist viel weniger interessant, als die Leute immer annehmen. Abgesehen davon sind sie nur an den Resultaten interessiert, an den Raketen, den Sputniks, den Laserstrahlen. Was für ein Vergnügen wäre es, jetzt durch die Zielvorrichtung eines Gewehrs statt durch eine Kamera zu schauen, dachte Juri. Von diesem häßlichen Gedanken aufgeschreckt, konzentrierte er sich auf das, was er im Augenblick tun sollte. Kowaljows Körper warf keinen Schatten auf den Tisch. „Es müßte eigentlich gutgehen", sagte Juri, zog den Kopf zurück, ließ sich wieder auf die Fersen fallen und spürte im selben Augenblick ein leichtes Brennen in den Wadenmuskeln.

„Glaubst du, daß man es noch um einen Hauch verschieben sollte?" fragte Andruscha, zog eine Zigarette heraus und bot sie Juri an. *Wir haben einen Weg gefunden,* stand in zarter Bleistiftschrift darauf. Juri steckte die Zigarette in sein eigenes Paket.

„Nein, meiner Meinung nach ist es so in Ordnung", sagte Juri. „Aber überzeug' dich doch selbst."

Andruscha sah durch den Sucher. Trotz des Bewußtseins, der sowjetischen Wissenschaft dienlich zu sein, war Kowaljow schon unruhig und wetzte hin und her. Gut so, soll sich der Bastard noch eine Weile drehen und winden, dachte Andruscha; wir drehen und winden uns genug für sie. „Juri", sagte Andruscha. „Geh hinunter und halte die Schachtel hoch. Ich möchte überprüfen, ob man die Schrift lesen kann. Kowaljow kann jetzt heraufkommen und sich umsehen."

Andruscha sah zu, wie Juri mit Kowaljow sprach, der daraufhin nickte und aus dem Blickfeld verschwand. Es gab viele gute Gründe, das System zu hassen, und heute fielen sie ihm alle auf einmal ein. Zu diesen Gründen gehörte der Druck, den Menschen wie Kowaljow ausübten; unter diesem Druck litt man sein ganzes Leben. Dann das Leiden von Menschen wie Juri Trofimo witsch, das sich in den tiefen Falten um die Augen immer deutlicher abzeichnete, in diesen Falten, die wie Narben von Glasschnittwunden aussahen. Und dann sein eigenes Schicksal, das ihn hierher auf einen Posten geführt hatte, von dem er nicht loskam, das ihn dazu zwang, dem Staat zu dienen, ihn, der eigentlich in Moskau sein und dort nach seinem eigenen Drehbuch einen Film über Puschkins letzte Lebensjahre drehen sollte. Durch den Sucher sollte er eigentlich die lockigen Koteletten des negroiden Gesichtes, beim Zurückfahren der Kamera die frivole Schönheit, die Puschkins Frau war, an einen Kamin gelehnt, im Streit mit dem Dichter sehen.

Andruscha hörte Kowaljows schwere Schritte auf der Treppe, als Juri die Schachtel in die Höhe hielt, in der sich ein einfacher Holzlöffel befand. Der an der Schachtel angebrachte Zettel bestätigte in großen Lettern — damit die Kamera die Schrift auch aus größerer Distanz erfassen konnte —, daß der versiegelte Behälter einen ganz gewöhnlichen Holzlöffel enthielt, wie drei Wissenschaftler, als erster Juri, bezeugen konnten.

„Vorsicht, passen Sie auf“, sagte Andruscha zu Kowaljow.

Als Kowaljow etwas unsicher auf die Kamera starrte, freute sich Andruscha, ihn verlegen und zögernd erlebt zu haben. „So geht das“, sagte Andruscha und zeigte ihm, wie er den Sucher bedienen sollte. Kowaljow wollte sich keine Blöße geben, ging entschlossen auf die Kamera zu und blickte durch den Sucher.

Er sah, daß Juri den Behälter noch immer in der Hand hielt, las ein paar Worte der Bestätigung und blickte dann wieder auf Juris Gesicht. So vieles hängt von diesen Menschen ab, sehr viel. Und wer weiß schon, was ihnen wirklich nahegeht, was sie denken? Ist er des Experiments wegen nervös, oder weil ich hier bin? Ich fühle mich in der Gegenwart der beiden nicht behaglich, und das ist immer ein schlechtes Zeichen. „Danke“, sagte Kowaljow und richtete sich auf. „Sehr interessant.“

„Setzen Sie sich in den Nebenraum“, sagte Andruscha. „Wir beginnen in Kürze.“ Dann drückte er auf den Knopf der Gegensprechanlage und sagte: „Man kann es ausgezeichnet lesen, Juri, wirklich ausgezeichnet.“

Nachdem Juri zurückgekommen war und sich zu Kowaljow in

den Beobachtungsraum gesetzt hatte, schwiegen sie einige Zeit. Juri hoffte, daß das Warten und die Langeweile Kowaljows Neugier so weit gedämpft hätten, daß er keine tiefschürfenden, sondern eher Fragen allgemeiner Natur stellen würde.

„Darf man hier rauchen?" fragte Kowaljow und blickte auf den grauen Metallaschenbecher, der auf dem Boden stand; er wurde zwar ausgeleert, aber nie gereinigt, und seine Seiten waren mit Asche verklebt.

Juri nickte. Schon wollte er nach seinen eigenen Zigaretten greifen, als ihm einfiel, daß ihm Kowaljow womöglich Feuer geben würde; er ließ die Hand wieder sinken. Juri wußte, was die auf so kindische Weise übermittelte Botschaft Andruschas bedeutete — man hatte einen Weg gefunden, Informationen in großen Mengen aus dem Land hinauszuschmuggeln.

„Sie rauchen nicht?" fragte Kowaljow.

„Ich bemühe mich, das Rauchen einzuschränken."

„Sie sollten dem Beispiel Breschnews folgen."

„Was tat er denn?"

„Er ließ sich von einem Wissenschaftler eine ganz spezielle Zigarettendose entwerfen, die sich nur... ganz genau weiß ich das nicht mehr... ich glaube, alle dreißig Minuten öffnen ließ."

„Und hatte es Erfolg?"

„Die Dose funktionierte ausgezeichnet. Aber Breschnew lieh sich seine Zigaretten bei Podgorny, Suslow und allen anderen", sagte Kowaljow lachend.

Obwohl Juri der Gedanke anwiderte, Persönliches mit Kowaljow zu besprechen, war das immerhin noch besser, als auf das Experiment zurückzukommen, und so fuhr er fort: „Welche Marke rauchen Sie?"

„Rossiskis. Mir gefällt die Verpackung — sie sehen fast wie Marlboros aus — und sie schmecken mir, wenn sie auch ein wenig trocken sind."

„Darf ich eine versuchen?" fragte Juri.

„Sie bevorzugen wahrscheinlich ausländische Zigaretten?" sagte Kowaljow und bot ihm die schwarze Packung an, die mit althergebrachten russischen Volkstumsmotiven verziert war.

„Sollte ich wegen des Lungenkrebses Patriot sein?"

Kowaljow räusperte sich, teils, weil ihm der Witz gefiel, aber auch, weil er die Zurückweisung sehr wohl verstanden hatte. ,,Jetzt erzählen Sie mir aber, was Sie heute zu sehen hoffen, Juri Trofimowitsch. Aber bitte in einfachen Worten. Ich hasse es, wenn Wissenschaftler in ihren speziellen Jargon verfallen. Ich finde das irgendwie beleidigend, genauso, wie es ist, wenn sich Ärzte über meinen Körper unterhalten, ich kein Wort davon verstehe und sie sich anscheinend an meinem Unwissen weiden."

,,Ich werde mein Möglichstes tun", sagte Juri, blies den Rauch aus und blickte auf die Wanduhr, die zehn vor zehn zeigte. ,,Sie müssen wissen, daß uns die Parapsychologie vor ein grundlegendes Problem stellt. Einerseits ist ihre Existenz bestätigt, da sie selbst unter strengsten Bedingungen öfter auftritt, als daß es Zufall sein könnte. Es wäre natürlich denkbar, daß auch unsere Vorstellungen von Zufall und statistischer Wahrscheinlichkeit nicht ins Schwarze treffen, aber das ist wieder ein anderes Kapitel. Andererseits haben diese parapsychologischen Abläufe, die wir kurz gefaßt Psi nennen, nichts von der Vorhersagbarkeit und Regelmäßigkeit des greifbaren Universums an sich. So hängen wir derzeit also sozusagen in dem sehr interessanten Zwischengebiet, wenn Sie verstehen, was ich damit sagen will." Juri sah Kowaljow an, dessen Augen vor lauter Verstehenwollen ganz glasig wurden.

,,Ich habe Sie gebeten", sagte Kowaljow jetzt sehr kühl, ,,mir zu sagen, was Sie heute vormittag zu sehen hoffen."

,,Ohne bestimmte grundlegende Informationen", sagte Juri mit genau dem richtigen Grad an Schärfe, den ihm seine Stellung gestattete, ,,würden Sie nicht verstehen, was Sie zu sehen bekommen."

,,Ich verstehe", meinte Kowaljow zögernd und beugte sich vor, um die Asche von seiner Zigarette abzuklopfen.

,,Wir stehen noch vor einem zweiten Problem. Wir können Psi als Talent bezeichnen, aber es ähnelt keinem anderen Talent, das wir kennen — es hat zum Beispiel nicht die geringste Ähnlichkeit mit den Fähigkeiten eines Violinsolisten. Selbst wenn er manchmal inspirierter ist als bei anderen Gelegenheiten, so kann jeder gute Solist immer eine gute Leistung bieten. Psi aber entzieht sich anscheinend jeder bewußten Steuerung."

„Wenn man es nicht steuern kann, was hat das Ganze denn dann für einen Sinn?“ fragte Kowaljow mit einer abschätzigen Geste.

„Ich weiß“, pflichtete ihm Juri bei und stieß seufzend den Rauch aus. „Aus irgendeinem Grund widersetzt sich Psi der Steuerung durch den rationellen Intellekt. Vielleicht ist es aber auch umgekehrt. In Amerika hat man eine sehr interessante Untersuchung über die Mensa Organisation durchgeführt, deren Mitglieder, am IQ gemessen, den obersten zwei Prozent der Bevölkerung angehörten. Als man dieselben Menschen auf ihre Psi-Fähigkeiten untersuchte, fand man, daß sie davon wesentlich weniger hatten, als statistisch zu erwarten gewesen wäre.“

„Und deshalb schleppen Sie immer diese fetten hysterischen Bauernweiber mit Kuhfladen an den Stiefeln an?“

„So könnte man es auch ausdrücken.“

„Also nochmals, was hoffen Sie heute zu sehen?“

Es gab keinen Ausweg; noch weiter herumzureden, hätte Verdacht erweckt, und Kowaljow sah ihm direkt ins Gesicht. „Wir werden Maria Nikitowna beobachten, eine Bäuerin aus der Umgebung, die anscheinend die Fähigkeit besitzt, Gegenstände in Bewegung zu setzen — wie, das wissen wir nicht. Vor dem Experiment bekommt sie eine Injektion, die ihr hilft, sich zu entspannen, und, wie wir hoffen, ihre Fähigkeiten steigern wird. Das Serum, das man ihr verabreichen wird, wurde auf synthetischem Weg aus chemischen Spurenelementen hergestellt, die man in ihrem Blut und dem anderer Personen gefunden hat, die parapsychologische Fähigkeiten besitzen. Die chemischen Stoffe sind in höchster Konzentration direkt vor und während des Auftretens der Erscheinungen vorhanden und werden von einer Veränderung der Gehirnströme begleitet, die man auf einer EEG-Maschine beobachten kann. Maria Nikitowna wird an eine EEG-Maschine angeschlossen werden, die ihre Gehirnströme messen und im richtigen Augenblick die Nadel in ihrer Vene aktivieren wird, um Blut abzunehmen.“

„Und aus diesem Blut werden wir stärkere Mittel herstellen, um diese Fähigkeiten noch intensiver zu gestalten und leichter zu steuern, verstehe ich das richtig?“

„Ja", sagte Juri, der im Augenblick hoffte, daß die heutige Sitzung erfolgreich sein und Maria den Holzlöffel bewegen würde. Je erfolgreicher die Psi-Experimente ausfielen, desto besser würden sie als Tarnung für die wesentlich interessanteren Experimente dienen, die jetzt, nachdem die Tiere eingetroffen waren, beginnen konnten.

„Etwas verstehe ich aber immer noch nicht, Juri Trofimowitsch. Sie arbeiten hier unter besten Bedingungen, unter allerbesten Bedingungen, Ihre Fortschritte sind ausgezeichnet, wenn ich mich nach dem richte, was Sie mir erzählen, und Sie sind vielleicht sogar nahe daran, ihrem Vaterland zu einem bedeutenden wissenschaftlichen Durchbruch zu verhelfen. Jeder normale Mensch würde unter diesen Bedingungen annehmen, daß Sie vor Begeisterung und Aufregung strahlen. Aber was sehe ich vor mir? Einen mürrischen, melancholischen Menschen. Das kommt mir sonderbar vor, Juri Trofimowitsch, sehr sonderbar."

„Sie verwechseln Konzentration und Nervosität mit Melancholie."

„Vielleicht."

Die Unterhaltung wurde durch das Eintreffen von Maria Nikitowna unterbrochen, die in einem Rollstuhl in den Versuchsraum geführt wurde. Sie war bereits an die EEG-Maschine angeschlossen, und in ihrem linken Arm steckte eine Nadel, von der ein dünner, durchsichtiger Schlauch zu einer Plastikflasche führte. Drei Personen waren mit ihr gekommen, einer der Gehilfen schob den Rollstuhl, die anderen die beiden Wagen für die EEG-Maschine und die Flasche. Sie halfen Maria auf den Stuhl am Tisch und vergewisserten sich, daß die gesamte Ausrüstung richtig verteilt war.

Als Juri die Treppe hinunterging, warf ihm Andruscha einen fragenden Blick zu, auf den er aber nicht reagierte. Er sagte sich, daß er sich wahrscheinlich richtig verhielt, daß dies hier nicht anders als die Vorlesung war, die er manchmal abhielt, obwohl es in einer Wolke nervöser Angst an ihm vorbeizog, die sich doch am Ende in heftigem, aufrichtigem Applaus auflösen würde. Er sagte sich, daß Kowaljow nicht mißtrauischer als sonst war, daß er sich das nur einbildete, weil er den Halt in sich selbst, das Vertrauen, ein richtiger Mensch zu sein, verloren hatte. Gott sei Dank lag vor ihm jetzt die Aufgabe, die brave Frau zu beruhigen und ruhig und väterlich zu wirken.

Maria Nikitowna, der man einen Spitalskittel übergezogen hatte, lächelte verlegen, weil Juri ihre bis an die Schultern entblößten Arme sehen konnte. In ihren Augen stand nicht die leiseste Spur von Mißtrauen.

„Guten Morgen, Maria Nikitowna, wie geht es Ihnen?"

„Ich hätte auf Sie hören sollen, Juri Trofimowitsch, ich hätte auf Sie hören und die Nacht bei meiner Schwester in der Stadt verbringen sollen, denn Sie werden es nicht für möglich halten, aber kaum stand das Auto vor der Tür, das mich abholen sollte, da fiel mein Wolodja vom Stuhl. Ich hatte Tanja gebeten, auf ihn aufzupassen, aber wenn man ihr etwas sagt, dann könnte man genauso gut zu einer Mauer sprechen. Ich hätte sie beide mitnehmen und bei meiner Schwester übernachten lassen sollen, Juri Trofimowitsch. Wolodja hat ganz fürchterlich aus der Nase geblutet, und draußen stand das Auto und hupte. Es tut mir leid, daß ich so spät komme, Juri Trofimowitsch, aber was hätte ich denn tun sollen?"

„Es ist schon gut, Maria Nikitowna, es ist alles in Ordnung."

Da entrang sich Maria Nikitownas Brust ein tiefer Seufzer, und ihre großen Brüste hoben sich unter dem Kittel, woraus Juri erkannte, daß die Injektion bereits ihre Wirkung tat.

„Jetzt geht es mir besser, Juri Trofimowitsch, jetzt geht es mir sehr gut. Ich kann anfangen. Vielleicht habe ich heute ein bißchen Glück."

„Gut."

„Dann sagen Sie mir bitte noch einmal, was ich tun soll: Ich hebe die Schachtel auf, und was dann?"

„Dann zählen Sie langsam bis zehn, öffnen die Schachtel und nehmen den Löffel heraus. Legen Sie den Löffel hin, wo immer Sie wollen, aber stellen Sie die Schachtel auf jeden Fall auf den Fußboden. Das ist wichtig, Maria Nikitowna. Und dann behalten Sie Ihre Hände immer unter dem Tisch."

„Ja, gut. Da ist aber noch etwas, was ich Ihnen noch nie erzählt habe, aber manchmal, direkt bevor es geschieht, bekomme ich eine schreckliche Angst, Juri Trofimowitsch, eine ganz fürchterliche Angst, ich weiß nicht warum, aber mir ist, als würde ich zerplatzen. Wenn ich es daheim mit dem Bleistift mache, beginne ich daran zu denken, daß er sich bewegen wird — der Bleistift wird sich bewegen, ich weiß es, und dann bekomme ich diese Angst. Wissen Sie, was ich dann mache? Manchmal singe ich ein bißchen, das hilft mir, wenn ich dieses Gefühl habe. Und deshalb wollte ich Sie fragen, ob es Ihnen etwas ausmacht, wenn ich auch hier ein bißchen singe, das heißt, wenn mir danach zumute ist?"

„Aber natürlich, Sie können ruhig singen, wenn Sie wollen."

„Wirklich? Hier?"

„Natürlich."

„Danke, Juri Trofimowitsch."

Aus der Gegensprechanlage drang Andruschas Stimme mit der Bitte, die EEG-Maschine etwas nach rechts zu schwenken.

„Rechts wovon?" fragte Juri.

„Rechts von Maria."

Juri wartete an der Tür, bis die Hilfskräfte den Raum verlassen hatten, und lächelte Maria dann aufmunternd zu.

„Es klingelt in fünf Sekunden", sagte er zu Andruscha, während sie zusammen in den Beobachtungsraum gingen.

„Was hältst du davon?"

„Das weiß nur Gott."

Juri hörte den Summton genau in dem Augenblick, in dem er sich neben Kowaljow setzte, der ihn ausdruckslos ansah. Maria hob die Schachtel hoch. Gut, gut, dachte Juri, als wollte er sie anfeuern, und begann selbst zu zählen. Er gelangte etwas früher als sie zu zehn.

Maria Nikitowna öffnete die Schachtel mit betonter, fast zeremonieller Langsamkeit, als bräche sie das Brot bei einem Hochzeitsmahl. Sie stellte sie dann behutsam auf den Fußboden und sah auf den Schlauch, der von ihrem Arm zu der durchsichtigen Plastikflasche führte. Dann legte sie den einfachen Holzlöffel so auf den Tisch, daß der Griff in ihre Richtung zeigte. Andruscha hatte gute Arbeit geleistet; es fielen keine Schatten auf den Tisch. Unter dem Tisch sah Juri Marias Waden, die mächtig wie Schwingkeulen waren.

Kowaljow hatte wieder zu rauchen begonnen und blies dabei den Rauch aus dem Mundwinkel, damit er bei seinen Beobachtungen nicht gestört würde.

Maria starrte den Löffel ungefähr zwei Minuten ohne eine wahrnehmbare Veränderung ihres Ausdrucks oder ihrer Haltung an. Kowaljow fingerte an seiner Nase herum. Juri hatte sich an den Armstützen seines Stuhles festgeklammert, jetzt aber lockerte sich sein Griff.

„Sie haben sich da ja eine gute, kräftige Kuh geholt", sagte Kowaljow.

Juri brummte etwas, das man als Zustimmung auslegen konnte, doch schien Kowaljow die durch den Versuch hervorgerufene Konzentration Juris zu respektieren, denn er wendete sich nach einem Augenblick ab. Es waren jetzt schon mehr als drei Minuten vergangen. Maria hatte die Stirn gerunzelt und die Schultern leicht gehoben. Obwohl sich in den ersten sechs bis sieben Minuten äußerst selten etwas ereignete, hatte er schon Versuche erlebt, in denen sich die Phänomene fast augenblicklich manifestierten und dann schrittweise schwächer wurden. Es war einfach unmöglich, vorauszusagen, ob etwas geschehen und wie der Versuch verlaufen würde, wenn etwas geschah. Es wurde durch den Willen nicht beeinflußt — Koestler hatte recht gehabt, als er Psi mit der Erektion oder dem Orgasmus verglich, dachte Juri —, es waren dies völlig normale, gewöhnliche Erscheinungen, die der Mensch zeigte, und die dennoch außerhalb der Einflußsphäre des Willens lagen. Ja, die vor dem Willen sogar zurückschreckten, so wie Maria Nikitowna zurückgeschreckt war, als er ihre nackten Arme angesehen hatte.

Fünf Minuten und dreißig Sekunden. Maria Nikitownas rechtes Knie begann sich zu heben und zu senken, als träte sie ein Pedal.

Juri sah zu Kowaljow hinüber, der zu seiner Linken ungefähr einen halben Meter vor ihm saß, so daß Juri vor allem auf seinen Nacken sah, dessen Haut durch den gestärkten weißen Hemdkragen zu Falten zusammengeschoben wurde. Was hielten *sie* davon? Kowaljow war schon recht alt — er mußte ungefähr fünfundsechzig sein —, aber diese alten Krokodile lebten ja ewig. Vielleicht waren seine Gedanken gar nicht außergewöhnlich, vielleicht träumte er von seiner Pension, von seiner kleinen Datscha, davon, daß er mit seinen Enkeln Fischen ging, oder ein dünnes Buch über seine Kriegserlebnisse schrieb. Wo wären sie heute, wenn sie nicht alle ihre Erlebnisse im Krieg gehabt hätten, mit denen sie jetzt auftrumpften? Das Schlimmste an allem war aber, daß diese Ungeheuer, die die Leben anderer Menschen ruinierten, selbst Menschen waren.

Plötzlich überfiel Juri der Gedanke, daß ein Erfolg des Versuchs am heutigen Tag nicht gut wäre. Es würde zu viel Interesse und zu viel Aufmerksamkeit auf ihn lenken, und noch dazu zu bald.

Sei erfolglos, Maria Nikitowna, versage, dachte Juri. Hoffen wir, daß sich der schüchterne kleine Geist, verschreckt durch die Maschinen und die nackten Wände, tief in dir verkriecht, dieser kleine Geist, der manchmal die Gedanken anderer Menschen lesen oder sagen kann, was in einem verschlossenen Brief steht, dieser Geist, der in einem Traum die Zukunft sieht, dieser kleine Geist, der unsere moderne Arroganz durcheinanderbringt, dieser kleine Geist, der so viel Angst vor dem Lärm und den Maschinen hat, daß er sich eigentlich nirgends mehr zeigt. Versage, versage, versage — tu das Wunderbare, das du tun kannst, nicht!

Ruhig und mit einer gewissen Bosheit nahm Juri jetzt die Zigarette, die ihm Andruscha gegeben hatte und auf der die Worte *Wir haben einen Weg gefunden* gekritzelt waren; er zündete sie rasch an, bevor ihm Kowaljow sein Feuerzeug anbieten konnte. Der erste Zug verschaffte ihm eine ungeheure Befriedigung. Es gab einen Weg hinaus, einen schmalen Spalt in dem mächtigen Wall, den die große Sowjetunion errichtet hatte, ein Schlupfloch durch das dichte Gewebe der Grenzkontrollen. Er kannte ihn noch nicht, würde ihn vielleicht nie kennen, genauso wenig wie er den Weg kannte, auf dem seine Briefe an Farb und von diesem wieder zurückgelangten, obwohl sie im Augenblick einen sehr intensiven Briefwechsel führten und ihre Briefe nie länger als eine Woche brauchten. Mit einem Trotz, der ihn glücklich machte, sah Juri auf die Zigarette hinunter, die er in der herabhängenden rechten Hand hielt. Die Worte *Weg gefunden* waren schon zu Asche geworden und Juris nächster Zug brachte *einen* zum Verschwinden.

„Brauchen Sie keinen Aschenbecher?" fragte Kowaljow, der sich plötzlich umdrehte.

„Scht!" sagte Juri und klopfte die Asche in seine Hand ab.

Maria Nikitownas Kopf schwankte jetzt leicht von einer auf die andere Seite, als wollte sie den Löffel durch Schmeicheln in Bewegung zu setzen versuchen. Juri zog noch einmal an seiner Zigarette, die jetzt bitterer als zuvor schmeckte; vielleicht hatte sich das Blei des Bleistiftes mit den anderen Giften vermischt, die in der Zigarette enthalten waren. Jetzt war nur mehr das *Wir* übrig. Wir, wer ist das? Ein junger, leichtsinniger Kameramann, einige wenige Wissenschaftler, die vor ihren eigenen Schatten Angst haben, einige wenige hochfliegende Geister, die in der Vergessenheit der Arbeitslager, der Gefängnisse, der psychiatrischen Anstalten verschwinden. Wir.

Schon vierzehn Minuten. Die Zeit verging langsam, bösartig, schien auf der Stelle zu kleben, raste dann wieder davon. Die achte, neunte und zehnte Minute waren in quälender Langeweile vergangen, und jetzt plötzlich waren schon vierzehn Minuten verflogen. In plötzlicher Begeisterung steigerte sich in Juri die Überzeugung, daß der Versuch heute fehlschlagen würde. Er würde den Kopf schütteln, das ganze Repertoire einer großen Enttäuschung durchspielen und Kowaljow geduldig erklären, daß das eben die Wissenschaft sei, mit Versuchen und Fehlschlägen, mit einem Test, einem Experiment nach dem anderen.

Kowaljow würde unglücklich sein. An Mißerfolgen war er nicht interessiert.

Plötzlich erregte ein Geräusch, das er nicht identifizieren konnte, Juris Aufmerksamkeit. Ein seltsames, leises Summen, das metallisch klingend durch die Gegensprechanlage drang. Es war Maria Nikitowna, die da summte. Nein, oh nein, dachte er, du darfst nicht summen, nein, du darfst nicht singen.

Es war wie ein Wiegenlied ohne Worte, so wie die Mutter dem Kind vorsingt, das fast schon schläft, es den letzten kurzen Weg zu den Träumen führt. Selbst Kowaljow hatte begonnen, mit dem Fuß im Rhythmus des Summens zu klopfen, das immer lauter, tiefer, stärker wurde.

Juri beugte sich vor und starrte angestrengt auf das grüne Licht, das im Oszilloskop auf und abtanzte. Noch nichts Außergewöhnliches.

„Ist alles in Ordnung?" flüsterte Kowaljow.

„Ja", flüsterte Juri zurück. „Ich sehe mir nur das Bild an."

„Und wenn der Film zu Ende ist und erst dann etwas Außergewöhnliches geschieht, was dann?"

„Wir wiederholen das Experiment in einer Woche", sagte Juri und fühlte, daß alles, was er zu Kowaljow gesagt hatte, nur ungeschickte Lügen waren, der Versuch, in der Sprache zu sprechen, die Kowaljow so flüssig über die Lippen kam.

„Bezahlen wir sie?" fragte Kowaljow, gereizt durch das ihm von der Wissenschaft aufgezwungene lästige Schweigen.

„Natürlich."

„Gleich, ob sie Erfolg hat oder nicht?"

„Natürlich."

Wenn sie summt, hat sie Angst, aber das könnte auch daher rühren, daß sie noch immer an den heutigen Morgen denkt. Versage, Maria. Versage, Maria. Versage, Maria. Er wiederholte es immer wieder, schloß die Augen, konzentrierte sich voll auf seinen Willen. Versage, Maria. Versage, Maria. Dein Sohn ist wieder vom Stuhl gefallen, er blutet, er blutet, geh heim, er blutet, geh heim.

Jetzt wurde ihr Summen langsam zu Worten, zu einem Lied. Juri sah unter den Tisch. Ihre Knie hatten aufgehört, sich zu bewegen. In fünfzehn Sekunden blieben nur mehr zwei Minuten.

Versage, Maria, versage.

Sie begann ganz leise zu singen.

Wiesenlerchen, Wiesenlerchen
schweben dunkel über dem Grün.
wenn der Himmel blau verdämmert,
und der Tag zu Ende geht.

Dein Sohn blutet, geh heim, geh heim.

Versage, Maria, versage... jetzt brach Juri seine Beschwörung ab. Es war keine Sache des Willens — weder ihres Willens, noch des seinen, noch des Willens irgendeines anderen Menschen. Der

Wille war schwach, der Wille war nichts; was war schon der Wille gegen die Gewalten, die wirklich zählten?

Sie hatte zu singen aufgehört. Achtzehn Minuten, vierzig Sekunden. Fast zu Ende, fast zu Ende.

Juris Blick wanderte von der Uhr zurück zum Tisch. Und in eben dem Augenblick, in dem er sich auf den einfachen Holzlöffel konzentrierte, sprang dieser plötzlich in die Höhe, drehte sich zweimal im Kreis, als folgte er dem Rand einer Rührschüssel, sprang dann vom Tisch und fiel klappernd zu Boden, während das Blut in einer langen roten Säule durch den Plastikschlauch in die Flasche rann.

„Phantastisch", rief Kowaljow und schlug sich auf die Schenkel. „Phantastisch, Juri Trofimowitsch. Ich gratuliere."

Juri war aufgestanden und starrte Maria Nikitowna an, die über dem Tisch zusammengesunken war. Kowaljow erhob sich und umarmte Juri, der keine andere Wahl hatte, als diese Umarmung über sich ergehen zu lassen.

10

Im Wohnzimmer von Karens Atelierwohnung setzte sich der rote Satz des Weines langsam an den Gläsern fest, bildete Wirbel und Streifen, aus denen man in manchen Ländern vielleicht die Zukunft vorausgesagt hätte.

Im Schlafzimmer, das so dunkel war, daß man nicht einmal die beiden Körper ausnehmen hätte können, lasen die Finger langsam — Ellenbogen, Lippen, Brüste, wie eben Erblindete, die Braille lernen. Karens Hände fragten: Bist du hier? Ist das gut? Er antwortete: Ja. Es ist gut.

Er wußte, was geschah, und ein Teil seiner selbst wehrte sich dagegen, stand neben dem Bett und machte sich über ihn lustig und sagte: Mein Gott, jetzt geht das schon wieder los; warum gibst du dieses Gewäsch über die Schnatter-Haltung und Babysitze aus Kunststoff von dir, wenn du dich eben wieder von Fleisch und Mitleid einfangen läßt?

Sie spürte sein Zusammenzucken und fragte sich, welche Angst ihn durchfahren hatte. Ihre Hände fragten seine Seite, ob alles in Ordnung sei, und sein Seufzen sagte ihr, daß ihn ihre Berührung frei machte.

Dann begann er an etwas zu denken, an das man sich eigentlich nie anders als in der Form von Begierde erinnern kann. Er begann, an den Ort zu denken, an den Raum im Zentrum des Lebens, an die Freiheit, die das Zentrum des Lebens ausmacht. Den Grund des Lebens, die Quelle des Lebens, an den Ort, an dem man nie allein, nie einsam sein konnte. Er spürte, wie Karen und er selbst so nackt wie ihre Körper wurden, als sie in den Bettlaken den stufenweisen Tanz des vollkommenen Vertrauens ineinander tanzten. Solange, bis erregte Freude die Angst überwand und sie frei zueinander fanden, er zu ihr, sie zu ihm.

In einem verlorenen silbergrauen Lichtstrahl sah er, wie sich ihr Gesicht, das sie ihm zum Kuß bot, veränderte, nach jedem Kuß anders wurde, als stiegen alle ihre Ich an die Oberfläche ihres Gesichts, die man wie Nixen küssen mußte, um sie vom Zauber zu befreien, der auf ihnen lag. Das Gesicht eines erstaunten Mädchens, das Gesicht einer Frau, die selbstsüchtig genießt, und all die Gesichter der Frauen, die sie vielleicht noch sein würde, traurige und strahlende Gesichter. Jetzt wurde die Haut ihres Gesichts durchsichtig, und er konnte durch sie ein Gesicht sehen, das vom Licht geformt wurde. Sie.

11

Farb hatte vor kurzem mit seiner Schwester Raissa gestritten, und es war in diesem Fall bedeutungslos, ob er den Streit gewonnen hatte oder nicht — ihr gegenüber hatte er immer das Gefühl, verloren zu haben. Sie hielt ihn für einen Narren, weil er mit Juri Trofimowitsch korrespondierte, ganz zu schweigen von ihrer heimlichen Zusammenarbeit. Sie weigerte sich standhaft zuzuhören, wenn er ihr von dem Projekt erzählen wollte: „Es ist mir egal. Mich geht das nichts an, und den Rest der Welt auch nicht. Es ist zu spät, um die Welt zu ändern. Und ich kann dir jetzt schon sagen, was daraus entstehen wird — Schwierigkeiten, Schwierigkeiten und nochmals Schwierigkeiten."

„Hör endlich auf, über alle roten Kreuzungen zu fahren!" schrie Farb seine Schwester an, als sie den großen Oldsmobile wieder über eine Kreuzung jagte, deren Ampel gerade rot wurde. „Du wirst einen Fußgänger niederstoßen, dann hast du deine Schwierigkeiten!"

Raissa hatte ihn einfach angegrinst und war fester auf das Gaspedal getreten, als wollte sie ihm die primitivsten Dinge über die Welt beibringen.

Er hatte die seltsame Mischung von Vitalität und negativer Einstellung, die seine Schwester kennzeichnete, nie verstanden. Diese ungeheure Energie, dieses ungeheure Unglücklichsein. Noch dazu war es ansteckend. Es würde auch ihn ergreifen, wenn er sich seiner seichten Gefühle anklagte. Manchmal weinte sie nach diesen Auseinandersetzungen, sprach von den Eltern und der Zeit, in der sie gemeinsam unter dem Apfelbaum gesessen waren, und bat ihn dann wegen ihres Ausbruchs um Verzeihung. Farb vergab ihr dann: Er wollte Frieden, er liebte sie, und sein Herz konnte, im Gegensatz zu dem ihren, Wut und Haß nicht lange standhalten.

Einige Tage mit Carolyn hatten die Lage ebenfalls gebessert.

Ein fröhliches Wochenende, Küsse im Taxi, Gelächter in einer Bar, das langsame Dahinschlendern durch die überwältigende Ruhe Manhattans an einem Sonntagmorgen. Wenn er aber einige Tage zusammen mit Carolyn verbracht hatte, war es an der Zeit, heimzukehren. Carolyn war eine grauenvolle Köchin, und seine und ihre Freunde waren so verschieden, daß es ihnen nie gelingen würde, etwas anderes als eine ganz kleine gemeinsame Welt zu finden. Raissa hatte nichts gesagt, als er zurückgekommen war — auch das war ein Teil des Rituals —, und Farb fragte sich, ob sie gewußt hatte, daß er an diesem Abend kommen würde, denn sie hatte offenkundig für zwei eingekauft.

Er legte Juris Brief — den fünften — auf seinen Schreibtisch, ohne ihn zu öffnen. Jetzt konnte er nicht mehr zurück. Das einzige, was Farb bedauerte, war, daß ihn seine Verbindung mit Juri von dem abgelenkt hatte, was die pharmakologische Sensation des Jahrhunderts geworden wäre. Aber die Logik war nicht zu umgehen. Juris Forschungen führten anscheinend zu Resultaten, die man nicht ausschließlich den sowjetischen Behörden überlassen durfte. Daher mußten die Daten aus der Sowjetunion hinausgesandt werden. Er war der einzige, der von Anfang an an dem Projekt beteiligt gewesen war; außerhalb der Landesgrenzen war er das gegebene Verbindungsglied in dieser Kette, die sich aus einer Serie von Luftpostbriefen zusammensetzte.

Er öffnete den Brief.

Lieber Jascha,

Ich werde mich kurz und präzise fassen. Ich habe wie ein Wahnsinniger gearbeitet und bin völlig erschöpft. Aber die ersten Resultate waren großartig. Das Mittel, das wir unseren Versuchsobjekten injizierten, funktioniert, um es ganz einfach auszudrücken. Die Psi-Fähigkeiten werden beträchtlich gesteigert. Sie entziehen sich allerdings — in meinen Augen glücklicherweise — noch immer unserer Kontrolle. Eine Versuchsperson, die eine Injektion bekommt, hat ein längeres und intensiveres Psi-Erlebnis, wenn es überhaupt dazu kommt, es ist aber auch möglich, daß gar nichts geschieht.

Wir haben versucht, das Serum Menschen zu injizieren, die nicht den geringsten Psi-Hintergrund haben, um festzustellen, ob derartige Reaktionen auch in solchen Fällen auslösbar sind. In den meisten Fällen erwies sich das als Fehlschlag. Dann machte einer unserer Assistenten den Vorschlag, nach anderen Reaktionen zu suchen — körperliche Ausdauer, Problemlösungen, Basisintelligenz, Raumgefühl. Die Idee war ein großartiger Einfall, denn alle bis jetzt von uns durchgeführten Experimente haben ergeben, daß dieses Serum die geistigen Fähigkeiten bedeutend steigert. Wir arbeiten mit dem Mahler-Wein Test. Die Resultate steigerten sich in allen Fällen um einen Faktor von zehn bis sechzig! Allerdings haben wir noch keine ausreichende Zahl von Versuchen durchgeführt, und zwar aus dem einfachen Grund, daß wir diejenigen, die sich für unsere Forschung in der Praxis interessieren, glauben machen wollen, daß es unser einziges Ziel ist, praktische Anwendungen für die Psi-Fähigkeiten zu entwickeln.

Eine Versuchsreihe mit unserer recht umfangreichen Menagerie hat ebenfalls beachtliche Ergebnisse gebracht, um es vorsichtig auszudrücken. Das Serum ist tödlich, wenn eine bestimmte Dosis überschritten wird (ich möchte an dieser Stelle die Formel zur Bestimmung der Dosis nicht besprechen). Bei Verabreichung des Serums werden zwar weder die Ausdauer und andere körperliche Eigenschaften in bedeutendem Maß gesteigert, andererseits wird bei allen von uns beobachteten Versuchstieren die Fähigkeit, Probleme zu lösen, bedeutend erhöht, was vor allem bei den Primaten interessant ist, die sich anscheinend aktiv bemühen, mit uns in Verbindung zu treten. Die einzige körperliche Veränderung, die bei allen Versuchstieren festgestellt werden konnte, ist eine wahrscheinliche Verlängerung der Lebenserwartung um vierzig Prozent!! Diese Voraussagen beruhen natürlich auf den bis jetzt beobachteten Entwicklungen — eine Verlängerung der „jugendlichen Phase" bei Mäusen, Kaninchen, Hunden etc. Die Abteilung für Gerontologie ist mehr von persönlichem Ehrgeiz als von Verantwortungsgefühl geprägt, und es wird daher immer dringender notwendig, unser Wissen mit den Vereinigten Staaten zu teilen. Die Gerontologen haben im Augenblick die vollen Auswirkungen unserer Arbeit noch nicht erfaßt, das heißt, sie wissen noch nicht, daß vergleichbare winzige Spuren von innerer Sekre-

tion bei langlebigen Menschen und Menschen mit Psi-Fähigkeiten auftreten. Wichtig ist die „Ähnlichkeit": Es gibt gewisse Unterschiede, und die für deren Berechnung benötigte Formel ist von äußerster Wichtigkeit. Jedenfalls liegt die Schlußfolgerung auf der Hand — eine Substanz, die sowohl die geistigen Fähigkeiten in auffallender Weise steigert und die Lebenserwartung um vierzig Prozent erhöht, würde einen neuen Menschentyp, eine neue Art von menschlichem Leben schaffen. Jetzt ist es an der Zeit, die Vorbereitungen für die letzte Phase dieses Briefwechsels in Angriff zu nehmen. Mein nächster Brief wird die Angaben enthalten, auf welche Weise wir das wichtige Material aus dem Land zu schaffen gedenken.

Bitte bestätige wie üblich den Erhalt dieses Briefes.

Übrigens, Jascha, du als alter Freund Polens wirst mit Freude hören, daß die wenigen hier im Labor, die wissen, worum es geht, das Serum „Stolat" genannt haben; wenn die normale Lebenserwartung des Menschen von rund siebzig Jahren um vierzig Prozent verlängert werden könnte, dann wären die hundert Jahre, die uns der polnische Trinkspruch verheißt, ein Wunsch, der in Erfüllung gegangen ist.

Denke daran — ein Jahrhundert für jeden Menschen.

Wenn wir nur besser leben könnten…

Farb steckte den Brief wieder in den Umschlag und wollte ihn gerade zu den anderen in die Lade legen, als ihm der Gedanke kam, er könnte ihn nach Hause mitnehmen und Raissa vorlesen, gleich, ob sie ihn hören wollte oder nicht. Selbst Raissa würde sich dafür interessieren. Farb fuhr mit der Hand unter den Pullover und steckte den Brief in die linke Vordertasche seines Hemds. Es würde notwendig sein aufzupassen — heute würde er ihn mitnehmen und morgen sofort wieder zurückbringen.

Es war Dienstag abend, ein Abend, den Farb üblicherweise im Restaurant „Baltik" verbrachte, und in einer plötzlichen Aufwallung von Appetit beeilte er sich, das Büro abzuschließen. Er versicherte sich, daß er den Schlüssel bei sich trug und die Schreibtischlade versperrt war, tastete nach seiner Brieftasche und nach Juris Brief in der Tasche seines Hemds (das schwache Knistern beruhigte ihn). Während er in seinen Taschen kramte, fand er eine Telefonrechnung, die schon vor einer Woche fällig gewesen war, und bemerkte dabei, daß Raissa vergessen hatte, Namen und Adresse in die obere linke Ecke des Umschlags zu schreiben, wie dies gefordert wurde. Sollte er wirklich noch einmal die Schlüssel herausnehmen, die Schreibtischlade aufsperren und nach einem Kugelschreiber suchen? Aber gut, er würde es tun.

Er schrieb Namen und Adresse in ordentlichen Großbuchstaben, denn er glaubte nicht, daß ein normaler Amerikaner seine Schrift lesen könnte. Dann steckte er die Rechnung wieder in die Tasche, versperrte die Lade und die Tür zum Büro und lief den dunklen Gang entlang zum Aufzug, zum Broadway und seinem Abendessen.

Dienstag abend hatte Farb aus verschiedenen Gründen für das ,,Baltik" reserviert. An diesem Tag hielt Raissa in der Fortbildungsschule einen Abendkurs ab; er verbrachte seine Wochenenden und manchmal auch Teile des Montags bei einer Frau, worauf ihm am Dienstag eine kleine Pause guttat; und ein alter Emigrant, ein Psychologe, hatte ihm geraten, sofort nach seiner Ankunft in Amerika ein paar regelmäßige Gewohnheiten anzunehmen, um damit das tiefgreifende Problem der kulturellen Heimatlosigkeit zu bekämpfen, das sich nach dem ersten Höhenflug der Freiheit unweigerlich einstellen würde. Damals war ihm diese Idee gut erschienen, doch hatte Farb bald erkannt, daß ihm Amerika gefiel, und er hatte daher die meisten dieser künstlich angezüchteten Gewohnheiten fallen lassen. Die wenigen Ausnahmen, wie zum Beispiel der Dienstagabend im ,,Baltik" hatten sich eher als Freude denn als Pflicht erwiesen. Seine amerikanischen Freundinnen waren in das Restaurant ganz vernarrt. Einmal, vielleicht sogar zweimal gingen sie gerne hin. Aber es zu einer regelmäßigen Gewohnheit zu machen, vielleicht sogar jede Woche dort zu essen, war im wahrsten Sinn des Wortes mehr, als sie aushalten konnten. Carolyns zarter junger Magen, ganz auf Quiche und Salate eingestellt, hielt dem dunklen Brot, dem Wodka, dem Borschtsch, dem fetten Fleisch nicht stand. Diese Art von Essen bekam er daheim nicht, denn Raissa war in ihren Eßgewohnheiten ganz Amerikanerin geworden und teilte seine „dumme Sehnsucht nach der Küche der Antisemiten" nicht.

Farb war von überschäumender Fröhlichkeit, selbstzufrieden und kam sich auf gewisse Weise sogar reich vor, deshalb beschloß er, ein Taxi zu nehmen, obwohl ihn das rund zehn Dollar kosten würde.

„Erste und Erste", sagte er dem Taxifahrer und verrenkte sich, um in den Fond des Wagens zu gelangen.

„Welchen Weg soll ich fahren?"

„Den Broadway hinunter."

Farb mußte über diese kleinen Zufälle des Lebens lächeln — das Wortspiel von Erster und Erster, die Tatsache, daß er auf dem Weg zu einem polnischen Restaurant war und gerade erfahren hatte, daß das Resultat ihrer Arbeit einen polnischen Namen, Stolat, erhalten hatte. Schuf das Leben immer solche Muster, von denen wir nur ganz wenige Hervorstechende erfassen konnten, so wie uns auch nur wenige Farben des Spektrums bewußt werden? Oder war das Leben nur hie und da einem Muster unterworfen und sonst Spiel des Zufalls, frei, chaotisch, wie immer man es nennen wollte? Während das Taxi den Broadway hinunterraste und er die großen Wohnblocks ansah, die wie riesige Ozeandampfer am Pier der Straße lagen, und die Lichter der Stadt, die in vollem Glanz gegen das dunkle kalte Blau des Nachthimmels kämpften, fühlte er eine so tiefe Übereinstimmung mit der Welt in sich, daß er seine Frage gar nicht beantwortet haben wollte.

Sechs, vielleicht acht Besucher warteten auf einen Tisch. Das Restaurant war erst vor kurzem in der Presse rezensiert worden, und jetzt wollten die Leser sich selbst eine Meinung bilden, was dazu führte, daß neben den gewohnten polnischen und ukrainischen Gästen aus der Umgebung und den Punks im Militärlook oder bunten Hawaihemden unternehmungslustige Gourmets von der oberen East Side sich um die plastikbezogenen Sitze und die kaum entzifferbare Speisekarte drängten.

Während er wartete, hörte Farb neben sich eine junge Frau in purpurroten Plüschhosen zu ihrem Nachbarn sagen: „. . . und bei der letzten Probeaufnahme war er so voll mit Koks, daß . . . " Über ihre Schultern hinweg erhaschte er Janinas Blick, und sie wies ihn zu dem kleinen Tisch an der Wand, den sie immer für ihn reservierte. Farb blickte ihr lächelnd in die Augen, während er sich unter Entschuldigungen durch die verdrossen wartende Menschenschlange durchkämpfte. Da er immer mit Janina flirtete, hatte er ihr gefallen, ohne ihre weibliche Würde auch nur im geringsten anzutasten, und es war ihr Einfall gewesen, ihm jeden Dienstag diesen Tisch zu reservieren.

Ein Flirt war in Farbs Augen so wie Trinkgeld: eine unbedeutende und doch so nützliche Fähigkeit im Umgang mit anderen Menschen, die gute Dividenden in der Form von Bequemlichkeit und Annehmlichkeit einbrachte.

Während er sich setzte, tastete er nach seiner Hemdtasche, er wollte das Knistern des Briefes hören.

„Sie sehen heute besonders hübsch aus", sagte er mit heiterer Höflichkeit auf polnisch zu Janina.

„Wirklich? Ich komme mir fürchterlich vor."

„Das ist manchmal so — man fühlt sich schrecklich und sieht dabei wunderbar aus."

„Ich weiß. Seltsam ist das." In ihrer Stimme schwang der leicht weinerlicher Unterton mit, den die Polinnen immer dann einsetzen, wenn sie sich beklagen, aber auch, wenn sie einen Mann verführen wollen.

„Was können Sie mir heute empfehlen?"

„Die Zarnina ist recht gut."

„Gut, dann also die Zarnina, dazu einen Salat mit viel roten Rüben, und ein Bier, ein Krakus."

Fast augenblicklich brachte ihm Janina das Brot, das eingeschlagen in eine grobe Leinenserviette in einem Körbchen lag. Farb genoß jedesmal diese fast religiöse Achtung vor dem Brot, die in Amerika völlig fehlte. Er genoß den Anblick der seltsamen, so gar nicht auf ihr Äußeres bedachten Männer, die an der Theke herumlümmelten und in den Fernsehapparat starrten, und er freute sich über die Blumen, die das Bild des Papstes umkränzten, das wie ein Altarbild über den Schnapsflaschen hing. Es waren slawische Menschen, und das leise Gemurmel im Hintergrund setzte sich aus slawischen Sprachen zusammen. Einige Wodkas, und vielleicht würde er für ein paar Stunden sentimental werden.

Dann aber fiel sein Blick auf einen Mann, der sich auf dem Barhocker hin und herdrehte, und dessen Ausdruck hämischer Zufriedenheit, wie Farb wußte, Zeichen eines angeborenen Antisemitismus war, den er haßte.

Farb wandte seinen Blick in eben dem Augenblick ab, in dem ihm Janina die Entensuppe brachte, deren schwerer Wildgeruch ihn verzauberte und das unangenehme Gefühl der vorhergegangenen Augenblicke wieder auslöschte.

„Der Salat kommt sofort", sagte sie und strich eine Haarsträhne zurück.

„Und das Bier."

„Und das Bier."

Die Suppe war gerade richtig, was für Farb die höchste Anerkennung war, die er zollen konnte. Essen konnte elegant, exquisit, großartig sein, aber er wollte es gerade richtig haben. Manche Dinge verloren dadurch, das sie zu gut waren. Die Suppe war von schwarzbrauner Farbe und schmeckte schwach nach Zimt und stark nach Ente. Sie weckte in ihm Erinnerungen an vom Regen nasse polnische Wiesen und eine Frau, mit der er einmal nach Danzig gefahren war. Er hatte sie geliebt, aber sie waren nur gute Freunde geblieben, denn er hatte ihre Sexualität nicht entfachen können, die irgendwie zu hoch, zu katholisch, zu polnisch, zu romantisch, weiß Gott was noch gewesen war.

Janina brachte den Rübensalat und das Bier.

Das Bier war kalt und gut, und er lächelte Janina dankbar zu, denn er wußte, daß sie sich die Mühe gemacht hatte, zumindest drei Flaschen in die Hand zu nehmen, um festzustellen, welche die kälteste war. Sie waren wunderbar — sein ganzes Leben lang waren sie wunderbar zu ihm gewesen —, die Frauen. War es ein Fehler gewesen, daß er nie geheiratet hatte? Das war es doch, was sie alle wollten, und doch stellte sich in den meisten Fällen heraus, daß es für alle die denkbar schlechteste Lösung war; vielleicht hatte er sich als wahrer Freund der Frauen erwiesen, als er sich weigerte, diesen Schritt zu tun. Oder war er doch nur ein Lüstling gewesen, der die Frauen selbstsüchtig zu seinem eigenen Vergnügen gebraucht hatte und sie wie ein Stück Kaugummi ausspuckte, wenn die Geschichte vorüber war? Nein, dafür hielt er sich nicht, vor allem, da ihn keine Frau haßte, da sie sich immer freuten, ihn zu treffen, und sich Zeit nahmen, ihm in vielen kleinen Dingen ihre Liebe zu zeigen, so zum Beispiel die kälteste Bierflasche für ihn zu ertasten.

Es war in Moskau gewesen, daß er zum ersten Mal jenes Geheimnis kennengelernt hatte, dessen so selten sich erfüllende Versprechen Männer und Frauen zusammenführt, ausgerechnet im Hotel Ostankino, wo er während eines Kongresses gewohnt hatte. Anfangs war er überrascht gewesen, daß er sich so stark zu Lydia hingezogen fühlte, deren Gesicht mit Ausnahme eines gewissen Ausdrucks, der die Schönheit des Lebens widerspiegelte, häßlich nichtssagend war und deren Körper kein einziges Merkmal, keinen einzigen Anziehungspunkt aufwies, der ihn hätte an sie binden können. Aber mit ihr zusammen hatte er das erste Mal erlebt, zu welchen Temperaturen sich die sexuelle Alchemie aufschwingen kann.

Er hob sein Glas und prostete ihr in Gedanken zu. Hundert Jahre sollst du werden, Lydia, wo immer du jetzt bist. War sie nicht in Kalifornien? Er hatte etwas über sie gehört, war in Los Angeles sogar in die Bibliothek gegangen und hatte ihren Namen im Telefonbuch gesucht, ihn aber nicht gefunden. Es war sonderbar. Alle die Menschen, die einst Bestandteil des eigenen Lebens waren — wohin verschwanden sie? Wahrscheinlich zurück in ihr eigenes Leben. Aber der Abstand zwischen diesen Leben konnte so riesig, fast erschreckend sein. Lydia, irgendwo in Kalifornien, vielleicht an einem jener gräßlichen, nach Chlor stinkenden Schwimmbecken, oder auf dem Parkplatz eines Supermarktes, wo sie in einem grellbunten Kleid und Sonnenbrillen aus dem Wagen stieg. Ihre Augen waren immer sehr lichtempfindlich gewesen.

Die Rechnung betrug etwas mehr als sieben Dollar, und daher hätte er eigentlich ein Trinkgeld von etwas mehr als einen Dollar geben müssen. Wenn Flirten und Trinkgeld einander ähnlich waren, dann stimmte aber auch das Gegenteil — zuviel würde zu viel Vertraulichkeit ausdrücken. Fünfundachtzig Cent waren in seinen Augen gerade richtig.

Als er in den Mantel schlüpfte, zog er eine ärgerliche Grimasse, denn es war ihm eingefallen, daß er die Telefonrechnung noch immer nicht bezahlt hatte; woran er sich nicht erinnern konnte, war, ob zwischen dem Restaurant und der Untergrundbahn ein Briefkasten war. Als er das Restaurant verließ, berührte er kurz Janinas Schulter, sie wünschte ihm eine gute Nacht und balancierte dabei in jeder Hand einen dampfenden Teller.

Die Nacht war kühl, und Farb hüllte sich enger in seinen Mantel. Er wartete den vorbeiflutenden Verkehr ab und sah währenddessen einem schlanken jungen Mann zu, der zwischen den geparkten Autos herumging. Der junge Mann, dessen Haar anscheinend büschelweise ausfiel, sah aus wie ein Mensch, der eben aus dem Spital gekommen war. Unter den Arm hatte er einen Packen Plakate geklemmt. Was für Plakate? fragte sich Farb ohne sonderliches Interesse.

Die Ampel sprang um. Die erste Straße war mehr oder minder verlassen. Farb blieb auf der Verkehrsinsel in der Straßenmitte stehen, um sich zu versichern, daß kein Autoraser auf ihn zukam. Zu seiner Rechten stand ein Pärchen und diskutierte heftig; eigentlich war es schon ein Streit. Farb fing das Wort „Verhältnis" auf. Das war es, worum jeder Streit ging, um die Beziehung zueinander. Wenn man an Liebe in Zusammenhang mit diesem Wort dachte, war das allein schon die Garantie dafür, daß nie etwas gut verlaufen würde, dachte er, während er der Wut und dem Elend in ihren Stimmen lauschte und gleichzeitig einen großen Lastwagen abwartete, der in zweiter Spur gehalten hatte und jetzt anfuhr.

„. . .Menschen, die unfähig sind, ein Wort konstruktiver Kritik zu verkraften, und sich dann wundern, daß sie immer und überall versagen", sagte die Frau mit dem albinoblonden Haar.

„Ich? Ich versage? Wobei?" fragte der Mann mit dem Spitzbauch niedergeschlagen.

„Denk einmal an das Leben, die Liebe, die Arbeit, und an alles andere, was da noch bleibt."

Auch gut, dachte Farb und trat auf die Fahrbahn.

Er wurde einer raschen Bewegung zu seiner Rechten gewahr, drehte sich um und sah einen kleinen Mann in einer kurzen, dunklen Jacke, der wahrscheinlich mit ihm zusammenprallen würde. Farb trat einen Schritt auf die Verkehrsinsel zurück.

Der Mann pflanzte sich direkt vor Farb auf, der auf ihn hinunterblickte, um zu sehen, was er wollte. Der Mann zog eine Pistole aus seiner Rocktasche. Was wollte er, was sagte er da?

„Du, gib mir sofort deine beschissene Brieftasche."

Aha, jetzt erlebte er es also auch einmal. Auch gut, dachte Farb, schon weniger verwirrt und erschrocken, sogar etwas amüsiert. Er griff in die Hosentasche, legte die Brieftasche in die kleine, ungeduldige Hand vor ihm und sah zu, wie sie in der Tasche der dunkelblauen Hosen verschwand.

Worauf wartete er denn noch? Er hatte ja, was er wollte. Vielleicht konnte ihm Janina Geld für die Heimfahrt leihen; wahrscheinlich hatte er nicht genug Kleingeld bei sich, jedenfalls würde er sich sehr dumm vorkommen, wenn er einen Teil seines Trinkgelds wieder zurückverlangte.

Er wird schießen, er wird schießen! Warum? Er hat doch die Brieftasche.

Die erste Kugel fühlte sich an wie ein Bienenstich mitten ins Herz.

12

In den Kleidern, die eine Mischung von düsteren und grellen Farben aufwiesen, und mit fliehendem Haaransatz, der seinem Kopf Ähnlichkeit mit einer Rakete oder einer von Churchills Zigarren verlieh, betrat Solly Altheim, Detective des New York Police Department, das Universitätsgebäude, in dem der verstorbene Jakob Farb angeblich sein Büro gehabt hatte. Solly rümpfte die Nase, da er den charakteristischen Geruch eines Bürogebäudes, von Staub und Wachs, von Seife und Karbonpapier, vermißte. Sein Assistent, ein Sergeant namens Apollo Janopolis, stand schon an der Wandtafel und suchte die Nummer von Farbs Büro. Janopolis — dunkel, drahtig, Ende Zwanzig, immer nach dem letzten Schrei gekleidet — tat besonders geschäftig; um Eindruck zu schinden, fuhr er mit dem Finger alle Namen entlang, so langsam, daß er sorgfältig wirkte, und doch rasch genug, um das Gefühl zu vermitteln, gerade er sei der richtige Mann für diese Aufgabe. Janopolis hatte große Schwierigkeiten und wußte das auch. Seine Gabe, zum falschen Zeitpunkt am falschen Ort zu sein, Notizen mit wichtigen Informationen zu verlieren und herzzerreißend dumme Ansichten von sich zu geben, war den anderen zuviel geworden, und seine Position war, um es gelinde auszudrücken, im Augenblick sehr unsicher. „Sieh zu, ob du etwas mit ihm anfangen kannst", hatte der Captain zu Solly gesagt. Janopolis hatte eine Reihe von guten Eigenschaften — er war fast unermüdlich, war bereit, sich um alle die langweiligen Details zu kümmern, vor denen jeder normale Mensch zurückschreckte, und erregte Anstoß. Solly versprach, sich um ihn zu kümmern, solange man nicht von ihm erwartete, Janopolis zu einem Genie zu machen.

„Hier steht nichts", sagte Janopolis und schüttelte angewidert den Kopf, um Solly damit anzudeuten, wie sehr ihn das persönlich traf.

„Seine Schwester hat doch behauptet, daß er hier arbeitet", sagte Solly und griff in die Tasche, in der das Plastiksäckchen mit den Schlüsseln steckte, die man bei Farb gefunden hatte. Die Telefonvermittlung der Universität konnte ihnen auch nicht weiterhelfen. Es gab zwei Farbers, einen Farblos, aber keinen Farb.

„Was hat sie gesagt, daß er ist?" fragte Janopolis.

„Pharmakologe."

„Hat das was mit Landwirtschaft zu tun?"

„Wollen Sie mich auf den Arm nehmen?"

„Nein", sagte Janopolis und blickte zu Boden, so beschämt, wie es nur ein dummer Mensch sein kann.

„Ein Pharmakologe stellt Medikamente her."

„Oh. Dann rufen wir doch im Institut für Pharmakologie an", schlug Janopolis vor.

„Gute Idee. Tun Sie das", sagte Solly und war froh, daß er Janopolis für die gerade erlittene Schmach entschädigen konnte.

Solly beobachtete Janopolis, der zu den Telefonzellen hinübereilte. Die alten Zellen waren besser gewesen, dachte Solly; man war ungestört gewesen und hatte sich niedersetzen können. Jetzt wirkten sie eher wie Pissoirs. Janopolis kam wutschnaubend zurück. „Die tun so, als würden sie uns einen Gefallen tun."

„Die Typen kenne ich", sagte Solly. „Haben Sie etwas herausgefunden?"

„Sie haben noch nie von ihm gehört."

„Warten Sie eine Sekunde. Ich glaube, ich weiß, was wir falsch gemacht haben."

Janopolis trat einen Schritt zurück und versuchte, so interessiert und respektvoll dreinzusehen, wie er nur konnte, hoffte dabei aber die ganze Zeit, daß er das Gehörte auch verstehen und später verwenden würde können.

„Seine Schwester sagte uns, daß er in diesem Gebäude gearbeitet hat, und wir gehen von der Annahme aus, daß sie recht hat. Sie sagte uns auch, daß er Pharmakologe war, aber ihr Englisch ist nicht gerade berühmt, also hat sie vielleicht nicht das richtige Wort verwendet. Da wir nun nicht in jedem einzelnen Institut anrufen können, er aber hier gearbeitet hat, muß man ihn ja auch bezahlt haben. Rufen Sie also in der Buchhaltung an."

Janopolis warf Solly einen Blick voll reiner Bewunderung zu, doch schon als er die Telefonzelle betrat, hatte sich diese Bewunderung in Trübsinn verwandelt. Er war ein dummer Kerl. Er sollte kündigen, solange noch Zeit dazu war. Vielleicht würde ihn sein Cousin George wieder zu sich ins Geschäft nehmen. Sie hatten schon vier Restaurants, und zwei weitere sollten noch dazukommen. Aber vielleicht... vielleicht, wenn er ausdauernd war, wenn er es immer wieder versuchte...

Von der Buchhaltung erfuhr Janopolis, daß Farb halbtags Forschungsarbeit betrieb, die andere Hälfte des Tages als Instruktor arbeitete und wahrscheinlich das Büro von Professor Philip MacDonald im Hauptgebäude benützte. MacDonalds Sekretärin erklärte ihm aber, daß der Professor sein Ferialjahr habe und sie Farb zwar kenne, dieser aber sicher nicht das Büro des Professors benütze, da sie in der Zwischenzeit selbst dort eingezogen sei. Sie glaubte, davon gehört zu haben, man hätte Farb einen Raum an der Technik gegeben, und es tue ihr leid, nicht weiterhelfen zu können.

„Also?"

„Er hat sein Büro im chemischen Institut, und das befindet sich in diesem Gebäude, aber die Sekretärin weiß nicht genau, wo."

„Versuchen wir es noch ein wenig", sagte Solly.

Er hätte sich gar nicht die Mühe gemacht, hierherzukommen, hätte er nicht die Absicht gehabt, mit Janopolis noch einmal ein paar grundlegende Begriffe einer Untersuchung durchzugehen, und hätte die Schwester des Opfers nicht felsenfest behauptet, ihr Bruder sei nicht Opfer eines gewöhnlichen Straßenraubs, sondern einer politischen Verschwörung geworden.

„Sie wissen ja nicht, wie diese Menschen sind! Sie Amerikaner hat ja keine Ahnung! Wenn sie haben können umbringen bulgarischen Diplomaten in London mit vergiftetem Schirm, warum sollen sie dann nicht können haben umgebrungen meinen Bruder hier in New York?"

Solly hatte ihr geantwortet, daß das, was ihrem Bruder leider geschehen war, sich seiner Meinung nach an jedem Tag, jedem einzelnen Tag in New York wiederholte.

„Aber es geschehet nicht jeden Tag, daß bedeutender sowjetischer Wissenschaftler in Straßen von New York gemordet wird."

Damit hatte sie nun wieder recht gehabt. Und es war auch interessant, daß Farb mit einer Zweiundzwanziger Pistole erschossen worden war, einer Waffe, die für Mord aus nächster Nähe bevorzugt wurde. Die spärlichen Beweise, die der Polizei vorlagen, deuteten aber in eine andere Richtung. Zwei Zeugen hatten einen kleinen, dunkelhäutigen Mann gesehen, wahrscheinlich einen Puertorikaner, der davongelaufen war. Sie hatten miteinander gestritten und waren durch die Schüsse erst aufmerksam geworden, als der kleine Mann schon die Straße hinunterlief und das Opfer auf dem Boden lag, halb auf der Verkehrsinsel, halb auf der Fahrbahn. Seine Brieftasche war weg, und so konnte er nur durch die Adresse auf der Telefonrechnung identifiziert werden, die man in seiner Tasche gefunden hatte.

Janopolis sprach mit einem Inder, der den von einem hellrosa Turban gekrönten Kopf schüttelte.

„Hier scheint niemand von diesem Menschen gehört zu haben", sagte Janopolis.

„Der bedeutende sowjetische Wissenschaftler", seufzte Solly. „Versuchen Sie einmal, den Hauswart aufzutreiben."

Janopolis marschierte in den leeren Gang, der nach rechts führte, entschied aber dann plötzlich, daß der ebenso leere Gang nach links besser war, drehte sich jäh um und ging an Solly vorbei, ohne ihn auch nur anzusehen.

Wenn er nur nicht verlorengeht, dachte Solly. Und weshalb gibt es in diesen Colleges nie etwas zum Hinsetzen, fragte er sich und sah sich in der Halle um, in der sich nichts anderes als einer der typischen Hotelaschenbecher und eine Anschlagtafel befanden, auf der eine Vielzahl von Anzeigen hingen.

Einige Studenten gingen an ihm vorbei, aber Solly nahm sich gar nicht die Mühe, sie nach Farb zu fragen. Der schmächtige, rothaarige Mann in der Lederjacke sah allerdings gar nicht wie ein Student oder ein Professor aus, und aus unerfindlichen Gründen glaubte Solly auch nicht, daß es sich um einen Amerikaner handelte. Er hielt ihn auf, stellte sich vor und fragte, ob er Professor Jakob Farb kenne.

„Natürlich", antwortete Saposchnikow, nachdem er einen Augenblick gezögert hatte. „Ich will ihm gerade einen Brief bringen. Wo habe ich ihn nur? Ah, hier ist er."

Er hielt Solly den Umschlag vor die Nase, als ob es selbstverständlich wäre, daß dieser die russischen Buchstaben lesen könnte. Irgend jemand hatte in der oberen rechten Ecke mit Bleistift den Vermerk „Tech. 508" angebracht, dort, wo üblicherweise die Briefmarke klebte.

„Sind Sie bei der Post?"

„Nein, ich bin Lastwagenfahrer."

„Warum tragen Sie dann Post aus?"

„Wie soll ich es Ihnen erklären? Es gibt Briefe, die nicht auf dem üblichen Postweg aus der Sowjetunion kommen, Sie verstehen schon, was ich meine. Manche Briefe werden nur außer Landes gebracht und zum Beispiel in Österreich oder in Italien aufgegeben, und manche werden überhaupt persönlich befördert."

„Damit meinen Sie wohl die wichtigeren?"

„Das weiß ich nicht. Ich stelle sie nur zu. Ich lese sie nicht, so wie die dort drüben das tun. Aber im Moment habe ich ein Problem."

„Was denn?"

„Ich parke in zweiter Spur."

„Machen Sie sich deshalb keine Sorgen. Wir kümmern uns darum."

„Wenn der Wagen abgeschleppt wird, ist das ein Alptraum. Der Wagen wird ruiniert und dann muß man mindestens noch dreihundert Formulare ausfüllen."

„Sobald mein Kollege zurückkommt, zeigen Sie uns Farbs Büro, dann können Sie wieder gehen. So rasch wird hier heraußen ohnehin nicht abgeschleppt. Wie ist er denn, ich meine Farb?"

„Farb? Ein sehr netter Mann, ein wirklich netter, ehrlicher Mensch. Einmal ließ ich meine Brieftasche in seinem Büro liegen, und er lief mir damit nach."

Janopolis kam zurück und schleppte einen unwilligen Hauswart heran. Der Hauswart, ein dunkelhaariger Jamaikaner mit einem goldenen Vorderzahn, schliff, sichtlich unglücklich, einen Besen hinter sich her.

„Er nicht glauben", sagte der Hauswart. „Ich nur saubermachen."

„Vergessen Sie den", sagte Solly. „Mr.... ?"

„Saposchnikow."

„Mr. Saposchnikow weiß, wo das Büro ist."

Gemeinsam fuhren sie in dem verlegenen Schweigen, das Aufzugsfahrten kennzeichnet, fünf Stockwerke hoch und folgten Saposchnikow zur Tür Nummer 508, durch deren Milchglasscheibe dunkles Herbstlicht schien.

Solly probierte drei Schlüssel, bevor er den richtigen fand.

„Ist er denn nicht da?" fragte Saposchnikow.

„Heute nicht", sagte Solly. „Wir kümmern uns um den Brief. Danke. Janopolis, führen Sie den Herrn bitte zu seinem Lastwagen zurück. Wenn er ein Strafmandat hat, übernehmen wir das. Und", sagte er und wendete sich wieder an Saposchnikow, „geben Sie meinem Assistenten bitte Ihren Namen, die Adresse und die Telefonnummer an, für den Fall, daß wir noch weitere Informationen von Ihnen brauchen sollten."

„Es ist mir ein Vergnügen, der amerikanischen Polizei zu helfen."

„Sie sind ein guter Staatsbürger."

Solly durchsuchte die Aktenschränke und den Papierkorb, fand aber nichts von besonderem Interesse. In der versperrten Schreibtischlade lagen weitere vier Briefumschläge, die genauso aussahen wie der eben gelieferte. Solly zog aus einem der Umschläge den darin steckenden Brief, sah die russische Schrift und steckte ihn wieder zurück. Die anderen Laden enthielten allerlei Krimskrams, Büroklammern, Gummiringe und eine Dose Aspirin.

Einen Augenblick lang stimmte ihn der Gedanke an die Kleinigkeiten, die die Menschen zurücklassen, traurig.

Solly setzte sich an den Schreibtisch. Das Opfer stammte zwar aus der Sowjetunion, aber in New York wimmelte es geradezu von Emigranten, und früher oder später wurde eben auch einer von ihnen ermordet. Vielleicht war Farb dort drüben sogar ein großes Tier gewesen, aber hier herüben hatte er wohl kaum etwas Wichtiges getan, wenn man bedachte, wie schwer sein Büro zu finden gewesen war. Gut, er hatte geschmuggelte Briefe erhalten, aber auch das war nichts Außergewöhnliches: Die Menschen dort drüben durften sich ja nicht einmal über das Wetter beklagen.

Und natürlich wollte die Schwester in dem Tod ihres Bruders etwas anderes sehen als einen gewöhnlichen Raubmord. Wer würde das nicht tun?

Er bediente sich Farbs Telefon, rief Raissa Farb an und sagte ihr, daß er noch vier Briefe gefunden hatte, die dem ähnlich waren, den ihr Bruder bei sich getragen hatte.

„Können Sie diese Briefe bitte für uns übersetzen, damit wir sehen können, ob etwas Wichtiges darin steht?"

„Ich? Mein Englisch ist inadequat. Nein. Diese Briefe werden gelesen werden von hochrängigen Beamten der Regierung. Was wir erforderlich haben, sind die Dienste von Berufsübersetzer, aber wir müssen sehr gut achtgeben zu finden jemanden, der vertrauenswürdig ist. Ich glaube, ich kenne solch einen. Er übersetzt die Memoiren von meiner Freundin. Sie sind wo?"

„Im Büro Ihres Bruders."

„Sie können fünf Minuten bleiben?"

„Ja."

„Ich rufe zurück. Warten Sie."

Solly hängte ein. Diese politischen Menschen, sie waren alle nicht ganz normal. Er erinnerte sich an seine Tante Rosa aus Trenton. Was war sie doch gleich? Eine Trotzkistin. Jedesmal, wenn in Europa irgend etwas vor sich ging, wollte sie sich umbringen. Aber glücklicherweise war die Sache einfach. Waren die Briefe wichtig, würde er sie dem FBI übergeben müssen; andernfalls mußte die Polizei weiterhin alles daransetzen, den Täter zu finden, wobei die Chancen allerdings eins zu hundert standen.

Das Telefon klingelte.

Es war nicht Farbs Schwester, sondern eine Frau, die sich als Karen Cooper vorstellte, eine Lektorin im Verlag Gander und Kuhn.

„Haben Sie etwas zum Schreiben?" fragte sie.

„Ja, schießen Sie los", sagte Solly.

Sie gab ihm David Aronows Telefonnummer und Adresse. „Allerdings gibt es dabei eine Schwierigkeit", sagte sie.

„Und die wäre?"

„Er geht nicht gerne ans Telefon. Also lassen Sie besser eine

Nachricht auf dem Anrufbeantworter, oder fahren sie zur Wohnung. Er ist fast immer daheim."

„Ist er gut?"

„Sehr gut."

„Was bekommen denn diese Typen normalerweise?"

„David bekommt sechzig Dollar für tausend Worte."

„Sechzig. Danke für Ihre Hilfe."

Solly stopfte die Schlüssel zurück in das Plastiksäckchen und heftete die Briefe aneinander. Jetzt mußte er nur noch auf Janopolis warten. Solly sah auf die Uhr, widerstand der Versuchung, sich eine Zigarette anzuzünden, und begann, leise mit den Fingern auf die graue Stahlplatte von Farbs Schreibtisch zu trommeln. Es war immer derselbe Rhythmus, den er seit seiner frühesten Jugend trommelte, ein Lied, das er irgendwann einmal in der Volksschule gelernt hatte, aber welches Lied es war und wann er es gelernt hatte, hatte er schon lange vergessen. Diese Gewohnheit kam ihm äußerst selten zu Bewußtsein, eigentlich nur dann, wenn es seiner Frau Adelle auf die Nerven ging und sie zu ihm sagte: „Solly, du trommelst schon wieder!"

Er hörte Schritte auf dem Gang, ging zur Tür, öffnete sie und sah Janopolis, der ein Strafmandat in der Hand hielt und unschlüssig an jede Tür klopfte.

13

Juri Trofimowitsch, der auf einer Parkbank saß, bemerkte Andruscha schon von weitem, sah das leuchtendrote Tuch um den Hals des Freundes, den zu Reif werdenden Atem der Begeisterung, mit der dieser die Landschaft des frühen Herbstes fotografierte.
staunen Ausdruck gegeben hatten, einander so zufällig zu begegnen, bat Andruscha, Juri fotografieren zu dürfen, da er ihn als Idealbesetzung einer russischen Herbstszene sah.

Er postierte Juri so, daß im Hintergrund ein paar Birken ins Bild kamen, die leuchtendweiß von den anderen Bäumen abstachen, deren Blätter sich schon rot färbten. Nur zwei Dinge waren nicht zeitlos russisch: Juris Jacke — eine sportliche Kreation aus Europa in Beige mit dunkelbraunem Strickkragen — und die Cowboystiefel.

„Deine Nase sieht aus wie die von Leo Tolstoi", sagte Andruscha. „Das habe ich noch nie zuvor bemerkt."

Danach setzte sich Andruscha neben ihn auf die Bank und nahm die ihm angebotene Zigarette. Er sah nicht echt aus, wenn er rauchte, dachte Juri: viel zu frisch und gesund. Er rauchte auch nicht mit der düsteren Genugtuung des wahren Nikotinsüchtigen, sondern prustete und blies den Rauch wie ein Kind aus.

„Ohne auf allzu viele Details einzugehen, Juri Trofimowitsch, möchte ich dir erzählen, was inzwischen geschehen ist. Ich brachte das Material, das wir fotografiert hatten, letzte Woche nach Moskau. Wie du weißt, war es ziemlich viel, aber wir haben dort jemanden, der sich auf diese Sache hinreißend versteht. Das Material wurde mit einem speziellen Belag versehen, der es wie ein ganz gewöhnliches Endband erscheinen läßt, und an die vierte Spule von *Die Äpfel von Riasan* angehängt. Das ist der offizielle sowjetische Beitrag bei den Filmfestspielen von New York und wird am dritten November direkt dorthin gebracht. Selbst wenn wir die Zollformalitäten und alles andere einkalkulieren, sollte der Film spätestens am fünfzehnten November im Lincoln Center sein. Dann wird sich Farb etwas einfallen lassen müssen, an den Film zu kommen, aber das sollte ihm keine allzu großen Schwierigkeiten bereiten. Du mußt zugeben, Juri Trofimowitsch, daß es eine herrlich kühne Idee ist."

Juri lächelte. Andruscha war manchmal wie ein kleines Kind und schien sich tatsächlich über diese Dinge zu freuen, es zu genießen, die Behörden an der Nase herumzuführen, als wären sie Schullehrer und nicht die Herren über Leben oder Tod.

„Ja, es ist wirklich brillant. Wenn es gutgeht."

„Es ist sogar die sicherste Methode, denn schließlich tun *sie* ja die ganze Arbeit", sagte Andruscha lachend.

„Dann muß ich Farb sofort verständigen."

Der Brief ging noch am selben Tag ab.

Dann kamen lange Tage des Wartens. Obwohl Juri angestrengt daran arbeitete, die Daten in den Computern so durcheinanderzubringen, daß es Monate brauchen würde, alles zu rekonstruieren, schien ihm die Zeit doch wie eine durchsichtige, klebrige, geschmacklose Substanz, durch die er sich durchbeißen mußte. Schon am frühen Morgen fühlte er sich erschöpft und quälte sich mit der Aufgabe, wie Juri Trofimowitsch zu wirken. Jeder laute Ton ließ ihn erschreckt zusammenzucken, Verzögerungen und Fehler machten ihn gereizt, und das Essen war ihm so gleichgültig, daß er es nicht einmal kosten wollte.

Donnerstag morgen nahm einer der Wachebeamten Juris Ausweis in die Hand und ließ durch nichts erkennen, daß er ihm bekannt war, obwohl er dies sonst immer getan hatte; er vermied jedes freundliche Wort, das über die Peinlichkeit des Augenblickes hätte hinweghelfen können. Wie gewohnt verglich er Gesicht und Foto, gab ihm diesmal den Ausweis aber nicht zurück; stattdessen fuhr er mit dem Finger eine Liste entlang, die Juri nicht sehen konnte. Juri wußte, daß sein Name auf dieser Liste stand. Es war also so weit, Gott sei Dank, Gott sei Dank, er konnte wieder leben, auch wenn dies seine Familie ins Unglück stürzte und sein eigenes Leben ruinierte. Das Wichtigste war, fünf Tage lang zu schweigen, bis das Material außer Landes gebracht worden war.

Aber konnte er so lange durchhalten?

„Ich habe Anweisung, diesen Ausweis einzuziehen", sagte der Wachebeamte, der, wie sonst auch, keinerlei Gefühlsregung erkennen ließ. „Sie sollen sofort zu Kowaljow kommen."

Einen Augenblick lang war Juri unfähig, die Beine zu bewegen. Obwohl er noch vor wenigen Sekunden gewünscht hatte, alle Spannungen, jede Verstellung sollten ein Ende finden, so brachte er es jetzt, als dieses Ende gekommen war, nicht über sich, die letzten Schritte zu tun.

Irgendwie gelang es ihm, die plötzliche Erstarrung zu überwinden und sich wieder zu bewegen, wie ein Vater sein Kind das Gehen lehrt — einen Fuß vor den anderen, so ist es gut.

Kowaljow blieb hinter seinem Schreibtisch. Seit dem erfolgreichen Experiment mit Maria Nikitowna hatte Kowaljow Juri mit fast ehrfürchtiger Aufmerksamkeit behandelt; als er allerdings jetzt aufstand und ihm die Hand entgegenstreckte, war von Aufmerksamkeit nicht mehr viel zu merken. Sein Gruß war neutral und sachlich, was Juri beruhigend gefunden hätte, wäre er nicht der festen Überzeugung gewesen, daß Kowaljow nur eine Maske trug, die er jeden Augenblick abstreifen würde. Die Muskeln in Juris Nacken hatten sich verkrampft und waren deutlich zu sehen, als erwartete er im wörtlichen Sinn des Wortes, daß sich Kowaljow wie ein wildes Tier auf seinen Rücken stürzen und diesen zerfleischen würde.

Juri setzte sich und fragte sich, ob man ihn sofort verhaften würde, oder ob er schon unter Arrest stand und dies das erste einer langen Reihe von Verhören war. Vielleicht glaubten sie, mehr aus ihm herauspressen zu können, wenn sie ihn hier und nicht im Gefängnis verhörten, wenn er womöglich noch gar nicht erkannt hatte, daß das Spiel zu Ende war.

„Juri Trofimowitsch, das Komitee für staatliche Sicherheit hat uns beauftragt, wesentlich strengere Sicherheitsmaßnahmen für das Psipharm-Projekt einzuführen."

„Das habe ich schon bemerkt."

„Da Sie ja der Koordinator dieses Prokets sind, möchte ich Ihnen zum besseren Verständnis einige Erklärungen geben. Das Projekt wird ab jetzt auf demselben Sicherheitsniveau eingestuft wie zum Beispiel die Arbeit mit Laserstrahlen. Natürlich mit Unterschieden. Wir haben Außenstehende für unsere Experimente verwendet, was zu einem beträchtlichen Kommen und Gehen führte. Bis jetzt haben wir alle unsere Testpersonen aufgrund einer einzigen Eigenschaft ausgewählt, ab jetzt kommt noch eine andere Eigenschaft dazu."

„Und die ist?"

„Politische Verläßlichkeit. Wir müssen sicherstellen, soweit das möglich ist, daß unsere Versuchspersonen nicht überall erzählen, was sie hier bei uns gesehen haben."

Irgendwie war er Kowaljow dankbar; die Dummheit dieser Maßnahme war eine fast todsichere Garantie dafür, weitere Fortschritte zu verhindern. Was glaubten die denn, wie viele politisch verläßliche Medien sich in Rußland herumtrieben? Gut — sollten sie es doch durch ihren Verfolgungswahn, durch ihr Mißtrauen gegen die Freiheit abwürgen; Darin lag eine grandiose ausgleichende Gerechtigkeit. Aber hatten sie in einem gewissen Sinn nicht auch recht? Schließlich war der Sicherheitskordon ja schon durchbrochen worden. Und darauf würde Kowaljow in Kürze zu sprechen kommen.

„Sie müssen dabei eines bedenken", sagte Juri. „Die Auswahl der Versuchspersonen wird dadurch natürlich beträchtlich erschwert, und damit kann unser ganzer Zeitplan umgestoßen werden. Sie können mir nicht einerseits das Messer an die Kehle setzen und Resultate fordern, und mir andererseits meine Versuchspersonen wegnehmen."

„Diese Schwierigkeiten sind bereits berücksichtigt worden. Wir bekommen noch diese Woche neue Software, die es Ihnen ermöglichen wird, geeignete Personen in allen Teilen der Sowjetunion zu finden. Nicht nur das! Diese Versuchspersonen werden auf Staatskosten hierhergebracht und in einem kleinen Gästehaus untergebracht werden, das uns in wenigen Monaten, nach der Demolierung von Block drei, zur Verfügung stehen wird. Erscheint Ihnen das nicht als passende Entschädigung?"

„Im Prinzip ja, aber warten wir erst einmal ab, wie es sich bewährt."

„Es gibt vieles, was getan werden muß, Juri Trofimowitsch.

Wir müssen uns nicht nur um die Verläßlichkeit der Testpersonen, sondern auch um die der Mitarbeiter kümmern."

„Was bedeutet das in der Praxis?"

„Das werde ich Ihnen gleich zeigen", sagte Kowaljow, lehnte sich zurück und zog eine der Laden seines Schreibtisches auf. „Das", sagte er und zeigte Juri ein kleines, dunkelblaues Buch, „ist der neue Ausweis für alle, die ab jetzt hier an dem Projekt mitarbeiten. Die Fotos werden erneuert und die Ausweise am Ersten jedes Monats gestempelt werden, damit sie ihre Gültigkeit bewahren. Nicht nur das, sie gelten auch nur von acht Uhr morgens bis acht Uhr abends, von Montag bis Samstag. Sonntags wird man hier nicht mehr hereinschneien können wie in einen Schachklub oder etwas Ähnliches. Wenn irgend jemand früher kommt oder später geht, braucht er dazu einen Sonderstempel in diesem Ausweis, der nur von mir oder meinem Stellvertreter ausgegeben wird."

Juri spürte eine Welle der Erleichterung in sich hochsteigen; seine Schultern entkrampften sich, seine Gesichtsmuskeln schienen aufzutauen. Er würde nicht verhaftet werden. Warum sollten sie sich sonst die Mühe machen, ihm das alles zu erklären. Sie hatten überhaupt nichts entdeckt, sondern nur wie üblich in ihren Sicherheitsmaßnahmen übertrieben. Kowaljow versuchte nur, ihm ein wenig Angst einzujagen, wie er jetzt das kleine Buch vor ihm baumeln ließ wie einen Knochen vor einem Hund, von dem man erwartet, daß er bellt und bettelt.

„Mir wird die alte Atmosphäre fehlen", sagte Juri. „Sie wissen doch, daß einem die besten Ideen zu den ausgefallensten Zeiten kommen, dann, wenn man ganz abgeschaltet hat."

„Alles hat seinen Preis", sagte Kowaljow. „Und jetzt möchte ich offen mit Ihnen sprechen, Juri Trofimowitsch. Glauben Sie, daß Sie in der gegenwärtigen Situation dem Projekt alle Ihre Fähigkeiten uneingeschränkt zur Verfügung stellen können?"

„Auch ich werde offen sein. Die neuen Bestimmungen werden meine Arbeit behindern. Die Software und das Gästehaus sind etwas Großartiges, aber die Verwendung der lokalen Bevölkerung hat auch Vorteile. In der gewohnten Umgebung reagieren die Menschen viel entspannter. Reisen erzeugt Streß und Orientierungslosigkeit. Das könnte uns schaden."

„Wenn Sie aber soweit sind, daß Sie es, was immer es auch ist, erfolgreich auf synthetischem Weg herstellen können, wird sich die Notwendigkeit von Testpersonen ja mehr oder weniger erübrigen?"

„Sicher."

„Wir werden natürlich auch einige personelle Veränderungen vornehmen müssen. Jakutina wird zum Beispiel versetzt werden. Wenn noch weiter fotografiert werden soll, müssen Sie mich rechtzeitig davon verständigen, und ich werde Ihnen einen Kameramann zur Verfügung stellen."

„Und Andruscha?"

„Andruscha wird in einer anderen Abteilung arbeiten. Er ist ein wirklich netter junger Mann, Ihr Freund Andruscha, aber irgendwie kommt er mir nicht ganz in Ordnung vor."

„Ich habe es noch nie geschätzt, daß mitten in einer bestimmten Arbeit Veränderungen vorgenommen werden", sagte Juri nach kurzem Überlegen.

„Das ist, allgemein gesprochen, auch ein sehr vernünftiger Grundsatz. Aber unersetzlich ist keiner — weder die Kameramänner, noch das Sicherheitspersonal, nicht einmal die Projektkoordinatoren."

„Ja, das ist richtig, niemand ist unersetzlich."

„Und jetzt, genau so offen, eine letzte Frage. Ich habe Ihnen ja schon gesagt, Juri Trofimowitsch, daß dieses Projekt in eine Phase eintritt, in der Sicherheit genauso wichtig ist wie harte Arbeit. Wir sind über den Punkt hinaus, an dem wir zum Beispiel Farbs geniale Einfälle und Ihre Ideen, wie diese in die Tat umzusetzen sind, brauchen. Was wir heute brauchen, ist ein Mensch, der das Projekt zu Ende führen kann und auch versteht, daß diese Sicherheitsmaßnahmen nicht die fixe Idee eines alten Mannes sind, sondern ein Schild, um die Pfeile des Feindes abzuwehren."

Juri verstand nicht, welches Spiel Kowaljow spielte. Es war ganz offensichtlich, daß er eine Loyalitätserklärung erwartete, von Angesicht zu Angesicht, um Juris Miene wie einen Geigerzähler lesen zu können. Aber war es das, was er wirklich wollte? Waren sie ihm nun auf seine Schliche gekommen oder nicht? Wenn ja, warum vergeudeten sie dann die Zeit mit diesem ganzen Unsinn?

Da wäre es besser gewesen, wenn Kowaljow sofort zu brüllen begonnen hätte. Das konnte nur bedeuten, daß sie keine Beweise hatten.

„Ich muß sagen", begann Juri, „daß Sie meine Einwände gegen die neuen Sicherheitsmaßnahmen anscheinend mißverstanden haben. In meinen Augen ist eine starke sowjetische Wissenschaft identisch mit der Stärke der Sowjetunion. Aber zu viele Sicherheitsmaßnahmen führen manchmal dazu, daß wir zuviel Zeit verlieren, um mit dem Westen Schritt halten zu können."

„Es ist wirklich ein Jammer, daß Sie zu jung waren, um im Krieg zu dienen, Juri Trofimowitsch. Dann würden Sie den Westen besser verstehen. Unter der Oberfläche ist der Westen Napoleon und Hitler."

Kowaljow machte eine Pause, die er um der Vergrößerung der Wirkung willen ausdehnte, und schob den Ausweis über den Tisch Juri zu. „Da haben Sie Ihren Ausweis, Juri Trofimowitsch. Melden Sie sich in Zimmer 308, dort bekommen Sie ein neues Foto. Da wir schon zu viel von Ihrer wertvollen Zeit vergeudet haben, bestehe ich nicht darauf, daß Sie nochmals um den Stempel zurückkommen; das wäre zwar der normale Weg, aber ich gebe Ihnen den Stempel gleich jetzt."

„Dafür bin ich Ihnen verbunden", sagte Juri und sah Kowaljow zu, wie dieser den kleinen Stempel fest auf das Stempelkissen preßte. Er hatte es überstanden.

In dem Augenblick, in dem er den Ausweis in die Hand nahm, blickte Kowaljow auf und sagte: „Eines noch."

„Ja?"

„Noch eine Sicherheitsmaßnahme. Morgen kommt eine Kommission aus Moskau hierher. Sie werden alle Computereingaben, die Ausdrucke und die Logbücher überprüfen. Es sind in letzter Zeit einige beunruhigende Gerüchte aufgetaucht — daß Datenmißbrauch betrieben worden sei, und dergleichen. Wahrscheinlich steckt gar nichts dahinter. Jedenfalls werden die Leute das ganze Wochenende durcharbeiten und irgendwann Montag abend oder Dienstag vormittag fertig sein. In der Zwischenzeit muß ich Sie daher bitten, Juri Trofimowitsch, Ihre Arbeit auf Ihr Labor zu beschränken."

14

„Die hier gehört auch Ihrem Cousin?“ fragte Solly Janopolis, als sie die Pizzeria betraten, in deren Schaufenster eine vergilbte Kritik hing.

„Noch nicht“, antwortete Janopolis mit fast melancholischem Stolz.

Sie entschlossen sich, eine einfache Käsepizza zu teilen. Janopolis rief das Revier an.

Während der Kellner die Getränke brachte, zwei Dosen Orange-Soda und zwei Plastikbecher mit Eiswürfeln, starrte Solly gebannt auf die Unterarme des jungen Mannes, die ihn an die seines Vaters erinnerten. Solly dachte daran, wie er seinem Vater beim Rasieren zugesehen hatte, wie dieser das Rasiermesser in der Waschmuschel gereinigt hatte und wie die Muskeln unter der sommersprossigen Haut gespielt hatten, wenn sein Vater die Wasserhähne bediente. Solly erinnerte sich praktisch an alles, wie sich sein Vater bewegt hatte, wie er angezogen war, an die Farbe der Haut auf seinen Armen, aber alle diese Erinnerungen waren stumm. Er erinnerte sich an Dinge, die sein Vater gesagt hatte, zum Beispiel damals, als er ihm die Hand auf den Kopf gelegt und mit einem warmherzigen, traurigen Blick zu einem anderen Mann gesagt hatte: „Das ist mein kleiner Kaddisch-Beter.“ Er konnte sich an die Worte, nicht aber an die Stimme erinnern, und das hatte ihn in letzter Zeit fast zum Wahnsinn getrieben. Er versuchte, nicht daran zu denken, aber manchmal gelang ihm das nicht, und dann lief er Gefahr, durch diese erbarmungslose Stille tobsüchtig zu werden.

Die Pizza kam, ein paar Sekunden später auch Janopolis.

„Gibt's was?“ fragte Solly und schnitt ein Stück Pizza ab.

„Ja, es gibt einige neue Entwicklungen.“

„Zum Beispiel?“ fragte Solly und holte tief Luft, um den heißen Brocken im Mund abzukühlen.

,,Das Labor hat das Blut aus dem Brief entfernen können, der in Farbs Tasche steckte. Jetzt kann man ihn lesen, natürlich nicht an der Stelle, wo die Kugel durchgegangen ist."

,,Wie viele Worte werden das schon sein! Rufen Sie den Übersetzer an."

,,Das habe ich schon getan", sagte Janopolis voller Stolz.

,,Und?"

,,Es war nur der Anrufbeantworter dran."

,,Gut, dann fahren wir zuerst zum Labor und dann zu ihm hinaus. Ist das alles?"

,,Nein, es gibt noch etwas. Mit Farbs Visakarte wurde ein Pullover gekauft."

,,Nach dem Mord?"

,,Ja."

,,Um wieviel?"

,,Es muß unter fünfzig Dollar gewesen sein. Unter fünfzig Dollar wird man nicht extra verständigt."

,,Was für eine Größe?"

,,Größe?"

,,Pullovergröße. Klein, mittel, groß?"

,,Das habe ich nicht gefragt."

,,Ich hätte gerne gewußt, ob es eine kleine Größe war. Die Pizza ist grauenhaft. Versuchen Sie sie einmal."

,,Sie ist grauenhaft, deshalb soll ich sie versuchen?"

,,Ich will Sie ja nicht beleidigen, aber mir persönlich ist es lieber, wenn ein Italiener Pizza macht."

,,Die Restaurants meines Cousins sind gut. Das nächste Mal, wenn wir in der Nähe von einem sind, gehen wir hin."

,,Natürlich wäre es der Schwester gar nicht recht, wenn ihr Bruder nur ermordet wurde, damit sich ein Puertorikaner einen neuen Pullover kaufen kann."

,,Sie haben recht", sagte Janopolis, ,,der Käse ist zäh wie Gummi."

,,Ich werde Ihnen einmal etwas über Fälle wie diese da erzählen. Es ist genauso wie beim Wohnungssuchen. Man tut alles, was man tun soll, liest die Annoncen, sieht sich eine Wohnung nach der anderen an, man tut alles, was von einem erwartet wird —

und es geschieht überhaupt nichts. Und dann, gerade wenn man den Eindruck hat, daß auch gar nichts mehr geschehen wird, ruft aus dem Nichts heraus irgend jemand an und offeriert einem eine Wohnung mit zwei Schlafzimmern und Zentralheizung."

„Der Teig schmeckt wie Pappe."

„Heben Sie sich etwas zum Trinken auf, damit Sie den schlechten Geschmack losbekommen."

„So, Janopolis, jetzt sind Sie dran", sagte Solly eine Stunde später, als sie an der Theke einer gerammelt vollen Bar standen und auf den Kaffee warteten.

Janopolis sah ihn besorgt an.

„Sie brauchen keine Angst zu haben", sagte Solly. „Wir waren ungefähr zehn Minuten bei Aronow, und ich möchte wissen, was Ihnen aufgefallen ist."

„Etwas, was ich bemerkt habe, war, daß Sie den Umschlag mit den Briefen zu ihm hinüber schoben, damit es ihm schwerer würde, nein zu sagen."

„Es besteht ja direkt noch Hoffnung für Sie! Das war ein kleiner Trick, und gründliche Vorbereitung dazu. In dem Umschlag war schon alles enthalten, was wichtig war. Hätte ich erst begonnen, diese Sachen vor ihm niederzuschreiben, dann hätte es zu nichts geführt. Als es darum ging, ihm zu sagen, daß er sich auch mit der Schwester in Verbindung setzen könnte, brauchte ich nur einen Zettel herauszuziehen und ihm zu sagen: Hier steht ihre Telefonnummer."

„Glaubten Sie denn, daß er die Übersetzung nicht machen wollte?"

„Das war nur für den Fall der Fälle gedacht. Und ich wollte keine Zeit damit verschwenden, mich nach einem anderen Übersetzer umzusehen, vor allem, weil ich überzeugt bin, daß nichts hinter dieser Sache steckt. Ich möchte es nicht mit hundertprozentiger Sicherheit behaupten, aber ich bin fast überzeugt, daß sich bei diesem Fall keine weiteren Entwicklungen mehr ergeben werden. Nehmen Sie ihn also als Lehrfall; selbst wenn wir keine Resultate erzielen, war unsere Arbeit doch nicht vergeblich."

„Ich habe auch bemerkt, daß er etwas verärgert war, weil Sie seinen Tarif kannten."

„Das war ein Teil der Vorbereitung. Ich hasse es, Geld zum Fenster hinauszuwerfen — man steht ja wie ein Trottel da, wenn man Geld verschwendet, selbst wenn es nicht das eigene ist. Was haben Sie noch bemerkt?"

Janopolis erforschte einen Augenblick lang sein Gedächtnis.

„Tja, ich habe noch bemerkt, daß Sie sehr gewandt und höflich zu ihm waren. Es sah ganz einfach aus, aber ich weiß, daß so etwas nicht einfach ist."

„Wenn man einen Mann dieses Schlages aufsucht, darf man nicht versuchen, ihn nervös zu machen, sondern muß in ihm den Eindruck erwecken, daß man bedauert, ihn zu belästigen, denn man weiß ja ganz genau, daß er nicht darauf gewartet hat, daß die Polizei zu ihm kommt und ihn ersucht, für sie unter seinem normalen Tarif zu arbeiten. Und er selbst — was können Sie mir über ihn sagen?"

„Nun, meiner Meinung nach ist er ungefähr einen Meter achtzig groß, rund achtzig Kilo schwer, hat graue Schläfen und einen grauen Bart, helle Augen — die Farbe — nun, man könnte sie haselnußbraun nennen."

„Und woher stammt er Ihrer Meinung nach?"

„Akzent habe ich keinen bemerkt."

„Ich glaubte, das berühmte ‚Harvard-a' zu hören."

„Ja, jetzt, wo Sie es erwähnen."

„Sehen Sie, auch daraus kann man etwas entnehmen, denn es war von allem Anfang an klar, daß er Jude ist. Woher ich das weiß? Ich weiß es nicht. Aber Juden haben etwas Besonderes an sich. Sie wissen immer, wann sie einem anderen Juden gegenüberstehen, und sie wissen auch, was für eine Art Jude er ist. Bei diesem kenne ich mich allerdings nicht ganz aus. Würden Sie ihn für einen guten Menschen halten?"

„Mir erschien er schon so."

„Es stimmt, er sah wie ein netter Mensch aus, aber ich bin mir dessen nicht so sicher. Und ich will Ihnen auch sagen, warum. Weil ihm das Wichtigste war, mir zu beweisen, was für ein brillanter Geist er ist, was ich übrigens nicht genug gewürdigt habe.

Es war die Art, wie er uns sagte, daß man die Briefe eigentlich gar nicht übersetzen müßte — er würde sie einfach lesen und uns sagen, ob eine Übersetzung überhaupt notwendig sei, das ginge rascher und wäre auch billiger. Er hatte recht, aber es sind nicht die Worte, es ist die Art, wie er es sagte. Verstehen Sie mich? Aber dann denke ich mir wieder, also gut, du hast das ‚Harvard-a' gehört und weißt daher, daß er ein Jude aus Boston ist, und das sagt viel darüber aus, warum er sich so gibt. Sie müssen wissen, daß es dort oben nie so viele Juden gab wie in New York, also waren sie immer wie ein zu schwach besetztes Fort. Man muß lernen, diese kleinen Dinge über andere Menschen zu erfahren, alle diese Kleinigkeiten; manchmal nützt es und macht einen riesigen Unterschied. Man möchte es gar nicht glauben, aber es ist so."

„Glauben Sie, daß er schwul ist?"

„Nein. Vielleicht etwas sonderbar. Was Sie noch eingehender lernen müssen, ist, mit den Leuten zu reden. Sie müssen lernen, mit jedem Menschen so zu reden, wie er angeredet werden will; auf diese Weise kann man am meisten aus ihnen herausholen. Wenn Sie sich umsehen, was bemerken Sie dann? Sie bemerken Leute, die miteinander reden. Sehen Sie sich einmal hier um; wenn zwei Menschen zusammenstehen, dann reden sie auch miteinander. Alles besteht hauptsächlich aus Reden, Janopolis — aus Reden, Vorbereitung und ein paar kleinen Tricks."

„Reden, Vorbereitung und ein paar kleine Tricks", wiederholte Janopolis pflichtschuldigst.

„Haben Sie jetzt etwas gelernt?"

„Ja, ganz sicher. Wirklich."

„Gut. Dann zahlen Sie den Kaffee, und wir gehen."

15

Die Feinspitze an Moskaus Gerüchtebörse sagten, daß die Nachricht von Jewgeni Schars unmittelbar bevorstehender Abreise höchstwahrscheinlich stimme. Diese Meinung war sicher teilweise auf die guten, altbewährten Instinkte zurückzuführen, die weder Gründe noch Beweise brauchten, sondern den Wahrheitsgehalt eines Gerüchtes einfach auf seine Lebendigkeit, seinen Widerhall hin untersuchten. In diesem Fall konnte man aber sogar Beweise vorbringen und tat es auch. Schars Arbeiten waren im Westen wohlbekannt, wo er zu einer *cause célèbre* geworden war, und die Sowjetregierung stand unter Druck, etwas in seiner Sache zu unternehmen. Die eine oder andere Variante einer Zwangsexilierung hatte sich in jüngster Zeit als das am häufigsten verwendete Mittel zur Lösung solcher Probleme erwiesen. Und es kursierten noch weitere Gerüchte, die das erste untermauerten; daß Schar im Lager aufbegehrt habe und oft in Einzelhaft genommen werde, war mehr als ein Gerücht, denn die Nachricht stammte von Lagerinsassen, die erst vor kurzem freigelassen worden waren. Man munkelte auch, daß Schar unter starker Bewachung nach Moskau gebracht worden sei. Das ursprüngliche Gerücht war schon so fest verankert und von der Bevölkerung so rückhaltlos angenommen worden, daß man es nicht länger wiederholte oder sich fragte, ob es wirklich auf Tatsachen beruhte, sondern sich eigentlich nur mehr über die zukünftige Entwicklung den Kopf zerbrach. Wann würde er ins Exil gehen? In welches Land? Wo würde er seinen Wohnsitz aufschlagen? In der Schweiz? In Deutschland? In Amerika?

Was bei Gerüchten selten geschieht, trat in diesem Fall doch ein, es stimmte. Darum hatten sich schon die entsprechenden Abteilungen gekümmert, die auch dafür gesorgt hatten, daß einige der vor Schar entlassenen Gefangenen redeten, das Gerücht am Leben erhielten, und daß es durch den Schriftstellerverband, das Gorki-Institut für Weltliteratur, das Peredelkino und andere Stellen noch weitere Verbreitung fand. Es hatte nicht lange gedauert, bis es an die Ohren der ausländischen Journalisten gedrungen war, die gute Verbindungen hatten, und bald darauf fanden sich entsprechende erste Meldungen in der ausländischen Presse. Das alles brachte einen weiteren Vorteil. Diejenigen, die das Gerücht als erste verbreitet hatten, würden jetzt als verläßliche Informanten angesehen werden, denn ihre Aussagen würden bald von der Wirklichkeit bestätigt werden.

Schar befand sich in einer Sonderabteilung des Lubjanka-Gefängnisses in Moskau, wo er seine Englischkenntnisse verbesserte und sein Poem nochmals umarbeitete, das Poem, das bald seinen Weg durch die Welt nehmen würde. Aus allen diesen Gründen war Winias mit sich selbst mehr als zufrieden, und gleichsam als Beweis, daß es das Schicksal besonders gut mit ihm meinte, hatte ihm sein Knie schon seit fast zwei Wochen keine Probleme mehr bereitet. Vielleicht hatte die Behandlung des Wunderheilers tatsächlich Wunder gewirkt. Der Mann hatte bemerkenswerte Hände; sie fühlten sich am Knie wie heißer Sand an. Und der Bericht über die Sache in New York war sehr günstig gewesen. Der Fall wurde als das behandelt, was er allem Anschein nach war, und Achmed befand sich schon wieder daheim in Südarmenien, welches doch etwas außerhalb des Machtbereichs der New Yorker Polizei lag. Der einzige kritische Punkt waren die Zeugen gewesen. Winias war sich bewußt, daß er dieses Detail strenggenommen hätte weglassen müssen; es war die Schwachstelle, an der etwas schieflaufen konnte. Aber er war überzeugt gewesen, daß die Zeugen die bestmögliche Tarnung wären. Hätten sie gefehlt, so wäre eine gewisse Leere entstanden, die zu Spekulationen Anlaß geben hätte können, und das wäre in seinen Augen viel schlimmer gewesen.

Details konnten gut oder schlecht gewählt sein, aber das war es nicht, was Winias fürchtete. Es gab immer unberechenbare Zufälle, eine Tür, die klemmte, die Batterie einer Uhr, die ausgelaufen war, ein Niesen. Hinsichtlich dieser perversen Seitensprünge des Lebens konnte man nichts tun, außer ihre Existenz zur Kenntnis zu nehmen. Nein, was Winias fürchtete, war der Dämon der schieren Bösartigkeit. Dieser Geist war so ähnlich wie eine große Schlange, die auf trockenem Felsen schlief und doch jede Sekunde wußte, was um sie herum vorging; die sich im Zentrum des Lebens befand und wie der Tod jeden Augenblick zuschlagen konnte. Aber der Dämon war schlimmer als der Tod, denn er zog es vor, seine Opfer zu ruinieren statt sie zu vernichten, auszulöschen. Winias fürchtete auch etwas in sich selbst, eine gewisse Neigung zur Selbstvernichtung, als wären alle seine Erfolge letztlich nur der Weg in die Ungnade, die er begierig herbeiwünschte, die er in so brillanter Art für sich selbst geschaffen hatte. Er glaubte nicht wirklich daran, und doch fürchtete er die bloße Möglichkeit, denn er wußte, daß der Selbstvernichtungstrieb in ihm schlummerte wie jeder andere Wunsch, jedes andere Verlangen. Aber wie jeder andere Wunsch und jedes andere Verlangen konnte auch dieser gezügelt und gelenkt werden.

Was Winias nicht lenken konnte, war sein unmittelbarer Vorgesetzter Malanow. Der dumme Malanow, den sein idiotischer neuer finnischer Tisch noch immer störte, der sich wegen des Durchsickerns von Informationen aus der Psipharm-Abteilung Sorgen machte, der ungewöhnlich rasch von völliger Bedeutungslosigkeit zu Ansehen gelangt war. Es war Malanows Idee gewesen, Schar zu veranlassen, auf zwanglose Weise mit Raissa Farb Kontakt aufzunehmen, der es sicher gefallen würde, den heldenhaften Dichter kennenzulernen, und die ihm auch sicher ihr Vertrauen schenken würde. Schar sollte sie aushorchen. In gewisser Hinsicht war dies sinnvoll, aber Winias hatte sich strikte dagegen verwahrt: „Warum sollen wir die Sache komplizieren? Schar ist zu wichtig!"

„Da bin ich anderer Meinung", hatte Malanow geantwortet. „Ich möchte weder Sie noch Ihre Verdienste schmälern. Desinformation ist sehr wichtig, es ist eine Kunst. Aber sie ist nicht Selbstzweck; das dürfen Sie niemals vergessen. Letzten Endes ist sie nur wie künstlicher Rauch, der die wahre Arbeit tarnt, und die besteht darin, das zu bekommen, was wir brauchen. Zum Schluß, wenn der Rauch sich verzogen hat, zählt nur, wer was hat."

Winias drehte sich um und blickte aus dem Rückfenster des Wagens, der ihn zu seinem letzten Treffen mit Schar ins Lubjanka-Gefängnis brachte. Er suchte nicht nach etwas Besonderem, er wollte nicht einmal wissen, wie lange er noch fahren mußte, aber er wollte einen Augenblick lang die Welt, die Farbe des Himmels, die Häuser, Autos, Menschen, Bäume sehen. Es schneite leicht. Die Menschen hasteten vorüber. Er lehnte sich wieder in seinen Sitz zurück.

Am nächsten Morgen um fünf Uhr würde man Schar ohne Aufsehen vom Lubjanka-Gefängnis zum Schirimetjewo Flughafen bringen, von wo er nach Frankfurt fliegen sollte. Die Pressekampagne gegen ihn war schon vorbereitet. Winias war von dem „bakteriologischen" Artikel für die *Literaturnaja Gazeta* sehr angetan gewesen: Es sei eine der Grundvoraussetzungen für einen gesunden Organismus, Fremdkörper abzustoßen. Und Schar und seine Dichtungen seien Fremdkörper im sowjetischen Organismus; die Träume von einem christlichen Rußland vergifteten den Willen und gaukelten den Menschen gefährliche Illusionen vor. Wie die Drogen, die man im Westen so schätze. Die sowjetische Gesellschaft würde aber nicht tatenlos zusehen, wie ihre Kinder mit Gedichten vergiftet wurden, Gedichte über ein Christkind, das in einem Warschauer Ghetto geboren worden war, nach der Ermordung der Eltern nach Rußland flieht, dort in einer Kolchose aufwächst und schließlich Kosmonaut wird. Im Weltraum überkommt das Kind die Vision eines bußfertigen und wiedergeborenen Rußlands. Nein, das sei wirklich nicht das, was die Kinder zur Vorbereitung auf das Leben brauchten, Kinder, die die wirkliche Welt der Genetik, des Weltraums und der Computertechnologie beherrschen sollten, ganz zu schweigen von Politik und Landwirtschaft. Davor müsse man die Kinder bewahren.

Winias Verbindung zu Schar war ausgezeichnet; das war es nicht, was ihm Sorgen bereitete. Aber es gab da etwas, das Winias nicht genau definieren konnte. Machte es ihm Sorge, daß die Verwirklichung von so vielem, was er erdacht, geplant und aufgebaut hatte, jetzt von Schar abhing? Schriftsteller und Regisseure können so gut sein, wie sie nur wollen, es ist der Schauspieler, der auf die Bühne tritt. Schauspieler waren für gewöhnlich von der seltsamen, reizbaren Eitelkeit jener Menschen befallen, die man ausnützt, doch Schar schien nicht unter dieser Krankheit zu leiden.

Trug Schar denn überhaupt keinen Groll gegen sein Schicksal in sich, dagegen, daß man ihm nicht nur befahl, was er tun sollte, sondern auch, wer er sein sollte? Schar hatte lange Monate im Arbeitslager verbringen müssen, obwohl seine häufigen Ausflüge in die Einzelhaft nicht nur zur Verbesserung seines Rufs als Rebell gedacht waren, sondern ihm hauptsächlich ein wenig Bequemlichkeit und Erleichterung von einem wirklich harten Dienst verschafften. Schar war vor kurzem heftig verprügelt worden; sein linkes Auge zeigte noch immer Spuren eines Blutergusses. Heutzutage konnte niemand mehr der Sowjetunion so loyal gegenüberstehen, als daß er dies alles freudig erduldet hätte. Man lebte nicht mehr im Zeitalter der Revolution, in den frühen zwanziger Jahren. Was war es also dann, wodurch Schar so zufrieden wirkte? Wartete er vielleicht nur ab, daß man ihn in den Westen schickte, um abzuspringen und sich von einer Identität zu befreien, die er zu hassen gelernt hatte, und damit Winias' Sturz auszulösen? Das lag durchaus im Bereich des Möglichen, überlegte Winias, als der Wagen in das Gefängnis einfuhr, denn er konnte sich wirklich nicht erklären, warum Schar dies alles tat, und daher auch nicht voraussehen, was er später tun würde. Und so trug Winias diese Angst mit sich aus dem Wagen in das große, ockerfarbene Gebäude am Dserschinskij Platz.

„Noch zwanzigmal", sagte Schar statt eines Grußes; er lag auf dem Boden und hatte die Füße unter die Leiste des Schreibtischs gehakt, setzte sich auf, drehte den Oberkörper nach beiden Seiten und legte sich wieder hin.

Winias lächelte vage und nickte.

Schar beobachtete, wie Winias an ihm vorbeiging, sah ihn aber infolge der Drehungen nur mit Unterbrechungen. Winias hinkte nicht. Er sah besorgt drein, hatte die Stirn gerunzelt. Irgend etwas war nicht in Ordnung.

„Achtzehn, neunzehn, zwanzig."

Schar sprang auf, sein Haar war strubbelig, sein Oberkörper schweißbedeckt, wie ein junger, kräftiger Sohn, der seinen Vater durch die bloße Existenz seiner Spannkraft beleidigt, die doch eine Form von Liebe war.

„Ich habe Bier hier", sagte Schar und trocknete sich die Brust mit einem Handtuch ab, das er dann in die Ecke warf. „Heineken, Kirin oder Schiguli?"

„Kirin."

Schar streifte ein hellblaues T-Shirt über und ging zu dem kleinen amerikanischen Eiskasten, der in der Ecke stand.

„Wie kommt es, daß unsere Feinde so gutes Bier brauen?" fragte Winias und nahm die Flasche entgegen, ohne Schar ins Gesicht zu sehen. Jetzt wußte er plötzlich, wovor er Angst hatte – vor dem, was er vielleicht in Schars Gesicht würde lesen können, wenn er ihm den Zusatz zu seinem Auftrag erklärte.

„Die Amerikaner haben sie irrtümlich ins Zeitalter der Weltraumfahrt geschossen", sagte Schar und blickte Winias an, um zu sehen, ob er lachte.

Winias lachte. „Ja, diese herrlichen kapitalistischen Bomben."

„Geht es dem Knie besser?"

„Viel besser, danke."

„Ich habe bemerkt, daß du nicht hinkst."

„Ich habe mich von einem Wunderheiler behandeln lassen, du wirst es kaum glauben. Irgend etwas macht seine Hände so heiß wie glühendes Eisen."

Winias nahm einen kräftigen Schluck. Es gefiel ihm nicht, daß ihn Schar an das kranke Knie erinnert hatte. Hatte Schar denn überhaupt kein Gefühl dafür, was man für ihn getan hatte?

„Dein Auge sieht schon fast wieder normal aus", sagte Winias, um Schar daran zu erinnern, daß auch er physisch verwundbar war, und er bemerkte, wie Schar unwillkürlich zusammenzuckte.

„Ja, vielleicht wird man es auf den Fotos gar nicht sehen."

„Immerhin macht ein bißchen echtes Blut sehr viel aus. Ein Bericht von dieser Prügelei ist schon an die französische Presse gegangen und wird in ein oder zwei Tagen veröffentlicht werden. Er enthält einen wunderbaren Satz über den Dichter, der blutbespritzt und dennoch ungebeugt vor uns steht. Ein altes Klischee, aber eines, das immer seine Wirkung tut, wenn nur das Blut echt ist."

„Das weiß ich."

„Gut."

„Übrigens, weil wir gerade bei diesem Thema sind, da sind

deine Schlaftabletten. Hundert Stück. Wir werden dich weiter damit versorgen. Aber du solltest sich wirklich bemühen, diese Gewohnheit abzulegen."

„Eines Tages werde ich das sicher tun", sagte Schar gedehnt und ohne viel Überzeugung.

„Der Apotheker war sehr beunruhigt; er dachte, daß sie für mich seien. Er sagte mir, daß sie sehr stark sind."

„Sehr stark", erwiderte Schar. „Man hat mich darauf aufmerksam gemacht, daß fünf Stück tödlich sein können."

„Dann beschränke dich bitte auf vier", sagte Winias mit einem unbehaglichen Kichern.

„Mach' dir deshalb keine Sorgen."

„Ich mache mir aber Sorgen. Ich mache mir Sorgen darüber, wie es dir im Westen ergehen wird. Ich weiß, daß du viel darüber gelesen und Filme gesehen hast, aber wenn man einmal dort ist, ist es doch ganz anders. Ich war ja selbst recht lange drüben. Du wirst in Versuchung geraten, Jewgeni. Auch ich bin in Versuchung geraten. Der Westen mit seinen Möglichkeiten kann einen in einen Rauschzustand versetzen, doch sind es nur Illusionen, und ich kann dir auch sagen, warum: Weil du genauso bist wie ich, Jewgeni. Der einzig wahre Platz für Menschen unseres Kalibers ist hier, wo wir das tun können, was wir jetzt tun; anderswo wären wir nur drittklassige Abbilder unseres wahren Ichs. Das einzige, was wir wirklich brauchen, kann uns der Westen nie bieten. Das Wichtigste im Leben besteht darin, die Position auszufüllen, für die man geboren wurde, denn sonst findet man in seinem ganzen Leben nicht den richtigen Platz."

Schar lächelte über die Länge und Eindringlichkeit dieses Vortrags.

„Mach' dir um mich keine Sorgen. Ich komme schon wieder heim."

Während Winias Schar anlächelte, fiel ihm plötzlich auf, daß sie noch keinen Blickkontakt gehabt hatten.

„Und was ist mit dem Poem?" fragte Winias.

„Ich bin fast fertig mit dem Abschreiben. Ein paar Dinge habe ich geändert, aber es ist nichts Wesentliches darunter."

„Die Passage über Walt Whitman hast du drinnengelassen?"

„Ja."

„Gut. Das wird den Amerikanern gefallen. Wahrscheinlich werden sie lange Artikel darüber schreiben, was für eine Schande es ist, daß der Glaube eines sowjetischen Dichters an die Freiheit durch ein paar Zeilen aus *Grashalme* aufrechterhalten wurde, und die Amerikaner selbst dieses Buch kaum kennen. Eigentlich besitzen die Amerikaner überhaupt keine Dichter. Es gibt natürlich auch bei ihnen Menschen, die gute Dichtung geschrieben haben, aber wie kann man ein Dichter sein, wenn einem niemand zuhört?"

„Nicht so wie bei uns."

„Nicht so wie bei uns, damit hast du recht. Du hast große Auditorien gefüllt, aber das war natürlich vor der Zeit, in der die bürgerliche Propaganda dir mit den häßlichen, verleumderischen, antisowjetischen Ideen den Kopf verdrehte, die dir dann so große Schwierigkeiten gemacht haben."

Schar lachte.

Winias spürte, daß seine Zeit gekommen war, und sagte: „Etwas muß ich dir noch sagen, Jewgeni."

„Ich werde ins Lager zurückgeschickt", spottete Schar und trank einen kräftigen Schluck Bier, um dem Drang aufzublicken nicht nachzugeben; er wußte, daß ihm Winias jetzt das Allerwichtigste mitteilen würde.

„Kaum. Ich werde dir etwas Material dalassen, damit du Verschiedenes nachlesen kannst, aber, um es kurz zu machen, es hat den Anschein, daß man in einer unserer Forschungsabteilungen bedeutende Entdeckungen gemacht hat. Der Projektleiter hat einen Freund in New York, einen emigrierten Juden, der von Anfang an bei der Sache dabei war. Wir haben uns gewisse Sorgen gemacht, daß Nachrichten durchsickern könnten. Glücklicherweise wurde der Emigrant das Opfer eines Straßenraubes, der ihm das Leben kostete."

Winias machte eine Pause, damit sich Schar darüber klar werden konnte, daß auch dieser Straßenraub eine der kleinen Szenarien gewesen war und daß auch für ihn, Schar, eine ähnliche Sequenz geschrieben werden könnte.

„Die Frage, die sich uns stellt, ist, ob wir wirklich nur übervorsichtig waren, oder ob dort drüben tatsächlich etwas im Gange ist."

„Und du hättest es gerne, wenn ich mich drüben etwas umsehe?"

„Nicht mehr als das. Vergiß nicht, nur in dem Maß, in dem dieses Umsehen nicht mit deiner Hauptaufgabe in Konflikt kommt. Du wirst in New York einen Kontaktmann finden, einen Taxichauffeur namens Waska; er kennt die Stadt sehr gut. Was immer du erfährst, gibst du an ihn weiter."

Winias bemerkte, daß er Schar anstarrte, und erkannte im selben Augenblick, daß dies ein nicht mehr gutzumachender Fehler gewesen war. Er wußte jetzt, daß ihn nicht das erschrecken würde, was er in Schars Gesicht sah, sondern was Schar vermutlich in seinem Gesicht sehen würde.

Schar hatte jedoch gerade in diesem Augenblick wieder einen kräftigen Schluck getan und setzte eine schuldbewußte Miene auf, als ihm Winias direkt in die Augen sah, schuldbewußt, weil er sich in einem solchen Augenblick dem Vergnügen hingegeben hatte, aber was konnte man schließlich von einem unreifen Menschen schon erwarten, der die Welt noch nicht kannte.

„Mach' dir keine Sorgen, ich kann Prioritäten setzen. Der Emigrant — war er verheiratet?"

„Nein, er wohnte bei seiner Schwester. Du kannst alles nachlesen."

„Hast du viel Material?"

„Es reicht."

„Soll ich das Poem einstweilen ruhen lassen und das Material durchsehen?" fragte Schar, gespannt darauf, wie die Antwort auf diese praktische Frage ausfallen würde.

Winias zögerte und antwortete dann fast schroff: „Natürlich. Das Gedicht ist schließlich schon in deinem Kopf. Das kannst du auch in Deutschland fertigstellen. Morgen wirst du schon dort sein", sagte Winias mit einem Anflug von Verwunderung in seiner Stimme.

„Es sieht ganz so aus, als ob Arbeit auf mich zukommt."

„Ja, ich gehe jetzt auch."

„Ich danke dir für alles, Anton. Glaub' mir, ich weiß, was du mir gegeben hast."

Winias nickte, entspannte sich plötzlich und war erleichtert. Oder hatte Schar mit ihm vielleicht nur gespielt, wie man eine bekannte Melodie vom Anfang bis zum Ende durchspielt?

16

„Ja, bitte?" sagte die Stimme der Frau auf russisch.

„Spreche ich mit Raissa Farb?" fragte David auf englisch.

„Ja", sagte sie und wechselte auf Englisch, wobei die Stimme viel von ihrer Selbstsicherheit verlor.

„Hier spricht David Aronow."

„David Aronow, der die Memoiren übersetzt von Irina Petrowskaja?"

„Ja. Ich hätte Sie gerne kurz gesprochen."

„Haben Sie gelesen die Briefe?"

„Ja."

„Wann?"

„Gestern."

„Ah, gestern, ich verstehe."

„Sie sind ... "

„Ich möchte bei Telefon nicht Einzelheiten besprechen, Mr. Aronow."

„Ich könnte zu Ihnen kommen."

„Nein."

„Dann treffen wir uns doch in der Stadt."

„Gut. Ich hole Sie ab in einer Stunde. Wo wohnen Sie?"

„In der Vierten Avenue, zwischen der Zehnten und Elften Straße. Auf der östlichen Straßenseite. Ein großer, gelber Ziegelbau. Es ist ein kurzer Häuserblock, und mein Haus ist das einzige auf dieser Straßenseite."

„In einer Stunde."

„Ich warte unten auf Sie."

„Bis dann, Mr. Aronow."

Sobald er den Hörer eingehängt hatte, versuchte er angestrengt, sich an ihre Stimme zu erinnern; er wollte alles noch einmal durchdenken, solange es ihm frisch in Erinnerung war. Er wollte sie um etwas bitten, und da er nur eine einzige Antwort von ihr wollte, würde es gut sein, so viel wie möglich über den Menschen zu wissen, mit dem er in einer Stunde sprechen würde.

Unter dem Mantel der Worte, in ihrer rauhen Stimme hatte er ihre Trauer gespürt. Es war die Stimme einer starken Frau. Ihr „Mr. Aronow“ war auf eindrucksvolle Weise korrekt. Auch hatte sie ihm eine Frage gestellt, die er nicht erwartet hatte — „wann?“. Aber es war keine nüchterne Intelligenz gewesen, die wie ein Parasit auf den Flanken eines gutmütigen Wirtstieres sitzt. Es war ein Aufblitzen lebhafter Intelligenz gewesen, selbst wenn man, wie aus ihrer Aussprache und aus ihrem Wortschatz hervorging, in Betracht zog, daß sie der intellektuellen Schichte angehörte. Er hatte auch den durchaus verständlichen Schuß Paranoia gespürt, aber das sagte ihm nicht genug. Er mußte etwas anderes erfahren: Wer sie wirklich war.

Und in welcher Sprache sollte er sich mit ihr unterhalten? Das hing von ihm ab. In der Muttersprache zu sprechen, machte einen mächtig, sprach man in der Sprache des anderen, dann war man immer im Nachteil. Ein heikler Punkt, denn wenn er sie zu sehr in die Rolle der Benachteiligten drängte, würde sie sich vielleicht bedroht fühlen und in die Defensive gehen. Vielleicht wäre es klüger, Russisch zu sprechen, dann hätte sie sich besser in der Hand und wäre gelöster. Schließlich hatte er diese Überlegungen satt und beschloß, sich erst an Ort und Stelle zu entscheiden.

Er sah zu, wie der Oldsmobile vorfuhr, und kam von dem Eindruck nicht los, daß er schon durch die staubige Windschutzscheibe, die im Natriumgelb der Straßenlampen spiegelte, besichtigt und eingeschätzt worden war. Er winkte, obwohl er wußte, daß es nicht notwendig war, und zwängte sich durch den engen Zwischenraum zwischen zwei Stoßstangen. Durch das beschlagene Seitenfenster erhaschte er einen Blick auf ihr Gesicht, als sie ihm zunickte, sah das schwarze Haar, die semitischen Züge, die Flecken von rotem Lippenstift auf grellweißen Zähnen.

Jetzt, als er im Wagen saß, konnte er sie genauer ansehen. Ihr Gesicht war etwas derb und doch in gewisser Weise attraktiv, so wie es auch derber Schmuck sein kann. Ihre Augen waren von einem so dunklen Braun, daß man sie nicht ergründen konnte. Der Schnitt ihrer Augen war von einem Hauch Steppe überlagert.

„*Dobri wetscher*", sagte er.

„*Dobri wetscher*, aber sprechen wir lieber englisch", sagte sie.

„Gut."

„Fahren wir ein weniges spazieren", sagte sie mit einem Blick in den Rückspiegel, ordnete sich gekonnt in den vorbeifließenden Verkehr ein, der schütter und sehr rasch war.

Er beobachtete sie, wie sie den Wagen lenkte, erkannte, daß ihr das Fahren Spaß machte, daß sie das Gefühl genoß, den Wagen zu beherrschen. Schon durch die Wahl der Sprache hatte sie den Weg festgelegt, dachte er. Er kannte diesen Typ — anmaßend durch zu viel Energie; den Männern gegenüber unterwürfig, aber von jener Unterwürfigkeit, die stark wie eine Unterwasserströmung war.

„Sie haben die Briefe nicht gelesen?" fragte er.

„Nein."

„Ich habe sie mitgebracht."

„Ich will sie nicht wissen."

„Ich verstehe."

„Aber ich will wissen, was in ihnen ist."

„Gut."

„Haben Sie Übersetzung bereits Mr. Altheim weitergeleitet?"

„Nein. Ich wollte zuerst mit Ihnen sprechen."

„Ich verstehe."

Was verstand sie? fragte er sich. „Der Mann, der Ihrem Bruder schrieb ... "

„Sein Name ist Juri Trofimowitsch."

„Er unterzeichnet die Briefe mit Wanka-Wstanka."

„Jascha sagte ihm so. Wissen Sie, was es heißt?"

„Es ist eine Art Stehaufmännchen. Wir haben auch solche Puppen."

„Jascha sagte ihm deshalb so, weil Juri nie aufgab, wenn er sich etwas in den Kopf gesetzt hatte und sehen wollte, ob es durchführbar war oder nicht war. Jascha genoß es, Ideen zu bekommen, aber die tägliche Kleinarbeit machte ihn kränklich. Deshalb waren die zwei so ein gutes Team. Eine völlig einzigartige Kombination, die schlußendlich meinen Bruder mordete."

David wartete einen Augenblick, daß sich dieser von Leidenschaft und Trauer hervorgerufene Sarkasmus ihres Ausbruchs wieder legte.

„Anscheinend hatte Ihr Bruder eine ganz Reihe von Ideen, und Juri steuerte dazu die nötigen Resultate bei. Soweit ich das verstehe, begannen die beiden, sich mit der Physiologie des EsW zu befassen, was man dort drüben Psi nennt. Sie fanden im Verlauf einiger außergewöhnlicher Manifestationen von Psi Spuren einer inneren Sekretion. Forscher auf dem Gebiet der Geriatrie fanden ähnliche Spuren innerer Sekretion bei Menschen, die über hundert Jahre alt wurden. Juri begann, aus diesen beiden Arten von Sekretion eine Verbindung herzustellen, veränderte den Grad der Mischung, bis er endlich etwas entwickelt hatte, das die Lebenserwartung von Versuchstieren um vierzig Prozent erhöhte und ihre Intelligenz steigerte. Übrigens hat Juri diesem Serum den Namen Stolat gegeben, denn wenn es beim Menschen dieselben Wirkungen zeigt, werden wir alle hundert Jahre alt werden."

Sie fuhren bereits auf der West Side Autostraße und näherten sich der George-Washington-Brücke mit ihren vielen hundert Tonnen Stahl, Luft und Lichtern.

„Den Rest kann ich ausdenken", sagte sie. „Juri beschloß natürlich, diese Entdeckung sollte kein Geschenk an die Sowjetunion sein, das hätte das Ende, den endgültigen Sieg der Sowjets bedeutet. Zwischen Liebe zu Rußland und Beihilfe, die Welt den Sowjets zu unterwerfen, ist großer Unterschied. Also wollte er seine Ideen aus dem Land schmuggeln, und dabei fiel ihm mein Bruder ein, welchem er vertraute und der von Anbeginn dabei gewesen ist. Sein einziger Fehler war zu vergessen, daß man drüben seinen Gedankengängen ganz genau nachgehen konnte; daß man wußte, wem er anvertraute, wem er seine Briefe schickte. Und deshalb wurde mein Bruder gemordet, Mr. Aronow, entweder, weil jemand genau wußte, oder weil man nicht ganz sicher war, jedes Risiko doch grundsätzlich ausschalten wollte. Das war es, was ich dem Polizisten zu erklären probierte."

„Wenn das stimmt, dann frage ich mich, warum der Mörder den Brief nicht an sich nahm."

„Vielleicht er hat nichts gewußt von Brief, vielleicht hatte er auch nicht Zeit. Außerdem machen diese Leute auch Fehler."

„Ich habe noch etwas."

„Ja?"

„Die Informationen werden auf dem Endband eines Filmes außer Landes gebracht."

„Endband?"

„Ein Endband ist ein Stück Film, das man an das Ende des Filmes klebt, damit dieser reibungslos durch den Projektor läuft."

„Das könnte Idee von Andruscha sein."

„Wer ist Andruscha?"

„Das spielt keine Rolle."

„Jedenfalls befinden sich die Informationen auf einem Endband, das die Sowjets offensichtlich selbst aus dem Land bringen, denn es hängt an einem Film, der bei den New Yorker Filmfestspielen gezeigt werden soll und den Titel *Die Äpfel von Riasan* hat. Das ist es in einfachen Worten."

Als sie in die Schnellstraße einbogen, die die Bronx durchquerte, sagte sie: „Ich wohne in Bronx; nicht in bekanntem Teil, sondern in ganz normalem Viertel."

Es war dies eine Feststellung, die keine Antwort erforderte. Langsam wurde David unruhig, in ihm stiegen Bedenken auf, ob er von ihr wirklich bekommen würde, was er wollte. Manchmal war sie äußerst präzise; dann aber wieder völlig irrational. Keine dieser beiden Haltungen kamen ihm bis jetzt zugute. Er wußte nur — seit dem Augenblick, in dem er sich zu ihr in den Wagen gesetzt hatte —, daß sie zu jenen Frauen gehörte, die ihn glücklich machen wollten.

„Und jetzt, Mr. Aronow", sagte sie, „eventuell Sie sagen mir, was Sie vorhaben."

„Wieso wissen Sie, daß ich etwas vorhabe?"

„Aus zwei Gründen — nein, aus drei. Erstens, als ich Sie vorhin auf Bürgersteig stehen sah und Sie dann in den Wagen stiegen, erinnerten Sie mich an meinen Bruder."

„Und der zweite Grund?"

„Der zweite Grund ist, Sie haben die Übersetzung noch nicht an Mr. Altheim geschickt."

„Eine folgerichtige Überlegung."

„Danke. Und dritte Grund ist, daß Sie gewartet haben einen Tag, um mich anzurufen."

„Bis jetzt stimmt alles. Vielleicht können Sie mir auch sagen, was ich vorhabe?"

„Nun ja, wäre mein Bruder Amerikaner gewesen, hätte er versucht, den Film zu erhalten und die Informationen darin zu überprüfen, und dann hätte er größte Entdeckung seit der Atomspaltung bei einer Pressekonferenz der Vereinten Nationen verkündet."

David lächelte.

„Habe ich recht?"

„Nein. Vor fünfzehn Jahren hätte auch ich das für eine recht gute Idee gehalten. Damals glaubte ich noch an die Menschheit und an die Welt, an die Zivilisation. Gleichgültig sind sie mir heute auch nicht, ich respektiere sie immer noch, aber nicht so sehr, daß ich mich beeinflussen ließe."

„Das halte ich für gutes Zeichen, Mr. Aronow. Denn die Idealisten haben zu viele Tote auf ihren Gewissen. Die Welt war schon schlimm genug, als nur die Bösen gemordet haben, aber dann kamen Idealisten dazu. Und dann noch Menschen wie Juri, die Schuld daran haben, daß andere sterben müssen, und es nicht einmal wissen. Juri, der vergessen hat, daß Stalin noch heute am Leben sein würde, hätte Juri seine Entdeckung vor vierzig Jahren gemacht gehabt. Der Schwachkopf Juri Trofimowitsch, welcher heute vielleicht schon in einem Arbeitslager sitzt."

„Ich werde Ihnen sagen, was ich mir vorgestellt habe", sagte David. „Ich glaube, daß Juri recht hatte. Es ist besser, daß die Amerikaner und nicht die Sowjets das Serum in die Hände bekommen, wenn es wirklich funktioniert. Das ist aber nicht das eigentliche Problem, das ist nicht das Interessante an der Sache. Die Frage ist, wer es verabreicht bekommen soll. Gibt man es den Lebenslänglichen, damit sie noch dreißig Jahre Strafe absitzen können? Gibt man es den Müttern von elf Kindern, die von der Sozialhilfe leben? Gibt man es den Behinderten, den Versehrten, den Blinden? Und wenn es nicht jeder bekommt, wer soll dann bestimmen, wer es erhält? Wenn aber alle davon wissen und nicht alle es bekommen, dann entstehen noch größere Probleme, und daher ist es die klügste Lösung, Schweigen über die Sache zu bewahren. Wahrscheinlich noch lange Zeit. Und was bedeutet das in der Praxis? Das heißt, daß es einige wenige geben wird, die noch mit Achtzig ausreiten und ihre Schäferstündchen am Nachmittag machen können, daß ich aber tot sein oder das Frühstück durch ein Röhrchen in meine Vene bekommen werde. Und damit alles noch schlimmer wird, werde ich wissen, was ich versäume. Sie übrigens auch."

„Bis jetzt sehr interessant. Welche Schlußziehungen?"

„Wissen Sie, was das System des wechselseitigen Gleichgewichts ist?"

„Nein."

„Das sollten Sie aber wissen, bevor Sie sich um die amerikanische Staatsbürgerschaft bewerben", sagte er und schämte sich ein wenig dafür, in etwas herumzuwühlen, das für sie eine offene Wunde sein mußte. „Das amerikanische Regierungssystem lebt davon. Die verschiedenen Teile halten einander im Gleichgewicht, damit nicht ein Teil zu mächtig wird."

„Die Sache wußte ich, aber Namen hatte ich vergessen."

„Meine Idee ist also recht bescheiden und nach bester amerikanischer Tradition. Ich würde gerne etwas Ähnliches in kleinerer Ausführung einrichten. Ja, ich möchte den Film in die Hand bekommen; ich habe einen Freund in Boston, der sich um die technische und wissenschaftliche Seite kümmern könnte. Wir werden ein paar Kopien behalten, dann die Auskunft anrufen, uns die Nummer des FBI geben lassen und den Film wie brave Staatsbürger aushändigen. Aber wir haben einen Trumpf in der Hand; man kann uns nicht ausschalten, und wenn die Sache funktioniert, dann werden wir unseren Anteil einstreichen — wir werden dreißig Jahre länger leben."

„Ich will solches Leben aber nicht dreißig Jahre länger leben."

Einen Augenblick war er um eine Antwort verlegen.

„Die einzige Alternative ist Sterben, und Sterben hat doch keinen Sinn."

„Bis jetzt mein Leben war nicht so schön, Mr. Aronow, daß der Gedanke, es zu verlängern, auf mich insbesondere verlockend gewirkt hat."

„Dreißig Jahre sind mehr als zehntausend Tage. Zehntausend Tage!"

„Zehntausend Tage ohne Liebe sind für mich Vision von

Schrecken, Mr. Aronow. Jascha war der letzte Mensch auf dieser Welt, den ich liebte. Jetzt gibt es niemand mehr. Warum ich sollte mich also freuen?" fragte sie, bremste und parkte an der Ecke einer Vorstadtstraße, die von großen, dunklen Ziegelbauten gesäumt war, die wie geschlossene Banken aussahen.

„Ich achte Ihre Trauer", sagte er, „aber das Leben ist alles, was wir besitzen, der einzige wahre Wert, der uns noch geblieben ist. Und für den Augenblick ist das Beste, was wir tun können, uns zu bemühen, mehr von diesem Leben zu bekommen. Und schließlich gibt es auch vollkommene Augenblicke, wenn man zum Beispiel an einem Sommerabend beim Schein der ersten Sterne im Freien ißt."

Sie lächelte ihn an, ein sanftes, etwas trauriges Lächeln, das aber doch ein wenig Freude enthielt.

„Wissen Sie, wo wir sind?" fragte sie.

„Nein."

„Riverdale."

„Riverdale."

„Sie sehen das Tor dort drüben?"

„Ja."

„Das ist Eingang zu sowjetischer Enklave. Sie werden mit Bus hinausgebracht, jeden Tag, die Leute von der UNO, die Botschaftsangestellten. Jeden Abend bis spätestens elf Uhr bringt Bus sie wieder zurück, damit sie nicht von den Amerikanern angesteckt werden. Aber das ist nicht so wichtig. Wichtig ist, was dort drinnen vorgeht. Man hört Telefongespräche ab, es werden Spionageaktionen ausgeführt. Ich bin überzeugt, daß diese Enklave beim Mord meines Bruders eine Rolle gespielt hat, Mr. Aronow. Und ich will Ihnen noch etwas sagen. An jenem Abend, an dem mein Bruder gemordet wurde, ich fuhr hierher. Ich parkte genau an dieser Stelle, in der Hoffnung, irgendein hohes Tier wird spät zurückkommen. Ich wollte seinen Wagen rammen. Ich wartete für zwei Stunden, aber keiner kam. Ich habe nie sehr viel Glück gehabt."

Ihr tödlicher Ernst ließ Angst in ihm aufsteigen.

„Ich werde das nur einmal sagen: Ihre Idee ist interessant und gescheit, aber es ist keine gute Idee, Mr. Aronow, denn es ist eine gefährliche Idee."

Er lächelte und nickte schwach. Er wußte, wie Frauen ja sagen.

17

Juri Trofimowitsch nahm seine Tochter Olja auf den Schoß und freute sich über ihre zarte Figur. Er lächelte auf die kleinen roten Ledersandalen, auf die Beine in den gestrickten beigen Strumpfhosen, auf das karierte Kleid und das pastellfarbene Band nieder, das wirr in den hellbraunen Haaren hing. Sie spielte mit seinem Bart, wie sie es immer tat, wenn sie auf seinem Schoß saß, wand kleine Haarbüschel um die Finger und fuhr ihm mit dem Zeigefinger, der wie ein kleiner, blinder Wurm war, durch die dichtesten Stellen des Bartes, in dem es schmale Tunnels und winzige Kammern gab, in denen winzige Kreaturen wohnten, die sie „die Bartler“ nannte.

Als das Leben noch normal erschienen war — war ihr Leben je normal gewesen? —, als alles viel normaler war als jetzt, hatte er manchmal bedauert, nur ein Kind zu haben, obwohl bei der Mühe, die das bloße Überleben bereitete, manchmal auch ein Kind zu viel war. Jetzt wußte er, daß es besser so war. Er sagte sich, daß er nicht daran denken durfte, daß das der Abschied war, es würde für sie beide besser sein, wenn dieser Abend wie jeder andere Abend war.

„Papa, erzähl mir mehr von Boba und dem Planeten.“

„Gut, laß mich nachdenken, wo wir stehengeblieben sind. Boba der Kosmonaut, landete also auf dem Planeten... “

„Sladkoje — weißt du das denn nicht mehr?“ Olja rutschte auf seinem Schoß herum.

„Natürlich, entschuldige. Auf dem Planeten Sladkoje. Boba wanderte also über den Nordpol, der ganz aus Vanilleeis bestand, und alle Pinguine hatten Vanilleeisrestaurants, in denen sie Eisborschtsch und Eiskoteletts servierten, und wenn irgend jemand behauptete, daß alles nach Vanilleeis schmeckte, wurden die Pinguine sehr böse und begannen zu kreischen und mit den Flügeln zu schlagen, wie Pinguine das immer tun, wenn sie zornig sind.

Und daher aß Boba Vanilleeisborschtsch und Vanilleeiskoteletts. Danach fand Boba, daß er noch gerne eine Nachspeise hätte. Er hoffte, daß es etwas Besonderes gäbe, und dachte insgeheim, daß sie dort oben vielleicht alles umgekehrt machten und Fleisch und Gemüse zur Nachspeise servierten. ‚Was gibt es als Nachspeise?‘ fragte Boba den Pinguinkellner. ‚Heute‘, sagte der Pinguinkellner mit großer Höflichkeit, ‚gibt es Eis.‘ ‚Haben Sie vielleicht auch Eis mit Borschtschgeschmack?‘ fragte Boba. ‚Ha ha, was für eine komische Idee‘, lachte der Kellner. ‚Sie haben ja gerade Borschtsch gegessen. Warum wollen Sie denn noch einmal Borschtsch?‘

Oh, oh, dachte Boba. ‚Gut, bringen Sie mir bitte Eis.‘

‚Gerne, mein Herr‘, sagte der Pinguinkellner. ‚Welchen Geschmack hätten Sie denn gerne?‘

‚Was führen Sie?‘

‚Wir führen Vanillolade und Vanillobeere.‘

‚Ich nehme Vanillolade‘, sagte Boba.

Eine Minute später fuhr der Pinguinkellner auf Schlittschuhen mit einer Schale Vanilleeis heran.

‚Aber das ist doch Vanilleeis!‘ sagte Boba.

‚Wollen Sie meine Gefühle verletzen?‘ sagte der Pinguinkellner und begann mit den Flügeln zu schlagen. Da begannen auch alle anderen Pinguinkellner im Restaurant mit den Flügeln zu schlagen, denn Pinguine, und vor allem Pinguinkellner, sind sehr empfindlich und regen sich schrecklich auf, wenn man ihre Gefühle verletzt. Und Boba... “

Er sah auf ihr Gesicht nieder, das sie ihm mit erwartungsvollem Blick zugewandt hatte.

„Und Boba hielt diesen schrecklichen Lärm nicht mehr aus und lief aus dem Restaurant hinaus und lief und lief und lief — “ — er wußte, daß sie immer darauf wartete, wie oft er es sagen würde, zweimal, dreimal, und manchmal, wenn auch nur sehr selten, sogar viermal — „bis er zu einem Berg kam, der kein gewöhnlicher Berg war, sondern ein Vulkan, der statt eines Gipfels einen See hatte. Boba stieg dort hinauf.

Als Boba oben war, sah er, daß das Wasser des Sees kochte und durch die Hitze des Feuers, das darunter brannte, Blasen warf. Da sah er eine alte Frau, die große Ballen von etwas, das wie Gras aussah, in das brodelnde Wasser warf. Boba rief ihr über den See hinweg zu: ‚Was tust du da, alte Frau?‘

Die alte Frau blickte auf und sagte: ‚Ich koche Tee.‘“

„Olja, geh sofort ins Bett“, klang Marinas Stimme aus dem Nebenzimmer.

„Papa hat mir noch nicht erzählt, wie Boba Tee getrunken hat.“

„Das erzählt er dir morgen. Komm jetzt, Olja.“

Das Kind drückte Juri einen flüchtigen, feuchten Kuß auf die Wange und glitt von seinem Schoß, bevor er es noch umarmen konnte.

„Oh, jetzt hab' ich's fast vergessen“, sagte sie und lief zurück, um sich ihre gewohnte Umarmung zu holen.

„Olja!“ rief ihre Mutter.

In der Tür blieb Olja stehen, sah sich um und sagte: „Schau her, Papa.“ Und dann ging sie ins Nebenzimmer und schlug sich dabei mit den Armen auf die Hüften wie ein zorniger Pinguin.

In dem Augenblick, in dem sie verschwunden war, waren auch die Augenblicke des Vergessens verschwunden, und das Wissen um seine Lage, die er selbst als unheilbar diagnostiziert hatte, überfiel Juri wie einen Menschen, den, während er auf dem Weg zum Abfalleimer den Sternenhimmel bewundert, das Wissen um eine unheilbare Krankheit überfällt. Er sank in seinen Stuhl zurück und trank einen Schluck von dem inzwischen kaltgewordenen Tee. Er schaltete das Radio an, um seine Gedanken zu übertönen, um sich noch fünf Minuten Frieden zu erkaufen, aber das Radio mit seinen ewig gleichen Aussagen und seiner Wichtigtuerei machte ihn nur nervös, und er stellte es sofort wieder ab. Viel Zeit blieb ihm nicht mehr; es war besser, wenn er seine Lage kühl und besonnen betrachtete.

Der Film war abgeschickt worden; das hatte man ihm bestätigt. Die aus fünf Mitgliedern bestehende Untersuchungskommission war am Freitag gekommen und hatte sich sofort an die Arbeit gemacht. Am Montag hatte man ihn nicht geholt, da die Kommission etwas langsamer als erwartet vorangekommen war, aber jetzt war es nur mehr eine Frage der Zeit, bis die Leute erkennen würden, daß die Daten absichtlich durcheinandergebracht worden waren und wer dafür verantwortlich war. Danach würde alles ganz automatisch verlaufen.

„Du verdirbst sie mit diesen Geschichten", sagte Marina auf dem Weg in die Küche und wendete ihm ihr bleiches, abgehetztes Gesicht zu. „Sie denkt an gar nichts anderes mehr als an Eis und Bonbons."

„Sie ist genau im richtigen Alter für so etwas", sagte Juri Trofimowitsch sehr leise; er wußte, daß sie ihn gehört hatte, auch wenn sie nicht antwortete.

Und dann, während er noch auf seinem Stuhl saß und den Wasserhahn in der Küche rinnen hörte, wurde er sich plötzlich des Fürchterlichen bewußt, Angst durchlief seinen ganzen Körper bis zu den Haarwurzeln, sein Blut schien zu versiegen. Er würde Olja nie mehr sehen, nie mehr in diesem Leben; er würde nie mehr Wasser aus einem Hahn rinnen hören. Aber der Schritt war unvermeidlich, eine Konsequenz aller anderen Schritte, die er getan hatte, eine Treppe, die ins Nichts führte, eine Treppe, deren Stufen hinter ihm verschwanden. Nur er wußte, was er getan hatte, um die Information wertlos zu machen, nur er konnte die Experimente rasch wieder rekonstruieren, und das bedeutete, daß er der einzige Mensch war, der ungeschehen machen konnte, was er selbst getan hatte. Wenn er sich morgen stellte und alles gestand, würde dann etwas besser werden? Dann hätte er sich selbst als Verräter gebrandmarkt, seine Frau würde die Frau eines Verräters, seine Tochter die Tochter eines Verräters sein, ihr Leben wäre ruiniert und ihn würde man zwingen, wieder für *sie* zu arbeiten, denn er wußte genau, daß ihn Drohungen gegen ihn selbst kalt lassen würden, daß aber die kleinste Drohung gegen Olja mehr war, als er ertragen konnte. Und da diese Schwachstelle so offenkundig war, war es für das Kind besser, keinen Vater zu haben.

Die winzige Phiole 881 (dieser Name gefiel ihm besser als Stolat) war seit einer Woche in seinem Besitz, eine Dosis, die hoch genug war, einen Menschen seiner Statur und von seinem Gewicht in zehn Minuten zu töten. Eine Weile hatte er zwischen drei Orten gezögert — bei der Arbeit, im Wald oder zu Hause. Ein Teil seines Ichs hatte sich so sehr danach gesehnt, zu Hause zu sterben, sein Heim als letztes sehen und fühlen zu können und nicht in die freie Natur oder in die Welt hinausgehen zu müssen, die, was immer sie auch war, sicher nicht sein Heim war. Sein Tod würde wie ein Tod durch Herzversagen aussehen, aber man würde natürlich eine Autopsie vornehmen und in seinem Blut die Spuren finden. Es war besser, wenn man Marina von irgendwoher anrief und ihr die schreckliche Nachricht mitteilte, als daß sie ihn zusammengesunken in seinem Stuhl oder leblos im Bett fand. Nein, es war nur ein letztes, gräßliches Aufflackern von Selbstsucht gewesen, zu Hause sterben zu wollen. Es hätte in dieser Nacht geschehen sollen, aber er wußte, daß er das nicht zustandebringen würde. Also dann morgen. Entweder würde er beim Birkenwald aus der Straßenbahn aussteigen und einen kurzen Spaziergang machen, oder es sich bei der Arbeit injizieren, nachdem er es zuerst wieder zurück ins Gebäude geschmuggelt hatte, wieder eine der kleinen Ironien des Schicksals.

Jetzt, als er endlich den Entschluß gefaßt hatte, kam er sich bei dem Gedanken, am nächsten Morgen nicht tot zu sein, fast komisch vor — er würde zumindest den frühen Morgen noch erleben. Er nahm einen Band Puschkin aus dem Bücherregal und strich liebevoll über den braunen Einband, auf dem das Portrait des Dichters in Gold eingeprägt war. Er blätterte das Buch schnell durch, spürte den schwachen Luftzug der Seiten auf dem Gesicht, atmete den muffigen, fast modrigen Geruch ein. Er war fünfundvierzig, und Puschkin war mit siebenunddreißig gestorben — eine Tatsache, die er schon mehr als einmal beschämt zur Kenntnis genommen hatte —, er war älter als Puschkin und hatte noch so wenig geleistet. Er las „Oktober", das er immer wegen seiner Schönheit geliebt hatte, und blätterte dann zu „Wenn ich durch die lauten Straßen gehe" weiter, in dem Puschkin die Frage aufwirft, welcher Tag der Tag seines Todes sein und wie ihn dieser ereilen wird. Letzlich ergibt sich der Dichter in die Unvermeidlichkeit des Todes und spricht nur eine Bitte aus, daß nämlich junges Leben an seinem Grabe aufspielen soll, während die gleichgültige Natur in ihrer ewigen Schönheit aufleuchtet.

Juri las die erste Strophe.

Hinschlendernd durch der Stadt Gebrause,
Beim Wein, von Narren eingekreist,
Von Gläubigen im Gotteshause,
Verfällt in Grübelei mein Geist.

Vielleicht könnte er mit Marina über dieses Gedicht sprechen, ihr zumindest eine Andeutung machen.

Er ging in die Küche. Marina drückte ihm das Geschirrtuch in die Hand, ihr Gesicht war schweißbedeckt, die Mundwinkel zuckten vor nervöser Erschöpfung nach der Arbeit des langen Tages. Nach einer Minute des Schweigens sagte er: „Ich habe gerade Puschkin gelesen ... "

„Ja, während ich das Geschirr gewaschen habe. Du hättest zumindest hereinkommen und den Tisch abräumen können. Ich habe auch den ganzen Tag gearbeitet und mich endlos lange um den Fisch angestellt und ihn zubereitet und dann noch das Geschirr gewaschen. Das einzige, was an unserem Leben noch poetisch ist, steht in den Büchern, aber die Bücher können warten, das Geschirr nicht."

Schweigend stand er neben ihr, trocknete die Teller ab und hoffte, sich in diesem häuslichen Ritual zu verlieren, aber ein Teller fiel ihm aus der Hand, und das Klirren spannte ihre Nerven noch weiter an. Sie stieß einen Fluch aus und strich sich die nasse Haarsträhne aus der Stirn.

Sie nahmen ihr Schweigen ins Bett mit; obwohl sie über ein paar alltägliche Dinge gesprochen hatten, war es noch immer Schweigen. Für sie war es eine Nacht wie jede andere, ein ganz gewöhnlicher, mißlungener Abend. Als Juri sanft, fragend ihren Rücken berührte, zuckte sie zurück. Wenige Minuten später hörte er neben sich das leise, gleichmäßige Geräusch ihres Atems, als sie einschlief, und dann war er ganz allein.

18

Es war ein häßliches Stück Papier.

David Aronow war tagtäglich mit Papier konfrontiert, und dieses Blatt sah noch schlimmer aus als das andere Zeug, das aus der Sowjetunion kam. Wahrscheinlich war es durch irgendeinen überlasteten Kopierer des New York Police Departments gelaufen, dessen Toner voll Schmutz war. Das Wort „Dolmetsch" war mit Kugelschreiber ausgestrichen und durch „Übersetzer" ersetzt worden. Das hatte Altheim getan und ihm dazu gesagt: „Wenn sich irgend etwas ergibt und wir zu Gericht müssen, dann werden Sie vereidigt, aber für den Augenblick genügt das als offizielle Bestätigung." Ein einfaches Stück Papier mit einer gepunkteten Linie für seine Unterschrift, die bezeugen sollte, daß er nach bestem Wissen und Gewissen eine wahrheitsgetreue Wiedergabe des Originals angefertigt hatte.

Die körperliche Anstrengung, die ihn diese Unterschrift kostete, war nicht größer als jene, sich zwischen den Schulterblättern zu kratzen. Aber er wußte, daß diese Unterschrift für immer die seine sein würde, ganz gleich, wie unleserlich sie war; Experten würden es ohne Schwierigkeiten bezeugen können. Das Dokument würde in einem schäbigen übervollen Archiv verstaut, auf Mikrofilm aufgenommen und nach Ablauf einer offiziell festgelegten Aufbewahrungsfrist vernichtet werden, um Platz für andere Dokumente zu machen, von denen sich vielleicht eines unter fünfhunderttausend als wichtig erweisen würde.

Aber das war im Augenblick belanglos; nichts davon war wirklich wichtig. Entscheidend war, daß er mit seiner Unterschrift auf der gepunkteten Linie auf dem schlecht kopierten Blatt eine ganz bestimmte Richtungsänderung vorgenommen haben würde.

Hatte er denn überhaupt Bedenken zu unterzeichnen, fragte er sich. Mußte er dieses moralische Getue durchmachen, wenn er schließlich doch das täte, was er auf jeden Fall tun würde? Er konnte Altheim nicht bitten, einen anderen Übersetzer anzustellen, da er selbst krank oder überlastet sei. Nein, denn dies hätte bedeutet, daß ein anderer die Briefe lesen würde. Und daher blieb ihm keine Wahl, als die Briefe so zu übersetzen, daß man sie als langweilige politische Tiraden auffaßte, und durch seine Unterschrift auf dem Dokument zu bezeugen, daß er in bestem Wissen gehandelt hatte. Aber es stand ihm ja doch eine andere Möglichkeit offen. Die Wahrheit. Als letzten Ausweg konnte er immer noch die Wahrheit wählen.

Und was dann? Ein Händedruck von Altheim, ein Scheck der Stadt New York in der Höhe von hundertzwanzig Dollar, der wahrscheinlich mit einer Verspätung von zweieinhalb Monaten einlangen würde, und wieder zurück zu den Memoiren, den endlosen Memoiren von Leuten aus Ländern, in denen nie etwas gutging.

Wie konnte sich eine derartige Situation ergeben, in der ihm keine andere Wahl offenblieb?

Das Telefon klingelte, und er war froh darüber. Auch wenn dieses Stück Papier noch immer auf seinem Schreibtisch liegen würde, sobald er das Gespräch beendet hatte.

„Hi", sagte Karen. Es war ein ganz spezielles ‚Hi' — gedehnt, sexy, komisch, kindlich. „Arbeitest du?"

„Ein wenig."

„An den Memoiren?"

„Rufst du als meine Lektorin oder als Karen an?"

„Als beide."

„Das ist eine zuviel."

„Es ist nur, daß mich Irina heute angerufen hat; sie macht sich Sorgen wegen der Memoiren. Sie hat Angst, daß sie tot ist, bevor sie erscheinen, und das ist alles, was sie noch am Leben hält."

„Manche Russen regen sich sehr gerne auf", sagte David und dachte an Raissa in ihrem Auto, an ihre Haut, die im Licht der Straßenlampen fahl geschimmert hatte, an ihr nachtschwarzes Haar. In jenen Augenblicken des Schweigens war vieles zwischen ihnen hin und hergegangen.

„Immerhin ist sie über Achtzig."

„Ich habe nur mehr ein paar Kapitel."

„Ja woran arbeitest du denn sonst noch? An der Sache von der Polizei?"

Er entkam nicht. Unterschreiben oder nicht unterschreiben, ihr es sagen oder nicht sagen, er liebt mich, er liebt mich nicht.

„Ein ekelhafter Text, durch das Kopieren noch unleserlicher, und hundertzwanzig Dollar, die dann kommen, wenn man sie nicht mehr braucht."

Sie, die sarkastische Bemerkungen aus demselben Grund liebte, aus dem sie Hochprozentiges liebte, lachte über diese Bemerkung. Dann wurde ihre Stimme ruhiger und sie sagte: „David, ich möchte dich sehr bald sehen."

„In einer Stunde ist bald."

Als er einhängte, war er wieder allein mit einem Stück Papier, wie er es schon vorher gewußt hatte, mit einem Papier, das weder seine Unterschrift trug, noch sie nicht trug. Noch war nichts festgelegt und endgültig, noch konnte er wählen; die Lüge, die er Karen erzählt hatte, konnte in die Wahrheit noch immer eingebaut oder vor ihr zerschlagen werden.

Es war eine Wahl zwischen zwei Leben, eine sehr ernste Sache, denn das neue Leben würde von Anfang an auf Lügen und Fälschungen aufgebaut werden, und das war kein guter Anfang. Aber er hatte sich diesem neuen Leben schon verschrieben, durch seine Wünsche, durch Raissa, durch das, was er schon getan hatte. Er liebte Stolat, er betete es an. Es war nicht Gott, aber sehr nahe daran; ein Heiliger Geist der Wissenschaft, der herabgestiegen war, um das dritte Millenium zu verkünden.

Sich dagegen entscheiden, hieß, die Chance auf einen Flug in den Weltraum und den Blick auf die Erde aufzugeben. Wofür? Für das bißchen Luxus Moral, ein winziges Quentchen Glück?

Aber warum zögerte seine Hand dann? Er wußte, warum. Andere würden sterben, er würde leben, nur weil er einen bestimmten Grad an Wissen hatte. Er wäre froh gewesen, die Präsenz eines Gottes zu spüren, der ihm die Liebe zur Moral einimpfen, die Kraft, die Unterschrift zu verweigern, geben könnte, er wäre froh gewesen, mit seinem ganzen Ich zu spüren, daß das Universum nicht eine Kathedrale grandioser Abwesenheit ist, und in diesem Augenblick gab er in einem Anflug von zorniger Verzweiflung diesem Gott eine letzte Chance, sich zu offenbaren.

Jetzt, wenn irgend etwas dahinter ist, jetzt!

19

Adelle Altheim wendete den Blick vom Fernsehapparat auf ihren Mann und war fast sicher, daß Solly ihr nicht einmal antworten würde, wenn sie ihn anspräche. Er hatte beim Abendessen gewirkt, als wäre er allein in irgendeiner Cafeteria. Jetzt saß sie allein vor dem Fernsehapparat und neben ihr ein Fremder, der wie Solly aussah.

Sie blickte wieder auf den Fernsehapparat, in dem schwarzmaskierte Männer mit Gewehren in die Luft schossen, während Dudelsackpfeifer spielten und die Menschen auf einem irischen Friedhof weinten. Als sie nach ihren Zigaretten tastete, verspürte sie plötzlich einen stechenden Schmerz in der rechten Seite, so heftig, daß sie einen Augenblick nicht einmal durchatmen konnte. So plötzlich, wie er gekommen war, verschwand er auch wieder. Sie öffnete ihr Zigarettenetui, schüttelte eine Zigarette heraus und beugte sich zur Seite, als sie sie anzündete, um Solly nicht abzulenken. Vielleicht hing es mit seiner Arbeit zusammen; vielleicht hatte er etwas Schreckliches gesehen und wollte nicht mit ihr darüber sprechen, aus Angst, daß er sie zu sehr aufregen würde, vielleicht lief aber auch seine Arbeit nicht so, wie es sein sollte, oder er hatte gar etwas getan, was er nicht hätte tun sollen. Und plötzlich kam ihr der Gedanke, daß es vielleicht etwas mit der Jahrzeitkerze zu tun haben könnte. Vor einigen Wochen war sie in die Küche gekommen und hatte ihn dabei ertappt, daß er die Jahrzeitkerze auf der Theke anstarrte. „Ich hätte auch Kerzen anzünden sollen", hatte er gesagt, als er sich ihrer Gegenwart bewußt wurde, „aber nach zehn Jahren kann man nicht mehr damit anfangen." „Warum nicht?" „Nein", hatte er gesagt und den Kopf geschüttelt. Sie war fast sicher, daß es damit zusammenhing, denn die Jahrzeit seines Vaters, der elfte November, kam immer näher.

Was immer es aber war, sie würde es beim Kaffee, den sie

nach den Nachrichten tranken, aus ihm herausholen — oder ihn daraus herausholen. Und sie würde es so klug und geschickt anstellen, daß er vielleicht nicht einmal merkte, was geschah, oder zumindest genügend gesunden Menschenverstand besaß, um ihr dafür dankbar zu sein. Aber das war nicht besonders wichtig; sie tat es schließlich nicht um des Dankes willen.

Zwei Frauen begannen mit ausgesuchter Höflichkeit über Fragen der persönlichen Hygiene zu plaudern, und Sollys Aufmerksamkeit, die selbst von den Nachrichten kaum geweckt worden war, wanderte wieder zu Solly selbst. Was scherte es ihn denn, wenn der Fall Farb nichts Besonderes war? Hatte er das denn nicht schon von Anfang an gesagt? Warum war er dann so mißmutig gewesen, als ihn Aronow angerufen und ihm gesagt hatte, daß er ihm die Übersetzung per Boten schicken, ihm aber sofort sagen wollte, daß nichts Außergewöhnliches in den Briefen stand, nur das bekannte Murren über die Ungerechtigkeiten des sowjetischen Systems.

Er hatte die Schwester angerufen, als er die Briefe von Aronow zurückbekommen hatte, ihr gesagt, daß es ihm leid täte und gefragt, ob sie Kopien davon wollte. Er hatte einen Redeschwall erwartet — daß alle Polizisten Idioten seien, die nicht wüßten, wozu man in der Sowjetunion fähig sei, daß es vielleicht noch andere Briefe gäbe, daß die Briefe verschlüsselt seien, irgend etwas Unwahrscheinliches in dieser Art, aber sie hatte mit müder, unbeteiligter Stimme nur gesagt: „Ja, bitte, schicken Sie mir die Briefe." Sie würde keinen weiteren Druck ausüben, und das war letztlich gut. Aber dennoch war es frustrierend wie jede Sackgasse, wenn diese auch kurz gewesen war.

Er hatte die Aussagen der beiden Zeugen nochmals durchgelesen, fünfzehn Seiten ohne Inhalt, denn die beiden hatten fast um jeden einzelnen Punkt gestritten: Wie groß der Mörder gewesen sei, wie viele Schüsse er abgefeuert habe, wann genau die Tat geschehen sei. Die einzige Chance, die sie hatten, bestand darin, daß der Widerling, der Farb erschossen hatte, bei einer anderen Tat gefaßt würde.

Jeden Tag wurden Menschen ermordet, aber wieviele Mörder wurden schon gefaßt und bestraft? Einer von zehn, wenn man hoch griff. Das war seine Arbeit, und in letzter Zeit hatte er sie nicht sehr gut verrichtet. Sie kamen zu oft ungeschoren davon; Menschen töteten andere Menschen, gingen dann chinesisch essen und lachten über alle die unterbezahlten Tölpel wie ihn, die etwas dagegen tun sollten. Die Welt war verrückt geworden. Früher einmal war das Glücksspiel ein schweres Verbrechen gewesen, jetzt streifte die Regierung ihren Teil ein. Früher einmal waren Abtreibung, Prostitution und Scheidung eine Schande gewesen; jetzt waren sie Rechte. Wenn er vor seiner Pensionierung nicht noch ein Magengeschwür bekam, wäre das ein wahres Wunder.

Adelle kam mit einem kleinen Tablett in den Wohnraum zurück, auf dem die Kaffeetassen, der Zucker und der Süßstoff für sie standen.

„Ich war heute im Pflegeheim und habe Anna besucht", sagte sie, wohl wissend, daß es sehr wichtig war, ein normales Gespräch zu beginnen, bevor man auf einen bestimmten Punkt zusteuerte.

„Anna", sagte er. „Wie geht es Anna?"

„Ich sage dir, Solly, für ihre siebenundachtzig Jahre ist sie eine bemerkenswerte Frau. Sie ist ungeheuer lebendig. Wenn sie nicht die Probleme mit den Augen hätte, würde sie noch immer zu Hause wohnen und backen und Besuche machen. Aber die Augen."

„Die Augen."

Gut. Zwei Sätze hatte sie ihm schon entlockt. „Erinnerst du dich noch an ihre Bäckereien?"

„Niemand konnte kochen wie sie. Ich erinnere mich an die Fragen der Frauen, als ich noch ein Kind war, wer die beste Köchin wäre, und ich so selbstverständlich ‚Anna' sagte, wie ich ‚blau' sagte, wenn man mich nach der Farbe des Himmels fragte. Manchmal lachten sie, manchmal wurden sie aber auch ein wenig böse. Jede erwartete, sie sei die beste Köchin."

„Sie hat sich nach dir erkundigt."

„Ich begleite dich einmal. An irgendeinem Sonntag."

„Sie würde sich freuen, dich zu sehen. Sie bekommt viel Besuch, aber sie sieht natürlich gern die Leute, die sie von früher kennt."

„Sie war eine zähe Person. Ich erinnere mich, daß sie jeden Tag bei meinem Vater im Spital war. Jeden Tag. Ich erinnere mich, wie sie andere Leute einfach am Arm packte und sagte: ‚Jetzt geht ihr dort hinein und sagt Barnie lebwohl, seid nicht solche Duckmäuser.' Das war der Ausdruck, den sie immer gebrauchte, ‚Duckmäuser'", sagte Solly und schlürfte seinen Kaffee.

Sie öffnete schon den Mund, um ihn zu ermahnen, hielt sich aber zurück, da sie fürchtete, sie könnte das Gespräch wieder zum Erliegen bringen.

„Der Jahrestag kommt bald, am Elften sind es elf Jahre", sagte Adelle, die nicht extra einen Kalender brauchte, um sich an alle besonderen Ereignisse zu erinnern.

„Ich weiß", sagte Solly und sah fort.

„Solly, ich möchte etwas mit dir besprechen. Er kommt jedes Jahr, und dann fühlst du dich schlecht, weil du nie etwas dagegen getan hast und behauptest, es wäre zu spät, um etwas dagegen zu tun, aber dadurch wird alles nur noch schlechter, und, das muß ich dir einfach sagen, manchmal sitzt du wie versteinert da, wie ein Golem, ich weiß nicht genau, wie was, aber es reicht, um einen verrückt zu machen, Solly. Ich sage dir das zu deinem eigenen Besten: Es ist noch nicht zu spät. Kaufe eine Kerze, geh' in den Tempel, sprich ein Gebet, geh' zum Grab deines Vaters. Mehr kann man nicht tun, und was tut es schon, wenn du es bis jetzt nicht getan hast — jetzt tust du es eben, und damit ist alles in Ordnung."

Solly stellte seinen Kaffee nieder und kratzte sich an der Wange.

„Erinnerst du dich noch an die Stimmen deiner Eltern?" fragte er.

„Natürlich. Warum fragst du?"

„Weißt du", begann er, „ich kann mich an die Stimme meiner Mutter erinnern, an Dinge, die sie zu mir gesagt hat und an die Art, wie sie sie sagte, an Kleinigkeiten, wie zum Beispiel an das Wort ‚Hamburger' — es klang immer wie ‚Humbugga' —, aber es gelingt mir nicht, mich an die Stimme meines Vaters zu erinnern, Adelle. Manchmal sitze ich einfach da und versuche es. Ich sehe ihn ganz genau, aber ich kann mich nicht an ein einziges

Wort in seiner Stimme erinnern. Das ist schrecklich. Es macht mich verrückt."

Einen Augenblick lang schwiegen beide. Wenn etwas Wichtiges geschehen ist, muß man schweigen, sonst kann es sich nicht festsetzen.

„Solly, hör zu, was ich dir sage. Geh' zumindest und kaufe eine Kerze."

„Das sollte ich dieses Jahr wirklich tun", sagte Solly und griff wieder nach der Kaffeetasse. Sie sah, wie er sich von neuem von ihr entfernte, und war sicher, daß sie ihn mehr als einmal würde erinnern müssen, die Kerze zu kaufen, und sich auch darum bemühen mußte, zu verhindern, daß er ihr entglitt, denn das war das einzige, das sie nicht ertrug.

„Und schlürfe deinen Kaffee bitte nicht", sagte Adelle scharf.

Sollys Magen brannte höllisch, als er den Telefonhörer hinknallte. „Dieses Schwein", sagte er wutschnaubend zu sich selbst, blickte erst dann auf und sah Janopolis in respektvollem Schweigen in der Tür stehen.

„Janopolis", sagte er, „Sie hätten Kellner werden sollen."

„Wem sagen Sie das?" sagte Janopolis mit einem gezwungenen Lächeln und hoffte, Altheims Feindseligkeit etwas mildern zu können. „Vielleicht haben wir eine Spur im Mordfall Farb."

„Tatsächlich?" sagte Solly sarkastisch, nicht nur, weil er der festen Überzeugung war, daß dieser Fall zu seinen Mißerfolgen zählen würde, sondern auch, weil Janopolis, in seinem Eifer zu gefallen, immer viel zu optimistisch war. Noch nie hatte sich etwas so entwickelt, daß es den von Janopolis hochgeschraubten Erwartungen entsprach, und am Ende waren alle auf Janopolis böse.

Solly hatte sich einmal sogar die Mühe genommen, Janopolis das alles zu erklären, und dieser hatte, nachdem er ihm in achtungsvollem Schweigen zugehört hatte, einfach gesagt: „Ich weiß." „Warum tun Sie es dann?" „Ich kann nichts dafür. Ich vergesse es immer, bis alles vorbei ist." Und daher hatten sie seit damals nicht mehr darüber gesprochen.

„Ja", sagte Janopolis, „es hat sich ein Zeuge gemeldet."

„Nehmen Sie mich auf den Arm?"

„Nein."

„O.k. Was heißt, er hat sich gemeldet — hat er angerufen, hat er seinen Namen angegeben, oder was sonst?"

„Er ist draußen."

„Jetzt?"

„Ja."

Solly blickte Janopolis mit gerunzelter Stirn drohend an. „Ich will sehr hoffen, daß das auch stimmt."

Sie gingen über den Flur zum Warteraum und blickten durch das geriffelte Glasfenster. Auf einer Bank schlief eine alte Schwarze friedlich, die Einkaufstasche zu ihren Füßen, und neben ihr saß ein hochgewachsener, dünner junger Mann, der so aussah, als verlöre er nach irgendeiner Krankheit sein Haar.

„Dieser Junge?" flüsterte Solly.

„Ja."

„Und Sie sind sicher, daß es sich um den Fall Farb handelt?"

„Aufgrund der Angaben dieses Individuums."

„Was zum Teufel soll dieses geschwollene Gerede?"

„Ich wollte sagen, ja."

„Also gut, hören wir uns ihn einmal an."

Solly stellte sich vor, streckte ihm die Hand entgegen, die der junge Mann kraftlos, und ohne aufzustehen, schüttelte.

„Reden wir in meinem Büro. Dort gehen weniger Menschen ein und aus", sagte Solly, als sie wieder auf den Flur traten. „Mein Kollege hat mir erzählt, daß Sie etwas über ein Verbrechen wissen, das wir gerade untersuchen."

„Ich glaube schon."

„Bitte hier herein", sagte Solly, während er ihm den Vortritt in sein Büro ließ und Janopolis gleichzeitig einen Das-ist-ein-ganz-spezieller-Typ-Blick zuwarf. Janopolis lächelte, freute sich über dieses Zeichen von Freundschaft und schloß die Tür hinter Solly mit so übertriebener Sorgfalt, daß Solly es bemerkte und gereizt wurde.

„Ich muß mit den üblichen Fragen beginnen", sagte Solly und sah den jungen Mann, der sich ihm gegenüber niedergesetzt hatte, mit fast offener Neugierde an. Jetzt erst bemerkte er, daß dessen Haar absichtlich so geschnitten war, als fiele es büschelweise aus. Das hatte er vorher nicht bemerkt.

„Dann also bitte Ihren Namen. Erster Vorname genügt."

„Thomas White."

„O.k., Thomas, und die Adresse?"

„St. Mark's Platz, Vierundzwanzig."

„Aha, vierundzwanzig, das ist unten bei der A-Avenue."

„Richtig."

„Früher ging ich gerne ins ‚Kiew', das ja dort unten war."

„Das ‚Kiew' gibt es noch. Es ist gut."

„Ja, fein. Sie mögen also das ‚Kiew'. Und Ihre Telefonnummer?"

„Die Telefonnummer ist... na ja... die Nummer ist 643-2019."

„Stimmt etwas nicht mit dem Telefon?"

„Sie müssen wissen, daß ich Nachtarbeiter bin und Sie normalerweise nur an den Anrufbeantworter geraten. Aber ich höre die Nachrichten ab."

„Sie arbeiten nachts?"

„Ja, ich bin Musiker."

„Sie spielen in einer Band?"

„Ja. *Radiation Sickness*. Haben Sie schon davon gehört?"

„Nein, aber ich bin in solchen Dingen nicht maßgebend."

„Wir machen ausschließlich Lieder über den Atomkrieg. Unsere erste Single ist gerade erschienen: ‚Küß die Welt zum Abschied'. Sie wird derzeit doch gespielt", sagte der junge Mann und begann zu lachen.

„Was ist denn so komisch?"

„Es ist schwer... ich meine damit, daß für mich eigentlich schon alles vorbei ist. Vielleicht geschieht es nicht vor Donnerstag, aber das ist nur ein Detail, müssen Sie wissen; es braucht ja alles immer ein bißchen länger, als es brauchen sollte. Und ich sitze da und freue mich, daß meine Platte gespielt wird."

„Ich weiß, daß die Welt in die Luft fliegen kann", sagte Solly. „Aber was können wir in der Zwischenzeit schon tun? Und vielleicht regen wir uns über das Ganze auch zu viel auf. Vielleicht ist es wie beim Autofahren — Sie kennen die anderen Fahrer nicht, aber Sie rechnen sich aus, daß auch sie an keinem Unfall interessiert sind."

„Ja, aber es gibt sehr viele Unfälle."

„Das ist richtig", sagte Solly und bemerkte, daß er diese Unterhaltung genoß. Der junge Mann war anständig und intelligent und wahrscheinlich auf einer guten Universität gewesen. Aber irgendwie wirkte er unheimlich mit seiner kalkweißen Haut und dem Haar, das so geschnitten war, als würde es ausfallen, und dazu noch der Name der Band — Strahlenkrankheit; man wurde schon krank, wenn man ihn bloß anschaute, aber Solly vermutete, daß das beabsichtigt war.

„Was haben Sie also tatsächlich gesehen?"

„Ich war gerade dabei, Plakate für unseren nächsten Abend anzuschlagen. Normalerweise gehe ich bis zur Kreuzung der Ersten und Ersten. Das reicht. Ich ging also hinüber auf die Verkehrsinsel und klebte ein Plakat an die Straßenlampe am anderen Ende. Ich paßte nicht sonderlich auf, was um mich herum vorging. Ich sah mich nur einmal um, um sicherzugehen, daß niemand Gefährlicher in der Gegend herumlungerte, und begann dann, das Plakat anzukleben. Da hörte ich zwei Schüsse. Ich blickte auf und sah einen kleinen Mann an mir vorbeirennen. Eine Sekunde lang sahen wir einander direkt in die Augen. Ich hatte Angst, daß er sich umdrehen und mich erschießen würde, aber er tat es nicht, er lief einfach weiter."

„Können Sie ihn beschreiben?"

„Er war ungefähr einsfünfundsechzig groß. Den Kleidern nach zu urteilen war er sehr jung, aber als ich sein Gesicht sah, war ich sicher, daß er um die Dreißig war — also jedenfalls sicher nicht mehr um die Zwanzig."

„Können Sie mir sagen, welcher Nationalität er war?"

„Ja, wieder den Kleidern nach zu schließen, hätte er Puertorikaner sein können, aber er hätte auch aus Persien oder von dort irgendwoher stammen können."

„Glauben Sie, daß Sie ihn nach einer Fotografie identifizieren können?"

„Versuchen könnte ich es. Ich wollte schon immer einmal in diese Bücher schauen."

„Wir können das sofort erledigen. Darf ich nur fragen, warum Sie bis heute damit gewartet haben, zu uns zu kommen, Thomas?"

„Tja, eine Zeitlang hatte ich das bestimmte Gefühl, das heißt, ich bereitete mich auf den Vernichtungstag vor. Und jedesmal, wenn ich hierherkommen wollte, erschien es mir lächerlich. Ich meine, was wäre, wenn die Welt gerade unterginge, wenn ich auf dem Weg hierher war? Aber heute, ich weiß nicht, aus irgendeinem Grund ... das heißt, man kann ja nicht die ganze Zeit daran denken."

20

Das Taxi fuhr langsam die Commonwealth Avenue entlang, während der Fahrer die Straßenschilder las.

,,Ich glaube, es ist noch etwas weiter", sagte David Aronow zu dem Mann, der sich vom Lenkrad abstemmte und zum Seitenfenster hinaussah.

David wurde langsam müde. Es schien ihm sehr lang her, daß er heute morgen Boston, die Silhouette der roten Ziegelbauten aus dem achtzehnten Jahrhundert am Ufer des kalten, blauen Flusses und die goldene Kuppel des Kapitols erblickt hatte, die vor der Stadt aus Glas und Stahl aufblitzte.

Das Gebiet um das MIT hatte sich nicht sehr verändert. Es gab noch immer die vielen asiatischen Studenten in ihren Uniformjacken und weißen Hemden, in der Brusttasche die Kugelschreiber, im Hirn die Gleichungen. Sein Freund Jim, der Biochemiker, freute sich, ihn zu sehen, und versprach ihm seine Hilfe, wenn die Zeit gekommen war, und würde sich noch viel mehr freuen, wenn seine Mutter nicht gerade einen Schlaganfall gehabt hätte und er sich davor fürchtete, den Hörer abzuheben und seinen Vater sagen zu hören: ,,Jim, deine Mutter ist eben gestorben." Daher verbrachten sie weniger Zeit miteinander, als David veranschlagt hatte, wodurch er ein paar freie Stunden gewann, bevor Abram, der als zweiter auf seiner Liste stand, heimkam.

Er dachte, es würde interessant sein, die Gegend aufzusuchen, in der er früher gewohnt hatte — mehr als das, im Bewußtsein dessen, was er jetzt war, vor diesem Hintergrund zu stehen, wo sein Leben begonnen hatte. Aber lange blieb er vor dem U-förmigen Hof, der von roten Ziegelbauten umgeben war, nicht stehen. Irgendwie genügte das Wissen, daß die Stätte seiner Kindheitserinnerungen zu einem langweiligen Wohngebiet mit Eigentumswohnungen für den Mittelstand geworden war, um ihm den Augenblick zu vergällen.

Der Plastikhauch der Moderne war auch über Brookline Village hinweggestrichen. Wo einst Banden von irischen Straßenjungen in wildem Judenhaß und den abgelegten Kleidern ihrer älteren Brüder, die grindigen Köpfe kahlgeschoren, herumgelungert waren, fanden sich jetzt Bäckereien, die ihr *pain au chocolat* anpriesen. Und auch das war in gewisser Weise lächerlich. Er dankte Gott, daß er die Kraft gehabt hatte, sich um etwas zu bemühen, das ihn vor der bösartigen Lächerlichkeit des Lebens, wie er es überall um sich sah, bewahrte.

Er fuhr an der Bibliothek vorbei, in der er lesen gelernt hatte. Sie war unverändert, ein solides, elegantes Gebäude aus jener Zeit, in der sich die Stadt beim Bau ihrer Amtsgebäude noch Mühe gegeben hatte. Sie hatten ihre Rolle gespielt, all die Biographien großer Männer. Er erinnerte sich noch, daß es eine ganze Serie mit braunem Ledereinband gegeben hatte; er hatte sie alle gelesen — Pioniere, Helden, Erfinder, Patrioten, Entdecker, Athleten. Jetzt saßen dort drinnen wahrscheinlich progressive Bibliothekare mit einem Diplom in Medienwissenschaften, die den Lesern wahre Geschichten über ein junges Mädchen empfahlen, dessen Eltern gerade in Scheidung begriffen sind und das daher niemanden hat, mit dem es darüber reden kann, daß es von Ramon schwanger ist, einem jungen drogensüchtigen Angeber lateinamerikanischer Abstammung, der es wert ist, gerettet zu werden, wäre jeder nicht nur mit sich selbst beschäftigt und vergäße deshalb, sich um andere zu kümmern. David beschloß, einen kurzen Blick auf seine Schule zu werfen und sich dann schleunigst aus dem Staub zu machen.

Die Pierce Schule, in der er schreiben, rechnen, die Farben des Regenbogens, die Wochentage, die Monate gelernt hatte, ein uringelbes großes Bahnhofsgebäude im viktorianischen Stil, war vor zwanzig Jahren durch ein Gebäude ersetzt worden, das damals dem letzten Schrei entsprach und jetzt bereits peinlich „modern" wirkte. Er hatte das neue Haus schon einige Male gesehen und war daher nicht wirklich schockiert, allerdings mußte er feststellen, daß er sich nicht mehr genau daran erinnern konnte, wie seine alte Schule in den vierziger Jahren ausgesehen hatte, und fürchtete, daß ihm Fotos, sähe er sie jetzt, nicht ganz richtig vorkämen.

,,Biegen Sie hier rechts ab", sagte David plötzlich, als er die Straße erkannte, in der Abram Lunz wohnte.

Vor Abrams Haus stand ein Auto ohne Räder, auf Zementblöcken aufgebockt, die Achsen von jodrotem Rost überzogen, auf den Stufen zur Eingangstür lag eine halbzerquetschte Dose Pepsi. Warum hatte man sie nicht völlig zerdrückt? Hatte das Kind nicht genug Kraft gehabt, oder war es währenddessen von anderen Kindern zum Spielen geholt worden?

Mitleid und Trauer überfielen David, als er auf Abram zuging, der in der Eingangstür auf ihn wartete und dorthin sah, von wo er David kommen zu sehen glaubte. Erst in dem Augenblick, in dem sich ihre Körper in einer Umarmung berührten, blitzte Erkennen in Abrams Gesicht auf. Sie standen umschlungen da und klopften einander auf die Schultern. Darauf folgte David Abram in dessen Wohnung und wunderte sich über seine Kleidung — ausgelatschte Pantoffel, eine dunkelblaue Trainingshose, die von Hosenträgern über einem knallgelben Hemd mit kleinen roten Kronen hochgehalten wurde.

Sie begannen sofort mit dem bekannten Ritual. Die urtümliche, unwiderstehliche russische Gastfreundschaft ermöglichte es, daß in weniger als einer Minute das Wasser im Teekessel kochte, sich die Eiskastentür öffnete und schloß, Marmelade aus Gläsern gelöffelt und Kekse und Rosinen auf den Tisch gestellt wurden.

,,Bevor ich es vergesse, Abram, möchte ich dich um einen Gefallen bitten", sagte David.

,,Alles, was in meiner Macht steht."

,,Ich muß einen Brief in die Sowjetunion schicken."

,,Gib ihn mir gleich, dann hebe ich ihn an einem sicheren Ort auf. Ich möchte ihn nicht auf dem Küchentisch liegenlassen", sagte Abram mit einem Blick in diese Richtung. Der Tisch war wie üblich mit Post, Zeitschriften, russischen Tageszeitungen, Büchern, Manuskripten, Tellern, Teetassen und sowjetischem Krimskrams überhäuft, dazu noch ein Stück Schokolade in Form eines Hasen, der in blauweißes Silberpapier gehüllt war und ein Bugs-Bunny-Gesicht hatte.

Abram nahm den Brief, setzte seine Gläser ab und hielt den Umschlag ganz nahe an die Augen. ,,Das ist in Ordnung."

„Aber jetzt mache ich mir Sorgen", sagte Abram, als er wieder in die Küche zurückkam. „Manchmal verstecke ich Dinge so gut, daß ich sie später nicht mehr wiederfinde."

„Dann sag mir, wo du ihn hingesteckt hast, dann sind wir immerhin zwei, die es wissen."

„In Band drei von Dahls Wörterbuch."

„Brand drei."

„Aber das ist nicht alles, worüber ich mir Sorgen mache."

„Worüber denn sonst noch?" fragte Aronow mit dem Pokergesicht des Ehrenmannes.

„Amerika! Und wenn ich Amerika sage, dann meine ich damit den gesamten Westen, gar nicht zu sprechen von dem, was überhaupt unter dem Namen Zivilisation bekannt ist. Ich kann es zum Beispiel gar nicht glauben, ich glaube es überhaupt nicht!"

Abram schlug sich dreimal auf den Kopf, als wollte er einen Alptraum abschütteln. Drei kräftige Schläge, genug, um ein Kind zum Weinen zu bringen.

„Die Intellektuellen ... die amerikanischen Intellektuellen ... man sollte sie nehmen und ..." Plötzlich sah Abram wie ein Schaf drein, als wäre ihm eben eingefallen, daß er drauf und dran war, eine jener Bemerkungen zu machen, die alle Amerikaner in dem Glauben an das nicht auszurottende autoritäre Wesen der Russen bestärkte. „Natürlich nicht wörtlich ... aber sie ... das Teewasser kocht."

Froh, einen Grund für eine Unterbrechung zu haben, ging Abram zum Herd. „Schenke dir bitte selbst ein", sagte er und drückte David den Teekessel in die Hand. „Du weißt ja ... ", er brach ab und fuhr dann mit einem gewissen entsetzten Erstaunen fort, „ich sehe nichts."

Während er seinen Tee selbst eingoß und dabei den Finger in die Tasse steckte, um zu spüren, wann es voll war, brach die Wut wieder aus Abram hervor, als hätte sich in seinem Inneren ein Ventil geöffnet. „Die amerikanischen Intellektuellen verschwenden ihre Zeit damit, Mörder aus dem Gefängnis zu befreien, damit noch mehr Menschen ermordet werden — das ist ihre Vorstellung von sozialer Verantwortung! Und diese Rechtsanwälte mit ihren listigen Tricks — wie die Menschen das aushalten! Bei dem bloßen Gedanken zerspringt mir der Kopf!"

„Ein Mensch gilt aber so lange als unschuldig, bis ihm seine Schuld nachgewiesen ist", sagte David, froh darüber, gegen seinen Willen die Seite der Liberalen ergreifen zu müssen, damit die Routine, der gewohnte Schwank weiter ablaufen konnte. Und diesmal wollte David Abram etwas geben, nicht nur, weil ihm dieser einen Gefallen tat, sondern weil er genau wußte, daß er sein Geheimnis vor Abram verbarg, dieses Geheimnis, das ihn zum Gefängniswärter gemacht hatte.

„Ja, ich weiß, erst wenn seine Schuld erwiesen ist. Aber selbst wenn sie den Mord gefilmt hätten und der Mörder sogar die Tat gesteht, würde der Rechtsanwalt sicher behaupten, daß der Film dem Gesetz nach nicht als Beweismittel zugelassen ist und das Geständnis erpreßt wurde, und kaum versieht man sich's, ist der Kerl schon wieder frei und mitten unter uns, und eines Tages sagt irgend jemand etwas zu ihm, das ihm nicht paßt, und er zieht ein Messer und sticht es dem anderen ins Herz."

Winzig, eingeschrumpft, strahlend kam die Großmutter (Aronow wußte nicht, wie sie wirklich hieß, und nannte sie immer Babuschka) in einem blauen Plüschkleid in die Küche. Ihre Gegenwart war so beruhigend, fast feenhaft, daß es in der Küche sofort stiller wurde; selbst Abram war nichts anderes als ein junger, ungeduldiger Mann.

„Ich habe geschlafen", sagte sie mit lächelnden Augen. „Es tut mir leid, daß ich Ihnen keinen Tee gekocht habe."

Sie holte sich ein Glas Wasser von der Spüle und ging wieder. David erinnerte sich daran, daß er sie nie etwas essen und nichts anderes als Wasser trinken gesehen hatte, und fragte sich, ob sie vielleicht bereits eine Phase jenseits des Kampfes ums Dasein erreicht hatte, in dem Wasser genügte, um einen Menschen am Leben zu erhalten.

Abram sammelte eben wieder seine Kräfte, um seine Tirade fortzusetzen, als aus dem anderen Zimmer, hell und einfach wie das Leitungswasser, die Stimme Babuschkas ertönte: „Nachrichten."

„Sehen wir sie an", sagte Abram mit Begeisterung. „Ich bin ein treuer Anhänger von Kanal vier."

Sie gingen in das Wohnzimmer, in dem Babuschka auf einem Stuhl saß, die Füße auf einen Schemel gelegt hatte und das Wasser in kleinen Schlucken trank. Mit Ausnahme des Lichtes, das der Fernsehschirm ausstrahlte, war das Zimmer dunkel.

Abram setzte sich nahe an das Gerät, dessen Blau und Orange sich in seinem Gesicht widerspiegelten. Babuschka trank ihr Wasser und gab Kommentare von sich. „Den mag ich nicht." „Der ist gut." Wie üblich wurde David in die Rolle des Übersetzers gedrängt und mußte Abrams Fragen beantworten: „Werden sie die Flugzeuge an Israel verkaufen oder nicht? Ich verstehe das nicht." „Zu wem wird der Präsident sprechen?"

„Hast du das gesehen?"

„Was?"

„Du weißt doch, sie bringen jetzt kurze Vorschauen auf die Nachrichtenblöcke, damit man nicht den Kanal wechselt, und darin hieß es ‚Sowjetischer Dichter ins Exil'."

„Es muß sich um Schar handeln. Gerüchte habe ich schon davon gehört. Ich kann nur hoffen, daß er nicht ein Bestandteil dieses aufgeblasenen Apparats Russisches-Genie-im-Exil wird, den eure Medien aufgebaut haben."

„Sch-sch-sch, hier ist es", sagte David vier Werbespots später.

Der Flughafen von Frankfurt. Ein Reporter mit einem Mikrofon in der Hand erklärte, daß die Sowjetunion heute den Dissidenten und Dichter Jewgeni Schar zwangsdeportiert habe. Die Kamera schwenkte auf eine amorphe Menschenmenge, in der einige Gesichter im Schein der Blitzlichter aufleuchteten. Dann kam Schar ins Bild. Groß, gutaussehend, erschöpft, mit weißblondem Haar. Er beugte sich zu dem Gewirr von Mikrofonen und sagte auf englisch: „Die Sowjetunion ist ein Land, das sich lieber die Kehle durchschneidet, als seine eigene Stimme zu hören."

21

Schar packte aus.

Nach zwei Tagen in einem Wirbelsturm von Blitzlichtern, Champagner und Fragen hatte man ihn in eine kleine Schihütte in den bayerischen Alpen gebracht. Der bedeutende deutsche Schriftsteller, der sich um Schars Wohlergehen kümmerte, hatte dies für den idealen Ort gehalten, an dem Schar sein langes Poem zu Papier bringen könnte. Es hatte noch nicht geschneit und die Gegend war daher sehr ruhig. Schar war einverstanden. Er fühlte sich etwas angeschlagen, als wäre er eben aus einer Narkose oder in einem fremden Haus aufgewacht.

Mit Telegrammen und Geschenken überschüttet, war er auch zum Besitzer einer tragbaren Schreibmaschine mit zweisprachiger Tastatur geworden, die in Sekundenschnelle beim Umlegen eines Plastikschalters vom lateinischen auf das kyrillische Alphabet schaltete. Er besaß weiters einen ledernen Aktenkoffer und einen Pelikanfüllhalter. Die Frauen fühlten sich von seiner blonden, heldenhaften Erscheinung und seiner rauhen Stimme angezogen. Die extreme deutsche Linke hatte ihn bereits angegriffen und behauptet, er würde von der kapitalistischen Rechten benützt und wäre außerdem ein religiöser Reaktionär. Schar nahm keines der Angebote an, die er bekam, weder von Frauen (man konnte ja nie wissen, wer sie wirklich waren) noch von Universitäten oder von der russischen Buchmesse im Exil (danke, dafür war es noch zu früh). Es war besser, keine entscheidenden Schritte zu tun, bevor er nicht seine Reflexe völlig unter Kontrolle und Zeit gehabt hatte, die um ihn herum bestehenden Systeme beurteilen zu können. Es gab da so viele Details. Wie, zum Beispiel, verabschiedete man sich von Europäern einer bestimmten Klasse und Gesellschaftsschicht, wie von dem preisgekrönten deutschen Autor und seiner Frau? (Wen küßt man, wem schüttelt man die Hand?) Man erwartet natürlich nicht, daß er alle diese Dinge wußte, aber es gab einige peinliche Situationen, die ihn in Nachteil versetzten. Das einzige, was er im Augenblick tun konnte, war, seine Ungeschicklichkeit geschickt zu benutzen, bis er alle die Spielregeln kannte. Und vielleicht hatte Winias, der bei all seinem Genie doch etwas von einem Tölpel vom Land und Schreibtischhocker an sich hatte, die Schwierigkeiten unterschätzt, jemanden so weit in die Welt, mitten ins Scheinwerferlicht hinauszusenden.

Er hatte seine Schreibmaschine auf den Tisch vors Fenster gestellt, von dem aus man den Berg sah. Das gefiel ihm — dieses große, einfache Ding anzustarren und all die Worte zu Papier zu bringen. Zwei bis drei Tage würden ausreichen. Danach war es besser, Deutschland so rasch wie möglich zu verlassen. Die Deutschen machten ihn nervös. Sie waren so gemütlich, herzlich, nett und von ihrem Wohlstand eingenommen, daß sie vergaßen, was sie eigentlich für Ungeheuer waren. Jetzt erkannte er auch, was für eine Gefahr die beiden Deutschland waren, denn eines Tages würden sie auf Wiedervereinigung drängen und es dann, einen Arm an den Westen, den anderen an den Osten gekettet, endlich schaffen, die Welt mit sich in den Abgrund zu ziehen. Ja, der Völkermord war schon richtig gewesen. Aber die Juden ausrotten? Die Juden waren für die Welt unerläßlich. Die Deutschen hätte man ein für allemal ausrotten sollen.

Obwohl Schar noch nicht viele Amerikaner kennengelernt hatte, hatte er bereits zwei Kategorien erkannt: intelligente Jungen mit grauen Haaren, und Bauern mit einem Blick für das Wichtige, die gute Soldaten abgeben würden und sehr praktisch veranlagt waren. Dennoch schienen ihm beide Kategorien seltsam, futuristisch, leichtgewichtig, als fehlte ihnen ein ganz wichtiger Bestandteil, als hätte man ihnen die Last der Vergangenheit von den Schultern genommen. So leichtgewichtig. Er hatte gelesen, daß die Amerikaner immer auf der Achse waren, neue Jobs, neue Frauen, neue Häuser und neue Autos hatten — und jetzt verstand er auch, warum —, der Boden Amerikas war zwar reich an natürlicher Lebenskraft, nicht aber angereichert durch das Blut der Schlachten oder gewürzt mit vierzig Generationen von Toten. Kein Wunder, daß sie als erste auf dem Mond gelandet waren.

Er setzte sich mit den Telegrammen aufs Bett und empfand leises Bedauern darüber, daß er keine Frau bei sich hatte, eine von der fügsamen Sorte, die sich seinem Geschmack und seinen Wünschen von Natur aus, ohne Streß und Getue, anpassen und diese Stunde, die Erinnerung daran als Auszeichnung und Ehre ansehen und ganz ohne Getue wieder in das Nichts, aus dem sie gekommen war, verschwinden würde.

Finanziell wäre es recht einträglich, dachte Schar, als er die Summen zusammenzählte, die in manchen der Einladungen angeführt waren. Zweitausend Dollar für einen einstündigen Vortrag. Wenn man das fünfzehnmal tat, könnte man wahrscheinlich in einem Mercedes davonfahren. Außerdem sollte er es ausprobieren, um Material für sein Buch zu sammeln. Wenn alles so verlief wie geplant, würde der jetzige Auftrag drei bis vier Jahre dauern, dann konnte er in die Sowjetunion zurückkehren. Und dann würde Jewgeni Schar, der Dichter, mit Ausnahme von gelegentlichen öffentlichen Auftritten mehr oder minder von der Bildfläche verschwinden und einen neuen Lebensabschnitt beginnen. Das war es, was ihm Winias versprochen hatte. Und dennoch konnte er sich eines Anflugs von Panik nicht erwehren, denn vielleicht hatte ihn Winias in eine Position gedrängt, aus der es keinen Ausweg mehr gab, und er würde den Rest seines Lebens in dieser sorgfältig kultivierten Maske verbringen müssen und nach Luft ringen, wenn sich diese Maske langsam in sein Gesicht eingrub und ihn zu ersticken drohte.

Das beige Telefon auf dem Nachttisch klingelte leise, diskret.

„Allo", sagte Schar.

„Ich bedaure, Sie stören zu müssen, Herr Schar, aber der Herr, den Sie erwarten, ist angekommen, Herr Sigmund Bauer von der deutschen Pressevereinigung."

Schar warf einen kurzen Blick in den Spiegel am Schrank und arrangierte eine weißblonde Haarsträhne auf seiner Stirn. Es klopfte an der Tür, leise, aber doch bestimmt.

„Mein Name ist Sigmund Bauer", sagte der Mann in der Tür keuchend, völlig erschöpft von dem kurzen Anstieg vom Gasthof zu den Gästebungalows. Sein Gesicht war purpurrot angelaufen, und er nahm die etwas entschuldigende Haltung aller dicken Menschen ein, die zu großen, schlanken, athletischen sprechen.

„Bitte treten Sie ein", sagte Schar. „Es tut mir leid, daß ich Ihnen nichts anbieten kann, aber wir können etwas aus dem Haupthaus kommen lassen, wenn Sie wollen."

„Danke, für mich nichts", sagte Bauer. „Mein Arzt hat mir eine strenge, sehr strenge Diät verschrieben. Bauer, sagte er zu mir, Sie müssen fünfzehn Kilo abnehmen, sonst platzt ihr Herz wie ein Luftballon. Keine sehr angenehme Aussicht."

„Nein", pflichtete ihm Schar bei.

„Ihr Englisch klingt sehr gut. Sollen wir das Interview auf englisch oder auf russisch halten? Ich kann recht gut russisch, und es wird nachher auf jeden Fall ins Deutsche übersetzt."

Schar lächelte den pausbäckigen Bayern an, der seinen Rock sorgfältig über die Armlehne legte. „Ich denke doch auf russisch", sagte Schar. „Russisch ist meine Muttersprache."

„Vielleicht setzen wir uns an Ihren Schreibtisch", sagte Bauer, der nun russisch sprach. „Ein herrlicher Ausblick."

„Ja, sicher, ich schiebe nur den Stuhl zurecht."

Bauer legte seine Aktentasche auf den großen Tisch und setzte sich. Er öffnete den Reißverschluß und zog einen Sony Kassettenrecorder und ein langes Kabel heraus, das er an die Steckdose unter dem Tisch anschloß.

„Das Schlimmste ist, wenn die Batterien den Geist aufgeben, ohne daß man es bemerkt; und dann kommt man ins Studio zurück und hört dreißig Minuten lang nichts als idiotische Stille und regt sich so darüber auf, daß einem fast das Herz stehenbleibt. Genau das passierte mir, als ich Sartre interviewte; können Sie sich das vorstellen? Fangen wir also an. Sprechprobe — eins, zwei, drei. Hallo, Sprechprobe: eins, zwei, drei."

Er drückte die Rückspultaste, worauf das Band kreischend mit einem mausähnlichen Pfeifen zurücklief.

„Hallo, Sprechprobe: eins, zwei, drei."

Schar beobachtete ihn amüsiert mit der Gelassenheit des berühmten Dichters.

„So, jetzt bitte Sie. Ich möchte, daß Sie die richtige Entfernung zum Mikrofon haben."

„*Ras, dwa, tri*", sprach Schar gelangweilt ins Mikrofon.

„*Ras, dwa, tri*", tönte es ihm aus dem Recorder entgegen, seine Stimme war klar und erkennbar, klang aber doch etwas seltsam.

„Gut. Das klingt gut. So, jetzt fangen wir an. Herr Schar, Sie sind erst seit wenigen Tagen in unserem Land, soviel ich weiß, und noch dazu unter ganz außergewöhnlichen Umständen, aber ich würde dennoch gerne Ihre ersten Eindrücke vom Westen hören."

„Das Problem ist", sagte Schar, als das Mikrofon in seine Richtung gedreht wurde, „daß ich sehr viele Eindrücke empfangen habe, aber noch keine Zeit hatte, sie auszuloten. Außerdem dürfen Sie nicht vergessen, daß ich nicht einfach aus der Sowjetunion hierhergekommen bin, sondern aus einem Arbeitslager — sicher nicht aus dem schlimmsten, aber es war doch nicht ganz so wie zum Beispiel diese Schihütte. Vor einer Woche habe ich noch in Mordowia Fernsehschirme poliert, und heute werde ich in einer luxuriösen Umgebung interviewt. Ich fühle mich wie ein Mensch, der endlose Monate in einem Unterseeboot, das nach Maschinenöl und menschlichen Körpern stinkt, unter Wasser gewesen ist, und plötzlich an die Oberfläche kommt und sich in einer exotischen, fremden Stadt wiederfindet."

Schar sah Bauer an, der mit dem Kopf nickte und lächelte, um Schar zu zeigen, daß es eine gute, brauchbare Antwort gewesen war, die man, natürlich in verkürzter Form, in der Zeitung bringen konnte.

„Nur um hundertprozentig sicher zu gehen, spiele ich das Ganze nochmals ab. Macht es Ihnen was?"

„Nicht im geringsten."

Bauer legte das Mikrofon auf den Tisch, spulte das Band zurück und drückte auf PLAY. Dann griff er in seine Aktentasche, zog eine Zaubertafel und einen dünnen, roten Holzgriffel heraus.

Er sah Schar an, der nur nickte.

„Das Problem ist", kam Schars Stimme vom Band, „daß ich sehr viele Eindrücke empfangen habe, aber noch keine Zeit ... "

Bauer legte die Zaubertafel zwischen sie und schrieb rasch die folgende Botschaft: „Leiter Psi-Projekt Selbstmord. Daten verfälscht. Informationen sicher durchgesickert. Dies jetzt wichtigste Aufgabe. Sofort Abreise nach New York."

Sobald Bauer mit dem Schreiben fertig war, blickte er Schar an, der mit verwundertem Stirnrunzeln nickte. Bauer hob das Kunststoffblatt an, worauf die Worte verschwanden; dann fuhr er mit dem Griffel darüber und hob es nochmals an. Er verstaute die Zaubertafel wieder in der Aktentasche und sagte: „Zum Schluß hätte ich gerne ein Bild von Ihnen an Ihrer Schreibmaschine, am Fenster mit dem Berg im Hintergrund. Paßt Ihnen das?"

„Selbstverständlich", sagte Schar. „Eine gute Idee."

Schar blieb in der Tür stehen und genoß die scharfe Bergluft, die manchmal unerwartet kalt wurde, wie das Wasser eines Sees. Er beobachtete Bauer, der den Weg hinuntertrippelte. Der Deutsche drehte sich um und winkte ihm noch ein letztes Mal, bevor er um die Ecke des Haupthauses verschwand.

Der Schwerpunkt seines Auftrages hatte sich verlagert; eine Nebenaufgabe war plötzlich vorrangig geworden. Das bedeutete aber, daß Winias beiseitegeschoben worden war. Die Befehle würden zwar weiter von Winias kommen, aber das war jetzt nur mehr eine Formsache. In gewisser Weise tat Winias Schar leid. Es war eine Niederlage, die er hassen würde — die schlimmste Form, die Niederlage durch einen Untergebenen. Denn per definitionem waren alle anderen Winias' Untergebene; nach Winias' Definition zumindest. Er war sicher nicht arrogant. Er gab sich sogar so, als wäre er ein bescheidener Mensch, aber die Aura der Überlegenheit, die ihn umgab, konnte er nicht verbergen.

Dann aber zog der Gedanke an Winias' Demütigung Haß auf diesen Mann nach sich, denselben brennenden Haß, den er an jenem Tag in der Zelle verspürt hatte, als sein Mund voll Blut und Wodka gewesen war. Die bestimmte Überzeugung, daß er Winias' Fängen entkommen mußte, wenn er je mehr sein wollte als eine gelenkige Marionette, die ein alter Mann mit einem kaputten Knie entworfen hatte.

Andererseits hatte ihm Winias aber auch das Leben gegeben, ein Leben in dieser Welt. Das durfte er nicht vergessen, durfte auch nicht vergessen, was er ohne Winias wahrscheinlich geworden wäre — ein Zuhälter am Roten Platz, ein Mann, der von Frauen lebte, ein elender russischer Verbrecher mit einem hochfliegenden Spitznamen und nicht der geringsten Gelegenheit, sein Geld auszugeben.

In diesem Augenblick zerriß das Geräusch eines stotternden Motors die dünne Bergluft, und Schar ging ins Zimmer zurück, um das Poem fertigzuschreiben.

Er schraubte die Kappe des Pelikanfüllhalters ab, ein Geschenk seines deutschen Verlegers, und schlug seinen Schreibblock auf. Es waren kaum mehr als vierzig Zeilen, die ihm noch zu schreiben, zu verbessern und in die Maschine zu tippen blieben. Einen Augenblick lang sah er den gewundenen Linien nach, die die Tinte aus seiner Feder aufs Papier zeichnete, und fragte sich, wie die Dichter dieses dauernde Sitzen, die Einsamkeit, das Schweigen aushalten konnten. Ein Leben für einen Menschen, in dem kein Leben war, ein Leben für einen Menschen, der dem Ende nahe war. Aber vielleicht war auch er dem Ende nahe, wenn er weiter ernsthaft mit dem Gedanken spielte, selbständig etwas zu tun, um sich aus Winias' Umklammerung zu befreien. Jetzt verstand er, warum ihm Winias die Geschichte von dem Emigranten erzählt hatte, den man in New York ermordet hatte. Nicht nur zu seiner Information, nicht nur, damit Winias sich mit seinem jüngsten Erfolg brüsten konnte.

Plötzlich erschien ihm der Tod nicht mehr als etwas weit Entferntes, das irgendwann einmal, genauso wie das Ende unseres Jahrhunderts, kommen würde. Eine Gänsehaut überlief ihn. Der Tod war hier in seinem Zimmer!

Einer plötzlichen Eingebung folgend, schlug er rasch die Seiten des Notizblockes auf, weit hinten, und schrieb in Blockbuchstaben DEUTSCHLAND.

Er hielt einen Augenblick ein und sah dann zu, wie seine Hand schrieb:

Der Tod ist im deutschen Land.
Der Tod lauert an meiner Wand.
Der Tod, der an mir nagt:
Ein Raubtier, hungrig, verzagt.
Der Tod ist im deutschen Land.

Er hielt wieder ein und grinste. Der Anfang des ersten Gedichts, das wirklich von ihm stammte. Aber war es wirklich sein Gedicht? Oder war es sein Lehrer, der aus ihm sprach, der ihn an die Grenzen des Spiels erinnerte, die genauso scharf und aufmerksam beobachtet wurden wie die Grenzen des Landes?

22

Jascha war glücklich gewesen, dachte Raissa, als sie sein gerahmtes Foto wieder auf den Tisch zurückstellte, und er hatte sie immer getadelt, weil sie unglücklich war, aber wie konnte denn ein normaler Mensch, der ein Herz hatte, in dieser Welt etwas anderes als unglücklich sein? Jascha hatte zwar ein Herz gehabt, wenn auch kein sehr großes — ein Herz, das auf seine Art selbstsüchtig war, sich zu sehr an seinem eigenen Glück freute —, aber er war immer ein zu großer Phantast gewesen, als daß er in ihren Augen als normal gegolten hätte.

Die Menschen verstanden sie einfach nicht. Auch Jascha hatte sie nie wirklich verstanden. Sie war nicht trübsinnig und hatte überhaupt nichts dagegen, das Leben zu genießen; sie hatte ein gesundes Verlangen nach den guten Dingen dieses Lebens. Sie war einfach zu realistisch, um nicht unglücklich zu sein. Nach dem, was alles geschehen war, war heutzutage nicht mehr die Zeit, in der Menschen glücklich werden konnten. Nur mehr Kinder, Narren und Verbrecher konnten jetzt noch glücklich sein.

Und sie war weder ein Kind noch ein Narr. Aber dieser David Aronow hatte sie zu etwas gemacht, das einem Verbrecher sehr nahekam. Und sie hatte es ihm erlaubt, obwohl es gegen ihr besseres Wissen und Gewissen geschehen war. Warum? Weil man ihr Jascha genommen hatte und es nun niemanden mehr für sie gab. Weil ihr Jaschas Tod David Aronow gebracht hatte und sie sofort wußte, daß er ein Ersatz für ihren Verlust war. Sein Aussehen, sein Auftreten hatte das von Anfang an bestätigt. Dazu kamen die so ersichtlichen praktischen Gründe. Er war Amerikaner und konnte ihr den Weg in dieses Land, der ihr noch zu gehen blieb, ebnen, aber er war nicht so amerikanisch, daß er die Russin in ihr nicht verstehen konnte. Sie hatte ihre Pflicht getan, sie hatte über ihren tollkühnen Bruder gewacht, wie es ihre Eltern sicher von ihr erwartet hätten. Sie hatte für ihn gekocht, sie hatte sich um ihn gekümmert. Aber jetzt war er tot, wie all die anderen Menschen, die sie geliebt hatte. Vielleicht konnte sie jetzt endlich ein eigenes, bescheidenes Leben für sich aufbauen. Vielleicht sogar an einem Sommerabend, an dem die Sterne am Himmel blitzen, in ein Restaurant dinieren gehen.

Man konnte diese Dinge nicht erzwingen, aber man konnte alles dazu tun, daß sie eintraten.

Erst nachdem sie David Aronows Nummer gewählt hatte und das Telefon klingeln hörte, bemerkte sie, daß es schon nach elf war. Aber das war ihr gleichgütlig. Sie hatte das Recht, das zu tun. Außerdem würde sie das vielleicht interessant machen.

„Mr. Aronow, hier spricht Raissa Farb."

„Ich wollte Sie morgen anrufen."

„Haben Sie Ihren Freund gesprochen?"

„Ja. Können wir uns morgen irgendwo treffen und miteinander reden?"

„Wann?"

„Wann immer Sie Zeit haben."

„Gut, ist Ihnen vier Uhr dreißig recht?"

„Wo?"

„Hier in der Nähe gibt es ein Kaffeehaus. Das Broadway. Ecke Vierte Avenue und Achte."

„Das Broadway. Vierte und Achte. Ich werde pünktlich sein."

„Gut, bis dann."

David wußte, daß es Viertel nach elf war, denn die Fernsehsprecherin hatte gerade die Lokalnachrichten beendet und der Wetterberichterstatter kündigte sein Auftreten nach der Werbung an. Spät, um jemand anzurufen, dachte er. Vielleicht wollte sie sich zurückziehen. Vielleicht war es ein falscher Schachzug gewesen, darauf hinzuweisen, daß sie staatenlos war; vielleicht hatte sie darüber nachgedacht und würde jetzt, nach reiflicher Überlegung, nichts tun wollen, was sie mit den Behörden in Konflikt bringen könnte. Diese Angst, diese Unsicherheit der Staatenlosen!

Als er mit ihr gesprochen hatte, hatte er daran gedacht, ihr über den Weg, auf dem das Material aus der Sowjetunion geschmuggelt werden sollte, eine Lüge zu erzählen, hatte sich dann aber anders entschlossen; es war ein guter Einfall gewesen, denn die Polizei hatte ihr ja später Kopien der Briefe geschickt.

Sie hatte ihn in der Hand. Ein einziger Anruf, und alles war zu Ende. Ein einziger Anruf, und er war wiederum nichts als ein Übersetzer.

Und es würde Wochen, lange Wochen dauern, bis der Film ankam

Der Wetterberichterstatter verkündete, daß es vormittags regnen und nachmittags einige Aufhellungen geben würde, und freute sich ganz immens über beide Möglichkeiten.

David schaltete den Apparat aus. Wochen!

Als er sah, wie sich Raissa dem Tisch näherte, wußte er zwar, daß sie es war, erkannte sie aber eigentlich doch nicht, da er sie bisher ja nur während der Autofahrt in einem Wechselspiel von Licht und Schatten gesehen hat. Da es die Etikette nicht gestattete, daß zwei Menschen, die aus größerer Entfernung aufeinander zukamen, einander dabei dauernd in die Augen sahen, senkte er den Blick und betrachtete ihre Kleidung. Sie trug einen Faltenrock in Schottenmuster (eine Mode, die bei gewissen Emigranten als das Amerikanischste vom Amerikanischen angesehen wurde) und hohe Stiefel, wie sie in der Zeit der langen Rauhledermäntel sehr beliebt gewesen waren, obwohl er überzeugt war, daß sie die Stiefel hauptsächlich deshalb trug, weil die Russen Pelze und Stiefel liebten und brauchten. Ihre perlgraue Bluse sah wie eine Seidenbluse aus, war aber wahrscheinlich nicht aus Seide. Er wußte immer gerne, wieviel an Extravaganz sich eine Frau gestattete. Es gefiel ihm, daß sie keine Anhängerin des Hemdblusenstils war, der von berufstätigen Frauen bevorzugt wurde und sich vor allem durch eine abstrakte Krawatte auszeichnete, wodurch er ein gesellschaftlich akzeptables Gleichgewicht zwischen Weiblichkeit und Ehrgeiz zum Ausdruck brachte.

„Hallo", sagte er und stand auf.

Raissa nickte leicht und sah ihn kurz an, schwieg aber.

Während sie sich setzte, sah er, daß sie sich durchaus der üblichen weiblichen Mittel der Anziehung bediente — der Glanz ihres Haares, die Kosmetika auf den Lippen und um die Augen, die kleinen Ringe in den durchstochenen Ohrläppchen. Ihr Gesicht aber war so völlig eins mit dem, was sie war, daß es ihm völlig irrelevant erschien, eine ästhetisch-sexuelle Bewertung zu treffen. Und diese dunkelbraunen Augen — man konnte sie nie so erforschen wie helle Augen.

„Gestern hieß es, daß es vormittags regnen und sich nachmittags aufklären würde", sagte David. „Aber es ist den ganzen Tag halbmiserabel geblieben."

„Ich werde Englisch nie lernen; ich werde Dinge nie so wie Sie ausdrücken können."

„Ich weiß, wie man sich dabei vorkommt."

„Machmal wache ich morgens auf und habe Angst, mein Englisch vergessen zu haben, so wie ich die Geometrie vergessen habe."

„Aber Ihr Englisch ist doch gut. Und so wichtig die Sprache auch ist, so ist sie doch nicht das Wichtigste."

„Und Sie halten was für das Wichtigste, Mr. Aronow?"

„Den Unterschied in der Art, wie sich die Menschen geben. Ich will damit sagen, daß Ihnen die Amerikaner zwar alles über sich erzählen, aber nie wirklich persönlich werden. Die Russen erzählen einem praktisch nichts, aber sie werden persönlich; sie können gar nicht anders."

„Das stimmt genau, David", sagte sie mit einem erfreuten Auflachen, bemerkte im selben Augenblick, daß sie David zu ihm gesagt hatte und fragte sich, ob auch er es bemerkt hätte.

Er aber war im Augenblick mit der Überlegung beschäftigt, daß er den Zweck ihres Treffens noch immer nicht kannte, und fragte sich, ob sich ihre Absichten geändert hatten und sie ihm das sagen wollte.

„Erzählen Sie mir von Ihrer Fahrt nach Boston. Ist das eine schöne Stadt?"

„Ich wurde dort geboren, und daher ist sie für mich eher eine Verwandte als ein Ort, aber ich glaube schon, daß man als Tourist ein paar Tage dort verbringen könnte."

„Etwas muß ich Ihnen aber sagen, das mich beunruhigt."

„Und was ist das?"

„Sehen Sie, Sie leben in einem Land, in welchem Sie, wenn Sie in die Stadt fliegen wollen, in der Sie geboren sind, nichts anderes als das Geld für die Fahrkarte brauchen. Der Kapitalismus ist so intelligent. Ich aber bin ein Mensch, der in der Stadt, in der er geboren ist, nicht leben, geschweige denn sie besuchen kann. Und das verunsichert mich."

„Wissen Sie, ich habe Ihre Erfahrungen nicht, aber Sie auch nicht die meinen. Selbst wenn Amerika in vieler Hinsicht verrückt ist, so sind wir doch so geheimnisvoll wie die Nepalesen, und es dauert einige Zeit, bis man unsere Rituale und Spielregeln begriffen hat, sie in der Weise lernt, in der man sie anwenden muß. Wenn der Film einmal den Zoll passiert hat, spielen wir nach amerikanischen Spielregeln. Und nach denen werden wir gewinnen."

Gegen ihr besseres Wissen mußte sie über seine Unbekümmertheit lächeln — an sich schon Beweis genug, daß es wirklich ein Land wie Amerika gab, dessen Menschen einfach und wagemutig waren.

„So weit ist es ja gut gegangen. Der Detective — wie heißt er nur, Altheim — hat wahrscheinlich meine Übersetzungen der Briefe durchgelesen, den Kopf geschüttelt und sie weggelegt. Das ist der erste Schritt. Ich habe mit meinem Freund in Boston gesprochen, und er versprach mir zu tun, was er könnte, wenn die Zeit gekommen ist. Das ist der zweite Schritt."

„Und der dritte?"

„Wir müssen irgend jemanden im Lincoln Center finden, mit dem wir uns arrangieren können."

„Haben Sie das schon getan?"

„Nein, aber das dürfte nicht allzu schwierig sein. Dort handelt es sich um die Welt der kulturellen Elite, und, wie das Wort schon sagt, diese Welt ist sehr klein. Ich kenne sicher jemanden, der wiederum jemanden kennt."

„Ja, David. Wenn der dritte Schritt schon getan wäre, würde ich mich wohler fühlen."

„Und damit wir uns noch wohler fühlen, werden wir das dann mit einem guten Abendessen feiern, einverstanden?"

„Gerne: Ich kenne mich; ich sehe immer nur Katastrophen auf

mich zukommen. Vielleicht ist es ein Versuch, eine Art von Magie dadurch auszuüben, daß ich mir alles bis in die kleinsten Einzelheiten vorstelle. Vielleicht tue ich wirklich nichts anderes, als in die Vergangenheit schauen. Ich habe zu viel Vergangenheit. Sie ist wie tiefe Grube, aus welcher ich keinen Ausweg finde; die Wände brechen immer wieder ein. Die Vergangenheit hat uns eingeholt und meinen Bruder verschlungen."

„Schließlich bestand zwischen Juri Trofimowitsch und Ihrem Bruder eine Verbindung, die man leicht verfolgen konnte."

„Und diese Verbindung führt von meinem Bruder zu mir und zu Sie, David, in dieses Kaffeehaus."

„Und Sie glauben, daß irgend jemand diese Verbindung jetzt schon verfolgt?"

„Meine früheren Erfahrungen machen mich das glauben."

„Dann werden wir sehr vorsichtig sein, wenn wir uns treffen; wir werden schon heute festlegen, wann und wo wir uns treffen."

„David, versuchen Sie, zu verstehen mich, bitte. Ich hasse es, wenn mich andere Menschen nicht verstehen. Ich muß immer an Stolat denken. Immer mehr. Ich habe festgestellt, daß mich der Gedanke fasziniert. Ich sehe die Dinge so klar und deutlich wie in einem Film. Manchmal sehe ich mich auf einem Balkon stehen und aufs Meer blicken. Es ist spät am Abend. Meine Schultern sind nackt. Es weht ein leichter Wind. Ich zittere ein weniges, aber dieses Zittern ist ein Genuß. Dann gehe ich zurück zu der Party, bei der sich Menschen amüsieren, die ich liebhabe. Und ich lächle, denn ich sollte schon seit zwanzig Jahren tot sein."

David verbrachte einige Augenblicke damit, sein Adreßbuch durchzublättern — jeder Name eine Momentaufnahme in Tinte —, es war traurig und sonderbar, als er bemerkte, daß er tatsächlich die Telefonnummer einer gewissen Frau vergessen hatte. Aber es war eigentlich sinnlos, denn derjenige, der für eine Auskunft prädestiniert war, war Marty. Marty hatte überallhin Beziehungen und würde ihm gerne gefällig sein. Marty war einer der wenigen alten Freunde, zu denen David noch Kontakt hatte, auch wenn sie einander selten trafen.

„Du darfst mich nicht dauernd anrufen, Aronow", sagte Marty, der fast immer reinen Sarkasmus von sich gab, dem zufällig ein bißchen Englisch beigemischt war. „Ich habe sehr viel zu tun."

Der Anblick der Wühlkästen vor der Buchhandlung Strand erinnerte David an Berkeley, an die Abende — teils einsam, teils voll Spaß, die er und Marty in den Buchhandlungen und Kaffeehäusern verbracht hatten.

Er dachte daran, daß sie beide dabeigewesen waren, als Sproul Hall besetzt wurde. Joan Baez war auf der Freitreppe gestanden, hatte Gitarre gespielt und gesungen, mit ihrem schwarzen Apachenhaar, ein winziges goldenes Kreuz war über ihrem weinroten Pullover gebaumelt. Als Sinnbild der Freiheit, die ihre Bürger zur Revolution und in die große neue Welt führt. Auf den schlecht beleuchteten Korridoren im Inneren des Gebäudes hasteten verängstigte, empörte Büroangestellte herum und eilten, große Aktenstöße fest an die Brust gedrückt, wie Schulmädchen ihre Bücher, hinaus in die Sicherheit.

Marty, dessen Haar schütter geworden war und der einen Spitzbauch hatte, den er im Winter ansetzte und im Frühling wieder verlor, begrüßte David schon an der Tür mit einer herzlichen Umarmung und einigen sinnigen Sprüchen: „Was ist denn geschehen, ist dein Haus abgebrannt?"

„Das war zwar geplant, ist aber schiefgelaufen."

„Ich habe von einer guten Wohnung in Tribeca gehört. Man muß zwar Ablöse zahlen, aber der Vertrag läuft noch fast fünf Jahre. Viereinhalb."

„Danke, aber ich suche derzeit gar keine Wohnung."

„Ich habe ja nur gefragt. Also, was hältst du von meinem Büro?"

„Großartig. Was ist das, eine Reuter-Maschine? Zwei Computer *und* ein Textverarbeitungsgerät? Deine Geschäfte scheinen nicht schlecht zu gehen."

„Ja, es läuft recht gut. Ich habe mit Beteiligungen ein wenig verdient und am Silber etwas verloren. Aber es geht mir nicht ums Geld, sondern um die Spannung. Das ist das Geschäft, in dem sich etwas tut. Lebte Hemingway heute noch, er wäre im Anlagengeschäft tätig."

David erzählte ihm seine Geschichte in groben Zügen. Farb sparte er völlig aus; niemand ist davon begeistert, von Menschen zu hören, die mitten auf der Straße erschossen werden, vor allem nicht diejenigen, deren Mitarbeit man gewinnen will. Er sagte nur, daß ihn seine Kontaktleute in der Dissidentenszene gebeten hätten, ein Stück Film oder Endband, oder was immer es war, in die Hand zu bekommen, und daß sie gesagt hätten, wie wichtig es wäre und sie ihn genau informieren würden, wenn sie selbst alles Nötige herausgefunden hätten.

Marty verzog das Gesicht und meinte, daß das zwar interessant, aber aufreizend ungenau sei. ,,Was brauchst du wirklich?"

,,Ich möchte mit jemandem sprechen, der mit den Filmfestspielen zu tun hat und mir fünf Minuten verschafft, in denen ich mit dem Film allein sein kann."

,,Das ist Naomi."

,,Naomi?"

,,Naomi Rosen. Kennst du sie nicht? Sie hat früher für ABC gearbeitet und mit der berühmten Regisseurin — wie heißt sie doch gleich — ein paar Dokumentarfilme gedreht; dann hat sie auch ein paar Dokumentarfilme auf eigene Faust gemacht. Gute Sachen — einer hat sogar einen Preis gewonnen. Warte einen Augenblick, ich glaube, ich habe ihre Nummer hier."

David sah zu, wie der Zeigefinger seines Freundes über das Papier tanzte, wieder ein Schritt vorwärts auf sein Ziel zu.

,,Naomi?" sprach Marty ins Telefon. ,,Hör zu, bei mir sitzt ein Typ, er heißt David Aronow. Ich kann den Kerl nicht loswerden, er fällt mir schon seit zwanzig Jahren auf den Wecker. Bitte, tu mir den Gefallen und rede du mit ihm, ja? Worüber? Das frag' ihn doch bitte selber. O. k., vielen Dank, tschüs. Ist geritzt, David, Naomi kann dich heute um vier Uhr dreißig treffen. Sei pünktlich — um Punkt fünf hat sie Probeaufnahmen."

,,Danke. Eines Tages solltest du dich als Kandidat für das Bürgermeisteramt aufstellen lassen."

,,Würde ich gerne tun."

,,Ich melde mich wieder", sagte David, schon in der Tür.

,,Wann?" fragte Marty. ,,In zwei Jahren?"

Naomi war klein und dunkel und schien sich mit der Intensität eines Kolibris über eine ungeheure Erschöpfung hinwegzuretten. Und doch war deutlich zu sehen, daß sie tüchtig war und die Arbeit, die sich auf ihrem Schreibtisch häufte, gut und rechtzeitig gemacht werden würde.

„Danke, daß Sie mir Ihre Zeit widmen", sagte David. „Ich werde Ihnen kurz schildern, worum es geht."

„Bitte." Sie zündete sich eine lange, dünne, braune Zigarette an. „Was Marty am Telefon sagte, war sehr mysteriös, aber dieser Komiker macht ja immer gerne Witze."

„Die Sache ist tatsächlich etwas mysteriös. Ich sollte über einige Details eigentlich gar nicht reden, ein paar kenne ich auch nicht, aber es geht, um es kurz zu machen, darum, daß einige russische Dissidenten wichtige Informationen aus der Sowjetunion schmuggeln werden — schon geschmuggelt haben. Diese Informationen müssen auf einem ganz bestimmten Träger herausgebracht werden — fragen Sie mich nicht, weshalb, ich bin ein technischer Trottel. Jedenfalls hat man einen Weg gefunden, die Informationen hinauszuschicken. Man hat sie als Endband eines Filmes getarnt und sie an die vierte Rolle der *Äpfel von Riasan* angehängt, die, wie Sie ja wissen, der sowjetische Beitrag zu Ihren Filmfestspielen sind."

„Und der Film kommt hierher?" fragte sie und blies ihm den Rauch ins Gesicht.

„Hierher."

„Das gefällt mir. Und was soll ich dabei tun?"

„Mich wissen lassen, wann der Film ankommt. Dann bringen Sie mich dorthin, wo er aufbewahrt wird. Für fünf Minuten."

„Aber glauben Sie nicht, daß es Schwierigkeiten geben könnte?"

„Die Russen bringen das Zeug hinaus, ohne irgend etwas zu ahnen."

„Irgend etwas geht doch immer schief, oder irre ich mich?"

„Fünf Minuten. Was soll denn in fünf Minuten schon geschehen?"

„Es gefällt mir", sagte sie, „aber eine innere Stimme sagt mir, daß ich es nicht tun soll."

„Das heißt, daß Sie mir helfen werden."

„Ich muß gehen", sagte sie mit einem besorgten Blick auf ihre Uhr.

„Wollen Sie es sich noch überlegen?"

„Nein, denn wenn ich es mir überlege, sage ich nein. Der Film müßte um die Mitte des Monats hier eintreffen. Rufen Sie mich um den Achten herum wieder an. Vor elf oder nach drei, Viertel nach drei. Ich muß laufen. Das hat mir gerade noch gefehlt."

„Stolat", sagte David und schenkte den Rest des Weines in Raissas Glas.

„Ja", sagte sie, „stolat."

Als sie die Gläser niederstellten, bat sie ihn um eine Zigarette.

„Ich wußte gar nicht, daß Sie rauchen."

„Nur manchmal. Nach dem Essen. Oder zum Wein."

Sie tat den ersten Zug sehr sorgsam, als wüßte sie nicht mehr genau, wie man raucht.

„War *stolat* nicht das, was die Menschen Lech Walesa in den Tagen der Solidarität zugerufen haben?" fragte Raissa.

„Richtig."

„Die arme Solidarität."

„Raissa, wir feiern etwas."

„David, werden diese Männer jetzt musizieren?" fragte Raissa und deutete auf den Platz, in dem im Scheinwerferlicht ein Schlagzeug und Notenpulte sichtbar wurden. Fünf Schwarze in roten Sakkos waren eben hereingekommen und nickten leicht, als Applaus aufbrandete.

Sie drehte sich von der Bühne zu ihm, mit einem wilden, fast erschreckenden Glücksgefühl. „Was für eine Art Jazz werden sie spielen?"

„New Orleans."

„New Orleans! Den habe ich am liebsten. Woher wissen Sie das?"

„Es gibt niemanden außer dem Politbüro, der New Orleans Jazz nicht mag."

Der Trompeter blies einige Noten vom letzten Auftritt, die

noch in seinem Instrument hingen, hinaus. Der Schlagzeuger stand mit zuckenden Schulternn vor seinen Instrumenten. Der Bassist plauderte mit dem Posaunisten, der den Kopf zurückgelegt hatte und selig lächelte, als blickte er in Sonne. Der Bandleader hatte die Klarinette an den Mund gelegt; seine Wangen waren prall, in der Schläfe pochte eine Ader.

Die Band war aus New Orleans, und sie machten nicht viel Umstände. Der Baß begann, ein solides Fundament zu legen, die Klarinette stieß hektische Laute aus wie eine Frau, die eben erregt wird, und das machte die Posaune lachen, denn sie hatte es schon so oft miterlebt, und es war immer wieder gut. Die Trompete vertrat immer wieder denselben Standpunkt, und der Schlagzeuger versetzte sich mit Hilfe seiner kleinen Besen in Trance.

Raissa klatschte einmal in die Hände, aus Begeisterung, nicht um zu applaudieren.

David beugte sich über den Tisch und sagte: „Willkommen in den Vereinigten Staaten von Amerika."

Sie lachte im Takt der Musik.

23

Andruscha warf das auf einen kleinen Ball zusammengeknüllte Wachspapier in einen städtischen Papierkorb und sah zu, wie es fast geräuschlos auf die anderen Papierfetzen fiel.

Er wischte sich die Brotkrumen aus den Mundwinkeln. Seit Juri Trofimowitschs Tod, der von offizieller Seite als Herzversagen deklariert worden war, befand er sich in dauernder Panikstimmung. Er ertappte sich oft dabei, wie er viel zu lange auf gewisse Dinge starrte, wie zum Beispiel jetzt auf das in den Korb fallende Papier, und damit zumindest für einen kurzen Augenblick der schrecklichen Gewißheit zu entkommen versuchte, daß man ihn früher oder später zum Verhör holen würde. Das Knarren eines Bodenbrettes genügte, um ihn aus dem Schlaf zu reißen. Alle, die an dem Projekt arbeiteten, wurden verhört — die Techniker, das Forschungspersonal, die Computerspezialisten —, und er wußte genau, daß der einzige Grund, warum er noch nicht verhört worden war, darin lag, daß er in letzter Zeit nicht mehr an dem Projekt mitgewirkt hatte und die Untersuchung, vom gegenwärtigen Stand ausgehend, in die Vergangenheit zurückgeführt wurde.

Er machte sich auf den Weg durch die Siegesstraße zur Straßenbahnhaltestelle. Ihm blieb keine Wahl; er mußte jeden Tag zur Arbeit gehen und damit fortfahren, Filmaufnahmen für einen Schulfilm mit dem Titel *Die Welt in einem Tropfen Wasser* zu machen. Manchmal schaffte er es, sich durch die großen technischen Anforderungen dieser Arbeit abzulenken, manchmal ließ ihn die urtümliche Vielfalt des Lebens in seinen mannigfaltigen Formen die eigene Angst für einen Augenblick vergessen, aber genauso oft verstärkte der Anblick einer mikroskopisch kleinen Kreatur, die von einer anderen — lebendig! — gefressen wurde, diese Angst noch viel mehr. Wie konnte ein Lebewesen so ungerührt ein anderes verschlingen! Und das Fehlen jeder bösen Absicht machte das Ganze noch schrecklicher.

Die alten Frauen fegten die Bürgersteige in der Siegesstraße mit Besen, die aus langen, dunklen Zweigen gebunden worden waren. Ihre Bewegungen waren lebhaft und energisch, als hätten sie Schmutz und Unordnung den offenen Krieg angesagt. Sie hörten aber auf, als eine junge Frau an ihnen vorbeiging, und beobachteten sie. Die Frau trug Jeans, Schuhe mit hohen Absätzen und einen langen, gestreiften, italienischen Pullover und paßte in diese Umgebung genauso gut wie ein Kosmonaut in seinem silberglänzenden Raumanzug. Als sie an Andruscha vorbeiging, lächelte sie ihm zu, teils als Reaktion auf das vernichtende Urteil, das man eben — wie sie genau wußte — über sie fällte, teils weil er ein hübsches, rührend verwirrtes Gesicht hatte. In Sekundenschnelle ging sie vorbei und war verschwunden. Andruscha widerstand dem Impuls, sich nach ihr umzudrehen und ihr mit den Blicken zu folgen. Es war alles so deprimierend. Würde er je wieder mit einer Frau zusammensein? Würde er je einen Film, einen wirklichen Film drehen, so wie nur er es konnte, ober hatte ihn diese ganze dumme Geschichte wie eine Kette gefesselt, die ihn in die Tiefe zog, in der er so beiläufig wie jedes andere Lebewesen verschlungen werden würde?

Er atmete tief durch. Die Luft war rauh und schmeckte nach Leiden. Vielleicht konnte er mit ihnen handeln. Warum auch nicht? War denn irgend etwas dieses Opfer wert? Was würde Juri Trofimowitsch jetzt darüber sagen, wenn er seine Frau und seine Tochter sähe? Was für einen Unterschied machte denn eine einzige Entdeckung? Die Amerikaner hatten die Atombombe zwar erfunden, die Sowjets hatten sie aber sehr rasch in die Hand bekommen. Aber würde er sich dann selbst noch ins Gesicht sehen können? Und wie würden ihn die anderen ansehen? Selbst wenn sie jetzt nicht wußten, was er getan hatte, würden sie es irgendwann einmal erfahren; es gab da einen bestimmten Geruch, den andere wahrnehmen konnten. Und er war nicht sicher, ob er selbst diesen Geruch ertragen könnte, den er dann ständig in der Nase hätte. Wenn sie nur seinen Augen nichts taten — das war das einzige —, wenn sie nur seinen Augen nichts taten...

Plötzlich haßte er sie, denn er wußte, daß sie alles tun würden, um zu bekommen, was sie wollten. Aber was würde ihm helfen, ihnen zu widerstehen, woran glaubte er so fest, daß es ihm bei seinem Widerstand helfen würde?

Er war kein Christ mit einem festen Glauben, für den er ins Feuer gehen könnte; die einzigen Dinge, die er wollte, waren, ein halbwegs anständiges Leben zu führen, einer Sache zu dienen, die edel und aufregend war, und Filme zu machen, die die Menschen durch ihre Eleganz und Schönheit in Erstaunen versetzten. Und er wünschte sich ein paar der Nichtigkeiten des Lebens, auch wenn er wußte, daß sie frivol und schal waren — Reisen, Beifall, Interviews, Festspiele. Er war schon immer eine seltsame Mischung aus Frivolität und Ernst gewesen, aber im Augenblick konnte er nicht anders, er haßte den sich abrackernden, ernsten Teil seiner selbst, den faltigen, bärtigen Juri Trofimowitsch in sich, das dumme Gewissen, das ihn dazu getrieben hatte, alles zu riskieren, und das ihm im Austausch dafür nichts gegeben hatte, nicht einmal eine gewisse heldenmütige innere Ruhe, mit der er dem unvermeidlichen Verhör entgegentreten konnte. Wenn er edel gewesen war, warum kam er sich jetzt wie eine Ratte im Käfig vor? Er war nicht einmal sicher, ober er es noch eine Nacht ertragen konnte, dem Scheinwerferlicht der Straßenreinigungswagen zuzusehen, das über die Wände und die Decke seines Zimmers tanzte.

Als er um die Ecke ging und in den Oktober Boulevard einbog, stand die Straßenbahn schon an der Haltestelle. Die Reihe der Wartenden war so lang, daß er sie noch erreichen würde.

Eine schwarze Limousine fuhr an ihm vorbei und blieb an der Ecke des Häuserblocks stehen. Andruscha sah zu, wie sich die Wagentür öffnete, ein Mann in dunkelblauem Regenmantel und braunem Filzhut ausstieg und die Tür aufhielt. Er blickte Andruscha direkt in die Augen. Andruscha spürte, wie ihm ein paar Regentropfen ins Gesicht schlugen. Solange sie nur seinen Augen nichts taten.

Der Mann hinter dem Schreibtisch war um die Vierzig, trug einen gutgeschnittenen Straßenanzug. Er gehörte sichtlich einer anderen Generation als Kowaljow an, der mit fahlem, wutverzerrtem Gesicht an der Wand saß. Er erhob sich und stellte sich als „Oberst Jarow" vor.

Andruscha setzte sich auf den ihm zugewiesenen Stuhl. Sobald er gesehen hatte, wie die Tür der Limousine aufgegangen war, ja bevor noch der Mann im blauen Regenmantel ausgestiegen war, war er unfähig gewesen, etwas aus eigenem Antrieb zu tun. Er konnte sich nur bewegen, wenn man ihn dazu aufforderte, nur sprechen, wenn man es ihm befahl. Er versuchte, gegen diese ihn umklammernde Gewalt anzukämpfen, aber er fühlte sich wie ein Mensch, der ins Wasser gefallen ist und dessen Kleidung immer schwerer wird.

„Wissen Sie, warum Sie hier sind?"

Andruscha bewegte den Kopf hin und her, hatte Angst davor, sein lautes „nein" zu hören.

Jarow wechselte einen Blick mit Kowaljow.

„Sie haben nicht einmal eine Vermutung?"

Andruscha schüttelte wieder den Kopf.

„Warum haben Sie dann eine solche Angst?"

„Angehalten zu werden... mitten auf der Straße..."

So, jetzt war es besser, er hatte etwas herausgebracht.

„Ich verstehe. Das muß natürlich ein Schock sein. Aber, das möchte ich Ihnen sehr offen sagen, es ist nur ein unbedeutender Schock. Es kann der erste und letzte sein, oder einer in einer langen Reihe; das hängt ganz von Ihnen ab. Ich werde Ihnen jetzt einige klare, direkte Fragen stellen und erwarte klare, direkte Antworten. Sie haben Juri Trofimowitsch gekannt?"

„Natürlich, wir haben ja zusammengearbeitet."

„Und Sie haben sich nie außerhalb der Arbeitszeit getroffen?"

„Nur zufällig."

„Es war also nur Zufall, daß Sie ihn zum Beispiel am zwanzigsten Oktober im Warni Park trafen, ihn fotografierten und mit ihm sprachen?"

„Ich gehe jeden Sonntag spazieren und mache Fotos."

„Und es war auch ein Zufall, daß Sie ihn ein paar Wochen davor vor dem Museum trafen?"

„Ja. Er war mein Kollege, und wir blieben natürlich stehen und wechselten ein paar Worte."

„Und woran arbeitete Juri Trofimowitsch, als er starb?"

„Das letzte, von dem ich weiß, ist, daß er an einem Mittel arbeitete, das die Psi-Fähigkeiten verstärken soll. Als wir zum letzten Mal miteinander arbeiteten, filmten wir ein Experiment. Genosse Kowaljow war dabei..."

Kowaljow zuckte zusammen und machte eine abwehrende Bewegung, als wollte er Andruscha unterbrechen; er faßte sich noch in derselben Sekunde, aber sein Schreck hatte sich bemerkbar gemacht. Andruscha sah, daß auch Kowaljow vielleicht in Schwierigkeiten steckte. Das ermöglichte ihm, sich etwas zu fassen. Andere Schicksale, andere Gewalten waren mit im Spiel. Vielleicht stellte der Oberst deshalb so vorsichtige Fragen, um ihn ja nicht in etwas einzuweihen, falls sich herausstellen sollte, daß er mit der Sache nichts zu tun hatte.

Der Oberst zog eine Marlboro aus dem auf dem Schreibtisch liegenden Paket, klopfte sie gegen den Fingerknöchel und zündete sie dann bedachtsam an.

„Sie waren in jüngster Vergangenheit zweimal in Moskau."

„Ich bemühe mich um eine Stellung bei Mosfilm."

„Sehr schwierig, dort hineinzukommen, soviel ich weiß."

„Ja", antwortete Andruscha und war sich klar darüber, daß dies die erste Bemerkung Jarows gewesen war, die direkt mit der Sache zu tun hatte.

„Die Amerikaner haben da ein nettes Bild, die Sache mit der Karotte und dem Stock: Einen Esel kann man dadurch zum Gehen bringen, daß man ihm eine Karotte vor die Nüstern hält oder ihn mit einem Stock schlägt. Ich selbst liebe Filme. Es wäre nett, mit Ihnen einmal abends bei einem Schluck Wodka über das Kino zu plaudern. Was die Mosfilm anlangt, kenne ich dort einige Leute, und zwar nicht die unbedeutendsten. Sagen Sie mir also bitte, wer Ihrer Meinung nach die Leute waren, die die Verbindung zwischen Juri Trofimowitsch und seinen militärischen Kontakten im Ausland darstellen."

Einen Augenblick lang schwieg Andruscha.

„Soweit ich weiß, widmete Juri Trofimowitsch sein ganzes Leben nur der Arbeit und seiner Familie."

Der Oberst drückte seine Zigarette mit verbissenem Ärger aus, als hätte sich eine seiner Lieblingstheorien gerade in Nichts aufgelöst. Dann warf er Kowaljow einen Blick zu, als wollte er einen Teil der Schuld dessen anfänglichen Fehlern zuschieben.

„Offen gestanden überrascht es mich immer", sagte der Oberst, „wenn ein intelligenter Mensch die Karotte ablehnt."

Allein in seiner engen Zelle versuchte Andruscha, seine Lage durchzudenken, zu überlegen, ob es irgendeine Hoffnung, irgendeine Möglichkeit gäbe. Erst jetzt wurde ihm bewußt, daß er zu den Hauptverdächtigen gehörte, denn sonst hätte man ihn an seinem Arbeitsplatz aufgesucht. Anscheinend waren sie von vornherein auch ziemlich sicher gewesen, daß er ihre ersten Fragen nicht beantworten und daher sofort verhaftet werden würde. Damit man mit ihm tun konnte, was immer man ihm antun wollte. Aber es fiel ihm schwer, klar zu denken. Dumme Fragen drängten sich ihm auf. Würde er rechtzeitig zum Geburtstag seines Bruders wieder frei sein? Wie hieß Lisa mit dem Familiennamen? Obwohl er sich zur Konzentration zwang, waren die Zelle und seine Lage wie der Tod, zu wirklich, um an sie auch nur zu denken.

Er verlor das Zeitgefühl, die Zeit war für ihn stehengeblieben. Mitten in einer Serie von Liegestützen fiel ihm ein, daß es besser wäre, keinen kraftstrotzenden, gesunden Körper zu haben; er wollte seinen Körper so wenig wie möglich spüren.

Sie würden ihm etwas antun. Sie würden es so lange tun, bis er ihnen sagte, was er wußte, oder vorher starb. Aber er würde ja nicht sterben; dazu waren sie viel zu gewitzt, sie würden ihn gerade am Rand zwischen Leben und Tod halten. Es war nur eine Frage der Zeit, wie lange er sein Schweigen aufrechterhalten konnte. Sein ganzes Leben war jetzt in einer einfachen Gleichung zusammengefaßt, die aus Schweigen, Zeit und Schmerzen bestand. Zeit war gleich Schmerz, und je größer Zeit und Schmerz waren, desto kleiner wurde das Schweigen, bis es endlich zur Null seines Mundes werden würde, ein Mund, der heulend alles von sich gab, was sie wissen wollten. Das würde die Werte der Gleichung ändern, und dann würde auch der Schmerz zu Null werden.

Er sollte lieber damit anfangen, alle Gedanken aus seinem Kopf zu vertreiben, sich nicht mit der Erinnerung an die Frau in westlichen Kleidern quälen, sich nicht einen Augenblick der Sehnsucht danach zu gestatten, friedlich an einem trüben Morgen einen Gehsteig entlangzuschlendern und alten Frauen beim Fegen zuzusehen, nein, in ihm durfte nichts anderes sein als Schweigen. Aber je größer sein Schweigen war, desto länger würde es dauern, und desto mehr Schmerzen würde er erleiden müssen. Schweigen, Zeit und Schmerzen.

Wenn er nur seinen Haß vergrößern könnte, dann würde ihm das Schutz bieten, eine Waffe zur Verteidigung sein. Denke an deinen Haß, denke daran, was diese Menschen mit dem Leben treiben, was sie mit deinem Leben treiben werden. Diese Scheißkerle machen auch das Leben zu einem Scheiß.

Er fühlte sich stark in seinem Haß. Es war etwas in ihm, das ihnen Widerstand leisten konnte — nicht der Glaube, nicht irgendwelche Ideale, sondern Haß, ein herrlicher, starker, tapferer, herrlicher Haß.

Er hörte Schritte auf dem Flur.

Jemand kam.

Was könnte schlimmer sein.

24

Der Mann, der auf dem blauen Kunststoffboden lag, war in den Rücken geschossen worden. Solly hockte sich neben ihn und drehte ihn um, denn er wollte sein Gesicht sehen. Es war sein Vater! Irgend jemand trommelte an die Tür. Solly öffnete, Raissa Farb stützte herein. Sie kniete neben seinem Vater nieder und versuchte Mund-zu-Mund-Beatmung. Zwischen jedem Atemzug hob sie den Kopf und schrie: „Wijiskidal, wijiskidasch.“

Solly wachte auf, sah das Tageslicht durch das Fenster strömen und spürte den Duft des Kaffees, der aus der Küche zu ihm drang.

Jetzt hatte er schon Alpträume. War er wach, so machte ihm dieser Fall Kopfschmerzen, schlief er, bekam er Alpträume.

Es war sein freier Tag, aber kaum war er wach, dachte er schon wieder an den Fall. Er hatte einen Plan für den ganzen Tag aufgestellt gehabt — den Vormittag wollte er sich mit einer Zeitung und Adelle vertreiben, am Nachmittag wollte er im Klub richtig trainieren und in die Saune gehen, dann essen und schließlich ins Kino. Ausnahmsweise auch ein bißchen Mensch sein.

Er wußte, daß der Tag verdorben wäre, wenn er im Revier anrief und erfuhr, daß es neue Entwicklungen gegeben hatte. Dann würde er nur mehr den Gedanken an Arbeit mit sich herumtragen.

Heute machte Janopolis Dienst, er war für einen Kollegen eingesprungen, um Eindruck zu schinden. Obwohl es viel besser gewesen wäre, er wäre mit seinem Mädchen ausgegangen.

Solly hatte die Freundin unlängst kennengelernt. Sie war bemerkenswert hübsch, gut angezogen und nett und hielt sich offenbar für das glücklichste Mädchen der Welt, weil sie Apollo Janopolis gefunden hatte. Wie seine Mutter immer gesagt hatte, Geschmäcker und Ohrfeigen sind verschieden.

Er rief an. Janopolis sagte ihm, daß man einen Mann verhaftet hatte, auf den die Beschreibung passen könnte, die ihnen Thomas White gegeben hatte, und daß man ihn mit White konfrontieren sollte. Solly sagte, daß er Whites Telefonnummer und Adresse hätte und sich darum kümmern würde. Janopolis erinnerte ihn daran, daß sein freier Tag sei. Solly bedankte sich herzlich für diese Bemerkung.

Er verbrachte einige Zeit mit Adelle, aber es war anders, als es gewesen wäre, hätte Thomas White nicht in seinem Kopf herumgegeistert. Als er sich eine Stunde später zum Gehen anschickte, erinnerte sie ihn daran, daß er, wenn er nun doch wegging, auch gleich eine Jahrzeitkerze kaufen könnte, und er versprach ihr, es zu tun.

Solly rief Thomas White aus dem Vorraum einer Bar an. Der Anrufbeantworter schaltete sich ein, es ertönte etwas, das sich wie Musik aus einem kaputten Radio anhörte. Dann kam eine Stimme, die Solly als die Whites erkannte.

„Küß die Erde, küß den Himmel,
Küß die Welt ein letztes Mal.
Denn sie kommen bald,
Vielleicht heute, vielleicht morgen.
Schau, die weißen Streifen dort!

Hi, Sie haben eben die Stimme von Thomas White und die *Radiation Sickness Band* gehört. Wir sind derzeit nicht erreichbar, aber wenn Sie nach dem Pfeifton eine Nachricht hinterlassen, rufen wir Sie *wahrscheinlich* an.“ Darauf folgte ein langgezogenes, makabres Lachen und ein Pfeifton. „Hier spricht Detective Altheim. Wir haben einen Mann festgenommen, den wir Ihnen gerne gegenüberstellen möchten. Rufen Sie mich oder Sergeant Janopolis unter der Nummer 348-3694 an.“

Als er wieder auf der Straße war, ging Solly auf einen Zeitungsstand zu, an dem das Gesicht eines alten Mannes wie ein Altarbild von einem Kranz von Porno-Zeitschriften umrahmt war. Solly kaufte eine *Post*.

Er würde eine Nachricht an Whites Tür lassen, er würde sich an Whites Türglocke lehnen, dachte Solly und nahm den ersten Bus, der in die Stadt fuhr.

Nachdem er sich gesetzt hatte, schlug er die Zeitung auf. Zwei berühmte Filmschauspieler wollten einander zum dritten Mal heiraten. Ist das nun Liebe oder Wahnsinn? fragte sich Solly und wendete sich einem Artikel zu, in dem behauptet wurde, daß die Sowjetunion den Vereinigten Staaten in der Entwicklung von Weltraumwaffen weit voraus sei, vor allem auf dem Gebiet der Laserwaffen, die Amerikas Satellitenüberwachungsnetz zerstören könnten. Das erinnerte stark an den Schund, den die Kinder so gerne im Fernsehen sehen, aber es war die Wirklichkeit, und Solly malte es sich aus, wie sie begannen, einander vom Himmel herunterzuschießen. Warum schließlich auch nicht? Kein Wunder, daß junge Leute wie White Angst hatten. Und für die Steuermoral war es auch nicht gut.

Ein Artikel über die jährliche Statistik, die das FBI über Verbrechen aufstellte, besagte, daß Verbrechen aller Kategorien stark im Ansteigen begriffen waren, vor allem die Raubüberfälle. Der Artikel widmete sich besonders der gebietsweisen Aufschlüsselung der Verbrechen, was Solly nicht besonders interessierte. Er sah aus dem Fenster, fast als erwartete er, daß draußen ein Verbrechen begangen würde.

Die Leute hatten natürlich falsche Vorstellungen. Sie lasen, daß alle dreißig Sekunden ein Verbrechen begangen wurde, und befürchteten daraufhin, an jeder Straßenecke überfallen zu werden. Sie machten sich so große Sorgen um sich selbst, daß sie darüber vergaßen, wieviele Millionen Bürger ungeschoren herumliefen. Aber es stimmte natürlich, daß das Verbrechen überall war, und auch die Angst davor.

Wahrscheinlich waren seit dem Moment, in dem er sich zum Frühstück gesetzt hatte, ein paar Dutzend Verbrechen begangen worden. Ein blutender Frauenhals, von dem man die goldene Halskette gerissen hatte, jemand, der sich mit dem Brotmesser auf den Ehepartner oder die Freundin stürzte, Autos, die in Parkgaragen kurzgeschlossen wurden, Prostituierte, die den ersten Kunden empfingen — es war immerhin schon elf Uhr —, kleine

Kokainpäckchen, die man an die Dealer in der Madison Avenue lieferte, ein nackter Homosexueller, der, blutverschmiert und mit Handschellen an ein eisernes Bettgestell in einem Lagerhaus gefesselt, aufgefunden wurde, und ein Puertorikaner, der zu den Klängen des Radios tanzte und den neuen Pullover überzog, den er mit der Kreditkarte seines Opfers gekauft hatte.

Der Hausflur von Thomas Whites Haus war düster und stank nach Urin und Ammoniak. Solly drückte lange auf die Glocke und wartete; er wartete nicht gerne in einem derartigen Flur, es war zu eng hier, und er mochte es nicht, wenn er nicht wußte, was hinter ihm vorging. Nachdem er ein zweites Mal geläutet hatte, stopfte er einen Zettel in Thomas Whites Briefkasten.

Da er schon in der Gegend war, beschloß Solly, an die Kreuzung der Ersten und Ersten zu gehen. Er warf einen Blick ins Restaurant Baltik, das sehr ruhig war. Die Fahrbahn und der Gehsteig an der Ecke Erster und Erster sahen völlig normal aus, aber Solly mußte daran denken, was hier vorgegangen war. Als die Ampel auf Gehen schaltete, ging er zu der Verkehrsinsel hinüber, auf der Farb ermordet worden war. Etwas weiter links war das ekelhafte Paar gestanden und hatte häßlich miteinander gestritten — wahrscheinlich stritten sie noch immer —, und nach dem Essen war auch Farb auf dem Weg zur U-Bahn dort gestanden. Warum war der Puertorikaner ausgerechnet vor Farb stehengeblieben, warum hatte er ihn ausgesucht? Wahrscheinlich rein instinktiv. Er sieht Farb an, stellt fest, daß man ihn leicht ausnehmen kann und beschließt, auf einfache Weise an ein paar Dollar zu kommen; und vielleicht gibt es ein Sprachproblem mit dem Englisch des Puertorikaners und dem Farbs, und ehe man es sich versieht, geht der Revolver los.

Aber was wäre, wenn es nicht so gewesen war? Die Russen werben einen Puertorikaner an, um einen Wissenschaftler zu erschießen, der geschmuggelte Briefe voll von politischem Unsinn erhält. So sieht die Wirklichkeit nun doch nicht aus.

Als Solly die Verkehrsinsel verließ, ging er an einem jungen Mann vorbei, der eine grüngefärbte Irokesenfrisur und eine Tätowierung auf dem Kopf trug, und dachte: Verglichen mit Thomas White ist dieser Kerl richtig altmodisch.

Als er sich dem Delikatessenladen auf der Second Avenue näherte, erregte ein Taxi, das an der Ecke parkte, Sollys Aufmerksamkeit. Der Fahrer las in einem kleinen Buch und küßte die Seiten alle paar Sekunden zärtlich. Solly konnte das Gesicht nicht sehen, denn der Mann hielt es abgewendet und hatte überdies eine hellblaue Golfkappe auf.

Aus dem Laden rief er White nochmals an, hängte aber ein, als das Lied begann, und sah sich um, ob irgend jemand da war, den er kannte. Ein Mann, auf dessen Arm die Nummer eines Konzentrationslagers eintätowiert war, sagte Solly, daß alle Tische frei seien, und drückte ihm die Speisekarte in die Hand.

Auf dem Tisch standen zwei Schalen, die eine mit Mixed Pickles, die andere mit eingelegten grünen Tomaten. Sein Vater hatte diese eingelegten Tomaten geliebt und war traurig gewesen, daß Solly sie nicht mochte. Er bestellte heiße Pastrami auf einem Brötchen und Kaffee.

Der Beschreibung auf der Rückseite der Speisekarte, die er las, entnahm Solly, daß das Restaurant jetzt als eine Art Museum der Vergangenheit geführt wurde, in dem man eben essen konnte. Er hielt das für eine gute Idee, denn dadurch schwenkte man auf die Nostalgiewelle ein und gewann alle diejenigen als Kunden, die mit ihren Kindern aus den Vororten hereinkamen, um ihnen einmal zu zeigen, wo Daddy gegessen hatte, bevor er das viele Geld verdiente und das Haus mit dem Gras davor kaufte.

Solly aß langsam. Er dachte an die Frauen, die er kannte — das Fotomodell, die Rechtsanwältin, die chinesische Sängerin. Er geriet in Versuchung. Und kam sich schäbig vor, daß er andere Frauen haben wollte, wenn er doch in dieser Hinsicht für Adelle nicht mehr viel verspürte. Aber was sollte er denn tun! Man konnte der eigenen Hand nicht befehlen, etwas zu berühren, was diese Hand nicht mehr berühren wollte.

Als er an der Kasse zahlte, bemerkte Solly den Besitzer des Ladens, Marky Stein, der gerade mit einem kleinen Mann sprach, den Solly an der blauen Golfmütze als den Fahrer des Taxis erkannte, das er draußen gesehen hatte. Solly winkte Marky zu und deutete ihm, daß er gleich zu ihm kommen würde, während er zusah, wie die Kassierin das Wechselgeld auf den Tisch zählte.

,,Marky, du siehst prächtig aus", sagte Solly.

,,Was redest du da, ich sehe fürchterlich aus. Schließlich habe ich Augen im Kopf. Ich habe auch einen Spiegel. Solly Altheim, das ist Jack Vizner, einer meiner Freunde."

Lächelnd schüttelte Solly dem sanften, vogelähnlichen Mann mit der hellblauen Golfmütze die Hand.

,,Solly arbeitet bei der New Yorker Polizei, Jack. Und dir, Solly, möchte ich ein wenig über Jack erzählen. Jack kommt seit Jahren her zu mir und erklärt mir, daß ich samstags nicht offenhalten soll, und ich bemühe mich jahrelang, ihm zu erklären, warum ich es doch tue. Und dann sage ich eines Tages aus irgendeinem Grund zu ihm, o. k., ich werde Samstag zusperren. Anfangs verliere ich ein bißchen Geld; aber dann komme ich gut ins Geschäft mit den Leuten, die mein Restaurant vorher nicht betreten haben, weil ich am Samstag offen hielt, und jetzt habe ich einen Tag weniger offen und verdiene mehr als vorher. Und daran ist Jack schuld."

Jack nickte zufrieden und beifällig. ,,Und jetzt erzähle ihm, was du an deinen freien Samstagen tust."

,,Aber sicher, du weißt es ja, ich fahre nach Brooklyn in den Tempel und setze mich dort hinein, und, du kannst es mir glauben, es ist ein gutes Gefühl."

,,Wir haben einen wunderbaren Tempel", sagte Vizner. ,,Zu uns kommen alte Menschen und junge Menschen, Leute aus Israel, aus Rußland, sogar aus dem Irak."

,,Komm doch einmal hin", sagte Marky, ,,du triffst dort Bekannte, die du seit Jahren nicht mehr gesehen hast."

,,Da", sagte Vizner, ,,haben Sie eine Karte, auf der alles steht. Schauen Sie — mein Name, die Telefonnummer, die Adresse des Tempels. Ich bin der Tempeldiener, deshalb habe ich mir die Karten drucken lassen. Kleine Dinge machen viel aus."

,,Danke", sagte Solly und steckte die Karte in seine Brieftasche. ,,Marky, ich bin zu dir gekommen, weil ich einen von diesen verdrehten Musikern suche. Er macht nicht auf und geht nicht ans Telefon, und deshalb vermute ich, daß er vielleicht weggegangen ist und irgendwo später frühstückt. Gibt es außer dem Kiew hier irgendein Restaurant, wo die Leute gerne hingehen?"

„Ja, drüben an der Ecke der Zweiten und Siebten — nicht direkt an der Ecke, etwas weiter stadtauswärts — manchmal sind sie dort. Ich habe den Namen vergessen; wir nennen es ‚Bei Nick', aber das Schild lautet anders. Du wirst es sicher finden."

Thomas White war weder im Kiew noch bei Nick und auch in keinem der anderen Restaurants am St. Mark's Platz. Der Zettel steckte noch in seinem Briefkasten, das Lied erklang noch immer auf dem Beantworter, und Janopolis war essen gegangen, als Solly anrief.

Durch Training, den heißen Dampf und eine Massage entspannt, kam Solly ungefähr um vier Uhr dreißig heim und freute sich darauf, am Abend auszugehen. Erst nachdem er seinen Mantel aufgehängt hatte, erinnerte er sich mit einem verärgerten Fingerschnalzen daran, daß er diese verdammte Kerze wieder vergessen hatte!

25

Schar ging mit einem neuen Stoß Zeitschriften zu seinem Sitz zurück. Das Abendessen und der Film waren vorbei, die meisten Passagiere schliefen schon. Selbst die Stewardessen lehnten an den Küchenschränken, unterdrückten mühsam ein Gähnen und wurden zusehends bleicher.

Die amerikanischen Zeitschriften gefielen ihm; je schlechter sie waren, um so lieber waren sie ihm. *Time* und *Newsweek* waren wie kleine Spielzeuge, so lange interessant, bis man herausgefunden hatte, wie sie funktionierten. Er konzentrierte sich nicht so sehr auf den Inhalt des *New Yorker*, sondern nahm mit Genuß den Geruch des Reichtums des Papiers, das wie das Kleid einer reichen Frau schillerte, in sich auf. Er betrachtete die Bilder in *Black Enterprise* eingehend und fragte sich, bis zu welchem Grad die Schwarzen in Amerika wirklich eine eigene Rasse waren; den Bildern nach zu schließen waren sie so amerikanisch wie alle anderen. Den *Esquire* verstand er nicht; er konnte sich einfach kein Bild von dem typischen Leser dieses Blattes machen. Er mußte lächeln, als er an den seltsamen Blick der Stewardeß dachte, die er gefragt hatte: „Playboy haben Sie keinen?" Er hatte doch gesehen, daß ihn jemand las. Ah — der Mann hatte ihn wahrscheinlich selbst gekauft. Ein interessantes Phänomen. Die amerikanische Scheinheiligkeit.

People setzte ihn in Erstaunen und begeisterte ihn in gewisser Weise am meisten von allen. Der Persönlichkeitskult war in einer Weise dargestellt, wie er es sich nie ausgemalt hatte — was ein Bestsellerautor zum Frühstück aß, die „persönlichen Ängste" von Tormännern, alle lassen sich scheiden und fangen „ein neues Leben" an. Vielleicht war Amerika gar keine Nation, sondern eine Ansammlung von zweihundert Millionen einsamer Menschen mit einer Regierung. Jedenfalls war *People* für ihn die nützlichste Zeitschrift, weil sie ihm konkrete Hinweise gab, wie er sich im

Scheinwerferlicht der Öffentlichkeit benehmen sollte; schließlich gehörte er jetzt diesem elitären Klub der Berühmten und Wunderbaren an, war ein Mercedes Benz der Menschheit.

Er blickte aus dem Fenster, obwohl er nichts als Dunkelheit sah.

In Frankfurt hatte Schar auch ein paar russische Emigrantenzeitschriften gekauft, und weitere von bewundernden Verlegern, Journalisten und Autoren geschenkt bekommen. Dieselben alten Begriffe, dieselben alten Argumente — Lenin, das Kollektiv, Hitler, Stalin, Molotow-Rippentrop, der Gulag, die Bedeutung der Geschichte. Einer der Artikel hatte ihm gefallen, in dem die Feststellung getroffen wurde, daß für die westlichen Demokratien der ungehinderte Aufstieg Hitlers das schlimmste Trauma des zwanzigsten Jahrhunderts sei. Das war das Gespenst, das in den Überlegungen des Westens herumgeisterte; wenn man nach der wichtigsten Erkenntnis des späten zwanzigsten Jahrhunderts suchte — war die Sowjetunion eine neue Gefahr in der Größenordnung von Hitlerdeutschland, oder nur ein Staat unter vielen anderen, mit dem man sich arrangieren konnte? Mit Ausnahme dieses einen Artikels fand er nichts, was er nicht in der einen oder anderen Variante schon einmal gelesen hatte. Aber für ihn war es wichtig, den genauen Ton der Polemik kennenzulernen, die Zersplitterung in kleine Lager wahrzunehmen, die Positionen abzutasten, die sich wie die Arterien eines alten Menschen verhärtet hatten.

Er griff in die Tasche und zog die Schlaftabletten heraus, die ihm Winias ins Lubjanka gebracht hatte. Sie waren weiß, aber manchmal schien ihm, als hätten sie einen schwachen grünen Stich. Er zögerte einen Augenblick vor der Entscheidung, eine oder zwei Pillen zu nehmen, dann entschloß er sich für eine und spülte sie mit dem geschmolzenen Eis aus dem Plastikbecher hinunter, das noch immer nach Whiskey schmeckte. Dann schloß er die Augen und zog sich in sich selbst zurück, wie eine Amphibie, die ins Wasser zurückkehrt.

Alles, was mit ihm geschehen war, seit ihm der Wachposten im Lager ins Gesicht geschlagen hatte, schien nach einer gewissen Gesetzmäßigkeit zu verlaufen. Die Zeitschriften, die er eben gelesen hatte, der Plastikbecher auf dem Plastiktisch, Winias' Blick, als er ihn im Lubjanka besucht hatte — es waren alles Botschaften, die auftauchten und wieder verschwanden, so wie die Botschaft des fetten Deutschen auf der Zaubertafel.

Die Frage stellte sich, ob es für ihn ein anderes Leben als dasjenige gab, das er eben lebte? Hatte Winias recht, wenn er behauptete, ein Mensch wäre außerhalb seinen angestammten Platzes verloren? Wo sonst konnte er hingehen, wo sonst konnte er leben?

Aber Winias hatte auch nicht in allem recht; man hatte Schars Aufgaben anders gereiht, und irgend jemand mit mehr Einfluß als Winias hatte beschlossen, daß es wichtiger wäre, dieses kleine Stückchen konkreten Wissens wieder in die Hand zu bekommen, als irgendeine extravagante Narretei der Desinformation auszuführen. Natürlich stand es außer Frage — etwas, das das menschliche Leben um dreißig Jahre verlängern konnte, war unendlich wertvoller als eine noch so bravouröse Aktion. Wer würde nicht dreißig Jahre länger leben wollen, sein Leben über ein ganzes Jahrhundert erstrecken wollen? Dafür würden Menschen morden; sie hatten es auch schon getan. Und wenn sie dafür mordeten, dann würden sie sicher auch dafür zahlen. Die Amerikaner gaben im Jahr Milliarden von Dollar für legale und illegale Drogen aus; was würden sie erst für etwas geben, das es ihnen ermöglichte, die Freuden des Lebens weitere dreißig Jahre zu genießen?

Amerika lag noch einige Stunden vor ihm, aber schon ließ es seine Gedanken vor Möglichkeiten überschäumen. Wenn er zum Beispiel die Information für sich behielt, statt seinen Befehlen zu gehorchen, in den Untergrund ging, die Droge selbst herstellte und sie wie Kokain oder Heroin auf dem Schwarzmarkt verkaufte, dann würde er in sechs Monaten reich und mächtig sein. Niemand konnte ihm dann etwas anhaben, und er würde doppelt vor Winias' Rache geschützt sein — erstens durch die amerikanische Gesellschaft (ein nicht gerade überwältigender Schutz, aber doch zumindest etwas), zweitens durch sein Verschwinden in die Unterwelt. Was war Verbrechen schließlich anderes als Politik ohne Entschuldigungen, also eigentlich sein angestammter Beruf.

Alles ging rasch, zu rasch vor sich. Die Wachposten sperrten die Zellentür rasch auf. Sie schleppten Andruscha rasch den Flur entlang. Dann stießen sie ihn in einen sehr großen Raum und schlossen rasch hinter ihm die Tür. Der Boden, die Wände und die Decke des Raumes waren mit grauen Matten ausgekleidet, die ihm das Aussehen eines verlassenen Turnsaals gaben, doch Andruscha wußte, daß sie die Schreie dämpfen sollten.

Am Ende des Raumes saß hinter einem Schreibtisch ein kleiner Mann. Er schrieb etwas und blickte nicht auf, aber eine fast unmerkbare Bewegung seines Kopfes (er trug einen Bürstenhaarschnitt) sagte Andruscha, daß sein Kommen registriert worden war. In der entferntesten Ecke stand ein großgewachsener Mann — die Distanz war so groß, daß Andruscha seine Größe nicht abschätzen konnte. Der Mann trug graue Trainingshosen und ein dunkelblaues Leibchen. Er schien völlig in sich gekehrt in einer eigenen Welt versunken zu sein.

Andruscha blieb an der Tür stehen und widerstand der Versuchung, auf den Stuhl zuzugehen, der auf der anderen Seite des Schreibtisches stand. Seine Gedanken überstürzten sich. Sollte er zu dem Stuhl hingehen? Oder sollte er warten, bis man ihm sagte, was er tun sollte? Es war genau das Gefühl, das er abschütteln wollte, das Gefühl völliger Passivität, des Wartens auf Befehle.

Der Mann am Schreibtisch blickte auf und verzog lächelnd die Mundwinkel, als wüßte er genau, was Andruscha dachte. Aber er machte keine Bewegung, sprach kein Wort.

Andruscha entschloß sich, auf den Stuhl zuzugehen. Er wußte, daß es schon begonnen hatte, daß der Mann am Schreibtisch in voller Absicht verlangt hatte, Andruscha in den Raum zu stoßen, damit er einen Augenblick lang verwirrt stehenbleiben würde; das war alles Teil des Prozesses, ihn weichzubekommen. Was sollte es, der Teufel konnte sie holen, er würde direkt auf sie zugehen. Als er an den Schreibtisch trat, sah er den dahinter sitzenden Mann deutlicher. Er sah, daß der blaue Anzug ein Nadelstreif war, daß die helle Plastikfassung der Brillen durchsichtig war. Und nach einem raschen Blick auf sein Gesicht, das aus der Entfernung hager, aus der Nähe aber bleich und gedunsen aussah, stufte ihn Andruscha als einen Typ Mensch ein, den er schon von der Schule her kannte. Er war der, den keiner gemocht hatte, und das hatte er zu seinem Beruf gemacht.

Andruscha setzte sich.

Der Mann schrieb noch einige Augenblicke weiter, hielt die Augen im blendenden Licht der Lampe zusammengekniffen. Als er Andruscha endlich ins Gesicht sah, wirkte er richtig glücklich.

„Sie sind hier", begann er, „weil Sie oben die Zusammenarbeit verweigerten. Sie verstehen, daß man Sie des Hochverrates anklagen wird. Jeder Staat hat das Recht und die Verpflichtung, sich vor Verrat zu schützen. Ich bin überzeugt, daß Sie wissen, daß üblicherweise auf Hochverrat der Tod steht. So gesehen sind Sie eigentlich schon ein toter Mann. Hier, an diesem Ort, haben Sie eine letzte Chance, diese Situation zu ändern. Sagen Sie uns, was wir wissen wollen, dann werden Sie zumindest am Leben bleiben."

Er hatte das alles hastig, ausdruckslos, ja sogar mit einem Anflug von Langeweile gesagt, als wollte er es rasch hinter sich bringen.

Andruscha holte tief Luft. Der Raum roch nach Moder.

Der Beamte lächelte. „Gut." Er nahm eine Stoppuhr aus der Schreibtischlade, verbrachte einige Augenblicke damit, sie einzustellen, und probierte dann seinen Füllhalter, um zu sehen, ob die Tinte noch nicht eingetrocknet war. Danach machte er sich einige Notizen und sah Andruscha fast entschuldigend an.

„Vielleicht interessiert es Sie", sagte er. „Seit neuestem führe ich Aufzeichnungen über die Dauer von Verhören — wie lange es dauert, bis sich der Erfolg einstellt. Wir würden gerne eine gewisse Sicherheit der Voraussage erreichen, aber das ist natürlich schwierig; das Material ist so unterschiedlich, Sie würden es kaum glauben. Manchmal hat man eine alte Frau hier, und es dauert Stunden — die Starrköpfigkeit dieser Leute ist manchmal wirklich erstaunlich. Wogegen ein gesunder, junger Mann wie Sie sich oft nur einmal umsieht, auf die Knie fällt, den Sowjetstaat um Verzeihung bittet und zur vollen Mitarbeit bereit ist. Wir beginnen in eineinhalb Minuten, Eduard", sagte er zu dem großen Mann in der Trainingskleidung. Dann, mit einem Blick auf Andruscha: „Aus irgendeinem Grund beginne ich gerne pünktlich zur Viertelstunde."

„Lecken Sie mich am Arsch", sagte Andruscha.

„Eines noch — Eduard ist es lieber, wenn Sie Widerstand leisten. Beginnen wir in zehn Sekunden, Eduard. Zuerst die Beine, die Knie, die Schienbeine. Zehn, neun, acht..."

Eduard zeigte kein Anzeichen einer Bewegung, aber seine geballte Aufmerksamkeit schien sich von einem Ort, den nur er allein wahrnehmen konnte, auf Andruscha zu verlagern. Obwohl Andruscha seinen Blick suchte, um ihn mit dem Haß seines eigenen Blickes zu töten, fand er keinen Blickkontakt. Haß, denk daran, sagte er sich; dein herrlicher Haß ist der Schutz, den du gegen sie hast.

„Fünf, vier, drei..."

Eduard begann, auf ihn zuzulaufen, wurde mit erschreckender Geschwindigkeit schneller, wobei er Kopf und Schultern gesenkt hielt. Andruscha wappnete sich. Es hatte begonnen. Der fürchterliche Aufprall von flachen, harten Knochen warf ihn halb vom Stuhl hoch und dann auf die Matten, die härter waren, als sie aussahen. Er kam auf dem Rücken zu liegen. Gut, das war der erste Hieb gewesen, aber noch hatte er sich in der Hand. Ein harter, spitzer Schuh traf sein Schienbein, ein Absatz drückte sich in seinen Magen. Dann wurde er aufgerichtet und an die Wand gelehnt. Der harte Schuh trat unaufhörlich gegen seine Schienbeine.

„Weiter, Magen, Gesicht, Magen, dann setz ihn wieder auf den Stuhl", befahl der Mann hinter dem Schreibtisch.

Alles ging viel zu schnell. Der Schmerz war jetzt schon zu groß. Er würde sich hassen, wenn er wie ein kleiner Feigling nur ganz kurz durchhielt.

Als er wieder auf dem Stuhl saß, fiel ihm ein, daß er keine Dankbarkeit zeigen durfte.

„Relativ gesprochen", sagte der Mann hinter dem Schreibtisch, „war das noch gar nichts. Etwas unter dreißig Sekunden. Gut, sagen wir dreißig."

Auf dem Weg zurück in seine Wohnung hielt David Raissa einen Augenblick unter einer Straßenlampe zurück und sah sie mit allzu gierigen Augen an. Sie schob ihn sanft beiseite, dann gingen sie schweigend nebeneinander den Rest des Weges.

Sie war schamhaft, bis sie nackt war. Dann wurde sie gefährlich, eine Gefahr, die größer war, weil sie sich zurückhielt, während sie einander gespannt vor Aufmerksamkeit umkreisten.

Einen Augenblick lang überfiel ihn die Angst, daß er nicht mit ihr schlafen würde können, daß ihn ihr allzu menschlicher Körper, die dünnen Waden, die schlapp herabhängenden Brüste nicht erregen würden. Sie legte ein Knie auf die Bettkante, und von da ab war es gleichgültig, wie sie aussah oder nicht aussah. In seinem Kopf waren keine Gedanken, in seiner Kehle keine Worte mehr.

Er ging auf sie zu, dann stand er vor ihr, die Ecke des Bettes zwischen beiden. Es wurde zum Spiel auszuprobieren, wie lange sie dem Schrecken der Begierde widerstehen konnten, wer den ersten Schritt tun würde. Ihr Körper war eine Herausforderung; seine Freude lag darin, seiner eigenen Freude Widerstand zu leisten.

Er schob die Hand durch ihr Haar, das sich trocken und entflammbar wie Stroh anfühlte, und riß ihr den Kopf zurück. Sie gab mit lüsterner Schläue nach, dann kratzte sie ihn mit den Fingernägeln auf der Brust, daß er vor Schmerz und Erstaunen auflachte.

Seite an Seite, auf Händen und Knien, bissen sie einander in Hals und Ohren. Laute drangen aus ihren Körpern, das Stöhnen ihrer Organe und Lenden, und der Geruch jedes einzelnen, der sich sofort mit dem des anderen mischte.

Sie fiel auf die Seite. Er drückte ihr die Schulter nieder, dann lag sie auf dem Rücken, passiv wie eine Falle. Er fuhr ihr unter die Schenkel und zog sie an sich, stieß sofort in sie hinein, so heftig, als müßte er eine Membrane durchstoßen. Sie wand sich mit dem Körper und den Schenkeln um ihn, das Haar zwischen ihren Beinen kitzelte ihn wie ein buschiger Schwanz. Einen Augenblick lang spürte er jede Ader, jede Falte in ihr, wie das Profil auf einer Münze.

Am Anfang bumsten sie fast lässig, mit königlicher Gelassenheit, wie Löwen. Er hatte sich auf die Hände gestützt, den Kopf zurückgeworfen, bis er spürte, daß er nicht weit genug in sie eingedrungen war, daß an dem Punkt, an dem er konzentriert war, eine Leere war, die orange wie ein glühendes Eisen brannte.

Aber es war noch immer etwas im Weg; Fetzen von Gedanken und Eigenleben hielten sie in sich selbst gefangen. Jetzt bedeutete Liebe nur eines — sich durch all diese Fetzen durchzukämpfen, bis nichts mehr von ihnen blieb. Und sie mußten eine Stundelang im Genuß dieses Mordes kämpfen.

26

Jewgeni Schar wurde für Gander und Kuhn, seinen Verlag, zu einem verwaltungstechnischen Problem, als er telegrafisch mitteilte, er hätte sich anders entschlossen und würde bei der russischen Buchmesse im Exil sprechen, und gleichzeitig darum bat, daß man ihm ein Quartier besorgte und ihn vom Flugplatz abholte.

Das Problem entstand aus der festen Überzeugung, daß Schars Englisch im günstigsten Fall unzureichend sein würde, was natürlich bedeutete, daß er von jemandem abgeholt werden mußte, der Russisch sprach. Leider hatte der eine in Frage kommende Lektor bereits eine Verabredung zu einem Mittagessen mit dem größten lebenden russischen Poeten (der im Veralg meist nur GLRP oder manchmal auch Glurp genannt wurde); dieser Termin war schon einmal abgesagt worden, und ihn nochmals, und noch dazu wegen eines anderen Dichters abzusagen, hieße Unheil heraufbeschwören. Die zweite Person, die in Frage kam, war Karen, aber auch hier gab es Schwierigkeiten.

Man hatte eine Besprechung einberufen. Irgend jemand schlug vor, daß der eine Lektor und der größte lebende russische Poet gemeinsam zum Flughafen fahren und Schar begrüßen sollten; immerhin war es ein historischer Augenblick, und man würde zwei Fliegen mit einer Klappe treffen. Dieser Vorschlag löste spontane Begeisterung aus, die aber bald in Nichts zerran, als jemand anderer fand, es wäre ein allzu spontaner Einfall, durch den man sicherlich irgendeine Regel des russischen Kulturprotokolls verletzte. Alle die Vorschläge und Gegenvorschläge waren, wie Karen nur allzu genau wußte, nur Abschweifungen von dem, was schon bestimmt worden war — daß sie auf den Flughafen fahren würde. Sie lektorierte russiche Bücher, sie kannte einige Russen und war immerhin auch die Person, die Schars Gedichte auf die Kulturseite der Zeitungen gebracht hatte. Allerdings hatte sie bei einer vorhergehenden Besprechung sehr scharf mit dem Verleger gesprochen, der die Ansicht geäußert hatte, die russische Literatur würde sich immer schwerer verkaufen, die Sache wäre passé und es wäre vielleicht klüger, sich nach einigen zentralamerikanischen Autoren umzusehen. Als Karen daraufhin vorschlug, man könnte vielleicht verschiedene Richtungen unter einen Hut bringen und etwas in der Art von „Das Geheimnis der schlanken Schenkel der Guerillas" herausbringen, war das Schweigen, das diesem Vorschlag folgte, gelinde gesagt kolossal gewesen.

Der Verleger vermied es, sie anzusehen, und sie fragte sich, was er wirklich dachte. Es wäre sehr schlimm für sie, wenn man sie Schar nicht abholen ließe. Nicht, daß sie hinausfahren wollte. Dinge dieser Art lagen ihr nicht, denn sie weckten in ihr die alte kindische Schwärmerei, gegen die sie lange Jahre angekämpft hatte.

Der Verleger war gereizt, weil sich das Problem überhaupt gestellt hatte, beleidigt, daß es so viele verschiedene Sprachen gab, die es den Menschen unmöglich machten, miteinander zu reden, und verärgert darüber, daß es das Prestige seines Hauses erforderte, jemanden aus dem Lektorat, zumindest einen Außenlektor, zu beauftragen, Schar vom Flugplatz abzuholen. Wenn er aber Karen schickte, gab er damit sozusagen zu, daß er gewillt war, die Demütigung, die sie ihm zugefügt hatte, zu schlucken.

„Wie ist das eigentlich", fragte der Verleger. „Gibt uns unser letzter Vertrag mit wem immer, der Schar vertritt, das Recht auf die erste Option seines nächsten Buches?"

„Ja, aber was heißt das heutzutage schon?"

„Hat irgend jemand das Poem gelesen?"

„Niemand hat es bisher zu sehen bekommen."

„Auf jeden Fall kommt er ohne Geld hierher", sagte der Verleger. „Er wird welches brauchen." Plötzlich sah er die Lösung vor sich. Er würde den Lektor, der mit dem Größten Lebenden verabredet war, zum Flughafen schicken, und höchstpersönlich den Größten Lebenden in ein ausgezeichnetes Restaurant einladen. Zumindest in ein sehr gutes. Er schickte sich gerade an, seinen Entschluß zu verkünden, als sein Blick auf den in Frage kommenden Lektor fiel und ihm blitzartig bewußt wurde, daß dies eine dumme Entscheidung wäre. Ein Mann, der drei Jahre in einem sowjetischen Arbeitslager verbracht hatte, würde es sicher nicht goutieren, am Flughafen von einem ältlichen Homosexuellen in Empfang genommen zu werden.

„Karen, wären Sie bitte so freundlich, zum Flughafen zu fahren und Schar abzuholen?" sagte der Verleger und schluckte zum Wohl des Verlages seinen Zorn. „Nicht nur das; versuchen Sie doch, David Aronow zu erreichen und laden Sie beide zum Essen ein. Wie immer das Poem geworden ist, die Übersetzung muß gut sein, oder es verschwindet sofort in den Leihbibliotheken wie diese Monstrositäten von Solschenizyn. Wenn Aronow und Schar sich vertragen, würde das die Sache sehr erleichtern. Gehen Sie mit ihnen in ein nettes Restaurant. Sie haben doch noch eine Kreditkarte vom Verlag, soviel ich weiß."

Diese letzte Bemerkung traf Karen hart und sollte sie auch treffen. Sie erhob sich und sagte: „Ich werde Aronow sofort anrufen."

Ihre entschlossenen Schritte verbargen ihren Kummer, während sie den Flur entlang zu ihrem Büro ging. Jetzt erschien ihr die Bemerkung, die sie dem Verleger gegenüber gemacht hatte, kindisch, in selbstzerstörerischer Wut geäußert, und niemand war von ihr getäuscht worden außer sie selbst. Plötzlich kam sie sich pubertär, ungeformt, noch nicht trocken hinter den Ohren vor, während der Zweifel an ihr selbst sie plagte und ihre Ansicht verstärkte, daß sie nicht aus angeborenem Mut gehandelt hatte, sondern ein Opfer ihrer alten Neurosen geworden war, deren Netz sie nie entrinnen würde.

David Aronow saß an seinem einzigen Fenster. Es fiel ihm schwer, lange zu schlafen, wenn er nicht viel getrunken hatte. Im Augenblick konnte er nichts anderes tun, als auf den Film zu warten, und dieses Warten beeinflußte alles, was er tat. Es war schlimmer geworden, als er begonnen hatte, Naomi regelmäßig anzurufen. Zuvor hatte er geglaubt, er würde nur auf den Achten warten und dann wie vereinbart anrufen. Seit aber der Achte da war und er anrufen durfte, wartete er auf das Eintreffen des Filmes, und dieses Warten war fast unerträglich. Seine Gespräche mit Naomi waren immer kurz; es gab nicht allzu viele Möglichkeiten, wie sie ihm sagen konnte, daß der Frächter sie noch nicht vom Eintreffen der Filmlieferung verständigt hatte. Er hörte die Ungeduld und das gereizte Bedauern in ihrer Stimme, und da er um jeden Preis vermeiden wollte, irgendwelche Hintergedanken in ihr aufkommen zu lassen, hielt er seinen Teil der Unterredung so sachlich und kurz wie nur möglich und reagierte nie auf die kleinen Signale, die sich bei ihr zu einer Sinnesänderung entwickeln konnten.

Am Abend zuvor hatte Abram Lunz angerufen und ihm mitgeteilt, er würde nach New York kommen, um an der Konferenz teilzunehmen, die sich als russische Buchmesse im Exil bezeichnete und in der Public Library stattfinden würde. Man hatte ihn ersucht, eine kurze Erklärung für die Presse vorzubereiten (mein Gott, die russische Vorstellung von einer kurzen Erklärung, dachte David, der wohl wußte, was da kommen würde), und David wäre doch sicher so nett, sie für ihn zu übersetzen? Es war wichtig, daß sie richtig übersetzt wurde. David sagte, daß er das gerne tun würde, in der Hoffnung, diese Zusage würde ihn zu einer gewissen Konzentration zwingen.

Abram kannte die neuesten Tagesthemen. Nachdem er sich erst „wie Cäsar“ geweigert habe, habe Schar sich letztlich doch entschlossen, bei der Konferenz zu sprechen, und sollte eigentlich bald in New York eintreffen, da die Konferenz in wenigen Tagen begann. Die Schtscherbatinskis ließen sich scheiden. Semjonow habe seinen Roman eben um sechzigtausend Dollar verkauft!

David gab die erforderlichen Kommentare von Interesse, Bedauern und Freude von sich, aber in Wirklichkeit gehörte das alles zu seinem alten Leben, das immer weniger wirklich wurde, so wie ein Haus, wenn man sich einmal zum Auszug entschlossen hat.

Raissa würde ein Teil seines neuen Lebens sein, Karen dagegen nicht. Er würde etwas wegen Karen unternehmen müssen; was genau, wußte er nicht. Schließlich verlangte das Leben nach einem Punkt am Ende eines Satzes, nach einem Lebewohl, einem Finale, wie es sein Freund, der mürrische Psychiater, einmal ausgedrückt hatte; kein Erlebnis war jemals vollkommen ohne den dazugehörigen Abschluß.

Karen saß in ihrem Bürozimmer und ließ die Hand auf dem Telefonhörer liegen, als sie daran dachte, was für eine schreckliche Kombination Geschäft und Liebe waren, vor allem, wenn beides schlecht lief. Das verhaßte andere Ich, das sie jetzt immer begleitete, erinnerte sie daran, daß es ihre Schuld war, wenn David sich von ihr abgewendet hatte. Hatte sie denn vergessen, daß sie keiner Liebe wert war und daß alles an Liebe, was ihr je zuteil geworden war, nichts als ein kurzfristiger Irrtum gewesen war?

Aber jetzt kannte sie diesen Teil ihres Ichs und entkam diesen Stromschnellen manchmal auf dem zerbrechlichen, durchsichtigen Floß ihres Selbstbewußtseins. Sie sagte sich, daß sich David genauso verhielt, wie er sich auch vorher verhalten hatte. Es war ihm unmöglich, länger bei irgend jemandem zu bleiben. Es war nicht ihre Schuld, oder zumindest nicht ausschließlich. Alles konnte sich in Sekundenschnelle ändern, das war schon früher geschehen, und konnte wieder geschehen. Sie hatte noch nie jemanden kennengelernt, dessen Gefühle nicht angeschlagen waren, was sollte also die ganze Aufregung?

David sah auf das Telefon, das klingelte, und überlegte, ob er überhaupt abheben sollte. Es gab niemanden auf der Welt, von dem er im Augenblick hören wollte, die einzigen Telefonate, die ihn interessierten, waren seine Gespräche mit Naomi.

Er hob den Hörer ab. „Hallo", sagte er im Tonfall eines Menschen, den man geweckt oder gestört hat.

„Hi", sagte sie, mehr, um sich zu erkennen zu geben denn als Gruß.

„Hi, wie geht es dir?"

„Gut, und dir?"

„Gut."

„Ausgezeichnet. David, ich weiß nicht, ob es dich interessiert, aber ich muß auf den John F. Kennedy Flughafen, um Jewgeni Schar abzuholen, ungefähr um ein Uhr."

Das würde zwar kaum die Gelegenheit bieten, mit ihr zu sprechen, dennoch glaubte er, sie begleiten zu müssen, wenn auch nur aus Mitleid — dem Mitleid des Henkers.

Vielleicht würde sie es sogar spüren, und er könnte sich jede Aussprache ersparen.

„Natürlich komme ich mit."

„Ich hole dich gegen zwölf Uhr dreißig mit einem Taxi ab, obwohl das Flugzeug wahrscheinlich Verspätung hat."

„Ich warte vor dem Haus."

„Übrigens, hast du die *Times* gelesen?"

„Noch nicht."

„Es sind Auszüge aus einem Interview drinnen, das Schar in Deutschland gegeben hat."

„Ich werde sie lesen."

„Bis später, David."

„Bis später, Karen, tschüs."

David lehnte sich an die Hausmauer und öffnete die *Times*. Der Artikel über Schar stand nicht im hinteren Abschnitt des Blattes bei den Buchbesprechungen, sondern auf Seite drei, als Anfang eines längeren Artikels über die jüngste sowjetische Friedensoffensive. Es war auch ein Foto von Schar vor einem Fenster mit einem Berg im Hintergrund dabei.

Er blickte auf und sah den gelben Schatten eines Taxis.

Der Fahrer stieg sofort auf das Gaspedal, als David die Tür zuschlug.

„Wie geht es dir?" sagte er und blickte zu Karen hinüber, die mit einer Energie, die schon an Panik grenzte, in ihrer Handtasche herumwühlte.

„Du wirst es nicht glauben, aber du wirst gleich fürchterlich wütend auf mich sein", sagte sie.

„Was?"

„Ich wollte auf dem Weg zur Arbeit noch auf die Bank gehen, dachte aber dann, es wäre klüger, nach dem Essen zu gehen, da ich schon ein paar Minuten verspätet war und die Verbindung ja nie gut ist und ich sowieso schon in Schwierigkeiten stecke. Und ich habe nur mehr sechs Dollar — nein, sieben."

„Mach dir deshalb keine Sorgen, ich habe Geld bei mir."

„Außerdem habe ich vergessen, wie man ‚Willkommen in Amerika' auf russisch sagt."

Noch bevor er ihr die richtige Wendung sagen konnte, hatte sie zu weinen begonnen und beugte sich zu ihm hinüber. Sie schien einen Augenblick zu zögern, dann ließ sie den Kopf gegen seine Brust fallen. Er streichelte ihren Rücken — wie ein Arzt, ein Vater, ein Freund. Er wußte, daß es nicht das war, was sie sich wünschte, aber sie sollte jede Nuance in seinen Fingern spüren; vielleicht waren all die ungelenken, frustrierenden Worte gar nicht notwendig.

Es überraschte ihn, eisengraue Strähnen in ihrem glänzenden braunen Haar zu entdecken. Schon hob er die Hand, um ihr Haar zu streicheln, hielt sich aber sofort zurück und nahm die Hand fort. Wenn er ihr Haar streichelte, würde ihre Liebe zu ihm durch ihr Haar und ihren Nacken in seine Finger dringen. Und dann würde er sich gegen diese Liebe wehren müssen.

Während sie sich noch fragte, warum er ihr Haar nicht berührt hatte, setzte sich Karen wieder auf und trocknete sich die Augen mit einem Kleenex aus ihrer Handtasche.

„Sehr viel davon hat mit meiner Arbeit zu tun", sagte sie, um ihn nicht glauben zu machen, er wäre der einzige Grund, und erzählte ihm die Geschichte vom Geheimnis der schlanken Guerilla-Schenkel.

„Das Problem mit dir ist, daß du einen herrlichen, unverfälschten Mut besitzt, von deiner Schlagfertigkeit ganz zu schweigen, dir aber eine ganz andere Version einredest, die dich dann als neurotischen Trottel erscheinen läßt."

„Manche Menschen sind eben kompliziert."

„Es ist ein wahrer Segen, wenn man so wie ich ein ungehobelter Rohling ist, du kannst dir das gar nicht vorstellen."

Das Taxi schwenkte scharf in die Kurve zur Auffahrtsrampe ein, wodurch sie in ihre Sitze zurückfielen.

„Warte doch einen Augenblick", sagte sie, als der Wagen vor dem Flughafengebäude anhielt. „Wie heißt ‚Willkommen in Amerika' nun auf russisch?"

„*Dobro paschalowat v ameriku.*"

„Ja, natürlich, ich erinnere mich, *dobro paschalowat v ameriku.*"

Schars Flugzeug hatte zwanzig Minuten Verspätung. Als sie sich an der Zollabfertigung aufgestellt hatten, ging David, um Kaffee zu holen und Naomi anzurufen.

Naomi war nicht an ihrem Platz.

Sie ist nie an ihrem Platz, dachte er wütend, als er sich mit dem Kaffee in der Hand den Weg zurück bahnte.

Nach ein paar Minuten ertrug sie es einfach nicht mehr, neben ihm zu sitzen und belangloses Zeug zu plaudern, und sprang auf und rief das Algonkin Hotel an, um Schars Zimmerreservierung nochmals zu überprüfen. David sah ihr nach, bis sie in der Menge verschwunden war, und sagte sich, so ist es also, wenn man einen Menschen verliert.

Ein weißhaariges Pärchen trottete, schwer mit Koffern beladen, an zwei schwarzen Marinesoldaten vorbei, die in zwei knallroten Plastikstühlen schliefen, ihre Dufflecoats zu Füßen.

Im selben Augenblick, in dem sie zurückkam, verkündete eine Stimme aus dem Nichts, die plötzlich allgegenwärtig war, daß Flug 889 aus Frankfurt gelandet sei.

Fast die Hälfte der Passagiere war schon durch den Zoll gekommen, als sie Schar endlich erblickten, der sich immer wieder nach dem hinter ihm gehenden Träger umsah, wie ein nervöser Hundebesitzer, der sich jede Sekunde überzeugen will, daß sein Liebling noch an der Leine hängt.

„Mr. Schar!“ rief Karen.

Schar sah sich einen Augenblick verwirrt um, bemerkte sie dann, lächelte, hob die Hand zu einem spielerischen Salut und kam mit weit ausladenden Schritten auf sie zu, in einer Hand eine neue Aktentasche aus Antikleder.

David beschlich jenes sonderbare Gefühl, das er immer hatte, wenn er eine Berühmtheit sah — als käme eine Fotografie leibhaftig auf ihn zu.

„*Dobro paschalowat v ameriku*“, sagte Karen sehr rasch, um keinen Fehler zu machen.

„Danke, vielen Dank“, sagte Schar auf englisch. Er stellte die Aktentasche auf den Boden, nahm ihre Hand in seine beiden Hände und verneigte sich leicht.

David durchzuckte ein Blitz unlogischer Eifersucht, als er sah, wie sie ihn mit unverhohlener Bewunderung anstarrte. Dann wurde seine Aufmerksamkeit durch Schars Augen gefesselt — ein durchscheinendes Grau um ein tiefdunkles Blau — und von seiner Nase, die so aussah, als hätte sie ein Künstler der Naiven mit einem einzigen Schnitt geschnitzt. Als sich Karen aber umdrehte, um ihn vorzustellen, roch er Schars Aftershave Lotion, ein billiger, zu süßlicher, sehr sowjetischer Geruch, und seine Eifersucht verlor viel von ihrer Schärfe.

„Ich freue mich außerordentlich, Sie kennenzulernen, Mr. Aronow", sagte Schar, und streckte ihm die Hand entgegen, die groß und trocken war.

„Ganz meinerseits", sagte David.

27

Andruscha glaubte, in dem Schrei gefangen zu sein, der aus seinem tiefsten Inneren zu kommen und brodelnd an die Oberfläche zu steigen schien, wo er in einzelne Töne zerbrach. Er wollte nicht an die Oberfläche zurück — er wollte dort unten bleiben, wo es dunkel und sicher war —, aber er konnte dem Aufsteigen des Schreis keinen Widerstand entgegensetzen, der aus seinem Mund hervorbrach und seine Zähne, sein Trommelfell, seinen ganzen Schädel einen Augenblick erzittern ließ. Dann war er wieder zurück in dem Raum mit dem kleinen Mann und Eduard.

Der kleine Mann blickte zufrieden von seinem Schreibtisch auf.

Andruscha bemerkte, daß er nackt war; seine Hände und Füße waren an den Stuhl gefesselt. Es war schrecklich, nackt vor ihnen in diesem Raum sitzen zu müssen. Jetzt konnten sie alles mit ihm machen, was sie wollten. Es gab auf dieser Welt Orte, an denen bestimmte Menschen alles mit anderen Menschen machen konnten, was sie wollten, und an einem solchen Platz war er jetzt. Einen Augenblick lang mußte er an das Wochenende denken, das er mit Tanja in der Datscha ihrer Eltern verbracht hatte, und wie sie, unartig wie ein kleines Mädchen an seinem Geburtstag, zu ihm gesagt hatte: „Und jetzt können wir alles machen, was wir wollen." Er verbot sich, an sie oder irgend etwas Ähnliches zu denken. Aber hatte er sich noch in der Gewalt? Hatte er überhaupt noch Gewalt über irgend etwas? Er konnte sich nicht einmal dazu bringen, nicht zu schreien, obwohl ihn der Schrei wieder in diesen Raum zurückgeführt hatte. Er mußte etwas finden, in das er sich verbeißen konnte, so wie es die Menschen in alten Zeiten getan hatten, wenn ihnen die Ärzte ein Bein abschnitten.

Würden sie ihm Elektroden anlegen? Er hatte davon gehört, Artikel gelesen, die ihre Verwendung durch die faschistischen Regimes in Südamerika anprangerten, aber hier besaß man sie natürlich auch. Sie hatten gerne die allermodernste Ausrüstung; Rußland haßte das

Wissen, irgendwo nachzuhinken. Und deshalb konnten sie alles mit ihm machen; sie wußten, daß er dazu beigetragen hatte, daß sie nachhinkten, und das war das Schlimmste, das man ihnen antun konnte, und deshalb würden sie auch ihm das Schlimmste antun.

„Ich habe einen Satz Nadeln in meinen Schreibtisch", begann der kleine Mann. „Manche führen dazu, daß man das Bewußtsein verliert, manche helfen einem, das Bewußtsein wiederzuerlangen. Wir können ihr Gehirn wie eine Glühbirne ein und ausschalten. Es hat also gar keinen Sinn, wenn Sie wieder das Bewußtsein verlieren. Sie werden schon bei uns bleiben müssen, bei mir und Eduard."

Er wußte nicht, ob er antworten sollte oder nicht. Wenn sie allein redeten, fühlte er sich völlig machtlos. Wenn er aber redete, schuf er doch eine Verbindung zu ihnen, brachte sich ihnen näher, und auch das verlieh ihnen Gewalt über ihn. Es war ganz gleichgültig, was er tat, denn was immer es war, diente nur dazu, sie noch mächtiger zu machen. So war das Ganze angelegt.

Er hatte jedoch die Wahl zu schweigen oder ihnen zu sagen, was sie wissen wollten; das war die einzige Wahl, die ihm geblieben war. Das nahm ihnen etwas von ihrer uneingeschränkten Macht und machte sie von Göttern zu Menschen, von denen einer sogar einen Namen trug, Eduard.

Wie konnte ein Mensch mit einem solchen Namen, wie konnte ein Mensch, der den Namen Eduard trug, ihm das antun? Es mußte ein Mißverständnis sein, das sich jeden Augenblick aufklären würde. Wie konnten sie als Menschen nicht erkennen, daß das, was sie taten, falsch und auch er ein Mensch war, obwohl er nackt vor ihnen an einen Stuhl gefesselt war und sie mit ihm tun und lassen konnten, was sie wollten.

Er verbot sich, solche dummen Hoffnungen zu nähren. Es war kein Mißverständnis; sie wußten genau, was sie taten. Seine Knochen durchbohrte ein glühender Schmerz, und er haßte es, einen Körper zu haben: Sieh doch, was man dir antun kann, wenn du einen Körper besitzt!

„Es gibt Menschen, die in ihrer Kindheit glücklich sind, und andere, die als Erwachsene glücklich sind", sagte der kleine Mann am Schreibtisch. „Ich sehe, daß Sie in ihrer Kindheit glücklich waren. Die Frauen haben Sie geliebt — sie haben Ihr Haar gestreichelt und sie geküßt. Und die Männer mochten sie und führten sie aus und hörten ihnen zu. Vielleicht trugen Sie sogar einen Kosenamen. Und denken Sie einmal darüber nach, wo Sie das hingebracht hat — Sie sind zum Verräter an Ihrem Vaterland geworden, ein Verräter, der nicht einmal dann mit uns zusammenarbeiten will, wenn schon alles, oder fast alles über ihn bekannt ist und das einzig Nützliche, wozu sein elendes Leben noch gut ist, darin besteht, dem Land zu helfen, dessen Sohn er ist, in dem er aufgewachsen ist. Ein Verrat führt zum nächsten. Aber wir müssen auch die positiven Seiten in Betracht ziehen. Ich hatte keine glückliche Kindheit. Keiner freute sich, wenn ich kam, keiner gab mir einen Kosenamen, niemand rief mich zum Spielen. Aber als Erwachsener habe ich Erfolg, ich mache meine Arbeit, die ich in vollen Zügen genieße. Ich habe gute Mitarbeiter, zum Beispiel Eduard, der sehr humorvoll sein kann, wenn er ein paar Gläser getrunken hat und sich entspannt.

Ihr einziger Ausweg besteht darin, zu sterben, und wir werden Sie nicht sterben lassen. Wir werden alles von Ihnen erfahren. Das ist hundertprozentig sicher. Sie sind recht kräftig; vielleicht können Sie fünf, vielleicht auch acht Tage Widerstand leisten, aber länger sicher nicht. Dann werden Sie uns alles sagen, was wir wissen wollen. Sie glauben, daß es etwas hilft. Es hilft überhaupt nicht, wenn Sie Widerstand leisten. Der einzige Unterschied ist der Grad des Schmerzes, der durch ihre Nerven in ihr Hirn dringt. Es muß wirklich fürchterlich sein. Ich selbst bin sehr schmerzempfindlich. Ich kann es kaum ertragen, wenn ich mir den Finger an einem Blatt Papier schneide. Jetzt wäre also der geeignete Augenblick, uns alles zu sagen, was Sie über Juri Trofimowitschs Spionagetätigkeit für die amerikanischen Militärs wissen. Finden Sie nicht auch, daß jetzt der geeignete Augenblick ist, uns alles über Juri Trofimowitschs Spionagetätigkeit für die amerikanischen Militärs zu sagen?"

Andruscha kreiste in einer brodelnden inneren Leere wie ein Mensch, der sich übergeben muß.

„Nein? Sie schütteln den Kopf! Dann werde ich Ihnen einiges über Sie selbst sagen. Sie glauben, daß Sie ein guter Mensch sind. Das sind Sie nicht. Ein guter Mensch verrät sein Vaterland nicht. Ein guter, gesunder Mensch nimmt nicht freiwillig Schmerzen auf sich. Ein gesunder Mensch versucht, jede Art von Schmerz zu vermeiden.

Das sind ein paar grundlegende Wahrheiten. Sie mögen sich für einen guten Menschen halten, aber das sind Sie nicht! Sie sind ein Verräter am eigenen Vaterland, Sie sind ein Mensch, der den Schmerz liebt und es darauf anlegt — ja, das ist die Wahrheit —, daß ihm andere Menschen Schmerzen zufügen. Das ist die Art von Mensch, die Sie sind, und daher wird ein Mensch wie ich natürlich zornig, wenn ihn ein perverser Verräter zwingt, schmerzliche Dinge zu tun. Und jetzt sagen Sie uns alles, was Sie über Juri Trofimowitschs Spionagetätigkeit für die amerikanischen Militärs wissen."

Sie sagten, daß er nicht länger als fünf bis acht Tage durchhalten könnte, aber wie lange hatte es denn bis jetzt schon gedauert? Er war schon einige Male hier gewesen, aber wenn sie ihn dann zurückführten, auf sein Bett warfen und er einschlief, hatte er Alpträume, und die spielten immer in dem Raum mit den beiden Männern. Und da es hier in dem Raum genauso war wie in seinen Alpträumen — man tat ihm dieselben Dinge an, man stellte ihm dieselben Fragen —, wußte er nicht mehr, wie oft er schon hier gewesen war. Er schaffte es nicht mehr, die Erinnerung an die Alpträume von den Erinnerungen an das, was in diesem Raum geschah, zu trennen.

Vielleicht hatte er einen Herzfehler oder eine Schwachstelle in einem Blutgefäß, die bei den medizinischen Untersuchungen nicht sichtbar geworden waren, vielleicht eine Schwachstelle einer Gehirnarterie, die platzen würde und sein Bewußtsein, dieses schreckliche Bewußtsein, wie ein Bild auf dem Fernsehschirm in nichts zerrinnen lassen würde. Alles, was man im Leben liebte, war in diesem Raum schlecht — ein scharfer Verstand, eine gute Gesundheit, das Bewußtsein, all diese Dinge waren hier in diesem Raum genauso seine Feinde, wie der Mann am Schreibtisch und Eduard seine Feinde waren. Wieder war er entgeistert von der magischen Kraft, die in diesem schäbigen, nach Moder riechenden Raum alles, was im Leben gut war, ins Böse verwandelte. Dieses Erstaunen verwandelte sich plötzlich in Verzweiflung; wenn sie die Macht hatten, das Leben auf den Kopf zu stellen, dann hatten sie auch die Macht, ihn sagen zu machen, was sie wissen wollten. Was für ein Narr war er doch, daß er ihnen auch nur eine Sekunde Widerstand leistete? Er, der kaum etwas mit Intensität durchgeführt hatte, wie sollte er Menschen Widerstand leisten, die so mächtig waren, daß sie das Leben verändern konnten? In diesem Augenblick erkannte er, daß sie schon in ihn eindrangen, auf dem besten Weg zu dem letzten geheimen Kämmerchen waren, in dem er sich mit seinem Geheimnis verbarg, und ihn soweit bringen wollten, daß er ihnen die Tür selbst öffnete, von innen öffnete. Der Teufel sollte sie holen!

Andruscha blinzelte, dann sah er den Raum ganz klar vor sich. Dunkelgraue Matten, darauf noch dünklere Flecken. Ein Mann, der an einem Schreibtisch schrieb. Und Eduard wusch sich in einem Waschbecken, neben dem ein Krug stand, die Hände.

Eduard hatte noch kein Wort gesprochen, und Andruscha wußte, daß er sich davor fürchtete, diese Stimme zu hören. Der Mann am Schreibtisch war heute mit Andruscha böse. Er faßte Andruschas Widerstand jetzt als persönliche Beleidigung auf, denn dieser Widerstand bedeutete, daß auch ihm nicht alles möglich war, daß auch seine Macht ihre Grenzen hatte. Und das hieß, daß es heute noch viel schlimmer werden würde.

„Hören Sie auf, Eduard. Ich möchte in ein paar Minuten beginnen."

Eduard trocknete die Hände ganz langsam ab, als neigten sie dazu, aus irgendeinem Grund feucht zu bleiben.

„In zwei Minuten", sagte der Mann am Schreibtisch, „werden wir beginnen. Wenn ich einmal angefangen habe, lasse ich den Dingen gerne ihren Lauf, sonst kann ich mich nicht abreagieren. Und daher ist jetzt, mehr denn je zuvor, der geeignete Zeitpunkt, mir alles über Juri Trofimowitschs Spionagetätigkeit für die amerikanischen Militärs zu sagen."

Andruscha schwieg, er war damit beschäftigt, alle Schlösser an der Tür zu seinem kleinen, geheimen Raum des Schweigens zu schließen.

„Sie glauben, daß wir vor den Amerikanern und ihrer Technologie Angst haben? Wir brauchen ihre Technologie nicht. Sehen Sie hier irgend etwas von Technologie? Wir brauchen keine teuren Maschinen, die zusammenbrechen, repariert werden müssen und eine Woche nicht zur Verfügung stehen, weil irgend jemand verzweifelt nach einem Ersatzteil sucht; wir brauchen keine Technologie. Glauben Sie nur ja nicht, daß ihr Schweigen über die Technologie, die ihnen Juri Trofimowitsch verraten hat, letzten Endes einen großen Unterschied machen wird, denn Technologie ist nicht das, was zählt, und das werde ich Ihnen sofort beweisen. Eduard, geh in Stellung."

Eduard kam aus der Ecke des Raumes und ging an Andruscha vorbei; sein Gesicht war so geistesabwesend wie das eines Vortragenden, der auf dem Weg zum Podium zum letzten Mal seine Rede durchgeht. Plötzlich stand er direkt hinter Andruscha. Andruscha konnte Eduards Atem riechen; er roch nach Tabak und Eiern.

Zum ersten Mal kam der kleine Mann hinter dem Schreibtisch hervor. Andruscha bemerkte, daß er hinkte, und glaubte einen Augenblick lang verächtlich, daß er ein Krüppel war, der sich an der Welt rächen wollte. Dann sah er aber, daß er nur hinkte, weil er einen Schuh ausgezogen hatte. Er trug ihn in der Hand.

„Was jetzt geschieht, habe ich erfunden. Ich nenne es den Schuh und das Auge."

Er packte den Schuh am Absatz und ließ ihn einige Male durch die Luft sausen. Die Sohle war sehr dünn und biegsam.

„So, Eduard, zeige ihm jetzt, was wir den Schuh und das Auge nennen."

Eduards Hände legten sich um Andruschas Gesicht, seine Daumen und Zeigefinger bildeten Ovale, die sich um Andruschas Augen legten und die Lider auseinanderzogen, damit sie offen bleiben mußten. Eduard stützte sich mit seinem ganzen Gewicht auf Andruschas Hinterkopf, wodurch er ihn zwang, auf seine nackten Oberschenkel und Genitalien zu sehen.

„Verstehen Sie jetzt?" fragte der Mann, trat näher und schob den Schuh wie eine Spatel unter Andruschas Genitalien. „Was ich hingegen nicht verstehe, ist, warum Sie nicht diese letzte Gelegenheit ergreifen und mir alles über Juri Trofimowitschs Spionagetätigkeit für die amerikanischen Militärs sagen. Noch immer nicht! Das verstehe ich nicht. Aber, um Ihnen die Wahrheit zu sagen, es gibt viele Dinge, die ich nicht verstehen kann. Ich kann zum Beispiel überhaupt nicht verstehen, warum ein Mann *das*," sagte er und zog den Schuh unter Andruschas Genitalien vor, „in eine Frau stecken will. Was für ein ekelhafter Gedanke, nicht wahr? NICHT WAHR?"

28

„Wissen Sie, was ich mir mehr als alles andere wünsche?“ fragte Jewgeni Schar und stellte seinen Whiskey auf den Tisch in der Halle des Algonkin Hotels. „Mehr als essen zu gehen? Mehr als New York zu besichtigen? Was ich mir mehr als alles andere wünsche, ist, vor einem Kopierer zu stehen.“

„Um Ihr neues Poem zu kopieren?“ fragte Karen.

„Ja“, sagte Schar. „Es gibt auf der ganzen Welt nur ein einziges Exemplar.“

„Ich kann es für Sie im Verlag kopieren lassen.“ Karen bemerkte augenblicklich aus dem Ausdruck von Mißbilligung und Enttäuschung in den Gesichtern Schars und Aronows, daß sie das Falsche gesagt hatte. Seit sie vom Flughafen abgefahren waren, hatte sich die Gewichtung der kleinen Dreiergruppe schon einige Male verlagert. Manchmal hatte sie sich völlig an die Wand gespielt gefühlt, wenn Schar und David fließend Russisch miteinander sprachen und sie mit ihrer Übersetzung immer ein paar Sätze nachhinkte, bis sie den Versuch endlich aufgab. Dann war wieder David der überflüssige Dritte gewesen, wenn sie Schar bewundernd bei seinen Schilderungen von Deutschland und dem Westen zuhörte.

„Verstehen Sie mich, David?“ fragte Schar.

„Natürlich.“

„Dann erklären Sie es bitte.“

„Du weißt doch, daß man in der Sowjetunion keine Chance hat, an einen Kopierer zu kommen.“

„Natürlich habe ich das gewußt“, sagte sie und war wütend auf David, daß er so überheblich und europäisch tat.

Doch sie mußte fair bleiben. Es war ein dummer Fehler gewesen. Es war schön und gut, wenn man Schars Bücher las und seinen Kampf unterstützte, aber man mußte sich vor Augen halten, daß es für ihn um Ereignisse des täglichen Lebens mit seinen eigenen, ganz anderen und spezifischen Details ging.

„Ja, Sie müssen verstehen", sagte Schar, „daß die Freude eben darin liegt, es selbst tun zu können. Ich will gar nichts gegen den berühmten Verlag Gander und Kuhn sagen, aber die Kopien selbst zu machen, die Möglichkeit, die Freiheit zu haben — nein, das können Sie sich nicht vorstellen. Und deshalb, Karen, machen Sie sich bitte keine Vorwürfe, daß Sie so nett waren und mir angeboten haben, die Arbeit für mich zu tun. Das war Güte, und Güte ist das Allerwichtigste. Und deshalb", sagte Schar und hob sein Glas, „trinke ich auf die Güte und Xerox."

„Auf die Güte und Xerox", sagte David und lächelte Karen an, die eben aus einem Wellental der Selbstvorwürfe aufgetaucht war und einen herzhaften Schluck Whiskey hinunterstürzte, was beide Männer sehr beeindruckte und sie wieder in eine geschlossene Dreiergruppe verwandelte.

„In der Bibliothek steht eine Xeroxmaschine", sagte Karen. „Das ist die nächste, die mir einfällt."

„Wieviele Seiten hat das Manuskript?" fragte David.

„Siebenunddreißig".

„Und wieviele Kopien wollen Sie machen?" fragte Karen.

„Im Augenblick vielleicht zehn."

„Da brauchen wir aber eine Menge Zehn-Cent Stücke", sagte David.

„An der Ecke der Fünften ist eine Bank", sagte Karen.

„Gut, gehen wir", sagte Schar und griff nach seinem Glas, um auszutrinken.

„Ich mache nur rasch einen Anruf", sagte David, stand auf und steuerte auf eine Telefonzelle zu, die er schon seit einiger Zeit im Auge behielt, in der Hoffnung, daß sich die fette Frau in dem hellgrünen Mantel endlich herauswälzen würde, was sie jetzt auch in Raten tat — zuerst kam die Tasche, dann die Hüften, der Rest ihres Körpers und endlich der Kopf.

Die überreiche Fülle an Details, die den Augenblick bestimmten — Schars slawischer Akzent, Karens glänzendes Haar und ihre Nervosität, die dunkle Eichentäfelung, der salzig-rauhe Geschmack der Erdnüsse auf dem Gaumen, der Alkohol, der ihn im Magen brannte — diese Fülle war plötzlich wieder grau und fadenscheinig geworden, als er daran dachte, daß alles, was für ihn wirklich zählte, die Gelegenheit war, Naomi anzurufen.

Eine vage Ausstrahlung, eine pudererfüllte Wärme war von der fetten Frau zurückgeblieben, die David zu Kopf stieg, als er die altmodische Tür der Telefonzelle schloß. Hatte *er* eigentlich ein Zehn-Cent Stück bei sich? Er fand keines, dafür aber zwei Fünf-Cent Stücke. Ein Zehncent Stück wäre besser gewesen. Zwei Fünf-Cent Münzen verdoppelten die Möglichkeit eines mechanischen Fehlers.

„Tut mir leid, Naomi spricht am anderen Apparat", ertönte die Stimme ihres Sekretärs, dessen Kleidung immer etwas zu verrückt war.

„Also auf ins Xeroxland", sagte David, als er zum Tisch zurückkam und seinen Drink stehend hinuntergoß.

„Xeroxland? Was ist Xeroxland? Ich dachte, Sie hätten gesagt, daß wir in die Bibliothek gehen?" frage Schar.

Karen und David lachten, das brachte sie, die beiden Amerikaner, wieder näher zueinander.

„Ein echter Tempel des Kapitalismus", sagte Schar und blieb stehen, um den Marmor und das gedämpfte Stimmengewirr der Bank in sich aufzunehmen. „Müssen wir uns anstellen?"

„Ja", sagte Karen.

„Aha, hier also auch."

David erschien es irgendwie läppisch, daß sie sich alle drei anstellen sollten, und daher sonderte er sich ab und setzte sich auf einen Stuhl neben einem Aschenbecher. Er zündete eine Zigarette an, verzog das Gesicht wegen des Schwefelgeruchs, löschte das Streichholz aus und ließ es in den sauberen Metallaschenbecher fallen.

Aus irgendeinem Grund fiel ihm ein, wie Naomi rauchte — sie blies den Rauch so zart aus, daß er ihr Gesicht entlang in die Höhe stieg.

Er blickte zu Schar und Karen hinüber, die vor dem Schalter warteten. Sie hatten die Köpfe zusammengesteckt, während sie miteinander plauderten.

Was nun, wenn ihn Karen um Schar willens verließ? dachte er.

Das wäre durchaus möglich. Er hatte ihr im Taxi zu verstehen gegeben, daß er ihr nicht einmal das kleinste Zeichen von Liebe geben würde. Auf der grellen Leinwand der Eifersucht sah er ihre Hände auf Schars Hinterteil, das wie ein Motor zitterte, selbst dann noch, wenn die Zündung bereits abgestellt war.

„Dimes, Dimes, *New York Times*", sagte Schar und grinste wie ein kleiner Junge, während er eine Pyramide von grünverpackten Geldstücken auf seiner Handfläche balancierte.

„Dimes, Dimes, *New York Times* — das gefällt mir", sagte David.

Auf dem Weg aus der Bank sangen sie zu dritt diesen Refrain, einesteils, um sich gegen die feierliche Stimmung der Bank aufzulehen, und anderenteils, um zu unterstreichen, daß ihre kleine fröhliche Gruppe etwas Besonderes war; es erinnerte David an seine Europareisen, die er als Zwanzigjähriger und etwas später unternommen hatte, bei denen er spätabends ins Hotel zurückkam, betrunken und lachend in Gesellschaft von Menschen, die vielleicht für fünf Tage seine besten Freunde waren und die er wahrscheinlich nie mehr in seinem Leben sehen würde.

Die Sonne schien auf die Fifth Avenue, und der Gehsteig war voll von Menschen und scharfen Schatten, die Straße glitzerte und schien in ihrem Reichtum so unwirklich, daß selbst die Brezelverkäufer und die Blinden mit ihren Blechnäpfen und Hunden eher wie inspirierte Pinselstriche eines Städtemalers wirkten denn als leidende Menschen, die am Ende des Tages in ihre schäbigen Behausungen zurückkehrten, das Kleingeld zählten, aus einem Blechtopf eine Suppe schlürften und vor Müdigkeit einschliefen.

David und Karen mußten über den begeisterten Ausdruck in Schars Gesicht lächeln, als die erste Kopie in den Auffangkorb fiel. Er zog sie heraus und starrte sie mit soviel Verwunderung und Freude an, daß sie sich ihres amerikanischen Lebens schämten, in dem man so vieles erst dann bemerkte, wenn es einmal nicht funktionierte.

„Sehen Sie, es schaut eigentlich noch besser aus", sagte Schar. „Die Buchstaben sind dünkler, das Papier weißer. Nur greift es sich nicht so gut an. Und es riecht natürlich anders", sagte er und schnupperte an dem Papier.

Bald war die Luft um den Kopierer voll von einem feuchten, chemischen Geruch. Schar arbeitete unermüdlich und summte vor sich hin, während er Zehn-Cent Stück um Zehn-Cent Stück in die Maschine warf. David und Karen, die sich selbst überlassen waren, begannen leise miteinander zu plaudern, um Schar nicht von seiner Hochstimmung abzulenken.

„Er ist wunderbar", flüsterte Karen.

„Ja, das stimmt", pflichtete ihr David bei.

„Aber irgend jemand muß ihn auf sein Rasierwasser aufmerksam machen."

Er freute sich, daß sie es bemerkt hatte. Aber plötzlich sah er sie und Schar nackt im Badezimmer und sah auch Karens Hand, die Schar zurückhielt, als er nach dem Rasierwasser griff. Mit der anderen Hand hielt sie sich die Nase zu und beide begannen laut zu lachen.

„Ich komme sofort wieder", sagte David. „Ich muß nur rasch einen Anruf machen."

Auf dem Weg hinaus fiel ihm ein, daß er kein Zehn-Cent Stück mehr hatte und ging zu Schar zurück, um sich eines zu borgen.

„Nehmen Sie drei, nehmen Sie vier", sagte Schar. „In Zehn-Cent Stücken bin ich Millionär." David nahm drei.

Zuerst Naomi. Diesmal war die Sekretärin am Apparat, die junge Frau mit dem ausdruckslosen Gesicht und den wachen Augen. Naomi war essen gegangen. Man erwartete sie nicht vor drei Uhr zurück.

„Gut, ich rufe wieder an", sagte David. „Nein, Sie können ihr nichts ausrichten."

Darauf mußte er Raissa anrufen, und wenn es auch nur für eine Minute war. Um ihre Stimme zu hören. Um sicher zu sein, daß es sie gab, daß es die andere Welt wirklich gab.

Er konnte das Lächeln in ihrer Stimme hören, als sie „Hallo, David", sagte und dann hinzufügte: „Bis du daheim?"

„Nein, ich bin in der Bibliothek. Mit Jewgeni Schar."

„Jewgeni Schar ist hier?"

„Ja."

„Wie ist er denn?"

„Das erzähle ich dir, wenn wir uns treffen."

„Wann wird das sein?"

„Unterrichtest du heute?"

„Nein."

„Dann gehen wir früh abendessen."

„Gut."

„Treffen wir uns um sieben an der Ecke Siebente und Bleecker. Dort gibt es eine ganze Reihe von guten Restaurants."

Während des folgenden Schweigens hätten sie beide gerne mehr gesagt, taten es aber doch nicht.

Sein dritter Anruf galt seinem Anrufbeantworter. Mit einer auf dem Band seltsam verzerrten Stimme — war sie dünn oder heiser — sagte sein Freund Jim aus Boston, daß er ihn dringend sprechen müßte.

Da er nicht noch einmal ein Zehn-Cent Stück von Schar ausleihen wollte, ging David zu einem Kreditkartenapparat. Was war geschehen, fragte er sich. Wollte Jim abspringen?

„David, hör zu, ich habe dir doch erzählt, daß es meiner Mutter nicht gut geht", sagte Jim. „Sie hat einen zweiten Schlaganfall gehabt. Wir fahren in ungefähr einer Stunde. Ich weiß nicht, wie lange ich unten bleiben werde."

„Das tut mir leid."

„Danke. Ich hatte nach dem letzten Anfall geglaubt, darauf vorbereitet zu sein, aber man ist nie darauf vorbereitet. Und es ist so traurig — wir waren gerade dabei, vieles von den alten Spannungen abzubauen und wirklich miteinander zu reden — und jetzt ist es zu spät."

„Zu spät", wiederholte David, die schlimmste Wendung einer Sprache.

„Hör zu, ich gebe dir die Telefonnummer von unten, nur für den Fall, o. k.?"

Dann sagte die Stimme, die vielen anderen bald für ihre Beileidsbezeugungen danken würde, zehn Ziffern.

Schar und Karen waren dabei, die Manuskripte zusammenzulegen, als David zurückkam.

„Sehen Sie nur her, hier haben Sie die Erstausgabe von Scharisdat", witzelte Schar. „Und jetzt die ersten Widmungen. Wollen Sie eine gemeinsame, oder jeder eine?"

Bevor David noch reagieren konnte, schüttelte Karen den Kopf und sagte: „Jeder eine."

„Gut", sagte Schar und schraubte die Kappe des Füllhalters ab, „aber Sie wissen, daß das einem armen russischen Emigranten zusätzliche drei Dollar und siebzig Cent kostet."

Einen Moment blickte er ins Leere und schrieb dann: „Für Karen, die mich im Land der Freiheit in meiner Muttersprache willkommen geheißen hat, in Dankbarkeit." Er übergab ihr das Manuskript mit einer kleinen Verbeugung. Sie nahm es mit einem angedeuteten Knicks und blies dann nüchtern die Tinte trocken.

„Und jetzt zu Ihnen", sagte Schar zu David.

„Für David Aronow und seine geniuse Übersetzung von ‚An meine Tochter'".

Schar sah auf und freute sich, daß er auf beiden Gesichtern denselben Ausdruck sah, den Gesichtsausdruck von Menschen, die sich nicht nur über das Geschenk, sondern auch darüber freuen, daß es genau das richtige ist.

Dann aber zerschnitten die Verpflichtungen des täglichen Lebens das Band, das sie zusammengehalten hatte. Karen mußte zurück in den Verlag. Schar mußte sich ausruhen. Und für David war es an der Zeit, sich wieder dem unverfälschten, durch keine Aufträge und Gespräche verwässertem Warten zuzuwenden.

Karen winkte einem Taxi, während David Schar erklärte, was die Lichtinschrift auf dem Dach bedeutete. Dann verschwand sie mit einem letzten Winken durch das Hinterfenster im Verkehr.

„Während Sie telefonierten, erklärte ich Karen, daß ich eine kleine Ansprache für die Buchmesse vorbereitet habe, und sie bot mir an, sie für mich zu übersetzen", sagte Schar. „Ich wollte Sie nicht damit belasten."

„Ich bin sicher, daß sie es gut machen wird", sagte David erleichtert.

„Wissen Sie, David, ich bin wegen dieser Ansprache schon etwas nervös."

„Ich bin überzeugt, daß alles gutgehen wird. Und ich gebe Ihnen unter Freunden einen guten Rat. Verkaufen Sie Ihr neues Buch erst nach der Buchmesse. Sie werden wahrscheinlich viel Reklame haben, und das treibt den Preis von Jewgeni Schar in die Höhe."

„Ist hier jeder sein eigener Unternehmer?"

„So könnte man es auch ausdrücken."

„Dimes, Dimes, *New York Times*", sagte Schar, diesmal mit einem etwas bitteren Lächeln, als hätte er einen kurzen Einblick in die allgegenwärtige Kläglichkeit des amerikanischen Geschäftslebens bekommen, so glänzend dessen Fassade auch war.

„Übrigens", sagte David, als sie einander die Hände schüttelten, „danke ich Ihnen für die Widmung, aber das Wort ‚Genius' wird im Englischen nicht adjektivisch verwendet."

„Warum nicht?"

„Es geht einfach nicht."

„Aber es war doch das Werk eines Genius'."

„Das können Sie ruhig sagen", lachte David.

Als David die Fifth Avenue entlangging, beschloß er, einige Haltestellen zu Fuß zu gehen, da der Tag so schön war. Plötzlich glaubte er, einen Schrei zu hören, der den Straßenlärm übertönte. Er fuhr herum, aber schon war der Laut verklungen, und er war gar nicht sicher, ob er ihn wirklich gehört hatte und, selbst wenn er ihn gehört hatte, es sich wirklich um einen Angstschrei gehandelt hatte oder es vielleicht nur ein paar alberne Teenager gewesen waren.

29

Solly kam sich wie ein Narr vor. Im selben Augenblick, in dem er die Vorhalle des Tempels betrat, war er sicher, daß er einen entscheidenden Fehler begangen hatte. Er war nie gerne in den Tempel gegangen, und obwohl es schon lange Jahre her war, hatten sich seine Gefühle in keiner Weise geändert. Da er nach Brooklyn mußte, hatte er an Vizners Einladung gedacht und ihn spontan angerufen. Sie hatten sich für fünf Uhr dreißig verabredet. Jetzt konnte er nicht mehr zurück, denn das Gesicht, das er zum ersten Mal in dem Taxi vor einem Delikatessenladen gesehen hatte, wie es das Buch küßte, hatte sich gerade zwischen den weinroten Vorhängen vorgeschoben.

„Ich freue mich wirklich, daß Sie es geschafft haben, Detective Altheim", sagte Vizner, dem es sichtlich Genuß bereitete, ihn mit seinem Titel anzureden.

Solly lächelte, nickte.

„Haben Sie ein paar Minuten Zeit? Ich würde Sie gerne herumführen. Vor zehn, fünfzehn Jahren war der Tempel vom Verfall bedroht, aber dann wurde der Gemeinde plötzlich neues Blut zugeführt, es kamen junge Leute, Juden aus Ländern, in denen es nicht einmal erlaubt war, Mazzes zu backen — aus Polen, wo sie die letzten Juden hinauswerfen, stellen Sie sich das einmal vor", sagte Vizner, stöhnte leise auf und wandte einen Moment den Blick ab.

Solly folgte Vizner zu einer großen, glänzenden polierten Eichentruhe, die Jarmulkes enthielt. Auf dem kleinen Messingschild, das an der Truhe angebracht war, erhaschte Solly einen flüchtigen Blick auf die Worte „Zum Gedenken". Vizner küßte seine Jarmulke und setzte sie auf.

Der Kerl küßt einfach alles, dachte Solly, als er eine Jarmulke für sich aussuchte. Der Seidenstoff machte ihn seltsam beschwingt.

Vizner hielt die Tür auf. Die Stille des Tempels, so groß und mächtig wie das Gebäude selbst, trieb Solly dazu, an der Schwelle stehenzubleiben.

„Sehen Sie doch, wie groß er ist", flüsterte Vizner. „An hohen Feiertagen ist es ganz unmöglich, eine Eintrittskarte zu bekommen. Wir müssen die Leute fortschicken. Das tun wir ungern, aber was soll man denn machen! Sehen Sie nur, wie gepflegt alles ist, schauen Sie da, jedes winzige Messingplättchen ist poliert, und die Bänke werden einmal in der Woche poliert."

„Sehr schön", sagte Solly und dachte darüber nach, wie lange er mindestens bleiben müßte, um nicht unhöflich zu erscheinen.

„Setzen wir uns doch einen Augenblick", sagte Vizner und schlüpfte in eine der langen Sitzbänke. Solly setzte sich neben ihn und sah die Gebetbücher in den Behältern an, die auf der Rückseite der Bänke angebracht waren. „Es ist so seltsam in Amerika", sagte Vizner, noch immer im Flüsterton. „Hier gibt es alles — Freiheit, ein gutes Leben —, und doch entfernen sich die Juden, die hier leben, aus irgendeinem Grund immer weiter von ihrer Religion. Können Sie mir das erklären? Unsere Väter kamen aus Ländern, wo man umgebracht wurde, einfach weil man Jude war, aber sie gingen in den Tempel, auch wenn sie dabei ihr Leben aufs Spiel setzten. Mein eigener Vater, *ohabei schalom*, stammte aus Litauen, wie er mir erzählte. Wurde Ihr Vater hier geboren?"

„Nein", sagte Solly und schämte sich, daß er keine Segensworte für seinen Vater sprach, so wie Vizner es getan hatte. „Nein, er wurde nicht in Amerika geboren. Er wurde drüben geboren. In Rußland. In der Nähe von Kowno."

„Kowno liegt ja auch in Litauen!" sagte Vizner, der sich über diesen Zufall freute. „Ich habe aber bemerkt, als Sie von Ihrem Vater sprachen — ich will mich wirklich nicht in Ihre Angelegenheiten mischen, aber lebt Ihr Vater noch?"

„Nein. Er starb vor elf Jahren."

„Vor elf Jahren. Sie haben ihn in jungen Jahren verloren."

„Wissen Sie", begann Solly, „ich habe mir aus Religion nie sehr viel gemacht. Mein Vater schon, aber ich nicht. Ich fühle mich aber trotzdem immer unbehaglich, weil ich nie Kaddisch für ihn gebetet habe."

„Sie haben für Ihren Vater nie Kaddisch gebetet?" fragte Vizner mit einem entsetzten Aufstöhnen.

„Nein."

„Das ist ..." begann Vizner, war aber außerstande, den Satz zu vollenden.

„Und ich glaube, daß ich jetzt zu der Ansicht gekommen bin, ich sollte es doch tun, wenn es nicht schon zu spät dafür ist."

„Nein", sagte Vizner leise, „dafür ist es nie zu spät."

„Was muß ich also tun?"

„Sie sollten mit dem Rabbi sprechen. Im Augenblick glaube ich aber, es wäre das Klügste, wenn Sie anfangen, das Totengebet zu lernen; das ist das Allerwichtigste. Kommen Sie, ich zeige es Ihnen." Vizner beugte sich vor, nahm eines der Gebetbücher zur Hand und blätterte rasch um, bis er das Gebet fand. „Verstehen Sie Hebräisch?"

Solly sah die Seite des Gebetbuches an, die ihn aus irgendeinem Grund an ein Stück Mazzes erinnerte. Die einzigen Buchstaben, die er erkannte, waren das Aleph, Lamde, Vod und Schin. „Nein", sagte er und schüttelte den Kopf.

„Dann werde ich Ihnen die hebräischen Worte in englischen Buchstaben aufschreiben", sagte Vizner und zog einen Kugelschreiber heraus. „Haben Sie zufällig ein Stück Papier mit?"

Aus der inneren Rocktasche nahm Solly ein orangefarbenes Blatt heraus, das ihm irgend jemand unter den Scheibenwischer geschoben hatte. Auf einer Seite wurde eine neue Autowaschanlage in Bensonhurst angepriesen, die andere Seite war leer. Er hielt Vizner das Blatt mit einem entschuldigenden Achselzucken entgegen. Vizner griff danach und sagte: „Wenn Sie heimkommen, schreiben Sie es auf etwas Besseres."

„Natürlich."

„Gut ... Wie würden Sie zum Beispiel dieses Wort aussprechen?"

„*Wijiskidal.*"

„Stimmt, ausgezeichnet. Der erste Teil lautet ‚Möge Sein Name und groß und geheiligt sein.' Es ist wirklich nicht schwer. Wahrscheinlich haben Sie es schon oft gehört. Und dieses Wort?"

„*Wijiskidasch.*"

Nach drei Stunden erholsamen Schlafs trat Schar aus dem Tor des Algonkin Hotels und machte sich quer durch die Stadt auf den Weg zur East Side. Es war das zweite Mal, daß er an diesem Tag den halben Häuserblock vom Hotel bis zur Fifth Avenue ging, der ihm diesmal schon bekannt vorkam, obwohl er erst jetzt einige ins Auge fallende Einzelheiten bemerkte, so zum Beispiel den verwaschenen Marmor, der die Klubfenster einfaßte.

Einige Dinge waren überall gleich. Die Menschen waren gerne stark und haßten es, schwach zu sein; sie verfolgten Ziele, die für die anderen nicht ersichtlich, aber doch leicht zu erraten waren. Die Unterschiede aber waren interessant. Die Atmosphäre ähnelte hier der schwarzen amerikanischen Erde in Iowa; alles konnte darauf gedeihen. Die Menschen erschienen ihm schwächer und doch auch wieder älter als daheim. Überzeugter von der Wichtigkeit ihres eigenen Lebens. Ja, sogar stolz auf ihre realitätsbezogene Selbstsucht. Immer geschäftig, wie Karen und David.

Karen war amerikanischer als David. Einer seiner Großväter stammte sicher aus Rußland; die Sprache, und wie er sie beherrschte, zeugten dafür. Sie war mehr oder weniger das, was sie zu sein schien, er hingegen nicht, obwohl es wahrscheinlich niemanden interessierte, welche Geheimnisse er mit sich herumtrug. Und beide konnten ihm sehr nützlich werden.

Dann bemerkte er etwas, was auf den ersten Blick wie eine moderne Plastik aus Fetzen und Abfall aussah, was sich aber bei näherer Betrachtung als eine alte Frau herausstellte, die in einerHaustornische, von Plastiksäcken umgeben, unter einem Pappkarton schlief. Er sah, wie ihr neun von zehn Menschen nicht die geringste Aufmerksamkeit schenkten, obwohl alle ihre Anwesenheit bemerkten. Er hockte sich neben sie, um ihr Gesicht näher zu betrachten, ein Gesicht, das nicht mehr einem bestimmten Menschen zu gehören schien. Mit einem leisen Lächeln um die Mundwinkel zog er die letzte Rolle Zehn-Cent Stücke aus der Tasche und ließ sie aus der grünen Rolle auf ihre Brust fallen. Obwohl sie sich bewegte, als sie mit einem Klirren auf sie fielen, wachte sie nicht auf.

Er beneidete sie um diesen tiefen Schlaf. Als er die Madison Avenue überquerte, fühlte er, wie der Motor, der diese Stadt antrieb, etwas abklang. Die Fith Avenue war eindeutig das Zentrum, dachte er. Und die Wall Street.

Es wäre sehr leicht, in einer Stadt mit zehn Millionen Einwohnern zu verschwinden, in der sich die Menschen nicht einmal bei der Polizei melden mußten.

Eine unwahrscheinlich schöne Frau in einem Pelzmantel lächelte ihm über das Dach eines Mercedes hinweg direkt in die Augen, dann verschwand sie im Wageninneren, und das getönte Glas verwehrte ihm jeden weiteren Blick auf sie.

Das Taxi wartete Ecke der Zweiten und Sechsundvierzigsten.

„Ich hoffe, daß Sie mich fahren werden", sagte Schar zu dem Fahrer mit den dunklen Augen und den buschigen Koteletten, den er nach dem Foto in der Akte als Waska erkannt hatte. Waska, die amerikanische Erfolgsstory: vor vier Jahren noch ein armer Emigrant, heute der stolze Besitzer einer Taxikonzession.

„Ich bin gerade wieder frei geworden", sagte Waska und schaltete das Zeichen ‚Außer Betrieb' ab.

Schar stieg in den Fond des Wagens, der sauber und gepflegt war.

„Wohin?"

„Zuerst zur Wall Street", sagte Schar, „und dann würde ich gerne das Gebiet sehen, das man Brighton Beach nennt." Brighton Beach war Waskas Bereich; er gehörte dem KGB an, war dort der Gebietsbeauftragte, der den Opiumschmuggel aus den asiatischen Republiken der Sowjetunion in die Vereinigten Staaten überwachte und durch den Verkauf von Drogen durch die russische Mafia wertvolle Hartwährung einbrachte.

„Es ist möglich, daß wir im Stadtzentrum starken Verkehr haben", sagte Waska.

„Ich habe es heute nicht eilig."

„Das ist gut."

„Sind hier alle Taxis so sauber wie das Ihre?" fragte Schar.

„Danke", sagte Waska. „Ich habe meines erst heute morgen gründlich gereinigt."

Gut, dachte Schar, das hieß also, daß sie ungehindert miteinander reden konnten, im Augenblick war er aber mehr daran interessiert, den jungen Schwarzen zu beobachten, der von Auto zu Auto lief und versuchte, einen Satz Schraubenschlüssel in einer roten Plastikhülle zu verkaufen. Niemand kaufte sie.

30

Spät am darauffolgenden Nachmittag rief Schar David an und lud ihn zu einem Drink ein. David nahm das Angebot an, betrachtete es allerdings mehr als Herausforderung denn als Einladung. Sie verabredeten sich für den folgenden Abend um acht Uhr in Schars Hotelzimmer; und Schar fügte noch hinzu, daß er schon bemerkt habe, wie sehr die Amerikaner auf Pünktlichkeit hielten, während für die Russen acht Uhr eine Idealvorstellung sei, die zu erreichen ihnen das Leben niemals erlauben würde. David lachte und pflichtete ihm bei.

Nachdem er eingehängt hatte, fiel sein Blick auf die Kopie von Schars Poem. Er hatte es noch nicht einmal angesehen! Und natürlich war dies der Stoff, über den Schar mit ihm sprechen wollte. Jetzt fiel ihm auch auf, daß Schars Einladung von der Voraussetzung ausging, David hätte alles liegen und stehen gelassen und die einmalige Gelegenheit ergriffen, ein von Schar selbst kopiertes und mit seiner Widmung versehenes Original von Schar zu lesen. Aber er hatte es nicht getan, und würde es auch nicht tun.

Wieder versuchte er, Naomi zu erreichen. Zu seinem Erstaunen war sie selbst am Apparat, doch war die Verbindung schlecht, und als er die Nummer nochmals gewählt hatte, führte sie schon ein Ferngespräch; könnte er vielleicht in einer halben Stunde wieder anrufen?

Eine halbe Stunde später war sie einen Augenblick lang aus dem Zimmer gegangen, was nichts anderes hieß, als daß sie auf der Toilette war.

Er rief fünf Minuten später wieder an. Im ersten Augenblick ließ ihn der offen zutage tretende Ärger in ihrer Stimme die Bedeutung dessen, was sie ihm sagte, nicht erkennen.

„Wir haben die Verständigung erhalten, daß morgen eine Lieferung von Filmen durch den Zoll kommt und wahrscheinlich übermorgen bei uns eintreffen wird."

,,Wissen Sie, um welche Filme es sich handelt?"

,,Ich habe Ihnen alles gesagt, was ich weiß. In einer Minute", sagte sie scharf zu irgend jemand anderem. ,,Rufen Sie ungefähr um elf Uhr an. Danke, David."

Warum sagte man in New York eigentlich immer ,,danke", wenn man ,,auf Wiedersehen" meint, vor allem aber, wenn man damit ,,danken Sie mir" meint, fragte sich David, den ihre Gereiztheit angesteckt hatte.

Das war es also für heute. Er hörte seinen Anrufbeantworter ab, der nur eine Nachricht enthielt — von Abram, der sein Eintreffen in New York bekanntgab und eine Nummer hinterlassen hatte, unter der er zu erreichen war.

Als die Person, die ans Telefon kam, sich auf die Suche nach Abram machte, erkannte David aus den Hintergrundgeräuschen, dem Klirren eines Gegenstandes, der umfiel, dem Lärm und dem darauffolgenden Gelächter, daß eine richtige russische Party in Gang war.

,,Chai."

,,Chai. Wo bist du?"

,,Nicht weit weg von dir. In Greenwich Village. Du mußt unbedingt herkommen. Alle sind da — Wolodja, Barja — und außerdem habe ich einen Brief für dich."

,,Gib mir die Adresse eurer Party."

Abram sagte sie ihm zweimal, zuerst auf englisch und dann auf russisch; die Zahlen in einer Fremdsprache anzugeben, war immer ein kritischer Punkt.

,,Und ich möchte dich an die kleine Rede erinnern, die du mir übersetzen wolltest, wenn du deine Meinung einstweilen nicht geändert hast."

,,Nein, ist schon in Ordnung, du kannst sie mir gleich geben. Gestern habe ich übrigens Schar kennengelernt."

,,Gestern? Tatsächlich? Wo?"

,,Hier. Er ist gestern angekommen. Scheint ein netter Mensch zu sein. Er wohnt im Algonkin Hotel, wenn du ihn anrufen willst."

,,Ich würde sehr gerne mit ihm sprechen und ihn vor allem auch vor der Maschinerie der amerikanischen Massenmedien und ihrer Art, Berühmtheiten zu machen, warnen, denn es verbirgt das wahre Ich eines Menschen vor ihm selbst."

„Ich habe nicht den Eindruck, daß Schar der Typ ist, der durch Erfolg ruiniert wird. Er wirkt sehr bescheiden, fast wie ein Tölpel vom Land in einer großen Stadt."

„Tölpel gehen am raschesten zugrunde. Was sagt er über das neue Peom?"

„Er hat mir eine Kopie gegeben, aber ich habe sie noch nicht gelesen."

„Was, du hast sie nicht gelesen?" fragte Lunz und verstummte entsetzt.

„Möchtest du sie lesen?"

„Ob ich sie lesen möchte?" Abram begann zu stottern, völlig entgeistert darüber, daß man eine solche Frage überhaupt stellen konnte. Nach einem Augenbilck des Schweigens rang er sich endlich zu einer Antwort durch. „Ja."

„Dann werde ich meine Kopie mitbringen. Du kannst sie mir dann auf der Buchmesse zurückgeben, obwohl wir das vielleicht doch zuerst mit Schar absprechen sollten."

„Bringe sie mit. Wir werden ihn anrufen. Aber komm endlich", sagte Abraham seufzend und hängte ein.

David hob die erste Seite des Manuskripts auf und las die einleitenden Zeilen.

Als die Mauern des Warschauer Ghettos zerschmettert wurden
wie die Gesetzestafeln von Sinai...

Das Telefon klingelte. Es war Abram.

„Ich wollte nicht einhängen, ohne auf Wiedersehen zu sagen, aber der Gedanke, daß ich dieses Manuskript bald in meinen Händen halten werde, nein, du kannst dir das gar nicht vorstellen."

„Es wird nicht mehr lange dauern."

„Komm, so rasch du kannst. Das ist jetzt mein offizielles auf Wiedersehen."

Von einer Welle russischer Gastfreundschaft überrollt, fand sich David auf einem Sofa wieder, in einer Hand ein Glas Wodka, in der anderen einen Teller mit Essen, neben einem hochgewachsenen Wissenschaftler, der einen Bart á la Solschenizyn trug. Die kleine Gruppe, die in einem Halbkreis um den Teetisch vor dem Sofa saß, war in eine heftige Debatte vertieft. Einer der Redner versuchte sein Argument dadurch zu untermauern, daß er seinen Zeigefinger in das Knie seines Opponenten bohrte.

„Ich muß diese Frage aufwerfen, denn sie verfolgt mich, und ich will wissen, ob es nur mir so geht", unterbrach der Wissenschaftler mit den randlosen Brillen und dem Solschenizyn-Bart. „Als ich nach Amerika kam, und auch noch Jahre später, sagte ich jedesmal, wenn ich von Rußland, von der Sowjetunion sprach, ‚wir'. *Wir* hätten nie nach Afghanistan gehen sollen, *unsere* Literatur ist anscheinend besser geworden. Und plötzlich, vielleicht vor einer Woche, bemerkte ich etwas — ich hatte begonnen, die Russen *sie* zu nennen."

Alle, die um den Tisch saßen, schwiegen plötzlich, ein eindrucksvolles Schweigen, denn was der Wissenschaftler festgestellt hatte, war keineswegs eine Meinung, die man verwerfen konnte, sondern einfach die Wahrheit, die, wie sich herausstellte, für fast jeden galt.

„Ja, ich weiß, mir geht es genauso, aber ich ertappe mich noch immer nicht dabei, daß ich zu Amerika ‚wir' sage", meinte eine fette Frau auf einem kleinen Stuhl.

In diesem Augenblick bemerkte David, daß Abram auf der anderen Seite des Raumes rasch dahinging, als käme er zu einer Verabredung zu spät, dann aber plötzlich bemerkte, daß er kein bestimmtes Ziel hatte, stehenblieb und sich lächelnd, mit zusammengekniffenen Augen, nach einem Gesprächspartner umsah. David drängte sich zu ihm durch.

Nachdem sie einander begrüßt, umarmt und entschuldigt hatten, sagte Abram: „Hast du das Manuskript mitgebracht?"

„Natürlich."

„Gut. Gib es mir noch nicht."

„Warum nicht?"

„Ich würde es sofort lesen."

„Und?“

„Es wäre unhöflich, mich in ein Zimmer zu verkriechen, wenn hier Menschen sitzen, die meine Gesellschaft suchen. Ist es das, was du da in der Hand hältst?“

„Ja.“

„Zeig es mir.“

„Nein.“

„Nur die ersten Zeilen.“

„Die ersten Zeilen lauten: ‚Als die Mauern des Warschauer Ghettos zerschmettert wurden wie die Gesetzestafeln von Sinai...‘“

„Jetzt muß ich es ganz lesen.“

„Aber vielleicht will Schar gar nicht, daß es irgend jemand jetzt schon liest.“

„Dann rufen wir ihn an.“

Sie bahnten sich einen Weg durch die Menge, in der sich die Menschen so unbefangen wie Seehunde auf einem Felsen aneinanderdrängten, und stießen auf dem Weg ins Schlafzimmer fast mit einem weißhaarigen Romanschriftsteller zusammen, dessen Spezialität Werke mit komischem Einschlag waren; er hielt in der einen Hand ein Glas Wodka, in der anderen eine Zigarette und durchforschte mit seinen brennenden braunen Augen die Menge, als suchte er etwas, worüber er lachen könnte.

„Hier ist es etwas ruhiger“, sagte Abram und schloß die Schlafzimmertür hinter sich. „Ruf ihn an.“

Im ersten Augenblick erkannte David Schars Stimme am Telefon nicht und war erst nach ein paar Worten sicher, daß er wirklich mit Schar sprach.

„Natürlich würde ich mich gerne mit ihm unterhalten, und das Poem können Sie ihm selbstverständlich zeigen.“

Abram nahm ihm den Hörer aus der Hand, als wäre es ein ganz anderer Gegenstand (obwohl David keine Ahnung hatte, was es sein könnte), lud Schar zu der Party ein, dankte ihm, warnte ihn, gab ihm gute Ratschläge und wünschte ihm das Allerbeste.

„Er ist anscheinend wirklich sehr nett, wie du gesagt hat. Vielleicht kommt er noch her, obwohl er nach allem, was er erlebt hat, sehr müde ist", sagte Abram. ,,Und wegen des Manuskriptes ist er auch einverstanden, und da ich jetzt ja offiziell seine Erlaubnis habe, wäre ich dir sehr dankbar, wenn du es mir gibst."

,,Aber dann wirst du es ja lesen."

,,Was soll ich denn sonst tun?"

,,Gut, aber zuerst gib mir den Brief und die Übersetzungen, die ich für dich machen soll."

,,Ich habe beides bei mir", sagte Abram. ,,Den Brief, und eine kurze Erklärung."

Die Erklärung lag oben, eine einzeilig getippte Masse von russischen Buchstaben, von handschriftlichen Korrekturen durchzogen.

David zog den Brief unter Abrams Erklärung hervor.

,,Abram, das ist ja der Brief, den ich dir zum Wegschicken gegeben habe."

,,Was?"

,,Das ist der Brief, den ich wegschicken wollte!"

,,Dann ist er wieder zurückgekommen."

,,So scheint es."

,,Laß mich sehen."

David gab ihm den Brief, Abram hob seine Brille hoch und hielt den Brief dicht an die Augen.

,,Du hast recht", sagte er. ,,Ich habe den Namen Juri Trofimowitsch gelesen und dachte, der Brief käme von ihm, daher habe ich ihn für dich aufgehoben."

,,Aber bist du denn überhaupt sicher, daß du ihn an jemand weitergegeben hast, der ihn hinüberschaffen kann?"

,,Hunderprozentig sicher. Ich habe ihn ja selbst ... es ist nicht von Belang, wem ich ihn gegeben habe, aber ich habe ihn weitergegeben. Ich werde ihn fragen, was geschehen ist."

Es war offensichtlich, daß Abram die Wahrheit sagte, doch wichen bei David nicht alle Zweifel, denn die Lebensfreude der Russen schloß auch eine große Vorliebe für das Chaos ein.

,,Gut, wenn du meinst."

,,Hunderprozentig", sagte Abram und wartete offensichtlich darauf, daß ihn David in Ruhe ließ und er mit dem Lesen beginnen könnte.

Der Liftboy nickte Schar respektvoll zu, und die Menschen, die wie er nach unten fuhren, blickten ihn an und versuchten festzustellen, wer er war. Es umgab ihn schon die Aura des berühmten Mannes; er spürte es an der Art, wie ihn die Leute ansahen.

Weil ihm einerseits kühl war und es ihm andererseits Freude bereitete, in einen amerikanischen Laden zu gehen, kaufte Schar ein marineblaues Trainingsblouson mit weißgestreiften Ärmeln und weißgestreiftem Kragen. Er beschloß, es zu seinem Anzug zu tragen. „Normalerweise hat man das zum Laufen, zum Joggen — verstehen Sie, was ich meine?" fragte der Verkäufer, als er ihm das Wechselgeld herausgab. Es war ein seltsames Spiel, dieses Einkaufen. Man schmeichelte dem Kunden, man verwöhnte ihn, und doch hielt man ihn für einen Idioten, dem man das Geld aus der Tasche ziehen konnte. Und auch der Kunde, der sich in seiner eigenen Wichtigkeit aufplusterte, wußte genau, daß ein Spiel gespielt wurde, konnte aber wie eine Frau, die ihre Gunst verteilt, dieses Buhlen um seine Zufriedenheit lange hinauszögern oder, wie es andere anscheinend vorzogen, rasch beenden. „Das nehme ich, und das auch", und damit zog er das Geld heraus und zählte es rasch auf den Tisch, stellte einen Scheck aus und riß ihn mit einem scharfen Geräusch vom Block, oder lief ungeduldig hin und her, während der Verkäufer die Kreditkarte durch den Computer laufen ließ.

Vor dem Geschäft zog Schar seinen Stadtplan aus der Tasche und entschloß sich, zum Times Square zu gehen, der die nächstgelegene Sehenswürdigkeit war. Außerdem wollte er einen Eindruck von einer amerikanischen Stadt bei Nacht gewinnen. Jetzt waren die Gehsteige voll von Menschen, die zum Vergnügen eilten. Schar spürte deutlich, wie sich die Atmosphäre wandelte, als er den Times Square betrat — ein dunkler Platz, trotz des vielen Lichtes und der vielen Farben. Er sah Gestalten an den Häusern lehnen, sah die Augen, die behende wie die Finger eines Taschendiebes über die Menge schweiften, sah die ständig zunehmende Zahl von Huren. Und so viele Schwarze; er hätte nicht geglaubt, so viele laute und freche Neger vorzufinden.

Ein Schaufenster erregte seine Aufmerksamkeit, denn zwischen den verchromten Stativen, Kameras, falschen Perserteppichen, Videokassetten und Uhren sah er eine kleine Sammlung von Messern und Dolchen. Schar war entsetzt, als ihm klar wurde, daß jedermann einfach in den Laden gehen, zahlen und nach wenigen Augenblicken als Besitzer eines Jagdmessers mit Elfenbeingriff und langer Klinge wieder herauskommen konnte. Waren denn diese Amerikaner völlig vertrottelt? Sie gestatteten, daß sich eine große Anzahl von armen Negern an einem Platz versammelten, an dem Alkohol und Messer verkauft wurden. Was für eine Mixtur! Und dann wunderten sie sich, daß die Verbrechensrate so hoch war.

Schar betrat den Laden, sah die ausgestellten Messer an und wählte ein langes finnisches Fischereimesser in einer hübsch verarbeiteten hellbraunen Scheide aus Leder, das nicht einmal fünfzehn Doller kostete. Interessiert stellt er fest, daß dieser Kauf nicht anders ablief, als hätte er ein paar Socken erstanden.

Nachdem er das Messer aus dem Plastiksack genommen und in seine Hose gesteckt hatte, erschien ihm der Weg durch die Zweiundvierzigste Straße etwas sicherer. Von den Hausmauern lösten sich Schwarze, die auf ihn zutraten und ihm zischend Angebote ins Ohr flüsterten, die er nicht verstand, aber er bemerkte auch eine erkleckliche Anzahl von Polizisten, die zu zweit die Runde machten, kräftige Gestalten mit fast lächerlich guter Ausrüstung, manche mit erstaunlich langen Haaren und Schnurrbärten.

Er wollte eines der Pornoimperien sehen und entschied sich für ein großes, gutbeleuchtetes Etablissement an der Ecke der Achten Avenue, das wie alle anderen Einrichtungen ähnlicher Art, an denen er vorbeigekommen war, den Kunden das Blaue vom Himmel versprach und sich schamlos anpries. Das Innere erinnerte ihn an die Herrentoilette eines Bahnhofs. Der Zeitschriftenstand, der relativ groß war, hatte seine Ware nach Kategorien eingeteilt; wieviel Platz man einer Zeitschrift zubilligte, hing anscheinend von deren Verkaufserfolg ab. Schar war überrascht, soviel Homosexuelles und Perverses zu finden. Der Mann links von ihm, dessen immer rascher gehenden Atem Schar schon wahrgenommen hatte, steckte eine Zeitschrift mit heftigem Ekel in den Ständer zurück, als hätte er jedem Laster für immer abgeschworen.

Im untersten Teil des Ständers fanden sich Zeitungen, in denen Prostituierte annoncierten. Jede Anzeige enthielt eine Preisangabe, ein Bild und eine Telefonnummer. Schar bewunderte, wie effizient dieses System aufgebaut war. Als er die Regale entlang ging, bemerkte er das Bild einer Frau, die einen Bleistiftabsatz in den Nacken eines Mannes bohrte; ein anderes zeigte eine an den Schreibtisch gefesselte Frau mit einem roten Gummiball im Mund, deren Augen vor Schreck herausquollen; Männer mit Busen. Die Bilder des normalen Sex erschienen fast unpassend rührend, altmodisch.

Als Schar sich umdrehte, fiel sein Blick auf einen hochgewachsenen Neger, der einen Afrokamm in den Haaren trug und sofort zur Seite sah. Das gefiel Schar nicht, und er trat rasch in das Innere des Ladens ein, wo Männer mit bewußt ausdruckslosen Gesichtern in kleine Kojen gingen und wieder herauskamen, ohne die Miene zu verziehen. Reinigungspersonal wusch die Böden und die leeren Kojen, die Luft stank nach Sperma und Salmiak. Schar sah ein Stück Film an, und als seine fünfundzwanzig Cent verbraucht waren, warf er noch eine Münze ein. Ja, es funktionierte — schon kam das grelle, flimmernde Bild einer Frau, die einen Mann gierig in den Mund nahm. Zehn Cent für eine Kopie, einen Dollar für eine Packung Zigaretten, und fünfundzwanzig Cent dafür.

In einer anderen Abteilung ging nach dem Einwurf von fünfundzwanzig Cent eine Metalljalousie in der Koje in die Höhe und gab den Blick auf eine kleine Bühne frei, auf der ein Mann und eine Frau, beide nackt und dunkelhäutig, auf einer abgewetzten roten Samtcouch bumsten. Nur im Kapitalismus konnte Bumsen ein Beruf sein, dachte Schar und fand, daß er genug von der vielgerühmten sexuellen Freiheit gesehen hatte.

Die auf dem Gehsteig wartenden Prostituierten sprachen Schar an, als er den Stadtplan entfaltete. Er blickte lächelnd auf sie herab und schüttelte den Kopf. Einige Augenblicke ließen sie nicht locker, dann drängten sie sich um den nächsten Mann, der herauskam, wie dunkle Tauben um eine Handvoll Krumen.

Er beschloß, den Weg zur Party über die Siebente Avenue zu nehmen. Nachdem er den Plan sorgfältig zusammengefaltet und in die innere Rocktasche gesteckt hatte, tastete er kurz nach dem

Messergriff, der aus der rechten Hüfttasche ragte, und ging dann die Achte Avenue hinunter, in der Absicht, nach ein paar Häuserblocks zur Siebenten zu queren.

Plötzlich war es viel dunkler, und es begegneten ihm auch viel weniger Menschen. Schar überlegte, daß eine Stadt zu kennen in Wahrheit bedeutete, zu wissen, wo nachts die Menschen und das Licht waren, denn das war es, was ein Gefühl von Sicherheit verlieh.

„He, du da vorn", ertönte eine Stimme hinter ihm.

Schar blieb stehen und drehte sich langsam um. Es war der junge Schwarze mit dem Afrokamm im Haar, der mit den Augen auf den Revolver deutete, den er dicht an seine senfgelbe Lederjacke gepreßt hielt.

„Ich weiß, wie nervös ihr Weißen werdet, wenn ihr einen Neger seht, der einen Revolver auf euch richtet, also gib mir rasch dein Geld, bevor ich auch nervös werde."

Während Schar in die Hosentasche griff, in der er sowohl sein Geld als auch das Messer stecken hatte, bemerkte er, daß der Räuber Linkshänder war. Er hielt ihm das Geld direkt vor den Revolver und sah das verwirrte Zucken in den Augen des Schwarzen, der einen Augenblick zögerte und dann mit der rechten Hand nach dem Geld langte. In diesem Augenblick packte Schar den Revolverlauf und riß ihn so scharf herum, daß der am Abzug liegende Finger wie ein Zweig brach. Der kleine Revolver fiel zu Boden. Schar rammte den Schwarzen gegen die Mauer, trat ihn mit dem Knie in die Leisten und gegen das Brustbein. Der Afrokamm fiel ihm aus dem Haar, als er zu Boden ging. Nachdem Schar den Revolver mit einem kräftigen Tritt die Straße entlang gestoßen hatte, beugte er sich nieder und hob den Afrokamm auf.

David beunruhigte es, daß der Brief zurückgekommen war. Warum war er zurückgekommen? Hatte man versucht, ihn drüben zuzustellen, oder hatte er Amerika gar nicht verlassen? Er mußte mehr darüber erfahren, war überzeugt, oder hoffte zumindest, daß dies sein plötzlich aufgestiegenes Unbehagen dämpfen würde. Während er zwischen den Gästen herumschlenderte, dachte er daran, daß all die Menschen, die hier herumstanden und nicht zu reden aufhörten, auf Betreiben jener Macht hier waren, die sie über den Erdball geschleudert hatte, und daß es durchaus möglich war, daß eben diese nackte Mauer der Gewalt seinen Brief aufgehalten hatte, als dieser in die andere Richtung reiste.

Er stellte sich zu der kleinen Gruppe, in der gerade jemand sagte: „Ja, es ist schon richtig, daß ich die Metapher von der internationalen Politik als Olympische Spiele anerkenne, und ich gebe auch zu, daß es typisch ist, daß die Sowjetunion immer die Goldmedaille in der obersten Klasse des Gewichthebens gewinnt, aber vielleicht wäre es besser, die internationale Arena mit einem Eishockeyfeld zu vergleichen, wo sich das Geschehen ständig verlagert und der Puck immer weitergespielt wird, und wenn wir diese Metapher akzeptieren, dann sollte man sich auch gleich daran erinnern, daß das amerikanische Eishockeyteam, das sich aus Straßenjungen zusammensetzte, die wahrscheinlich weder schreiben noch lesen konnten, die guttrainierten, gutgenährten sowjetischen Profis besiegte, weil die Amerikaner sie durch die Freiheit ihrer Bewegungen verblüfften — verstehst du das, Aljoscha —, die Sowjets hatten nichts Vergleichbares, das sie auf diese Freiheit der Bewegungen hätte vorbereiten können."

In diesem Augenblick, als er von der Leidenschaft und den Metaphern des Sprechers, eines Mannes mit kurzgeschnittenem braunem Haar und dicken Gläsern, etwas verwirrt war, bemerkte David Raissa am anderen Ende des Raumes, die ihr Glas schützend vor der Menge hochhielt.

In einer Sekunde der Einsicht sah er nicht nur sie, sondern auch sich selbst und erkannte, daß er sich vor ihr genauso fürchtete wie er sich vor dem Leben fürchtete, wenn es zu zielgerichtet und wirklich wurde. Aber er bezwang den Drang in seinen Muskeln, sich zurückzuziehen, und drängte sich durch den Raum, bis er nur eine Handbreit hinter ihrem Rücken stand.

„Hallo, Raissa", sagte er und berührte ihren Rücken.

Raissa fuhr herum, in einer Hand einen Drink, in der anderen eine nicht angezündete Zigarette. Es schien ihr etwas unangenehm zu sein, daß man sie bei einer Party bemerkte.

,,Hallo, David", sagte sie.

,,Anscheinend unterhältst du dich gut."

,,Ja. Ich habe einen verrückten Amerikaner kennengelernt, der mich fast überzeugen konnte, daß das Leben auch gut sein kann."

,,Mit solchen Leuten solltest du dich nicht einlassen."

,,Du hast damit sicherlich recht", sagte sie mit einem leisen Auflachen und hielt ihm dann ihre Zigarette entgegen.

Froh, daß das Zündholz sofort entflammt war, hielt er es an ihre Zigarette, die sie jetzt in den Mund gesteckt hatte. Sie beugte sich zu der Flamme vor, hielt mit der freien Hand ihr Haar zurück, dann trafen ihre Blicke einander kurz.

,,Wie lange bis du schon hier?" fragte er.

,,Nicht sehr lange. Vera Saslawitsch sagte mir während der Arbeit, daß eine Party stattfindet."

,,Ich habe dich angerufen, aber du hast nicht geantwortet."

,,Ich bin direkt vom Büro gekommen."

,,Raissa, ich möchte dich etwas fragen. Du erinnerst dich doch an den Brief, den ich Juri Trofimowitsch schicken wollte. Ich weiß nicht, wieso, aber der Brief ist zurückgekommen."

,,Gib mir bitte noch einen Drink, David."

David griff nach einer offenen Weinflasche und überlegte dabei, ob es vielleicht ein Fehler gewesen war, ihr diese Frage zu stellen; er hatte den Eindruck gehabt, daß sie zusammengezuckt war.

,,Sehen wir zu, daß wir aus diesem Gedränge herauskommen", sagte sie und griff nach dem vollen Glas. ,,Im Flur ist es vielleicht besser."

Mit Ausnahme eines glatzköpfigen Mannes, der, den Kopf an die Wand gelehnt, dasaß und schlief, war der Flur leer. Sie gingen an ihm vorbei zu einem kleinen Telefontischchen, neben dem zwei Stühle standen.

,,David, hör mir bitte zu", sagte sie, nachdem sie sich gesetzt hatte und sichtlich versuchte, sich zu beherrschen. ,,Wenn der Brief zurückgekommen ist, heißt das, daß man Juri nicht mehr erreichen kann. Und das wieder heißt, daß Juris Geheimnis kein Geheimnis mehr ist. Daß sie bereits alles wissen. Sie kennen die Experimente, wissen, wem Juri das Material, den Film geschickt hat."

„Ich habe heute aber erfahren, daß eine Lieferung Filme beim Zoll liegt, die vielleicht das enthält, worauf wir warten. Vielleicht hast du recht, aber sie sind sehr spät dran."

„David, wenn ich eine Wette abschließen sollte, wer den Film bekommt, dann würde ich auf sie setzen."

„Weißt du, gerade vorhin habe ich einer Unterhaltung zugehört, in der ein Russe über das amerikanische Hockeyteam sprach: Ein Haufen verrückter Jungs, die wahrscheinlich nicht einmal lesen konnten, die aber zwischen den russischen Spielern nur so herumzischten, weil die Sowjets die Freiheit ihrer Bewegungen nicht vorausberechnen konnten; nichts im Training oder in der Erfahrung der Sowjets hatte sie auf diese Freiheit der Bewegungen vorbereitet. Denn freie Bewegungen kann man einfach nicht vorhersehen. Genauso ist es, wenn Jazzmusiker improvisieren, sie wissen selbst nicht, welcher Ton als nächstes kommt."

„David, hier geht es nicht um Jazz, hier geht es auch nicht um Eishockey."

„Das weiß ich, und du weißt ganz genau, daß ich nur Analogieschlüsse ziehe", sagte er, und seine Stimme wurde tonloser und härter, um der wachsenden Hysterie zu begegnen, die sie ausstrahlte. „Wir brauchen nicht viel Zeit, Raissa. Gerade soviel, um den Film abzuholen, ein Taxi nach La Guardia zu nehmen, ins Flugzeug nach Boston zu steigen, mit dem Taxi von Logan in die Stadt zu fahren. Dort fertigen wir als erstes Kopien an, und jede Kopie steigert unsere Chance. Und dann lassen wir uns von der Auskunft die Nummer des FBI geben und händigen ihnen eine Kopie aus, die sie ganz für sich behalten können. Wir haben einen anstrengenden Tag vor uns, maximal zwei."

„David, manchmal kannst du mich zum Narren halten, weil du russisch sprichst und weißt, wie du mit mir umgehen mußt, aber in Wirklichkeit bis du ein echter Amerikaner. Verstehst du denn nicht, daß wir nichts anderes sind als zwei kleine Hasen, die im Strauch hocken, und daß die Hunde unsere Spur schon aufgenommen haben? Zwei kleine Hasen gegen alle die Hunde und gegen die Gewehre ihrer Herren — sei doch nicht wahnsinnig. Wenn du nur ein Gramm Verstand hast, greif' zum Hörer und ruf' den Detective an, und erzähl' ihm alles."

Er spürte ihre Aufregung, die ihn nervös machte, nervös und zornig.

„Und damit wäre dann alles aus. Und was sollen wir dann tun, sollen wir vielleicht mit unserer Geschichte an die Öffentlichkeit gehen? Zwei Irre mit ein paar kopierten Briefen in Russisch und einem kopierten Einschußloch in einem der Briefe? Und sollen wir vielleicht vor Regierungsgebäuden Protestaktionen starten, uns vom *Enquirer* interviewen lassen oder im Fernsehen über das Überirdische und Unglaubliche sprechen? Nein!"

„David, sie hören von der Enklave in Riverdale Telefongespräche ab. Es ist durchaus möglich, daß sie die Telefongespräche meines Bruders abhörten, seit er hierherkam; vielleicht haben sie jedes einzelne Gespräch abgehört, das wir miteinander geführt haben, vielleicht haben sie auch bemerkt, daß wir erst seit der Ermordung meines Bruders miteinander telefonieren. Hast du gehört, was ich eben gesagt habe — seit mein Bruder von irgendeinem Usbeken ermordet wurde, der vorgab, Puertorikaner zu sein. Nein!" schrie sie und stand auf. „Sie haben ihn ermordet, und jetzt machst du es ihnen möglich, daß sie auch mich und dich ermorden. Ich bin nicht nach Amerika ausgewandert, um von ihnen ermordet zu werden, nur weil ein Amerikaner seinem Leben einen Inhalt geben will; ich habe meinen Bruder nicht verloren, damit sie dich als nächsten umbringen können. Ich habe dir geglaubt, daß es ein neues Leben geben könnte, aber du bietest es mir mit einer Hand an und nimmst es gleichzeitig mit der anderen wieder fort."

„Es gibt kein neues Leben, wenn wir Altheim anrufen."

„David, sie werden uns umbringen! Versuch doch, sie davon abzuhalten!"

Sie schluchzte jetzt hysterisch, das Gesicht in die Hände vergraben.

Als er aber auf sie zutrat, um sie zu trösten, riß sie ihm die Schulter unter der Hand mit einer raschen Bewegung fort, drehte sich um und lief den langen Flur zur Party zurück.

Er würde ihr nicht nachgehen. Es gab nichts, was er ihr sagen konnte, um sie zu überzeugen, und trösten konnte er sie nicht, denn er war nicht gewillt, das eine zu tun, was sie trösten würde.

Und ganz plötzlich erkannte er, daß er fort mußte, fort aus dieser fremden Atmosphäre, fort von diesem russischen Ragout, das mit Trauer gewürzt war.

Auf der Siebenten Avenue blieb Schar wieder stehen und entfaltete im grellorangen Licht einer Hot-Dog-Bude seinen Stadtplan.

Eine seltsame Stadt, dachte er. Wenn man nach oben blickte, war sie wahrhaft grandios, aber hier herunten auf dem schmutzigen Pflaster lauerten Raubtiere und Wahnsinnige; die Augen, die ihn ansahen, waren starr vor Angst.

Als er den Plan wieder einsteckte, spürte er das ungewohnte Gewicht des Afrokammes in seiner Tasche. Ein Kamm, voll von den Fingerabdrücken eines gewöhnlichen Straßenräubers — ein perfektes Detail, das mit seinem Lokalkolorit alles andere übertraf. Winias würde zufrieden sein.

Er war niedergekniet, um den Afrokamm aufzuheben, so wie er niedergekniet war, um die Strotterin mit Münzen zu überschütten. Jetzt verstand er, wer diese Menschen waren, warum sie lebten. Sie stellten ein Ende der Skala dar, waren der Tiefpunkt im Kontrast zu den Höhen, der Zehn-Dollar-Revolver, der die wahre Macht parodierte, das völlige Versagen, das den himmelstürmenden Weg des Erfolgs noch stärker hervorhob.

Diese Spannweite war berauschend, unwiderstehlich; die Luft Amerikas, angereichert mit unendlich vielen Möglichkeiten, berauschte auch ihn. Er konnte sie spüren, auch wenn er nicht ganz sicher war, ob sie ihm gefiel. Rasche Veränderungen, die sich als Hauptattraktion aus dieser Atmosphäre zu ergeben schienen, hatten etwas Unwürdiges an sich. Und doch, wenn er sich selbst gegenüber ehrlich war, war auch er dieser Anziehung erlegen, er wollte eine Veränderung, und wie alle anderen wollte er sie rasch. Er wollte damit aufhören, Leutnant Schar zu sein, unmittelbar dem Oberstleutnant Winias unterstellt, wollte eine große Persönlichkeit in der Geschichte des Verbrechens sein, wollte auf dem Schwarzmarkt des Lebens reich und mächtig werden. Natürlich würde er den Rest seines Lebens damit verbringen müssen, sich vor den Angriffen seiner Feinde, vor allem vor denen von Winias zu schützen, aber das war noch immer besser, als für Winias zu arbeiten, seine Marionette zu sein, die Ohrfeigen einzustecken, die dieser austeilte.

Er würde das alles noch genauer durchdenken müssen, aber jetzt hatte es leicht zu regnen begonnen und er wurde auf der Party erwartet.

Der Regen war trügerisch. Er fiel wie dünne Fäden und fühlte sich nach dem Gedränge der Party sanft und erfrischend an, aber nachdem David ein paar Häuserblocks weit gegangen war, spürte er die feuchte Kälte durch den Mantel in seinen Körper dringen. Sein Blut zog sich von der Oberfläche der Haut zu seinen Knochen zurück, die nach Wärme schrien.

Wärme, der einfachste aller Wünsche. Und im Augenblick war Karen die einzige unter vier Milliarden Menschen, die ihm Wärme geben konnte.

Aber er hatte sich die Bedingung gestellt, daß er nicht bei ihr sein durfte. Weil er nicht bei ihr sein konnte, ohne ihr die Wahrheit zu sagen. Es gab keine Liebe ohne Wahrheit, das war ein Gesetz, das viel strenger als das Gesetz der Schwerkraft war. Der Körper war wie ein Tier, das weder Verstellung noch Lügen kannte. Der Körper gab sich hin und nochmals hin, er konnte auch in plötzlicher Wut zum Angriff übergehen, aber nie lügen, aus dem einfachen Grund, daß er nicht wußte, wie. Das hatte David ganz deutlich in jener Nacht erkannte, die er mit ihr verbracht hatte, nachdem er das Formular für Altheim ausgefüllt hatte. Seine Zellen waren so fest wie Banksafes verschlossen gewesen, seine Haut hatte die gefühllose Klammheit eines nassen Anzugs gehabt. Und es brach ihm das Herz zu wissen, daß er ihrem Leben die Wahrheit geraubt hatte, weil sie ganz falsche Ideen von den Gründen haben mußte, deretwegen er sich von ihr abgewendet hatte.

Das alles war für den Körper viel zu kompliziert. Sein Körper wollte bei ihr sein, könnte mit ihr glücklich sein, könnte friedlich neben ihr einschlafen. Und wenn er zum Prasseln des Regens einschlief, dann würde die Welt um ihn versinken, die lauernde Wachsamkeit, der glühende Ehrgeiz, die rohe, dumme Angst. Alles, was blieb, wären Körper und Seele, Fleisch und Träume.

Und deshalb jetzt nicht zu ihr zu gehen — er fragte sich, was es wirklich bedeutete, schließlich war er ja nicht dumm, er wußte, wie man über so etwas denken mußte.

Es bedeutete, daß er die Wahl, die er schon einmal getroffen hatte, nochmals treffen mußte. Was er immer wieder wählen mußte, so lange, bis es keine Wahl mehr gab.

Was zum Taufel hatte er denn für Ideen? Raissa würde sich wieder fassen. Ihre Wut, ihre Tränen würden vorübergehen. Sie liebte ihn, sie war mit dabei, sie mußte bis zum Ende mitmachen. In ein, in zwei oder drei Tagen würde er wieder bei ihr sein. Die Lieferung würde kommen, er würde das Endband vom Film trennen, ihn nach Boston bringen, Jim würde sich um die wissenschaftliche Seite kümmern und dann würde es ihm gehören. Es war ganz einfach. An nichts anderes durfte er jetzt denken. Aber wenn ein kalter Regen fiel, beständig wie jetzt, und wenn seine Knochen nach Wärme schrien, war alles andere nur eine verschwommene Vorstellung im Hintergrund.

Jewgeni Schar saß in der Küche und erzählte die Geschichte seiner Zwangsexilierung einer Gruppe von Bewunderern, unter denen sich, wie er bemerkte, auch Raissa Farb befand.

Er hatte eben die Geschichte vom jungen Intellektuellen zu Ende erzählt, der von einem Kriminellen niedergestochen worden war, von Wenja dem Schwan, als sie ihm zum ersten Mal auffiel; mit dunklen Haaren, die Spuren kaum abgeklungener Erregung um die Augen, stand sie in der zweiten oder dritten Reihe derer, die sich in dem kleinen impromptu Amphitheater um ihn geschart hatten.

„Der größte Teil der wissenschaftlichen Intelligenzija schien, gerade als ich wegfuhr, immer heftigeren Angriffen ausgesetzt zu sein. Ich weiß nicht, weshalb. Unmittelbar vor meiner Abreise wurde einer von ihnen zu uns ins Lager gebracht — in keinem sehr guten Zustand. Juri Trofimowitsch Kowschin."

„Den habe ich gekannt", sagte der hochgewachsene Mann mit den randlosen Brillen und dem Solschenizyn-Bart.

„Er war doch mit Ihrem Bruder befreundet, nicht wahr, Raissa?"

„Ja, sie waren Freunde." Dann brach sie ab und sah Schar direkt ins Gesicht, der daraufhin leicht nickte. „Sie sagen, daß er in keinem sehr guten Zustand war?" fragte Raissa.

„Nein", sagte Schar. „Wirklich nicht."

„Wird er das Lager überleben?"

„Das kann man nicht sagen", sagte Schar. „Wenn es nicht gewünscht wird, daß er überlebt, wird er in der Glasschleiferei eingesetzt werden. Das ist der ärgste Job in T-52."

„T-52?" fragte eine blonde Frau mit wirrem Haar, die als Journalistin bei einer New Yorker Emigrantenzeitschrift arbeitete.

„Wir haben in T-52 gearbeitet", sagte Schar und wendete sich ihr zu. „Wir haben Fernsehapparate für den russischen Konsumenten erzeugt, der noch immer jahrelang warten muß, bis er die Lügen über alle die Menschen hören kann, die den Apparat für ihn gemacht haben."

Seine Bemerkung rief auf einigen Gesichtern ein bitteres Lächeln hervor.

„Und haben Sie die Absicht, in Amerika zu bleiben?" fragte die Journalistin.

Schar seufzte. „Alles, was ich im Augenblick sagen kann, ist, daß ich sehr müde bin und auf keine Frage derzeit eine Antwort weiß. Es tut mir leid. Ich möchte einfach unter Menschen sein, dann etwas trinken und mich schlafenlegen."

Verlegen steckte die Journalistin ihr kleines Notizbuch weg.

„Wirklich sehr müde", wiederholte Schar in einem Tonfall, der allen Umstehenden klar machte, daß die Audienz zu Ende war und er allein sein wollte. Die Zuhörer begannen, die Küche zu verlassen, oder unterhielten sich untereinander.

„Sie haben Juri Trofimowitsch gekannt?" fragte Schar den Wissenschaftler mit dem Solschenizyn-Bart.

„Meine erste Frau war eine Cousine von Juris Frau. Ich kann nicht sagen, daß ich ihn gut kenne, aber wir sind uns einige Male begegnet und haben miteinander gesprochen. Es tut mir leid, daß ihm so etwas zustoßen mußte. Er hat doch ein Kind?"

„Ja", sagte Schar. „Sie fehlt ihm sehr. Wir freundeten uns in der kurzen Zeit, die wir zusammen verbrachten, sehr an, Juri und ich."

„Und wozu wurde er verurteilt?" fragte Raissa Farb, die sich endlich zu ihm durchgekämpft hatte.

„Fünf Jahre Zwangsarbeit, danach drei Jahre Exil."

„Hat er gesagt, warum er verhaftet wurde?"

„Wie ich der anderen Frau schon erklärt habe", sagte Schar mit etwas schroffer Stimme, „möchte ich derzeit keine Fragen beantworten. Fragen machen mich entsetzlich müde. In den letzten Tagen wurde ich mit so vielen Fragen bestürmt — Sie können sich das gar nicht vorstellen. Aber es tut mir leid, daß ich Sie so angefahren habe. Es sind die Nerven, und die Übermüdung. Darf ich Ihnen einen Drink bringen?"

„Danke", sagte Raissa, die dieses Angebot und auch seine Entschuldigung annahm. „Ich komme mit", setzte sie hinzu, da ihr klar war, daß er den Weg zurück in die Küche kaum unter einer halben Stunde schaffen würde, wenn man bedachte, wieviele glühende Verehrer und schmachtende Frauen vor der Tür standen.

„Ich heiße Raissa", sagte sie, als Schar Weißwein in einen Plastikbecher goß. „Raissa Farb."

„Oh, es tut mir leid", sagte Schar, dessen Hand gezuckt hatte, als sie ihren Namen nannte, wodurch der Wein über den Rand des Bechers auf ihre Hand gespritzt war.

„Was haben Sie denn?" fragte sie.

„Ist Jascha Farb Ihr Bruder?"

„Ja. Und was weiter?"

„Ich habe gelesen, daß die amerikanische Kritik Doktor Schiwago zerpflückte, weil darin zu viele Zufälle vorkommen, aber das beweist doch nur, daß man hier keine Ahnung vom russischen Leben hat, finden Sie nicht auch? Ich will damit sagen, daß hier herüben alles in geordneten Bahnen verläuft, wenn sich Leute miteinander verabreden. In Rußland tritt dagegen ein Chaos nach dem anderen ein, alles ist in Bewegung und führt zu den unwahrscheinlichsten Kombinationen. An einem Tag poliert man Fernsehapparate, am nächsten ist man in Deutschland, eine Woche später trinkt man in New York Weißwein."

„Juri hat meinen Bruder erwähnt?" sagte sie. „Oh, tut mir leid, das ist wieder eine Frage."

„Diese Frage ist wichtig, viel zu wichtig, als daß ich sie hier vor all den Leuten beantworte. Können wir nach draußen gehen?"

Einen Augenblick später standen sie, die Plastikbecher noch immer in der Hand, in einer stillen Seitenstraße von West Village. Der Regen stand in Pfützen auf dem Gehsteig, wo dieser eingesunken war. Die Luft war erfrischend kühl.

Eine Zeitlang gingen sie schweigend nebeneinander her.

Jetzt war Raissa auf David noch aus einem zweiten Grund wütend, weil er nämlich nicht begriffen hatte, wie klein die Welt war. Trotz all seiner Intelligenz war er nichts anderes als ein dummer Amerikaner, er hatte nicht einmal eine Vorstellung von der tatsächlichen Größe der Welt! Die Sowjetunion und Amerika waren jetzt Nachbarn; die Sowjetunion war ganz nahe, nahe wie die Enklave in Riverdale. An einem Tag vor einer Woche hatte Schar mit Juri Trofimowitsch in Mordowia über ihren Bruder gesprochen, und eine Woche später war er bei ihr in Greenwich Village. Schar spielte natürlich auch Theater — Pasternak, der Zek'sche Romantizismus, „das Besondere an einem russischen Schicksal"; aber so besonders war das gar nicht. Die Welt war klein, und die Menschen, die man aus Rußland hinausgeworfen hatte, brauchten nicht weit zu gehen, bevor sie einen Hafen fanden. Aber wenn Rußland nahe war, dann bedeutete das, daß auch die Vergangenheit, das gemeinsame Grab der Vergangenheit, nahe war; und so geschah es jedesmal, wenn man glaubte, über sich den blauen Himmel zu sehen, daß sich die Gebeine der Toten und die Wurzeln um die Füße wanden und einen zurückzerrten. Und nun war auch dieser Mann ihr in gewisser Weise verbunden. Sie kannte keine andere Verbindung als durch den Tod des einen oder anderen Menschen.

„Die Antwort auf die Frage, die Sie mir drinnen stellten, heißt ja. Juri hat von ihrem Bruder gesprochen. Mehr als das. Soll ich weiterreden?"

„Ich höre."

„Ich habe eine wichtige Mitteilung von Juri für Ihren Bruder."

„Die Sie nicht weitergeben können."

„Warum nicht?"

„Weil Jascha tot ist."

„Ihr Bruder ist verstorben?"

„Offiziell wurde mein Bruder das Opfer eines ganz gewöhnlichen Straßenraubes, eines bewaffneten Überfalls. Aber daran habe ich nie geglaubt. Ich war immer fest überzeugt, daß *sie* es waren — es trug ganz ihre Marke."

„Was soll ich jetzt tun? Ich werde Ihnen mein Problem darlegen. Juri schickte Ihrem Bruder ganz bestimmte wissenschaftliche Informationen. Später entdeckte er, daß sie nicht ganz richtig waren. Im Laufe der Versuche, die angestellt wurden, ergaben sich einige ernstzunehmende Nebenwirkungen. Aber es war zu spät, um ihren Bruder zu warnen. Da ich in ungefähr einem Jahr entlassen werden sollte, bat mich Juri, die ungefähr sieben Seiten der neuen Daten auswendig zu lernen. Das tat ich auch. Niemand von uns hatte erwartet, daß ich so rasch freigelassen werden würde. Normalerweise wäre das ja auch eine günstige Entwicklung gewesen..."

„Ja, normalerweise."

„Mein Problem besteht darin, daß ich im Augenblick Schwierigkeiten habe, mir alles zu vergegenwärtigen. Ich weiß nicht, ob es der Schock ist, plötzlich hier zu sein, oder die Tatsache, daß ich mein Poem vollständig niederschreiben mußte, oder irgend etwas anderes, aber ich kann mich an ungefähr eine dreiviertel Seite überhaupt nicht erinnern. Ich schreibe alles immer wieder auf, damit ich es im Gedächtnis behalte, und hoffe, daß mir der fehlende Teil wieder einfallen wird, aber bis jetzt ist das erfolglos geblieben."

„Bewahren Sie die Seiten auf, die Sie niedergeschrieben haben?"

„Nein, es ist besser, wenn ich das nicht tue. Selbst hier nicht."

David war so unendlich dumm, dachte sie — er wäre mit einer Information abgereist, die unrichtig und gefährlich war. Denn Juri hatte nicht mehr die Zeit gehabt, die überarbeiteten Daten herauszuschmuggeln. Der arme Juri war ins Arbeitslager gekommen, so wie sie es immer vorausgesagt hatte. Sicher hatten sie beobachtet, wie Schar im Lager mit Juri gesprochen hatte, David war heute mit Schar am Flughafen gewesen, und schon jetzt würde ihnen David bekannt sein. Es konnte für sie alle nur in einer Katastrophe enden. Raissa spürte, wie sie auf sie zukam, so wie sie auch schon Stunden vorher spürte, wenn Schnee kam, lange bevor sich der Himmel verdunkelte.

Wenn sie aber jetzt Altheim anrief, war das das Ende ihrer Beziehung zu David; das hatte er ihr unmißverständlich zu verstehen gegeben. An ihr war es jetzt, eine Entscheidung zu treffen, alles zu entscheiden.

Sie sah Schar verstohlen an — groß, aber vor Kälte etwas gebückt, ohne Krawatte, das Hemd bis zum Kragen zugeknöpft, wie es alle Emigranten trugen. Wie konnte sie ihm vertrauen? Er war schließlich von derselben Art wie ihr Bruder und David, Trunkenbolde, Phantasten, die nie bemerkten, was denen geschah, die unmittelbar vor ihnen gingen.

„Ich habe den Narreteien meines Bruders nie Gehör geschenkt", bemerkte Raissa und preßte vor Zorn auf sie alle — Jascha, David, Juri, Schar — die Lippen fest zusammen.

„Aber Juri Trofimowitsch hat mir erzählt, daß Ihr Bruder ein wunderbarer Mensch war."

„Ja, er war ein wunderbarer Mensch."

„Darf ich Sie um einen Gefallen bitten", sagte Schar mit leiser Stimme. „Ich muß Sie bitten, mir zu helfen. Finden Sie bitte heraus, wem ich diese Informationen geben soll. Ich bleibe mindestens eine Woche im Algonkin. Ich habe einem guten Menschen in einem sowjetischen Arbeitslager versprochen, diese Informationen weiterzuleiten, und ich habe die Absicht, mein Versprechen zu halten", schloß Schar, der seine Stimme im Bewußtsein seines moralischen Anspruchs erhoben hatte.

„Mindestens eine Woche im Algonkin", wiederholte Raissa, um eine Antwort zu geben, mit der sie sich nicht festlegte.

Einen Augenblick konnte Schar nicht umhin, Winias zu bewundern; diese außergewöhnliche Frau zweifelte an ihm, aber aus den falschen Beweggründen. Und das Ausmaß der Täuschung, der sie unterlag, und Schars Wissen darum deuteten auf Winias' Allgegenwart, so wie sich bei gewissen Schattenrissen die Fläche zwischen zwei Bechern plötzlich in ein Gesicht verwandelte.

31

„Er ist da", sagte Naomi. Einen Augenblick lang brachte David kein Wort hervor und wußte nicht einmal, ob er jubeln oder enttäuscht sein sollte.

„Ich komme sofort."

Er hängte den Hörer des öffentlichen Telefons ein. Menschen, Autos und Busse bewegten sich in einem feinen Nieselregen, der nicht von oben zu fallen, sondern sich aus der Luft zu verdichten schien.

Er ist da, dachte er, trat auf die Fahrbahn und streckte den Arm aus, wohl wissend, daß im Regen der Kampf um ein Taxi noch schlimmer als sonst sein würde.

Der Rücksitz des Taxis, das er endlich anhalten konnte, hatte sich etwas gelockert, und die dicke Plastikscheibe zwischen Fahrer und Fahrgast zwang David, die Adresse nochmals aus vollem Hals zu brüllen, was er ausgesprochen unpassend fand.

Aus dem Wagenfenster sah er hinaus auf eine Welt, die sich nicht verändert hatte, obwohl sich sein Leben eben, jedenfalls beinahe, grundlegend verändert hatte. Autobusse mit aufgemalter Reklame, das billige Rosa bekannter Gesichter, die lächelnd irgend etwas anpriesen. Etwas Vergängliches, Assyrisches war an dieser regendurchnäßten, graubraunen Stadt. Der Anblick einer Negerin, die an der Ecke stand und den Kopf mit einer Zeitung schützte, ließ einen Augenblick lang Scham in ihm aufsteigen. Er war nur einen Häuserblock weit, Minuten, Centstücke am Taxameter, von ihr entfernt. Dann heftete er seinen Blick auf das Wagenfenster, an dem die Regentropfen hängenblieben, zitterten, und schließlich mit neugewonnener Kraft in durchsichtigen Streifen die Scheibe hinunterrannen. Wahrscheinlich würde es noch einige Zeit dauern, bis er es begriff, dachte er; wie bei einem Todesfall in der Familie oder einem Lotteriegewinn brauchte es geraume Zeit, bis man wirklich begriff, was geschehen war.

,,Fünf Dollar vierzig", sagte der Fahrer und klappte den Geldbehälter hinunter.

,,Behalten Sie das Wechselgeld", sagte David, als er einen Zehndollarschein in den Behälter legte.

,,Was?"

,,Das Wechselgeld können Sie behalten."

,,Super, danke, einen schönen Tag noch."

Naomis Assistent teilte ihm mit, daß ihn Naomi erwarte und jeden Augenblick kommen mußte; er solle sich einstweilen auf das Sofa setzen.

Er setzte sich und starrte auf den vor ihm stehenden Teetisch. Der Film war schon in diesem Haus, und er mußte Zeitschriften und einen bernsteinfarbenen Aschenbecher anstarren, der voll von ausgedrückten Zigarettenstummeln war!

Sein Blick wanderte von einer Zeitschrift, deren Titelbild eine Rakete zeigte, die gerade abgeschossen wurde, worüber man in großen roten Lettern ,,Atomare Erpressung" gedruckt hatte, zu einer Filmzeitschrift, deren Leitartikel die Überschrift ,,Sam Talbot: Heiliger oder Schlange?" trug, und blieb schließlich an einer Nummer von *Variety* hängen, in der über die fünfzig reichsten Leute der Woche berichtet wurde.

,,Naomi ist jetzt frei."

Sie saß zurückgelehnt in ihrem Stuhl, rauchte eine der langen, braunen Zigaretten und hatte die Augen zusammengekniffen, entweder weil ihr der Rauch in die Augen stieg oder sie ihn noch einmal prüfend mustern wollte.

,,Ich habe gerade mit Mr. Federenko von der sowjetischen UNO-Delegation telefoniert", sagte Naomi. ,,Sie wollen die *Äpfel von Riasan* heute abend in einer Privatvorführung sehen. Inwieweit kann das ein bloßer Zufall sein?"

Er hatte keine weiteren Hindernisse einkalkuliert und brauchte einige Augenblicke, um seine Gedanken in Gang zu bringen.

,,Nehmen wir einmal das Schlimmste an. Sie wissen Bescheid. Was sie aber nicht wissen können, ist, wann und wohin das Endband verschwunden ist. Das könnte noch drüben geschehen sein, aber auch am Flugplatz, beim Zoll oder auf dem Lastwagen auf der Fahrt in die Stadt. Das können sie nicht wissen. Sie sind sich vielleicht nicht einmal sicher, daß es wirklich an diesem Film hing. Was haben Sie ihnen gesagt?"

„Das können Sie gerne hören", sagte Naomi und ließ durch nichts erkennen, ob Davids Worte sie beeindruckt hatten. „Ich habe ihnen gesagt, daß ich dazu eine Bestätigung auf einem offiziellen Briefpapier brauche, den ein Bote herbringen soll, dann kann ich dem Boten den Film mitgeben."

„Soweit, so gut."

„Ich würde gerne wissen, was wirklich auf dem Endband ist."

„Das werde ich Ihnen gerne erzählen."

„Wann?"

„Wenn ich es selber weiß, werde ich Sie ganz groß zum Essen ausführen und Ihnen alles erzählen", sagte David im vollen Bewußtsein der Tatsache, daß er ihr im Augenblick um ihrer Sicherheit willen gar nichts sagen durfte und sie wahrscheinlich auch später im unklaren lassen würde, denn dann würde sie das Band für sich selbst und ihre Freunde wollen, und die Forderungen würden ins Bodenlose gehen.

Er sah, wie sich ihr Gesicht entspannte, während sie eine Rauchsäule aus dem Mundwinkel blies. „Am Telefon war mir seine Stimme äußerst unsympathisch", sagte sie und beugte sich vor.

Ihr Sekretär und ihre Sekretärin nickten, als Naomi sagte: „Ich bin in ungefähr zwanzig Minuten wieder zurück. Wenn jemand anruft, sagt einfach, daß ich nicht an meinem Platz bin."

David mußte sich anstrengen, um auf dem Flur und den Betonstufen des Stiegenhauses mit ihr Schritt zu halten. Als sie im Kellergeschoß angekommen waren, blieb sie stehen und sah durch das vergitterte Guckfenster in den Flur hinaus.

„Warten wir, bis sie vorüber sind", sagte sie und drehte sich kurz nach ihm um. Er sah verschwommene Gesichter; dann blickte er auf ihre Hand und bemerkte, daß sie einen bestimmten Schlüssel herausgesucht hatte. Das mußte schon auf der Treppe geschehen sein.

Sie hielten sich nur wenige Augenblicke im Flur auf; der Lagerraum war hinter der zweiten Tür im Flur. Sobald sie das Licht angeknipst hatte, rüttelte sie an der Tür, um sich zu überzeugen, daß sie verschlossen war. Der Raum war niedrig, sehr lang und hatte den Geruch von trockenem Beton. Auf den Eisengestellen, die dieselbe dunkelgrüne Farbe wie die Kästchen in Schulgarderoben hatten, lagen die Filme in ihren Behältern.

,,Wo ist er?" fragte er flüsternd.

,,Das weiß ich nicht. Es ist noch nichts aussortiert. Wir müssen danach suchen."

,,Ich fange hier herüben an", sagte David und eilte an einem Rückspultisch vorbei in die hintere Ecke.

Er fand ein brasilianisches Musical, einen französischen Film mit dem Titel *Nostalgie de la boue*, den *Schrei* aus Schweden (hatte er darüber nicht schon etwas gehört?), ein Samurai-Epos aus Japan, Filme aus Australien, Deutschland, Jugoslawien. Rolle um Rolle voll von Bildern.

Wo war er nur? fragte er sich, und sein Magen verkrampfte sich. Er war nicht angekommen. Sie würden ihn nicht finden. Nie ging etwas gut aus. Es gab immer eine dumme Schwierigkeit, ein Malheur: Der Lastwagen, der den Film vom Flughafen in die Stadt gebracht hatte, war wegen eines gerissenen Keilriemens bis drei Uhr hängen geblieben. Aber dies hier war eine neue, unvorhergesehene Situation, die auch neue Schwierigkeiten aufwarf. Endlich hatte er es geschafft, Naomis letzte Einwände aus der Welt zu schaffen, und jetzt war der Film wahrscheinlich nicht mitgekommen. Vielleicht hatte man das Endband nie an dem Film angebracht und hatte niemanden mehr von der Änderung des Planes verständigt, da die Nachrichtenkette unterbrochen worden war.

Wieder begann er, die Regale durchzugehen, blieb diesmal vor jeder Filmrolle stehen und las die Schilder, während er mit dem Finger die Namen nachfuhr. Er hatte eben die Hand nach *Nostalgie de la boue* ausgestreckt, als Naomi mit gedämpfter Stimme rief: ,,Ich habe ihn."

Er lief zu ihr hinüber. Sie stand wartend da, ihr zu Füßen lagen zwei Filmrollen. Eine Sekunde lang schwiegen sie beide.

,,Es geht um das Endband von Rolle vier, das haben Sie mir doch gesagt?"

,,Stimmt."

Sie hob die Dosen auf und trug sie rasch zum Rückspultisch.

,,Dann sehen wir uns die Sache einmal an", sagte sie und klappte den Deckel auf. Der Behälter enthielt zwei Filmrollen, der Hohlraum war mit Zeitungen ausgestopft. Automatisch überflog David die russischen Worte und las ‚Kosmonaut', ‚Ruhm', ‚Krise'.

,,Eigentlich sollten sie eine Nummer tragen", sagte sie. ,,Stimmt, das ist Nummer drei, also muß das vier sein. Ist es auch." Sie wies mit dem Kopf auf das breite Leitband, auf das eine riesige schwarze vier aufgemalt war. ,,Und ich sehe schon, daß ich den Film rückspulen muß."

Naomi steckte die Rolle auf einen Umspuler, eine Leerrolle auf den anderen und löste dann den roten Klebestreifen, der den Film zusammenhielt. Sie spannte den Film über den Tisch und befestigte ihn mit demselben roten Klebeband auf dem gelben Kern der Leerrolle. Das Leitband war schwarz-weiß und trug ein uhrförmiges Symbol mit den Zahlen zehn bis eins.

Naomi stellte sich zwischen die beiden Spulen und begann, die Kurbel des Umspulers immer heftiger zu drehen, dann ließ sie sie los; wann immer die Drehung langsamer wurde, gab sie der Kurbel einen heftigen Stoß.

,,In der Filmschule hielten wir Wettkämpfe ab", sagte sie über die Schulter. ,,Wir wollten herausfinden, wer am raschesten umspulen kann."

,,Haben Sie gewonnen?"

,,Sicher, manchmal", sagte sie und versetzte die Kurbel noch einmal in Bewegung, als wollte sie ihren Stil demonstrieren.

,,Und dabei reißt der Film nicht?"

,,Nicht, wenn man es richtig macht."

Er sah ihr über die Schulter und beobachete, wie der Film schwarz und schemenhaft an ihm vorbeiraste. Ihr Haar duftete nach Flieder; im Nacken sah es aus, als wäre es mit einem dicken Kohlestift gezeichnet.

Plötzlich hielt sie die sich drehende Rolle mit der Handfläche an.

,,Wir sind schon darüber hinaus", sagte sie und drehte die Kurbel in die andere Richtung, wobei sie sich bückte, um festzustellen, wo das Endband an dem Film angebracht worden war.

In ihm stieg wieder das Gefühl von unbezähmbarer Ungeduld, gepaart mit dem Bewußtsein völliger Nutzlosigkeit auf, das ihn damals in der einen Nacht im Warteraum bei den anderen werdenden Vätern überfallen hatte.

,,O. k., das klappt, wir werden das Endband jetzt loslösen. So, na komm schon. Da haben wir es. So, jetzt spule ich ihn auf."

Sie nahm die Filmrolle vom Umspuler und steckte stattdessen einen neuen gelben Plastikkern auf. Sie suchte nach einem Stück Klebeband, das sie irgendwo auf dem Tisch fand, und befestigte das Endband am Kern; es waren nur zwei Umdrehungen der Kurbel notwendig, um es völlig aufzuspulen.

,,Viel ist es nicht", sagte sie. ,,Ungefähr dreißig Meter. Aber es wäre vielleicht angebracht, den Russen das Stück Klebeband zurückzugeben." Sie zog es vom Endband ab und klebte es auf den Tisch, griff dann in ein Regal über dem Tisch, nahm einen Plastikbeutel, blies den darufliegenden Staub ab, ließ das um den gelben Kern gewickelte Endband hineinfallen und überreichte es David. ,,So, jetzt gehört es Ihnen."

Jetzt hielt er es in Händen, diesen ganz bestimmten Gegenstand, ein paar Gramm Kunststoff. Einen Augenblick lang blieb er bewegungslos stehen, hielt das Säckchen mit übertriebener Sorgfalt zwischen den Fingern, ließ es dann rasch in die Innentasche seiner alten Kordsamtjacke gleiten und sagte: ,,Ich bewundere Ihren Mut, Naomi."

Sie nickte zustimmend. ,,Ich werde jetzt Folgendes tun", sagte sie. ,,Ich werde das Endband von Rolle eins auf Rolle vier ummontieren und dann auf einem anderen osteuropäischen Film ein Endband suchen. Ich glaube, sie verwenden alle dieselbe Type."

,,Eine gute Idee. Naomi, ich muß jetzt gehen. Ich melde mich bald."

,,Das will ich auch hoffen — Sie sind mir noch ein Essen schuldig." Sie wendete sich wieder dem Umspultisch zu.

David blieb an der Tür stehen und wartete, bis ein Mann in einer grauen Militärjacke durch den Flur gegangen und um die Ecke verschwunden war. Ein letzter Blick zurück zeigte ihm Naomis rechten Arm, der sich, so wie die Filmrollen, wie rasend drehte.

32

Solly konnte das Grab nicht finden.

„Parzelle 94 A, Platz 1—4", stand auf dem kleinen Kärtchen, das er in der Hand hielt. Erst als er es nochmals durchlas, kam ihm der Gedanke, daß der Mann am Auskunftsschalter sicher ein Trinkgeld erwartet hatte, denn er hatte nachgesehen und die Angaben mit der großen Geste eines Menschen, der einem anderen eine Gefälligkeit erweist, auf den kleinen Zettel geschrieben. Solly schämte sich, daß er so vernagelt gewesen war.

Er ging die Grabsteine entlang, ohne bewußt nach dem Namen zu suchen, denn er wußte, daß er ihm auffallen würde, wenn er einmal vor dem Grab stand. Er las einfach aus Neugier einige Namen und Daten. Arthur Fein hatte von 1893 bis 1961 gelebt. Wie lange war das? Achtundsechzig, gar nicht schlecht. Bessie Löwenthal hatte es noch länger geschafft: sie hatte von 1889 bis 1970 gelebt. Einundachtzig. Einundachtzig; da erlebte man noch das Heranwachsen der Enkel, feierte ihre Hochzeit und wiegte die Urenkel in den Armen, auch wenn sich diese nicht daran erinnern würden. Gerald Mandel dagegen war 1940 geboren worden und starb 1959. Viel hatte er nicht erleben können, und Solly fragte sich, was die Todesursache gewesen war — ein Autounfall, eine Krankheit, oder vielleicht das, was ihm so vertraut war, eine Messerstecherei auf dem Heimweg von der Arbeit.

In den Nebelschwaden sah der Friedhof wie ein riesiger Golfplatz aus. Das Gras verfärbte sich schon gelb, die Erde unter den schmutzigen Halmen war steinhart. Ein schwarzer Leichenwagen, ein Cadillac, stand auf der Spitze des Hügels, aber anscheinend fand kein Begräbnis statt. Als er im Nieseln durch die dunklen Zweige die Silhouette der Stadt wahrnahm, stieg in ihm das Bedürfnis auf, wieder dort unten zwischen den Menschen, den Autos, dem Lärm zu sein.

Er mochte diese Art von Wetter überhaupt nicht — die bis

zum Boden niederhängenden, drohenden grauen Wolken, das immer wieder einsetzende Nieseln, die auf den Gehsteigen klebenden gelben Blätter. Seine Nieren fühlten sich dabei an wie zwei kleine Kartoffeln, die in der Erde verfaulten. In der Erde, alle endeten in dieser verdammten Erde.

Er schritt rascher aus, in der Hoffnung, ein Schild zu finden, das ihm zeigte, daß er den richtigen Weg eingeschlagen hatte. Es war niemand da, der ihm hätte Auskunft geben können. Der Friedhofswärter, den er gesehen hatte, als er aus dem Auto gestiegen war, war verschwunden, niemand brachte Blumen oder Kränze. Er war zwar überzeugt, daß er den Anweisungen unten im Büro aufmerksam zugehört hatte, aber wo hatte er wohl seine Gedanken wirklich gehabt, wenn er nicht einmal daran gedacht hatte, ein Trinkgeld zu geben! Dorthin konnte er sicher nicht zurückgehen.

Es begann wieder zu nieseln. Es kam ihm der Gedanke, daß er das Grab heute nie finden würde, daß ihn irgend etwas davon abhielt. Es war zu spät; er hatte zu lange gewartet.

Als er die Rückseite eines Parzellenschildes sah, ging Solly darauf zu, froh darüber, daß er endlich ein Ziel hatte, das ihn von seinen Gedanken ablenkte. Er war in der falschen Parzelle. Es mußte die nächste sein. Aber wie hatte man die Parzellen angelegt? Warum nannte man sie überhaupt Parzellen? Es war nicht das geeignete Wort.

Ein frischpolierter Kleinwagen, in dem ein altes Paar saß, fuhr an ihm vorbei; die Reifen zischten leise auf der regenfeuchten Straße.

Die nächste Parzelle war die richtige, und er fand das Grab rasch. Der Name seines Vaters, Geburtstag und Sterbedatum seines Vaters. Solly war endlich da, er stand über ihm. Es fiel ihm schwer, diesen Gedanken zu Ende zu denken; der Mann, dem er beim Rasieren zugesehen hatte, lag da unter ihm. Die Rippen hielten wahrscheinlich noch zusammen, aber die Finger hatten sich sicher schon gelöst, waren wie Kreidestücke auf den Boden gefallen und zerbrochen.

Solly war sicher gewesen, hier würde etwas geschehen, er würde etwas spüren, das er zuvor nicht gespürt hatte; das Schweigen in ihm, das verwirrende Schweigen der Stimme seines Vaters würde sich endlich lösen und er zu ihm sprechen. Aber es geschah nichts. Er hatte dasselbe leere Gefühl, das er immer verspürte, wenn er auf Tote hinabsah. Nichts.

Der Nieselregen setzte sich langsam auf seinen Mantelärmeln ab.

Einen Augenblick lang spürte er Zorn in sich keimen, aber dann griff er in die Rocktasche und zog das orange Blatt Papier heraus, das er doppelt gefaltet hatte. Zuerst sah er die Ankündigung der neuen Waschstraße, dann drehte er es um und sah auf die Worte einer Sprache, die mit den Buchstaben einer anderen Sprache geschrieben worden waren.

33

Endlich begann es ihm klar zu werden; jetzt erfaßten es seine Gedanken. Als er im Badezimmer stand und den Plastikumschlag mit Klebestreifen auf seiner Brust befestigte, spürte er die nervöse Erregung in den Fingern und den Wadenmuskeln, ein Zittern, das sich aus Angst und Euphorie ableitete.

Obwohl seine Brustmuskulatur gut ausgebildet war, ragte der harte Kunststoffpacken doch etwas vor, würde aber unter dem Hemd nicht sichtbar sein. Das Entfernen des Klebestreifens würde sicher sehr schmerzhaft werden, dachte er; die Nerven würden sich zusammenziehen, wenn der Klebestreifen das Haar abmähte, das so graubraun gefleckt war wie sein Bart. Es fiel ihm ein, daß es weniger schmerzen würde, wenn er die Klebestreifen rasch abzog.

Als er wieder im Wohnraum stand, nahm er einige unerläßliche Dinge an sich, ganz automatisch — Bargeld, Kreditkarten, Uhr, Füllhalter —, und erkannte mit einem Schlag, daß er Anstalten traf, seine Wohnung fluchtartig zu verlassen, noch bevor er diesen Entschluß bewußt gefaßt hatte. Als wäre er Mitwirkender in einem schäbigen Fernsehkrimi. Was sollte der Unsinn denn überhaupt? Er konnte nicht einmal drei Häuserblocks weit laufen, ohne außer Atem zu geraten, und Revolver gehörten derselben Welt an wie Schraubenschlüssel und Elektrogeräte — man mußte mit ihnen umgehen können. Würde sich die Sache zu einer Angelegenheit des Davonlaufens und Schießens entwickeln, dann waren seine Chancen gleich null. Einige böse Vorzeichen, etliches Mißgeschick hatte es ja gegeben. Daß der Brief zurückgekommen war und die sowjetische Delegation die *Äpfel von Riasan* an diesem Abend sehen wollten, daß Jims Mutter gestorben war, denn das hieß, daß Jim mindestens zwei Tage lang nicht in Boston sein würde und Davids prahlerische Feststellung vor Raissa, die ganze Sache würde nicht länger als ein, zwei Tage Anstrengung bedeuten, unglaubwürdig geworden war.

Seine Angst drängte ihn, sofort mit der Taxi-Flugzeug-Taxi

Seine Angst drängte ihn, sofort mit der Taxi-Flugzeug-Taxi Methode zu beginnen und sich so lange in einem Bostoner Motel zu verstecken und fernzusehen, bis Jim vom Begräbnis seiner Mutter zurückgekommen war. Alles andere konnte warten; nichts sonst war wichtig.

Aber auch seine Euphorie beeinflußte ihn. Sie trieb ihn dazu, noch eine Nacht in New York zu bleiben, Raissa über den Tisch hinweg anzulächeln, während er ihr die Neuigkeit erzählte und sich an die Brust schlug, als wolle er die Wahrheit beteuern, und die Euphorie trieb ihn auch dazu, seine Verabredung mit Schar einzuhalten.

Er rief Raissa an und ließ das Telefon mehr als ein halbes dutzendmal klingeln, bevor ihm einfiel, daß es Donnerstag war und sie an diesem Abend in der Fortbildungsschule unterrichtete.

Er ließ seinen Blick über den Schreibtisch schweifen, zuerst automatisch, dann bewußt, als wollte er diesem Stück Holz, an dem er so viele Jahre seines Lebens verbracht hatte, Lebewohl sagen. Die vielen maschinengeschriebenen Seiten, die Tinte — sie kamen ihm jetzt wie eine Winterwelt in schwarz-weiß vor, dieser nicht endenwollende Schneefall des Papiers, die nackten schwarzen Äste der Sätze. Kein einziger Farbfleck. Und dabei hatte er als Kind so gerne gezeichnet und gemalt und mit Farben hantiert. Insgeheim hatte er immer bedauert, daß er nicht Maler geworden war, in einer Welt leben konnte, in der Blau wichtig war.

Die unvollendeten Memoiren der Irina Petrowskaja schienen ihm einen zweifelnden, anklagenden Blick zuzuwerfen. Würde er sie fertigstellen müssen? Er war mit seiner Arbeit immer im Rückstand gewesen, hatte sie in der Zeit seiner Ehe sogar in den Urlaub mitgenommen. Und sein Gewissen sagte ihm, daß er Karens schon geschwächte Stellung im Verlag nicht weiter in Gefahr bringen durfte. Er dachte daran, wie Schar sie gefragt hatte, wie viele Kopien sie wollten, und sie rasch geantwortet hatte: ,,Für jeden eine.“

Außerdem würde er in seinem neuen Leben Geld brauchen.

Bevor er sich auf den Weg durch die abendliche Menschenmenge auf der Sechsten Avenue machte, hörte er noch den Anrufbeantworter ab. Raissa sagte aufgeregt und heftig: ,,David, ich muß heute abend mit dir sprechen. Komm zu mir; es ist ganz gleich, wann — du mußt heute abend kommen!“

34

Naomi, die allein in ihrem Büro saß, schrie dem Telefon „Kusch doch endlich" zu; es schien mit besonderer Hartnäckigkeit zu klingeln, als wüßte der Anrufer, daß sie da war. Der Tag war einfach zuviel für sie gewesen — mehr als hundert Anrufe, zwei Probevorführungen, die Geschichte mit David Aronow und dann noch Mr. Federenko, den die sowjetische Delegation um den Film geschickt hatte. Seine Schwerfälligkeit war in gewisser Weise unheimlich und aufreizend gewesen — eine aggressive, hochmütige Schwerfälligkeit —, und es hatte ihr großen Spaß bereitet, ihn warten zu lassen, während ihre Sekretärin ein Formular ausfüllte, auf dem er bestätigen mußte, daß die Filmfestspielleitung keinerlei Verantwortung traf, wenn die Kopie in irgendeiner Weise beschädigt wurde, verloren ging oder nicht rechtzeitig zur Vorführung zurückgebracht wurde.

Es war zehn nach sieben, und sie war hungrig, entschloß sich aber, dieser Versuchung nicht zu erliegen sondern schwimmen zu gehen. Ein halbes Haferflockenplätzchen, das sie in der Schreibtischlade fand, stillte den ärgsten Hunger. Sie haßte es, am Abend allein durch das Haus zu gehen, und war froh, daß sie Jeremy traf, obwohl ihr bewußt war, daß er ihr weniger Schutz als Unterhaltung bieten konnte. Im Aufzug hatten sie eine angeregte Plauderei, in der sie die Angst vor dem Liftfahren, die durch den Film *Dressed to kill* ausgelöst worden war, mit den anderen großen Gruselfilmen *Psycho* und *Der weiße Hai* verglichen, was natürlich zur Frage der ethischen Verantwortung von Filmproduzenten führte. Jeremy fand, daß dieses Thema die Grundlage zu einem interessanten Artikel abgäbe, und fragte sie, warum sie sich nicht daranmachte.

Naomi war über sich selbst erstaunt, als sie im Schwimmbad fast zweitausend Meter schwamm, nachdem sie zuerst überzeugt gewesen war, daß sie nach einem solchen Tag kaum mehr als ein paar hundert Meter schaffen würde. Als sie aber die ersten zwanzig Längen durch reine Willenskraft geschafft hatte, gab ihr das neuen Auftrieb.

Während des Schwimmens sah sie durch das Glasdach, das sich über dem Becken wölbte, hinaus auf die vorbeigleitenden Wolkenkratzer, die durch ihre Tempi angetrieben wurden. In der feuchten, dunklen Nacht blitzten hie und da ein paar Sterne auf, und wieder einmal wußte sie, warum sie in New York und bei diesem Job geblieben war.

Im Dampfbad spürte sie, wie das Gift aus ihr entwich, wie sich ihr Blut reinigte und heller wurde, ja sogar wie sich die Oberfläche ihrer Augen langsam entspannte, als hätte sich, bedingt durch die Geschehnisse des Tages, ein durchsichtiges Netz über sie gelegt. Sie blieb fast zehn Minuten sitzen, eingelullt durch die Stimmen, die weich und bruchstückhaft aus dem Dampf aufstiegen, so wie die Schultern und die von Handtüchern umwundenen Hüften der Frauen, die gingen und kamen. Und sie lachte in sich hinein, als sie eine Frau sagen hörte, daß das Schwimmen Sex nicht mehr notwendig gemacht hätte — daß sie ihn nicht mehr wollte, nicht mehr brauchte.

Wie üblich bescherte ihr die Waage eine böse Überraschung. Kein Pfund weniger. Sie war den ganzen Tag herumgelaufen, hatte kaum etwas zu Mittag gegessen, und jetzt gestand ihr dieses verdammte Ding nicht einmal ein halbes Pfund weniger zu. Sie sah sich hart und prüfend im Spiegel an. Beginnende Fettpölsterchen an den Hüften, aber noch war es tragbar. Sie nahm sich vor, zumindest dreimal in der Woche schwimmen zu gehen, ganz gleich, was geschah, also mindestens zweimal.

Naomi ging zum Haartrockner und hoffte, daß irgend jemand da wäre, mit dem sie beim Fönen plaudern konnte. In dem Augenblick entschloß sie sich, nicht auswärts zu essen, sondern die Spinatpastete, die sie noch im Kühlschrank hatte, aufzuwärmen; mit ein wenig Salat war das gerade das richtige Abendessen. Hatte sie noch genug Salat daheim? Sie konnte sich einfach nicht erinnern.

In der Sekunde, in der sie die Tür zu ihrer Wohnung öffnete, legte sich eine Hand in einem weißen Arbeitshandschuh über ihr Gesicht und fuhr ihr direkt in den Mund, den sie zum Schreien geöffnet hatte. Ein Arm umklammerte ihr wie ein Schraubstock die Taille und hob sie hoch. Obwohl es dunkel war, sah sie eine zweite Gestalt am Fenster stehen, die jetzt mit ausgebreiteten Armen auf sie zukam; die Gestalt hielt etwas rund einen Meter Langes in den Händen, und sie wußte, daß man sie damit erdrosseln würde. Die Hand in ihrem Mund zog sich langsam zurück, schlüpfte dabei aus dem Handschuh, der in ihrem Mund blieb. Jetzt stand der zweite Mann dicht vor ihr. Er griff ihr hinter den Kopf und wand dann mit raschen Bewegungen das Klebeband so herum, daß der Handschuh dadurch festgehalten wurde. Das Klebeband bedeckte ihre Nase derart, daß sie kaum atmen konnte. Der Mann vor ihr streckte die Hand aus und zog das Klebeband ganz vorsichtig von ihrer Nase. Dann schaltete er eine kleine Taschenlampe an. Sie sah, daß er einen rot-schwarzen Lumberjack trug und daß sein Gesicht von einer elastischen Binde bedeckt war, in die er Löcher für Augen und Mund geschnitten hatte.

„Wenn Sie mich verstehen, nicken Sie."

Sie nickte.

„Ich gebe Ihnen jetzt Bleistift und Papier, und Sie werden mir den Namen und die Adresse des Mannes aufschreiben, dem Sie das Endband von Filmrolle vier gegeben haben. Nicken Sie, wenn Sie mich verstanden haben."

Sie nickte.

Er drückte ihr einen Bleistift und einen kleinen Notizblock in die Hand und hielt dann die Taschenlampe in ihre Richtung.

Beim ersten Versuch zitterte ihre Hand so stark, daß sie nur ein wirres Gekritzel zustande brachte. Der Mann mit der Taschenlampe griff nach dem Block, riß das Blatt ab, zerknüllte es und steckte es in die Tasche des Lumberjacks.

Während sie David Aronows Namen niederschrieb, war das einzige, was Naomi tun konnte, seinen Nachnamen auf ‚Aronoff' zu ändern und als Adresse ‚New York City?' zu schreiben.

Dann schaltete er die Taschenlampe aus. Er sagte etwas zu dem Mann, der sie hochhielt. Es mußte ein Befehl gewesen sein, sie loszulassen, denn sie spürte, wie sich der Griff an ihrer Kehle lockerte. Sie würde Zeit haben, David zu warnen, den dummen David. Dann streckte der Mann vor ihr die Hände aus, packte ihre Beine und hob sie hoch. So sorgfältig, wie er das Klebeband von ihrer Nase gezogen hatte, hielt er ihr beide Nasenlöcher zu, und jetzt wußte Naomi, was das Fürchterlichste auf dieser Welt war — der Wunsch, atmen zu können.

35

David war überrascht, als er in einem mit Eiswürfeln gefüllten Kübel eine Wodkaflasche und auf dem Tisch eine Reihe von Schüsseln sah, die mit Silberdeckeln bedeckt waren, denn er hatte angenommen, daß sie sich in Schars Zimmer nur treffen wollten und dann in irgendeine Bar gehen würden.

„Ich hoffe, daß Sie nichts dagegen haben", sagte Schar, „aber ich fand, daß ich, besonders im Hinblick auf morgen, keine weitere Stimulation ertragen kann. Ich glaube, daß ich am Zeitschock und der Kulturverschiebung leide."

„Eigentlich heißt es anders herum, Zeitverschiebung und Kulturschock", sagte David. „Aber Ihre Version gefällt mir sehr."

„Danke. Ich werde es mir merken. Zeitverschiebung, Kulturschock. Sie können sich wirklich nicht vorstellen, wie sonderbar es ist, in einem fremden Land zu leben und eine fremde Sprache zu sprechen. Es ist so, als trüge man geliehene Kleider."

„Ich kenne dieses Gefühl auch ein wenig", sagte David. „Wann immer ich russisch spreche, fühle ich mich automatisch um zwanzig Prozent dümmer."

Schar lachte. „So ist es. Zwanzig Prozent. Das ist das Minimum."

David spürte, wie sein Lachen durch den Klebestreifen an der Brust abgewürgt wurde.

„Tja", sagte Schar, „ich boykottiere den Stolitschnaja und weiß auch nicht, ob ich polnischen Wodka trinken soll, denn das hieße doch eigentlich, sein Geld in eine andere Tasche derselben Jacke zu stecken. Daher habe ich Absolut bestellt. Kennen Sie ihn?"

„Ja, ein schwedischer Wodka. Gut, nicht slawisch, aber gut."

Schar schraubte die Wodkaflasche auf, goß zwei Gläser mit sicherem Instinkt für die richtige Menge ein und hob dann mit übertriebener Geste die metallenen Deckel von der Platte, auf denen Hering in Sauerrahm, kaltes Fleisch, eingelegtes Gemüse und ein kleines Körbchen mit Schwarzbrot sichtbar wurden. Dann sah er David an.

„Das sieht hinreißend aus."

„Freut mich, daß es Ihnen gefällt."

Einen Augenblick lang hielt Schar sein Glas unbeweglich in der Hand und sagte: „Ich möchte auf das Wohl von David Aronow trinken, der im Grenzgebiet zwischen dem Russischen und dem Englischen lebt und mithilft, Gedichte über die Grenze zu schmuggeln. Wenn die Arbeit eines Dichters sein wahres Leben ist, dann lebe ich in gewissem Maß dank Ihrer Hilfe zu beiden Seiten der Grenze."

Sie tranken beide, Schar warf dabei den Kopf zurück, David krümmte den Rücken. Dann griffen sie nach dem Brot, bissen jeder ein Stück ab und atmeten tief aus, wie es das Ritual befahl.

David spürte sofort etwas, eine beißende Kälte, die sich wie eine Woge des Ozeans an seiner trockenen Brust brach. Er war schon hochgestimmt hergekommen, und es bedurfte nicht mehr viel, um ihn in eine unkontrollierte Hochstimmung zu versetzen.

„Was ich Ihnen sagen wollte, Jewgeni", begann David, „ist, daß ich manchmal den Eindruck habe, wir alle — Dichter, Übersetzer, Maler — sind eine Gruppe von Menschen, die im Aussterben begriffen ist, Dinosaurier, die sich in einem Teersumpf herumschlagen."

„Das glaube ich nicht. Die Dichtkunst ist eine der Grundlagen des Lebens, ist die Sprache, die ein Herz hat."

„Sie glauben also, daß die Menschen in ein paar hundert Jahren auf Erdsatelliten wohnen, das Essen durch einen Strohhalm schlürfen und sich dann in eine ruhige Ecke zurückziehen werden, um Gedichte zu schreiben?"

„Ja. Ich muß an die Dichtkunst glauben, sonst könnte ich nicht leben. Ich muß an die Macht der Erfindungsgabe glauben."

„Ich wollte, ich könnte es, aber meiner Meinung nach wird die Zukunft fürchterlich werden. Nicht, daß ich sie nicht doch gerne erleben möchte."

„Ja, wir erleben sehr wenig. Ruhm ist kein Trost dafür."

„Ruhm ist die einzig mögliche Unsterblichkeit, wahrer Ruhm."

„Ruhm ist etwas Dummes", sagte Schar. „Ruhm bedeutet, daß mich fremde Menschen auf der Straße ansprechen oder mich über das Telefon belästigen. Ich würde wirkliche Unsterblichkeit vorziehen."

„Wer würde das nicht? Aber vielleicht können wir erst dann unsterblich werden, wenn wir sicher sind, daß wir es verdienen."

„Das stimmt, wir glauben nie, daß wir es verdienen. Ein Teil meiner selbst fühlt sich immer unwert. Jetzt fühle ich mich mehr denn je zuvor wie ein unwürdiger Betrüger."

„Ja natürlich, weil Sie einfach nicht der Mensch sind, über den man in der *New York Times* liest. Sie sind einfach Senja oder wie Sie sich eben nennen, wenn Sie mit sich selbst sprechen. Wie nennen Sie sich eigentlich, wenn Sie mit sich selbst sprechen?"

„Senja."

„Dann trinken wir also auf Senja."

Schar lächelte und füllte die Gläser wieder an, diesmal mehr mit Überschwang als mit Präzision. Beide bereiteten ihre Happen vor — Schar legte eine saure Gurke und eine Scheibe Wurst auf eine Schnitte Schwarzbrot, David tauchte sein Brot in den Hering mit Rahmsauce und angelte solange, bis er eine Zwiebelscheibe erwischt hatte —, dann stießen sie an und stellten eine Sekunde später die Gläser wieder auf den Tisch.

„Vielleicht brechen wir heute abend einen Rekord", sagte Jewgeni.

„Der Anfang ist auf jeden Fall gelungen."

„Setzen wir uns doch und machen wir eine kleine Pause", sagte Jewgeni. „Ich trinke gerne zwei Gläser in rascher Folge, dann warte ich ein wenig, und trinke dann eine zweite Serie, drei Gläser, lasse mir aber dazwischen etwas mehr Zeit."

Als David zu den Fauteuils ging, die um den kleinen Teetisch standen, fiel sein Blick auf eine Ausgabe des *New Yorkers*, die offen auf dem Schreibtisch lag, und auf Schars blauweißes Trainingsblouson, das auf einer Türschnalle hing, die einzigen unordentlichen Elemtente im ganzen Raum.

In dem Augenblick, in dem er sich in seinen Fauteuil zurücklehnte, fuhr eine siedendheiße Welle Davids Wirbelsäule entlang, seine Schultern zuckten krampfhaft.

„Sie spüren es schon", sagte Schar und stellte die Gläser auf den Teetisch. „Hoffentlich spüre ich auch etwas. Ich bin noch immer wie in Narkose. Schließlich hat man mir Rußland aus meinem Leben amputiert."

David lachte. „Eine schwere Operation. Ich will Ihnen etwas sagen, Jewgeni. Ich spreche gerne mit jemandem über die Welt so wie jetzt, aber nur mit einem Menschen, der wie ich denkt. So natürlich, wie zwei Hausfrauen den Preis von Speck besprechen."

„Gut, dann sitzen wir also jetzt wie zwei Hausfrauen hier", sagte Schar.

„Ja, und wenn man sich den Preis von Speck heutzutage anschaut..."

Sie lachten wie zwei Menschen, die rasch gute Freunde werden.

„Eigentlich sprechen wir aber über die Zeit. Meine drei Jahre in Mordowia waren schrecklich, weil ich jede Minute nur durchlebte, um sie hinter mich zu bringen. Und jetzt, wenn ich zurückblicke, ist mir gar nichts geblieben."

„Ja", pflichtete ihm David bei, den der Gedanke erregte, sich derart in der Nähe seines eigenen Geheimnisses zu bewegen. „Es ist eine Beleidigung, daß wir nur ungefähr siebzig komma vier Jahre leben."

„Und was kann ich hier sein?" Schar sprang auf. „Was ist ein Russe außerhalb Rußlands? Diese Vorstellung ergibt überhaupt keinen Sinn. Ein Russe kann nur in Rußland Russe sein. Außerhalb Rußlands ist er nichts anderes als eine Karikatur. Das habe ich gestern abend auf der Party bemerkt."

„Sie sind also doch hingegangen?"

„Nur für kurze Zeit."

„Ich war etwas früher dort."

„Dieser Geruch, der in der Luft liegt, dieser Duft von Melancholie."

„Der Duft der Melancholie — das wäre doch ein ausgezeichneter Name für eine Parfummarke für den Emigranten."

„Sicherlich. Aber dieser Duft, David, dieser *toska* — es gibt kein anderes Wort dafür —, dieses Gefühl, daß alles Wichtige ganz woanders ist, nein, so möchte ich nicht leben", sagte Schar und rief einen Augenblick die Erinnerung wach, nicht die Erinnerung an die Party, sondern die an die Stunde, die er mit Waska in Brighton Beach verbracht hatte. Sie waren ins Golden Palace gegangen, ein Restaurant, das im Stil, der Größe und Atmosphäre ein sowjetisches Hotel imitierte — die etwas antiquierte, lautstarke Combo, das übervolle Tanzparkett, die lärmenden Tische. Dicke Hälse, überreife Frauen, Goldzähne. Einen Augenblick lang war er entsetzt und angeekelt gewesen, als er das gesehen hatte, denn was immer geschehen mochte, er würde einer von diesen Menschen werden, ein kleiner russicher Gangster im großstädtischen Amerika, immer fremd, immer ungeschickt, gleichgültig, wieviel Erfolg er auch hatte, und letzten Endes immer absurd. Sein Traum war eine Sackgasse, kindisch, seiner unwürdig. Sein Ekel rührte aber auch von dem fast greifbaren Gefühl her, daß Winias' Hand auf ihm lag und ihn auf dem Schachbrett von Manhatten hin und herschob, ihn auch in dieses Restaurant geführt hatte, um ihm zu zeigen, daß der Absprung, mit dem er liebäugelte, nur in einen ekelerregenden Alptraum, in ein übervölkertes Nirgendwo führte.

„Ja", sagte David, „dieses zuviel an Melancholie ist mir auch zuwider. Aber ich kenne ein gutes Gegenmittel."

„Wirklich? Was?"

„Die zweite Serie."

„Sie haben recht. Es ist höchste Zeit, daß wir mit der zweiten Serie anfangen."

Sie holten die Gläser und das Essen zum Teetisch.

„Tja", sagte David, „Russe zu sein, ist dramatischer, als ein Amerikaner zu sein. Meine Melancholie läuft unter irgendeinem neckischen importierten Namen wie *malaise* oder *Weltschmerz*; Ihre Melancholie — ja auch Ihre, Schar — ist das Exil. Aber es gibt einen Trick — man muß sich seinen eigenen kleinen Lebensraum schaffen, einen Raum, den es nie gegeben hätte, hätte man ihn nicht selbst geschaffen; das ist die einzige Art, in der sich Menschen wie Sie und ich auf dieser Welt zu Hause fühlen können."

Sie tranken jetzt schon gierig, denn sie hatten die instinktive Abwehr der Kehle überwunden.

Es war schon etwas dran an dem, was David sagte, überlegte

Schar. Die Tatsache, daß die Emigrantenszene, wie er sie in dem Nachtklub und bei der Party kennengelernt hatte, so trostlos war, hieß ja nicht, daß er dieses Schicksal teilen mußte. Er hatte das Schicksal dieser Menschen schließlich auch nicht geteilt, als sie noch in Rußland lebten. Er hatte überhaupt nie irgend jemandes Schicksal geteilt.

„Das ist eine interessante Idee", sagte er. „Ich frage mich, ob es möglich ist — ob es tatsächlich möglich ist, sein eigenes Leben zu erfinden. Ich würde es gerne glauben, wäre da nicht etwas, das ihr Amerikaner anscheinend immer vergeßt."

„Und das wäre?"

„Es ist das Problem des Bösen, das auch das Thema meines neuen Poems ist."

„Als die Mauern des Warschauer Ghettos zerschmettert wurden wie die Gesetzestafeln auf Sinai", zitierte David, froh darüber, sich an die ersten Zeilen zu erinnern, und gleichzeitig schuldbewußt, weil er nicht mehr gelesen hatte.

„Ja, sicher", sagte Schar, „aber mit dem Unterschied, daß Moses noch einmal zurückging und das Moralgesetz von Gott ein zweites Mal bekam, während für uns niemand zurückgegangen ist. Und auch niemand zurückgehen wird. Und daher bin ich zu der Überzeugung gekommen, daß die Welt, obwohl das Leben gut ist, dem Bösen überlassen wurde, ein für allemal dem Bösen überlassen wurde."

David war von Schars leidenschaftlicher Überzeugung einen Augenblick so betäubt, daß er keiner Antwort fähig war. „Das glauben Sie wirklich?"

„Für mich ist das ganz selbstverständlich. Manchmal bezeichnen mich die Kritiker, die ja nie etwas richtig verstehen, als christlichen Dichter. Ja, ich verwende christliche Symbole; sie haben noch ein wenig Leben in sich. Aber wenn ich auf die Menschen hinuntersehe, die abends in den Straßen von New York unterwegs sind, dann stelle ich fest, daß sie in einer Welt leben, in der noch keiner vor ihnen gewesen ist, in einer Welt, in der die alten Symbole ihre Wirkung verloren haben. Das war auch der Grund, warum ich froh darüber war, aus Rußland fortzukommen, nicht nur, weil es dort viel Böses gibt, sondern weil man noch dazu von uns erwartet, fröhliche Lieder zu singen. Und das macht das Böse doppelt so schlimm."

„Aber glauben Sie denn nicht, daß das alles wieder verschwinden wird und die Sowjetunion in ein paar Jahrhunderten so tot und langweilig sein wird wie die Habsburger? Selbst das Böse ist nicht vollkommen; es zerstört sich selbst. Denken Sie nur an die Nazis."

„Der Faschismus unterscheidet sich in wesentlichen Dingen vom Kommunismus. Die Menschen glauben, eine große Entdeckung gemacht zu haben, wenn sie Ähnlichkeiten zwischen Faschismus und Kommunismus finden, in Wirklichkeit haben sie aber einen großen Fehler gemacht. Der Faschismus ist sicherlich böse, aber er verschwindet rasch. Denken Sie nur an Deutschland, Griechenland, Spanien, Portugal, Italien — gestern haben sie gefoltert, heute stimmen sie demokratisch ab. Der Faschismus ist etwas Pubertäres. Sicher zerschmetterte er die Tafeln des Moses, betrat ein ganz neues Gebiet, indem er Experimente am Menschen durchführte. Aber der Kommunismus ist ganz anders. Der Kommunismus ist das gereifte, konservative Böse. Das Böse des Establishments. Er macht sich nichts aus pubertären Uniformen und Totenköpfen. Was er will, ist wahre Macht. Er ist das vollkommenste System, das je erfunden wurde, um wirklich Macht zu erlangen und zu behalten. Er ist die Folter von heute, von morgen, in alle Ewigkeit."

„Das Schöne für mich, Jewgeni, ist, daß es mich völlig kalt läßt, was mit der Welt geschieht. Ich kümmere mich nur um mich selbst, nur um mein eigenes Leben."

„Aber was in der Welt geschieht, sagt Ihnen doch, was wirklich existiert."

„Nicht ganz. Nichts ist jemals genau das, wofür wir es halten."

„Damit haben Sie natürlich auch wieder recht", sagte Jewgeni, dessen Erregung sich gelegt hatte. „Es ist Zeit für ein weiteres Glas, glaube ich."

Es war jetzt völlig still im Zimmer, abgesehen von den Hintergrundgeräuschen der Hotelmaschinerie, die Licht, Heizung und Fließwasser in Gang hielt.

Nach dem nächsten Glas hatte David das Gefühl, der Wodka

schmelze in seinem Blut wie Schnee. Er hatte plötzlich das Bedürfnis, sein Geheimnis mit Jewgeni zu teilen, schob den Gedanken aber sofort von sich und befahl sich, sich vor solchen Anwandlungen zu hüten, die sicher wiederkommen würden, je betrunkener er wurde.

Das Telefon klingelte. Schar runzelte die Stirn und stand auf; es wirkte komisch, als er auf seinem Weg durch das Zimmer stolperte.

„Hallo", sagte Schar mit zögernder Stimme.

„Jewgeni, hier spricht Raissa Farb."

„Hallo, wie geht es Ihnen?"

„Danke, gut. Sind Sie allein?"

„Nein."

„Dann werde ich mich beeilen. Bringen Sie alles, was Sie bis dahin niederschreiben können, morgen auf die Buchmesse mit. Verstehen Sie, was ich meine?"

„Natürlich."

„Dann treffen wir uns dort morgen um ein Uhr."

„Gut."

So rasch, dachte Schar, so einfach. Aber das bedeutete für ihn, daß er rasch eine Entscheidung treffen mußte. Er würde Hilfe brauchen, er würde handeln müssen, und wenn er einmal mitten drin war, blieb ihm keine Zeit mehr zum Überlegen.

„Hoffentlich keine schlechte Nachricht", sagte David, der das nachdenkliche Stirnrunzeln Schars bemerkt hatte.

„Nein, nur eine Frau, die mich gebeten hat, bis morgen etwas für sie zu schreiben."

„Für die Buchmesse?"

„Etwas in diesem Zusammenhang."

Einen Augenblick lang hatte David den Eindruck, daß sich die Stimmung verdüstert hatte, als müßte man von einer Party zurück ins Geschäft.

„Eine interessante Frau?" fragte er, um diese Stimmung zu verscheuchen.

„Ich interessiere mich derzeit nicht für Frauen. Im Lager dachte ich, daß es kommen würde, aber es ist nicht gekommen."

„Es gibt zwei Möglichkeiten: Entweder denkt man unausgesetzt an sie, oder man fragt sich, was man an ihnen eigentlich aufregend findet."

„Sie brauchen mehr Wodka", rief Schar und goß die Gläser randvoll ein. Mehr, als man auf einmal trinken konnte. Der Einsatz war erhöht worden.

„David", sagte er sehr ernst, „ich muß sehr rasch eine Entscheidung über mein weiteres Leben treffen. Ich halte dieses Wählenmüssen nicht aus. Manchmal frage ich mich sogar, warum die Menschen frei sein wollen, wo es doch so schmerzlich ist, eine Wahl zu treffen."

„Sein oder Nichtsein, Roquefortdressing oder Vinaigrette, das ist hier die Frage", sagte David, um die Stimmung aufzulockern; ein Bemühen, das fehlschlug.

„Trinken wir also auf die Lösung, auf meine Entscheidung. Trinken Sie mit mir darauf, David?"

„Ja".

Während der Wodka eisig über seine Zähne rann, fühlte David in seinem Kopf Nordlichter flackern.

„Worum geht es eigentlich? Wir können es doch sicher an Ort und Stelle gleich heute abend lösen", sagte er.

„Das Problem ist, daß ich nicht der dumme Kerl, Jewgeni Schar, russischer Dichter im Exil, sein will. Die langweiligen Parties, die unglücklichen Menschen, die mickrigen Zeitschriften, in denen nur herumgeredet wird, das ist mir zuviel."

„Dann versuchen Sie doch, etwas anderes zu sein."

„Zum Beispiel?"

„Was immer Sie sein wollen. Sie können Rockstar oder Hummerfischer oder Cowboy oder irgend etwas anderes werden. Wir sind hier in Amerika. Wir sind so frei, daß wir nicht einmal das sein müssen, was wir sind."

„Das frage ich mich. Ich kenne einen Menschen, der fest daran glaubt, daß Persönlichkeit nur ein Truggebilde ist, und doch ist er davon überzeugt, daß er im Leben den richtigen Platz einnimmt. Wenn er also recht hat, lautet die Frage nicht, wer man ist, sondern wo man ist."

„Geben Sie mir noch einen Wodka, ich glaube, ich habe eine Idee", sagte David. Sie tranken jetzt rasch, ohne einander zuzuprosten oder dazwischen zu essen. ,,Das wahre Problem besteht darin, daß man keine wichtige Entscheidung treffen kann, ohne etwas über das Leben zu wissen. Aber es weiß niemand etwas über das Leben. Es gibt nur widersprüchliche Ansichten. Niemand weiß etwas. Und daher müssen wir uns unsere eigene Version, unseren eigenen Mythos schaffen, um leben zu können. Vielleicht stellt sich irgendwann heraus, daß unser Mythos für die ganze Welt von Bedeutung ist, vielleicht betrifft er aber auch nur uns selbst. Jesus ist um unserer Sünden willen gestorben, aber auch wir sterben um ihrer willen."

,,Ich muß wieder an den Herzschlag denken, David. Der Herzschlag ist zu wichtig, als daß er unserer Kontrolle überlassen bleibt — wir würden im Schlaf sterben. Vielleicht sind alle diese Möglichkeiten einer Wahl nur ein Unsinn, der uns so sehr beschäftigt, daß wir die wichtigen Dinge wie den Herzschlag vergessen."

,,Ihre Zweifel haben ihre Berechtigung, aber wozu führen sie? Genügen sie Ihnen? Ist das die Antwort, nach der Sie gesucht haben?"

,,Nein."

,,Das heißt also, daß wir uns jetzt wirklich anstrengen müssen."

,,Womit Sie sagen wollen, daß die gedachten Hausfrauen sich nun tatsächlch entschließen, den Speck zu kaufen?"

David lachte. ,,Ich stelle also die Frage", sagte er, ,,gibt es Gott oder nicht? Natürlich gibt es Gott — Gott, das lebendige Universum, Gott, das Geheimnis des Lebens. Das ist nicht das Problem. Das Problem sind wir Menschen. Was sind Menschen? Wir sind Personen, nichts anderes. Wir sind natürlich auch Tiere, die scheißen und sterben, aber daneben sind wir auch Personen. Wir sind die einzigen Personen, die es in der Natur gibt. Das ist das Wichtigste an uns, das unergründliche Geheimnis an uns. Wie kann es etwas geben, das David Aronow heißt, etwas, das sich David Aronow nennt? Sterne, gut; Walfische, auch gut; aber ich? Das heißt also, daß man die Frage so stellen muß: Ist an uns etwas unveränderlich Echtes, irgendeine göttliche Struktur in unserem Wesen, oder..."

,,Oder sind wir einfach armselige Säugetiere, die sich mit ein paar Geschichtchen zufriedengeben, so lange, bis man uns eine über den Schädel haut?"

„Richtig."

„Wie können wir das feststellen?"

„Durch Reden sicher nicht."

„Auch das ist richtig", sagte Schar. Einen Augenblick lang blieb er reglos, stumm sitzend, dann schenkte er wieder ein, diesmal nur wenig; sie tranken die Gläser auf einen Zug leer. „Ich weiß, was ich tun muß."

Schar stand auf und ging ins Badezimmer, aus dem er gleich darauf mit seiner Toilettetasche aus braunem, europäischem Leder mit goldenem Reißverschluß zurückkam. „Setzen wir uns auf das Sofa", sagte er. „Ich möchte Ihnen etwas zeigen."

Als sie nebeneinander auf dem Sofa saßen, schüttete Schar den Inhalt der Toilettetasche auf den Teetisch — ein Rasiermesser, ein Deodorant, eine kleine Plastikdose voll von Pillen.

„Das sind meine Schlaftabletten", sagte er. „Ich schlafe gut, habe aber aus irgendeinem Grund große Schwierigkeiten beim Einschlafen. Diese kleinen Pillen sind sehr stark. Man hat mir gesagt, daß fünf auf einmal sicher zum Tod führen."

Er schüttete die Pillen auf den Tisch, die mit einem leisen Geräusch auf die Platte fielen.

„Es ist doch seltsam, daß so etwas Kleines töten kann", sagte David, der nicht wußte, worauf Schar hinauswollte.

„Und daher", sagte Schar entrückt, während ihm eine Haarsträhne über ein Auge fiel und die Konturen seines Kinnes unter der geröteten Haut besser sichtbar wurden, „möchte ich wissenschaftlich vorgehen. Führen wir ein wissenschaftliches Experiment durch. Wir schlucken die Pillen — zwei, drei, vier — wir gehen bis dicht an den Abgrund und sehen hinüber, wir stellen ein für allemal fest, woraus wir gemacht sind und was hier wirklich vor sich geht. Was sagen Sie dazu, David, ist das nicht eine gute Idee?"

David zögerte, denn eine derartige Herausforderung hatte er nicht erwartet. Er fuhr mit der Hand an sein Hemd, um sich durch die Berührung des Filmes in die Wirklichkeit zurückzurufen. Aber plötzlich gefiel ihm die Idee — ein Spiel zu spielen, dessen Ergebnis ein auf radikale Weise verlängertes oder verkürztes Leben war.

,,Gut", sagte David, ,,ich mache mit."

,,Ausgezeichnet, ich war sicher, daß Sie das sagen würden", sagte Schar, dessen Stimme noch immer abwesend klang, während er seine Armbanduhr abnahm und auf den Tisch legte. ,,Es dauert ungefähr zehn Minuten, bis sie in den Blutkreislauf gelangen."

,,Zehn Minuten."

,,Bis dahin können Sie sie noch immer ausspeien."

David fühlte sich plötzlich durch eine Angstwelle ernüchtert, goß einen großen Schluck ein und stürzte ihn hinunter. Schar lächelte.

,,Zuerst", sagte Schar und sortierte die Pillen mit seinem Kamm wie ein Apotheker, ,,nehmen wir je zwei Stück, um uns selbst zu beweisen, daß wir die Sache ernst nehmen."

,,Gut."

,,Zwei für Sie, zwei für mich; den Trinkspruch bringe ich aus." Schars Miene wurde wieder lebhaft, seine grauen Augen funkelten. David war froh, daß er wieder da war. ,,Jetzt sind also die Pillen unsere *Sakusski* und nicht mehr Fleisch und eingelegtes Gemüse. Ich möchte auf das trinken, was wirklich in uns steckt, denn wenn der wahre Mensch wirklich da drinnen ist und aus mehr als Angst und Ganglien besteht, dann werden wir ihn herausholen und ihn heute abend hier zu uns bitten."

David schielte über den Rand seines Glases, um sicherzugehen, daß Schar seine Pillen wirklich schluckte, was dieser auch tat. David hörte, wie eine seiner Pillen gegen einen Zahn stieß, als er sie mit Wodka hinunterspülte.

,,Ein guter Trinkspruch", sagte David und rückte etwas von Schar ab, um ihn besser beobachten zu können. ,,Das erste, was mir einfällt, ist, daß ich eine Riesendummheit begehe und wahrscheinlich meine Gehirnzellen oder die Leber zerstöre, oder irgend etwas Ähnliches geschehen wird."

,,Meine Gedanken gehen in die gleiche Richtung. Aber wir haben noch immer sicheren Boden unter uns; wir können uns zum Erbrechen bringen, wir können die Rettung rufen."

„Das erinnert mich an einen Aufenthalt in Idaho — ein wunderbarer Staat, dort sollten Sie einmal hinfahren, Jewgeni, wenn sich die Gelegenheit ergibt. Ich hatte ein Haus in den Bergen gemietet. Eines Nachts ging ich nach draußen und sah unendlich viele Sterne am Himmel. Ich konnte Milliarden Sterne sehen, und die Dunkelheit war so tief, daß ich glaubte, in sie hineinsehen zu können, ja sogar hineinfallen."

„Und dann?"

„Dann ging ich wieder hinein."

„Aha."

„Genauso ist es jetzt. Wir sind in der Nähe des Hauses. Aber noch starren wir in den Himmel."

„Mir wird jetzt auch ein bißchen Angst", sagte Schar. „Ich kenne das Gefühl. Vor langer Zeit wurde ich einmal von einer Stromschnelle mitgerissen; ich konnte von weit draußen die Menschen an der Küste als winzig kleine Punkte über den Wellenkämmen ausnehmen, und ich hatte Angst, daß ich den Weg zurück nie schaffen würde."

„Gegen eine Stromschnelle sollen Sie auch gar nicht direkt anschwimmen, sondern immer im schrägen Winkel zur Strömung."

„Jetzt sagen Sie mir das?" lachte Schar. „Eine Stromschnelle spüre ich in mir sicher noch nicht."

„Nehmen wir noch eine dritte", hörte David sich sagen.

Jewgeni sah ihn mit neugierigem Respekt an. „Jetzt bringen Sie aber den Trinkspruch aus."

„Ich trinke auf diese Pille, Nummer drei, die uns in die Gefahrenzone bringt, weit weg vom Haus, weit weg von der Küste."

Betont gelassen schluckten sie die dritte Pille.

„Ja, jetzt ist es anders", sagte Schar. „Jetzt wird es interessant. Jetzt glaube ich fast, daß ich untergehen könnte, wenn ich an den ganzen Wodka und alles andere denke."

„Wollen Sie denn untergehen?"

„Nein."

„Ich auch nicht."

„Wollen Sie damit sagen, daß wir aufhören sollen?"

„Nein, ich will damit nur sagen, daß wir beide langsam die Sicherheit gewinnen, daß wir nicht sterben wollen."

„Vielleicht sagen das aber auch nur der gesunde Menschenverstand und die in uns eingebauten Überlebenssysteme."

„Vielleicht. Aber es ist wirklich nicht nur eine Frage des Körpers. Würden Sie gerne von Maschinen am Leben erhalten werden, wenn nicht die geringste Chance besteht, daß Sie je wieder aus dem Koma erwachen?"

„Nein", sagte Schar, „das würde ich nicht wollen."

„Das bedeutet also, daß wir nicht nur als Körper, sondern auch als Menschen leben wollen. Und das heißt wiederum, daß irgend etwas in uns ist."

„Jetzt erzielen wir endlich Ergebnisse. Aber ich bin von dem, was Sie da sagen, nicht überzeugt. Es ist nur unser Ego, das vorgibt, die Seele zu sein, weil das Ego aus seiner Natur heraus nicht zu existieren aufhören will. Niemand und nichts will das. Im Schlaf aber, wenn das dumme Ego nicht da ist, sterben Menschen leicht und friedlich; das Ego kann nicht sagen, ich möchte weiterleben, ich habe im Leben noch viel Wichtiges vor."

„Schweigen wir eine Zeitlang", sagte David. „Schließen wir die Augen und schweigen wir eine Weile."

„Gut", sagte Schar und lehnte sich zurück.

David schloß die Augen und meinte einen Augenblick lang zu schwanken, als hätte er plötzlich das Gleichgewicht verloren. Die Geschehnisse dieses Tages, der Wodka und seine Hochstimmung hielten ihn noch immer aufrecht, aber jetzt spürte er eine unbekannte Kraft in seinem Blut, die ihm das Bewußtsein langsam entzog.

Steck' den Finger in den Hals und laß ihn so lange drinnen, bis du das ganze blöde Gift ausgespien hast, du Trottel, schrie ihm eine innere Stimme zu und schaffte es fast, daß er die Augen aufriß. Aber er hielt durch. Es war es wert, zu erfahren, ob hinter dem Ganzen mehr steckte als etwas Stoffwechsel, Panik und Eitelkeit. Wenn in seinem Inneren noch etwas anderes war, dann wollte er es greifen — jetzt, heute abend, in diesem Augenblick.

Er hatte sich zu weit entfernt, das sah er jetzt, zu weit von allem. Das bedeutete nach einem Gesetz, das er nicht ergründen konnte, daß er sich zu weit von sich selbst entfernt hatte, von dem Menschen, der er war, von dem quälenden Geheimnis, das ihm so vertraut war wie der Geschmack in seinem Mund. Er entglitt sich selbst, ging unter, weit entfernt von der Küste. Eltern mit ihren Kindern lachten an der Küste, er aber ertrank allein in den Fluten. Nein, nicht allein. Jewgeni war ja bei ihm.

„Nehmen wir die vierte auch noch", sagte Jewgeni. „Ich spüre gar nichts."

„Ich weiß nicht. Mir wird langsam übel."

„Nehmen wir die vierte Pille, warten wir fünf Minuten, und wenn dann nichts geschieht, können wir noch immer aufhören. Ich nehme meine", sagte Schar mit wilder Entschlossenheit. „Bleiben Sie bei mir. Ich weiß, wir erreichen unser Ziel."

„Fünf Minuten, keine Sekunde länger."

Sie warteten, bis der große Zeiger auf zwölf stand und nahmen dann die Pillen.

Ihre Gesichter waren jetzt schweißüberströmt und bleich, als hätten sie beide zu lange ihre Autos gelenkt. Jewgeni nickte, als wäre er vollständig von etwas überzeugt, aber David bemerkte, daß er am Einschlafen war.

„Jewgeni!" schrie er. „Wachen Sie auf. Wir sterben!"

„Nein, mir geht es gut. Etwas hat eben begonnen", murmelte Schar undeutlich vor sich hin.

„Nein, wir werden daran sterben. Bleiben Sie bei mir, lassen Sie sich nicht fallen!"

Schar nahm David lächelnd bei den Händen. „David, das ist es jetzt. Einen Augenblick lang konnte ich etwas ganz Starkes, Bestimmtes fassen. Einen Augenblick lang wollte ich nicht, daß Sie sterben. Es war mir gleichgültig, was mit mir geschah, aber ich machte mir Ihretwegen Sorgen, weil Sie so weit mit mir gegangen waren. Und jetzt weiß ich, daß es etwas gibt — was es ist, spielt keine Rolle. Das heißt aber auch, daß das Wo keine Rolle spielt, daß ich frei sein kann, es heißt, daß ich nicht länger ein Gefangener bin. Und Sie haben mir geholfen, das zu erreichen! Jetzt sind Sie mein Bruder! Laß dich umarmen!"

Sie küßten einander fest auf beide Wangen und sprangen dann taumelnd auf.

„Ich rufe den Zimmerkellner an, er soll Kaffee bringen", sagte David. „Welche Zimmernummer hat du?"

„Neun-null-sechs. Ich werde die Fenster aufmachen."

„Zimmerservice?" sagte David. „Hier ist Zimmer neunhundertsechs. Wir brauchen sofort eine Kanne schwarzen Kaffee. Jemandem ist übel geworden. Neun-null-sechs. Sofort."

David rannte ins Badezimmer, fiel auf die Knie und erbrach *Sakusski*, Pillen und Galle in die Badewanne.

„Komm ans Fenster", rief Schar mit von Erbrochenem erstickter Stimme.

David taumelte an das zweite Fenster und stützte sich, aus Angst, ohnmächtig zu werden, mit beiden Händen auf.

Beide holten tief Luft, schnappten gierig nach Sauerstoff.

„Alles wird gut werden", sagte Schar.

„Alles wird gut werden", wiederholte David.

Autos hupten. Die erleuchteten Fenster, das Scheinwerferlicht der Autos verschwamm durch den Tränenschleier auf seinen Augen. Es war verrückt, völlig verrückt. Aber sie würden am Leben bleiben.

Es klopfte.

„Ich gehe schon", sagte Schar.

„Das war aber rasch", sagte David und atmete weiter in tiefen Zügen die feuchte Nachtluft ein. Er warf rasch einen Blick auf die Tür, sah den rotkarierten Ärmel eines Lumberjacks und drehte sich wieder zum Fenster.

Schar bedeutete Waska mit einem Blick, daß sie nicht allein waren.

„Was wollen Sie?" fragte Schar.

„Würden Sie das hier bitte unterschreiben", sagte Waska und hielt Schar einen Band der *Ikonen* hin, klappte das Buch auf und zeigte Schar das Blatt Papier, auf das Naomi „David Aronoff, New York City?" geschrieben hatte. Schar nahm seinen Füllhalter und schrieb auf das Deckblatt „Er ist gerade hier. Warten Sie, bis er geht, und verfolgen Sie ihn dann."

Kochend vor Wut, daß er auf den ganzen Unsinn, auf das metaphysische Blabla eines Menschen hereingefallen war, der schon tot wäre, hätte er Waska hineingelassen, schlug Schar die Tür zu. Es gab kein neues Leben, nur dieses eine hier.

David, der die Nachtluft noch immer in tiefen Zügen einsog,

sah im zweiten Fensterrahmen Schars Gesicht auftauchen, kalkweiß und mit einem erschreckenden Ausdruck von Wut, die sich langsam in Nachdenklichkeit verwandelte.

„Kannst du dir das vorstellen", sagte Schar. „Ausgerechnet jetzt kommt ein Autogrammjäger hierher!"

„Grotesk", lachte David kurz auf. „Aber in gewisser Weise auch komisch."

„Ja, es ist in gewisser Weise komisch."

Als nächstes klopfte der Zimmerkellner.

„Ich habe vergessen zu sagen, daß wir zwei Schalen brauchen", bemerkte David, als der Kellner das Tablett abstellte.

„Hol' dir ein Glas aus dem Badezimmer."

Der Kellner rümpfte die Nase, als er den Gestank des Erbrochenen roch. Selbst ein Trinkgeld von zehn Dollar minderte seinen Ekel nicht.

David kam mit einem Wasserglas zurück, um das er einen Waschlappen gewickelt hatte. „Gieß ein", sagte er zu Schar. „Rasch."

Schar füllte Davids Glas und dann seine Schale. David brannte der erste, heiße Schluck in der Kehle, als Schar seine Schale zu einem letzten Trinkspruch hob: „Wie die Juden sagen — auf das Leben!"

36

Solly verstand ihn nicht sofort.

„Also den Janopolis haben Sie ganz schön hingekriegt, ich hätte nie gedacht, daß der mit einer Taschenlampe den Himmel finden wird", sagte Moran, der Portier, der sich gerne etwas eigenartiger Bilder bediente.

„Wie bitte?"

„Nein, ich meine es ernst. Endlich stehen wir wieder gut da."

„Wieso?" fragte Solly.

„Weil er den Mörder der — wie heißt sie nur —, ja, der Rosen in weniger als vierundzwanzig Stunden gefunden hat. Ja wissen Sie das denn noch nicht?"

Solly nahm zwei Stufen auf einmal, als er die Treppe hochlief. Das war ja wirklich das Allerletzte! Seit der Sache mit Farb war alles wie verhext — was immer er tat, war Mist, und ein paar der jüngeren Kollegen sahen ihn bereits mit dem berüchtigten Blick an, der besagte: „Auch du wirst langsam alt." Und dann schaffte es dieser Dummkopf, in weniger als vierundzwanzig Stunden einen Mörder zu fassen. Das war zuviel. Das durfte nicht wahr sein. Wenn es Janopolis gewesen war, steckte in dem Ganzen sicher irgendwo ein Fehler.

„Wo ist Janopolis?"

„Auf dreihunderteins. Er verhört den Verdächtigen."

Solly öffnete leise die Tür und hörte Janopolis sagen: „Richtig. Sie haben das Recht, die Aussage zu verweigern, und wir haben das Recht, Sie so lange zu Verhören, bis Ihnen das Trommelfell zerreißt." In seinem Gesicht war Hohn zu lesen, der nicht ganz verschwand, als er sich an Solly wendete.

„Ich habe Ihnen gesagt, daß wir das Schwein finden werden, ich habe die ganze Nacht daran gearbeitet", sagte Janopolis, dessen Gesicht bleich vor Erschöpfung war und dessen Augenlider die Farbe von Bloody Mary angenommen hatten.

„Gute Arbeit", sagte Solly und betrachtete den Schwarzen, der Ende Zwanzig war und einen senfgelben Kunstledermantel trug. Der linke Zeigefinger des Verdächtigen war geschient, auf einer Seite des Kopfes klebte ein dicker Verband. Sollys Blicke ließ er unbeteiligt über sich ergehen.

„Was war denn los?" fragte Solly.

„Wir haben die Fingerabdrücke auf dem Afrokamm bald gefunden. Ich habe mir einen Haftbefehl geben lassen. Dann habe ich ihn gesucht, gefunden, und hier ist er jetzt."

„Und was hat er bis jetzt erzählt?"

„Bis jetzt nichts", sagte Janopolis, der seinen Sieg nicht durch das Eingeständnis einer teilweisen Niederlage schmälern wollte, zögernd.

„Wie heißt er?"

„Jackson, William R."

„Vorstrafen?"

„Drogen. Einbruchdiebstahl. Zweimal Straßenüberfälle."

„Ein schlimmer Kerl. Nichts in der Sitte?"

„Nichts, aber wir wissen, daß er oft beim Playland an der Achten und Zweiundzwanzigsten herumhängt, aber wenn er Frauen auf die Straße schickt, wissen die anderen Zuhälter jedenfalls nichts davon."

Janopolis gefiel es nicht, daß er Sollys Fragen beantworten mußte; vor einer Minute hatte noch er die Fragen gestellt.

„Ich möchte Sie nicht stören", sagte Solly. „Fahren Sie fort."

„O. k., Jackson, die Sache ist ganz einfach", sagte Janopolis. „Die Fingerabdrücke auf dem Afrokamm gehören Ihnen. Der Afrokamm wurde in der Wohnung der Ermordeten gefunden. Sie haben kein Alibi. Nehmen Sie das alles zusammen, und Sie sitzen lebenslang, dort, wo die Schwulen Sie vergewaltigen werden."

Solly grinste in sich hinein, als er bemerkte, daß Jackson leicht zusammenzuckte und dann mit betonter Lässigkeit nach einem Päckchen Menthol 100 fischte.

„Natürlich hat sie sich gewehrt, was den gebrochenen Finger und die Kopfverletzungen erklärte. Sie werden dort drinnen verfaulen, Jackson, wie ein Stück Mist, was Sie ja sind."

Jackson zündete sich eine Zigarette an und blies den Rauch mit Genuß von sich. ,,Mann, du bist so beschissen, daß du mir schon wieder leid tust."

,,Solly, übernehmen Sie bitte", sagte Janopolis, ,,sonst verstoße ich noch gegen die Verfassung."

David wußte nicht, wo er war. Einen Augenblick lang wußte er nicht einmal, wie alt er war, und glaubte, im Sommerhaus seiner Großmutter zu sein. Eine schreckliche Angst überfiel ihn — er lag nackt in der Halle des Algonkin Hotels. Dann fiel ihm langsam wieder ein, daß er dreißig Blocks weit gegangen war, bis er sicher war, daß er überleben würde. Raissa in der Tür, die ihn anschrie. Und daß er ihr die harte Plastikspule gegen die Brust gedrückt hatte, als sie miteinander schliefen. Das hieß aber, daß er noch in ihrem Bett lag. Langsam stieg ihm der Geruch ihres Schlafes in die Nase. Ohne die Augen zu öffnen, tastete er nach dem an seiner Brust angeklebten Paket und lächelte.

Es gab irgendeinen Grund aufzustehen. Er konnte sich an diesen Grund zwar nicht mehr erinnern, aber er wußte, daß es etwas mit der Stimme zu tun hatte, die im Nebenzimmer unaufhörlich sprach. Es hörte sich nicht an wie Raissa. Nein, es war die Stimme eines Mannes. Er sprach über den Dow-Jones Index. Welcher von Raissas Freunden würde so lange über den Dow-Jones Index reden? Dann wurde ihm alles klar. Ein Radiowecker. Er öffnete die Augen. Ein beißendes blaugraues Licht drang durch das Fenster. Es war New York. Am Morgen.

Benommen, aber in Hochstimmung trank er in einem kleinen Restaurant in der Nähe von Raissas Wohnung Kaffee und aß zwei Schnitten Toast dazu, dann nahm er ein Taxi nach Manhattan. Um ein Uhr bei der Buchmesse; er würde rechtzeitig dort sein. Sie hatte sogar zwei Zettel geschrieben, um ihn daran zu erinnern — der eine lag auf dem Radiowecker, der zweite in seinem Schuh. Aber warum sollte er sie treffen? Ja, richtig, es gab neue Informationen, irgendeine Schwierigkeit in letzter Minute.

Er ließ das Taxi einige Straßen vor der Public Library bei der Vierten und Zweiundvierzigsten halten. Es war erst zwanzig vor eins, und der Geschmack in seinem Mund, nach Briefmarkenklebstoff und Asche, machte ihn verrückt.

Die Augen, die David Aronow durch das Fenster des Drugstores beobachteten, leuchteten erfreut auf, als David ein Paket Zigaretten und eine Rolle Pfefferminzbonbons kaufte, die er aufriß, während er noch auf das Wechselgeld wartete.

„Abram!" rief David eine Minute später, als er Lunz erblickte, der wie ein auf und abhüpfender Punkt zwischen den riesigen Säulen der Bibliothek verschwand. David war erst auf der untersten Stufe der Treppe, und der Lärm der Fifth Avenue trug den Klang seiner Stimme davon.

Als er weiter hinaufstieg, bedrückten ihn einen Augenblick lang die Tonnen von Stein und Marmor und die Hundertausenden von Büchern, die das Leben nicht nur als unbedeutend, sonder in gewisser Hinsicht sogar als Frechheit erscheinen ließen.

In der Vorhalle wollte sich David an Abram wenden, sah aber, daß es offensichtlich kein günstiger Zeitpunkt war, denn der Mann, der Abram gegenüberstand, sagte gerade: „Was? Sie wollen mir nicht die Hand geben? Warum nicht?"

Er ging an den beiden vorüber, ohne daß sie ihn bemerkten, und schloß sich dem Menschenstrom an, der sich in den zweiten Stock wälzte, wo die Buchmesse stattfand.

Im Flur, der zum Ballsaal führte, blieb David einen Augenblick stehen und überflog die auf einem langen Bibliothekstisch ausgestellten Bücher. Russische Bücher, die in München, Paris, Michigan gedruckt worden waren. Einige wenige Werke hatten das Glück gehabt, einer Übersetzung wert befunden zu werden; die amerikanischen Ausgaben waren grellbunt, mit schreienden Titeln.

Ein Drei-Mann-Fernsehteam drängte sich grob, ohne jede Entschuldigung, vorbei; sie zogen ein dickes, schwarzes Kabel hinter sich nach. Zwei waren fleischig, der dritte hager, alle drei trugen rote T-Shirts und strahlten die besondere Selbstsicherheit jener Menschen aus, die einem mächtigen Herren dienen. Zwei Reporter der *New York Times*, im Nadelstreif, wie sich das für seriöse Geschäftsleute gehört, beobachteten das Fernsehteam mit amüsiert verächtlichem Lächeln. Aber sogar dagegen waren die Männer in den roten T-Shirts immun, und es sah fast so aus, als übten sie mit ihrem Kabel Lassowerfen.

David betrat den großen Saal, einen Bienenstock von Stimmen und menschlicher Ausdünstung. Auf dem Podium wurden die Scheinwerfer eingestellt, eine Stimme prüfte das Mikrofon — eins, zwei drei.

„Es ist deprimierend", hörte er jemanden sagen, „man sieht immer dieselben Gesichter."

Das einzige Gesicht, das ihn interessierte, war nirgends zu sehen. Es gab keinen höher gelegenen Platz, von dem aus er die Menge hätte überschauen können; die Leute standen schon dichtgedrängt, obwohl sich ihm immer wieder ein Weg auftat, was er mit Genugtuung zur Kenntnis nahm.

An der Bar bestellte er ein Klubsoda. Eine junge Russin, der es anscheinend Spaß machte, die Männer durch ihre Schönheit zu verwirren, und die darauf lauerte, wie die Reaktionen ausfallen würden, bat ihn um Feuer. Was ihn erstaunte, war der aristokratische Stil ihres Kokettierens — hatte er auf unerklärliche Weise auch unter den Sowjets überlebt, oder hatte sie ihn in New York wieder gelernt? Oder war sie eine der Pariser Russinnen? Seine Neugier wurde nicht gestillt, denn in dem Augenblick, in dem sie ihm danken wollte, trat ein Mann auf sie zu und sagte: „Ich habe dich überall gesucht"; aus seiner Stimme konnte David erkennen, daß er das Recht hatte, eifersüchtig zu sein. Sie lächelte David über die Schulter an, als sie in der Menge untertauchte.

Er war überzeugt, daß ihr plötzliches Auftauchen kein Zufall und auch mehr als ein bloßer Flirt war. Die Sterne seines Glücks standen günstig, die Auswirkungen kamen überall zum Tragen, auch in dieser Menge, in diesem Menschenschwarm, in dem seine eigene Ausstrahlung die hellsten Sterne zu ihm hinzog und den Rest zerstreute.

Er freute sich, daß er gekommen war. Es war wichtig, daß er diese Leute sah — seine Kollegen: Journalisten, Schriftsteller, Verleger, Übersetzer; daß er sah, was aus ihm fast geworden wäre. Einige Gesichter bettelten darum, daß man ihnen nichts antat, einige hatten die Lippen gegen die alles durchdringende Verbitterung verschlossen. Vielleicht war es nur das Alter.

Sid Kohl dagegen war spritzig, eben zum dritten Mal verheiratet, und sprühte vor Besserwissen und Meinungen.

,,Haben Sie meine Antwort auf Shapiros Kritik an meinem Buch gelesen?"

,,Ja", sagte David.

,,Ein unverschämtes Ungeheuer!"

,,Haben Sie die Schar-Gedichte gelesen, die ich herausgebracht habe?" fragte David, um das Gespräch in Gang zu halten, obwohl es ihm im Augenblick unmöglich war, die Welt der Bücher und Kritiken ernst zu nehmen.

,,Manchmal wird er mir ein bißchen zu metaphysisch."

,,Sie bleiben auch bis zu Ihrem Ende ein weltlicher, sozialistischer Humanist", sagte David.

,,Damit haben Sie allerdings recht. Aber ich habe ja nicht wie Sie zehn Jahre in Kalifornien gelebt."

,,Wie dem auch sei, es gibt heute keine wahren Dichter mehr."

,,Und was ist mit Milosz?"

,,Milosz ist der letzte."

,,Stimmt es, das er praktizierender Katholik ist?"

,,Ich habe keine Ahnung."

,,Vergessen Sie ja nicht, sich nach Artikeln umzusehen, die mich interessieren könnten. Sie wissen ja, was mir gefällt", sagte Kohl, in jeder Lebenslage Lektor, und wogte so behend in die Menge zurück, wie ein Surfer eine Welle nimmt.

David sah auf die Uhr. Zehn vor eins. Raissa sollte es eigentlich besser wissen, als ihn hier in der Menge zu suchen, dachte er. Es war natürlich auch möglich, daß sie ihn anlog; vielleicht gab es gar kein Problem, keine Schwierigkeiten im letzten Augenblick. Vielleicht hatte sie Altheim angerufen, als sie ihm auf der Party davongelaufen war. Als er aber wieder auf die Eingangstür zusteuerte, konnte er sich einfach nicht vorstellen, daß es Altheim war, den Raissa um ein Uhr mitbringen würde.

Solly zog eine Zigarette aus seinem eigenen Paket, zündete sie aber nicht an.

,,Ihr voller Name ist William R. Jackson, nicht wahr?" fragte er.

Jackson nickte.

„Wofür steht das R?"

„Roosevelt."

Solly verzog das Gesicht und sagte: „Sie sind achtundzwanzig?"

Jackson nickte wieder, diesmal etwas unwillig.

„Und Sie sind Einhundertsechzehn West, Dreiundvierzigste Straße, ansässig?"

„Mann, das habe ich dem anderen Typen doch schon gesagt."

„Ich überprüfe eben noch einmal."

„Stimmt, genau dort bin ich ansässig", sagte Jackson und betonte das „ansässig" mit schwachem Grinsen.

„Dann sagen Sie mir bitte jetzt — sind Sie in Naomi Rosens Wohnung eingebrochen, haben Sie sie ermordet, beraubt und dann sexuell mißbraucht?"

„Nein, habe ich nicht."

„O. k., Jackson, gehen wir von der Annahme aus, daß Sie es nicht waren. Das Gesetz besagt, daß Sie so lange als unschuldig gelten, bis Ihre Schuld bewiesen ist."

„Ich weiß, was das Gesetz *besagt*."

„Wir müssen uns aber fragen, wie der Afrokamm mit den Fingerabdrücken in die Wohnung des Opfers kommt, wenn Sie wirklich unschuldig sind. Wenn Sie uns diese Kleinigkeit erklären können, sieht es sehr gut für Sie aus."

„Mann, Afrokämme verliert man doch dauernd, ich verliere in einem Monat gleich ein paar."

„Das glaube ich gerne, Jackson, ich selbst verliere auch immer wieder etwas. Der Unterschied ist nur der, daß ein Handschuh oder eine Schere, die ich verliere, einfach verschwinden; ich sehe sie nie wieder, und man findet meinen Handschuh und meine Schere nicht neben einer Ermordeten. Sehen Sie, wo da der Unterschied liegt?"

Jackson sagte nichts. Solly rollte seine Zigarette zwischen zwei Fingern, um den Tabak aufzulockern.

„Wenn Sie vor Gericht stehen, müssen Sie die Leute davon überzeugen, daß Sie Ihren Kamm irgendwo in New York verloren haben, daß ein anderer vorbeikommt, den Kamm sieht, zu sich sagt: Sieh da, heute habe ich Glück, ich habe einen Afrokamm gefunden, damit erspare ich mir ein paar Dollar. Der Kerl steckt sich den Kamm also in die Haare, ohne auch nur einen einzigen Fingerabdruck zu hinterlassen, und dann geht er hin und bringt eine Frau in ihrer eigenen Wohnung um, und danach mißbraucht er sie und verliert dabei seinen neuen Kamm. Aber was tut das schon — jetzt hat er ja Geld. Er kann sich einen funkelnagelneuen Kamm kaufen. Und das soll eine wahre Geschichte sein?"

„Möglich wäre es schon."

„Es war aber nicht so."

„Woher wollen Sie das denn wissen?"

„Ich brauche es gar nicht zu wissen. Ich weiß nur, daß niemand, der auch nur einen Funken Verstand hat, Ihnen diese Geschichte abnehmen wird, und daher wird Ihnen der Kamm noch viele Scherereien machen."

Jackson wandte heftig das Gesicht ab, der einzige Ausweg, der ihm in dieser Lage geblieben war.

„Wer hat denn Ihren Finger geschient?"

„Die Ambulanz im Bellevue."

„Haben Sie dort Ihren richtigen Namen angegeben?"

„Nein."

„Das heißt also, daß wir es nicht einmal überprüfen können. Sie sehen schon, daß Ehrlichkeit noch immer das Beste ist, Jackson. In welcher Nacht ist Ihnen das denn passiert?"

„Dienstag."

„Glauben Sie, daß sich irgend jemand an Sie erinnern würde?"

„Ich weiß es nicht."

„Wie hieß der Arzt?"

„Irgendso ein schwarzer Kerl, aber er hat wie ein Engländer gesprochen."

„Das können wir überprüfen, aber vielleicht ist das gar nicht von Belang. Daß Sie Dienstag Nacht dort waren, heißt noch gar nichts; was zählt, ist die Nacht vom Mittwoch, Jackson."

„Ich habe Ihnen doch schon gesagt, daß ich zu Hause im Bett war und mich erholt habe."

„Ja, wieso denn nicht im Playland?"

„Nein, Sir, ich war zu Hause im Bett."

„Warum treiben Sie sich übrigens so oft im Playland herum?"
„Amerika ist ein freies Land."
„Schicken Sie Frauen auf die Straße?"
„Nein."
„Sie sehen eigentlich so aus, als ob Sie bei den Frauen gut ankämen."
„So is' es."
„Ich werde Ihnen jetzt erzählen, was ich für ein Mensch bin, Jackson", sagte Solly und tat, als suchte er in seinen Taschen nach einem Zündholz. „Ich bin ein Mensch, für den der erste Eindruck ausschlaggebend ist. Ich mache die Tür zu diesem Zimmer auf, schaue hinein und was sehe ich? Einen jungen, gutaussehenden Mann, der anständig angezogen ist und intelligent wirkt. Und daher denke ich gleich, Scheiße, das ist wahrscheinlich nicht der Richtige, denn warum sollte ein junger, gutaussehender, intelligenter Mann, der wahrscheinlich alle Frauen haben kann, die er will, einer Frau das antun, was der einen angetan worden ist? Aber dann stellen wir Ihnen Fragen, die Ihnen ja nur helfen sollen, und was antworten Sie darauf? Nichts. Da beginne ich zu denken, daß ich mich vielleicht doch geirrt habe, daß dieser Mann vielleicht doch nicht so intelligent ist, und daher kommt mir auch der Gedanke, daß ich mich auch darin geirrt habe könnte, daß er alle Frauen haben kann, und daß er vielleicht doch der Typ ist, der Frauen so etwas antut."
„Ihre erste Version war besser."
„Gut, schon gut, aber dann beantworten Sie mir noch eine Frage. Sie ist zwar sehr persönlich, aber Sie wissen ja, wie das ist. Also, nachher, als du sie gehabt hast, hast du da wirklich einen richtigen Steifen gehabt oder nur so einen Winzling, an dem du anziehen hast müssen? Janopolis, haben Sie ein Zündholz? Ich habe gerade mein letztes verbraucht."
Solly wandte Jackson den Rücken zu und sprach mit Janopolis, der ein Zündholz anstrich. Er sah Janopolis noch immer an, tat, als wäre Jackson gar nicht mehr anwesend und sagte: „Das sollten Sie immer beherzigen, Janopolis: Bei den meisten Triebverbrechen schafft der Mörder keine Erektion, außer auf eine ganz ungewöhnliche Weise, aber auch dann nicht immer. Ich erinnere mich

noch an einen, der mir erzählte, wie schrecklich es gewesen wäre, fast hat er mir leid getan, als er heulte, nur bestand seine Spezialität leider darin, daß er die kleinen Jungen nachher umbrachte, damit sie ihn nicht verraten konnten. Für den da wird man vielleicht einen Psychiater anschleppen, der feststellen wird, daß Jacksons Mutter daran schuld ist, daß Jackson bei einer lebendigen Frau keinen Steifen schafft. Ich weiß es nicht, vielleicht war es wirklich ihre Schuld, vielleicht sollte man ihr den Prozeß machen."

Als Jackson zum Sprechen ansetzte, war seine Stimme so mühsam beherrscht, daß Solly und Janopolis erschraken.

„O. k., dann hört mir einmal zu. Ich hänge im Playland herum, ich sehe mir die Zeitschriften an und schaue, wer was liest. Wenn sie dann weitergehen, halte ich sie auf und sage ihnen, daß ich genau das Richtige für sie habe, ich nehme ihr Geld, aber sie bekommen auch was dafür. An dem Abend habe ich mir den Falschen ausgesucht: Er kannte etwas — Karate. Er hat mich zwar ziemlich grob angepackt, aber ich habe ihn gesehen — ich habe gesehen, wie er meine Kanone die Straße hinuntergestoßen und den Kamm aufgehoben hat. So, das war alles."

„Und wie sah der Mann aus?"

„Groß. Blond. Athletisch. Er trug unter seinem Rock ein blauweißes Trainingsblouson und sah wie ein Ausländer aus, deshalb hatte ich ihn mir ja auch ausgesucht."

„Könnten Sie ihn identifizieren?"

„Ja, das kann ich. Haben Sie ihn?"

„Noch irgendwelche Fragen, Janopolis?"

„Solly, ich glaube nicht ein einziges Wort von dem, was uns der Kerl da erzählt."

In diesem Augenblick tauchte Sergeant Guerras' Kopf in der Tür auf, und er sagte mit ernster Stimme: „Solly, Telefon für dich. Deine Frau, beeil' dich lieber."

Der Flur war jetzt fast völlig verlassen, mit Ausnahme eines Mannes, der die ausgestellten Bücher wieder ordnete, und zweier alter Russinnen, die über Belinskis Todesdatum stritten.

Die Herrentoilette, die von einer schweren Holztür verschlossen wurde, wirkte wie eine ruhige, friedliche Oase, als David die Tür hinter sich zuzog. Er ging in das allerletzte Abteil, prüfte im Vorübergehen, ob in irgendeinem der Abteile Schuhe zu sehen waren, und fand nur eine zusammengefaltete Zeitung im vorletzten.

Die grauen Metallwände des letzten Abteils trugen die üblichen obszönen Zeichnungen und Inschriften. Er rollte sein Hemd hinauf, um nach dem Klebeband zu sehen, denn er hatte das Gefühl gehabt, es habe sich gelockert, als er mit Kohl sprach.

Er beschloß, sein Glück in der Flucht zu suchen, obwohl er sicher erst ruhig sein würde, wenn das Flugzeug in der Luft war. Automatisch angelte er mit dem Fuß nach der Zeitung, die er im angrenzenden Abteil bemerkt hatte. Die Rückseite zeigte drei Pferde in einem Fotofinish.

Er drehte die Zeitung um und las die dicken, schwarzen Lettern der Schlagzeile: SEXMORD IN SOHO. Die Sekunde, die zwischen dem Erkennen von Naomi Rosens Gesicht in dem ovalen Ausschnitt und dem Zusammensetzen von Worten und Bildern zu einem Ganzen verstrich, war ganz eigenartig, klar und doch düster, wurde aber dann plötzlich zu einer Schrecksekunde, als seine Knie unkontrolliert zu zittern begannen und ihm der Schweiß über die Oberschenkel rann.

Jetzt schwirrten zu viele Gedanken in seinem Kopf herum. Der erste war, daß Naomi tot war, der zweite, daß sie von den Leuten ermordet worden war, die den Film finden wollten, und, ganz gleich, was in der Zeitung stand, es ein Scheinmord war, so wie es der Mord an Raissas Bruder gewesen sein mußte. Der dritte Gedanke war, daß Naomi ihnen sicher gesagt hatte, wem sie den Film gegeben hatte, denn das würde jedermann tun, auch er würde es tun. Und der vierte Gedanke war, daß sie jetzt alles über ihn wußten, daß sie ihn in eben diesem Augenblick schon suchten. Sie waren hier in diesem Gebäude, sie waren bei der Buchmesse — sie würden auf jeden Fall da sein, und heute waren sie seinetwegen gekommen.

Die Tür zur Herrentoilette ging auf. Sie waren da. Sie würden über die Zwischenwand klettern und ihm die Kehle durchschneiden, während er hilflos um sich schlug, gefesselt von seiner heruntergelassenen Hose, und das Blut würde aus seinem Hals spritzen, während sie das Klebeband herunterrissen.

Es war nur einer gekommen, das erkannte er an dem Klang der Schritte. Aber einer war genug; jeder einzelne war genug.

Er kam sich vor wie ein Baum, den der Blitz getroffen hatte.

Jetzt verstand er auch, warum er hier war. Raissa gehörte zu ihnen. Sie hatte ihn aufgefordert, um ein Uhr zu kommen, und Narr, der er war, war er ihrer Aufforderung gefolgt. Sie hatten jemanden gebraucht, der den Film zurückholen würde, einen amerikanischen Helfershelfer, und jetzt, nachdem er seine Aufgabe erfüllt hatte, würden sie den Film einfach an sich nehmen. Aber so konnte es doch nicht sein, denn warum hätten sie dann Naomi umgebracht, wenn ihnen doch Raissa sagen konnte, wer den Film hatte. Er bemerkte, daß seine Gedanken von panischer Angst verwirrt waren.

Die Schritte waren verklungen. In der gekachelten Stille hörte er das Geräusch eines aufgehenden Reißverschlusses, dem die wohlbekannte Melodie des Urinierens und des Spülwassers folgte. Wieder der Reißverschluß, Ledersohlen auf Fliesen, ein braunes Papierhandtuch, eine Tür, die aufgeht, eine Tür, die sich schließt.

Es war nur jemand gewesen, der pissen mußte, redete er sich ein, kaum fähig, an die Schönheit dieser einfachen Wahrheit zu glauben. Aber im Grund hatte es ja nichts geändert — draußen warteten sie ja noch auf ihn.

Er hatte keine Wahl. Er würde versuchen müssen, sich irgendwie durchzuschlagen, wie eine Krabbe, die an Land gespült war, sich in den Ozean zurückbeeilt, bevor ein Schnabel auf sie herabstößt.

Er hatte Angst, sich in dem Spiegel über dem Waschbecken anzusehen, während er sich kaltes Wasser ins Gesicht spritzte, voll Dankbarkeit, daß das Wasser so eisig war.

In dem Augenblick, in dem er die Tür aufmachte, sah er Jewgeni Schar im Licht von Handscheinwerfern direkt in eine Fernsehkamera sprechen. Links hinter den Menschen, die sich um ihn drängten, stand Raissa und fotografierte mit einer Polaroidkamera. Als sich Schar umdrehte und David in der Tür sah, folgten

Raissas Augen seinem Blick; sie ließ die Kamera fallen, die sie an einem Lederriemen um den Hals trug, und lief auf David zu.

Als er Raissa auf sich zukommen sah, hoffte er einen Augenblick, daß sie Altheim vielleicht doch mitgebracht hätte, dann wäre alles vorbei, Gott sei Dank, alles wäre vorbei.

„Raissa, sie haben die Frau umgebracht, die mir den Film gegeben hat."

„Und uns werden sie als nächstes umbringen."

„Hast du das, was du mir geben wolltest?"

„Nein."

„Warum nicht?"

„Er braucht mehr Zeit. Er konnte sich heute morgen nur an die Hälfte erinnern. Noch so ein Idiot — er hatte so viel getrunken, daß er sich an nichts mehr erinnern konnte."

„Schar?" sagte David, und seine Frage klang wie ein erstaunter Ausruf.

„Ja, Schar."

„Wie?"

„Sie haben Juri Trofimowitsch in das Lager gesteckt, in dem auch er war."

Zum größten Erstaunen des Regisseurs ging Jewgeni Schar einfach von der Kamera fort auf den Mann und die Frau am Ende des Saales zu.

„Ich habe ihm gesagt, daß Sie der Betreffende sind", sagte Raissa, als Schar zu ihnen trat.

„Die Frau, die mir den Film gegeben hat, ist ermordet worden."

„Ich verstehe", sagte Schar, dessen Gesicht einen ernsten Ausdruck annahm. „Ich kann den Fernsehleuten im Augenblick nicht davonlaufen, das schaffe ich erst am Abend. Und ich brauche einige Zeit, um den Rest niederzuschreiben. Wo kannst du bis halb zwölf bleiben?"

„Bei mir nicht", sagte Raissa. „Wahrscheinlich sind sie eben dabei, meine Wohnung auseinanderzunehmen."

„Dein Hotel?" fragte David.

„Nein, ein Hotel ist nicht sicher genug."

„Bei mir werden sie sicher auch sein."

„Warte einmal", sagte Schar. „Was ist mit Karens Wohnung?"

„Ich kann zu ihr ins Büro gehen."

„Nein, sie ist hier und hilft bei der Rede und dem Dokumentarfilm. Sie ist schon vor uns hineingegangen. Wohnt sie in einem großen Haus?"

„Nein, in einem ganz kleinen, ziemlich im Zentrum."

„Großartig. Siehst du den Mann dort drüben?" Schar wies mit dem Kopf auf einen Mann mit schütterem Haar, dunklen Brillen und einer Lederjacke, der ihnen zunickte, als sie ihn ansahen. „Das ist Borja, mein Fahrer, ein guter Mann. Er wird sich um dich kümmern, bis ich komme. Er wird dafür sorgen, daß niemand das Haus betritt."

„Mr. Schar", rief der Regisseur.

„Gib Raissa Karens Adresse und Telefonnummer."

„Vierundfünzig, Greenwich Street — Street, nicht Avenue", sagte David.

„Greenwich Street Nummer vierundfünfzig — nicht Avenue", wiederholte Raissa und kritzelte die Adresse auf die Rückseite des Polaroidfotos von Schar, das eben aus der Kamera geglitten war.

Als er ihr die Telefonnummer gab, bemerkte David, daß sie leise lächelte.

„Warum lächelst du?"

„Tote, die Informationen austauschen; das ist doch ungeheuer komisch, findest du nicht auch?"

„Raissa", sagte David und legte den Arm um sie, wobei er nicht sicher war, ob er ihr Mut machen oder sich von ihr Mut holen wollte.

„Hol' dir die Schlüssel", sagte sie und wandte sich ab.

Wie benommen machte sich David auf den Weg zurück in den großen Saal. Seine Beine schienen aus herumflatternden Muskelstreifen gemacht zu sein, als er sich zwischen den dichtgedrängten Leibern, von denen ihm jetzt keiner Platz machte, den Weg bahnte.

„Nach der russischen Invasion der Tschechoslowakei im August 1968", sagte der erste Redner, dessen Stimme metallisch aus den Lautsprechern kam, und holte zu einem mitreißenden Abschluß seiner Rede aus, „schrieb ein tschechischer Dichter, daß die Feder zwar mächtiger als das Schwert, nicht aber mächtiger als ein Panzer sein."

Die Menge reagierte mit leisem, gerdücktem Gelächter.

Die Scheinwerfer waren noch immer nicht richtig eingestellt, und David konnte in dem grellen, flackernden Licht, das vom Podium her kam, keine Gesichter erkennen.

„Wir aber stehen heute hier", fuhr der Sprecher fort, „weil wir glauben, daß die Feder mächtiger ist als das Schwert, der Panzer und der ICBM, daß der menschliche Geist größer ist als das Schlimmste, was uns die Geschichte des Menschen antun kann..."

Während er sich unter Entschuldigungen durch die Menge drängte, registrierte David irgendwo in seinem Gehirn die Stimme des Redners; sie erschreckte ihn, denn ihr fehlte das Feuer wahrer Überzeugung.

Der nächste Sprecher, ein ehemaliger sowjetischer General, dessen glattrasierter Kopf im Scheinwerferlicht glänzte, trat ans Rednerpult. Er hielt den englischen Text seines Vortrags umklammert, als könnte ihm das Papier jeden Augenblick davonfliegen, wenn er nur einen Sekundenbruchteil locker ließe.

David glaubte, Karen links vom Podium zu erkennen, und versuchte im Zickzackkurs zu ihr durchzudringen.

„Wir dürfen nicht jene vergessen, die heute nicht hier bei uns sind", kamen die Worte zischend aus dem Mikrofon; „wir dürfen jene, die in den Lagern, den Gefängnissen, den psychiatrischen Kliniken sind, nicht vergessen."

Jetzt war er nahe genug, um zu erkennen, daß sie es nicht war. Die Frisur hatte ihn getäuscht.

„Wir dürfen Anatoli Martschenko, Pater Jakunin, Juri Orlow nicht vergessen..."

Die Litanei der Namen übte einen Augenblick lang eine beruhigende Wirkung auf David aus; er war nicht allein, andere standen an seiner Seite, gute Menschen, tapfere Menschen. Dann aber fiel ihm ein, daß es die Namen derer waren, die gefangen und zermalmt worden waren, so wie er gefangen und zermalt werden würde.

„Auch im Staat New York werden Bücher aus den Bücherregalen entfernt", sagte der nächste Redner, ein ehemaliger Senator und Laborführer. „Niemand besitzt das Monopol auf solche Probleme."

Diese Bemerkung rief einigen Applaus und etliche Pfiffe hervor.

Als sich David zur rechten Seite des Podiums durchdrängte, spürte er eine Hand auf dem Arm und wußte mit einem widerwärtigen Gefühl der Erleichterung, daß alles vorbei war.

„David, ich habe dich überall gesucht", sagte Abram. „Da hast du Schars Poem, das ich dir zurückgeben sollte."

„Danke", sagte David mit tonloser Stimme und nahm den Umschlag an sich.

„Eines muß ich dir über dieses Poem sagen, David", sagte Abram flüsternd, doch wurde seine Stimme während des Sprechens immer lauter. „Ich habe das Gedicht dreimal gelesen. Beim ersten Lesen war es in Ordnung, recht gut, einige neue Bilder, der Rhythmus primitiv, aber doch ..."

„Sch!" Eine Hüterin der öffentlichen Ordnung drehte sich um und starrte Abram so durchdringend an, daß er einen Augenblick lang zum beschämten kleinen Jungen wurde. David versuchte weiterzukommen, da er Karen gesehen hatte, die gerade mit den Technikern sprach. Abram folgte ihm, packte ihn am Ärmel und flüsterte leidenschaftlich: „Aber Dichtkunst ist es nicht; ich weiß nicht, was es ist, aber sicher keine Dichtkunst. Was weiß ich denn eigentlich. Ich weiß gar nichts. Alles, was ich wirklich weiß und kenne, ist die Dichtkunst. Alles, was ich tun kann, ist, den Menschen aus seinen Worten herauszuhören, und hier habe ich gar nichts gehört. Gar nichts."

„Abram, hör zu", sagte David und betonte jedes Wort. „Ich kann im Augenblick nicht über Dichtkunst sprechen."

Der Arzt gab ihm eine genaue Erklärung über Adelles Nierenstein, aber Solly waren diese Details gleichgültig. Was einzig zählte, war, daß der Stein entweder abgehen oder man operieren werden müsse. Der Arzt sagte ihm auch, daß die von einem Nierenstein verursachten Schmerzen besonders heftig seien, ungefähr gleich stark wie bei einer Geburt, und deshalb hatte man Adelle sofort mit Beruhigungsmitteln vollgestopft. Sie würde die Nacht durchschlafen, und es hätte gar keinen Sinn, wenn er bliebe.

Er rief im Revier an. Man erkundigte sich nach Adelles Befinden und sagte ihm, daß er nicht zurückzukommen brauchte, sondern lieber heimfahren sollte, wo ihn das Krankenhaus im Notfall erreichen könnte. Janopolis kam ans Telefon und berichtete, daß er den Arzt im Bellevue gefunden hatte, der Jacksons Finger behandelt hatte. Der Arzt hatte Jackson nach einem Foto identifiziert, aber das bedeutete, wie Solly selbst gesagt hatte, überhaupt nichts, denn es war für den Fall nicht von Belang, was am Vorabend des Mordes geschehen war.

„Das ist schon richtig", sagte Solly, „aber ich frage mich noch immer, wie er sie mit einem gebrochenen Finger erwürgt hat."

Obwohl es erst halb acht war, ging er heim. Als er die Eingangstür hinter sich schloß, hatte er das Gefühl, in ein Haus gekommen zu sein, das nicht das seine war. Keine Stimme am Telefon, kein Geräusch von laufendem Wasser, kein Fernsehen. Es ähnelte in gewisser Weise dem Gefühl, das man hatte, wenn man in ein Haus kam, in dem etwas geschehen war.

Und es war auch etwas geschehen. Adelle hatte gewartet, daß er sie abholen würde, denn sie fühlte sich nicht fähig, selbst zu fahren, und wollte auch nicht allein im Krankenwagen sein. Während ihr Solly in den Mantel half, hatte sie den Arm plötzlich wieder aus dem Mantelärmel gerissen und sich die Seite gehalten. Einen Augenblick lang riß der Angelhaken des Schmerzes ihre Lippen hoch, das weißliche Zahnfleisch wurde sichtbar. Solly war zurückgezuckt, von der Häßlichkeit ihres Schmerzes angewidert, erst dann legte er den Arm um sie. Er brachte Adelle selbst ins Krankenhaus, hatte dazu sogar das Alarmlicht am Dach des Autos befestigt.

Jetzt goß er sich ein Glas Whiskey ein und tat einen tiefen Zug, genoß den bitteren Geschmack, der ihn an eine Arznei erinnerte. Was wäre, wenn sie starb? Dann würde es immer so sein — er hier allein in diesen Räumen, jeden Tag, wenn er heimkam. Er könnte nie wieder heiraten; er könnte nie mit jemandem zusammenleben, der ihn nicht seit langem kannte.

Er hoffte, daß der dumme Stein von selbst abgehen würde. Er haßte die Vorstellung, daß man sie nackt auf einen Tisch legen, anzeichnen und aufschneiden würde.

Nach einem weiteren, tiefen Schluck Whiskey entfernte er den Filter von einer Zigarette und dachte dabei an das Fotomodell, mit dem er eine kurze Affaire gehabt hatte — sie hatte auch immer den Filter entfernt. Sie war zu jung und zu schön gewesen, als daß er ihr hätte widerstehen können, und daher waren sie übereinander hergefallen wie zwei Fußballteams, die um den Ball kämpften.

Was war er doch für ein mieser Kerl, sagte er sich und spuckte die Tabakkrümel von seinen Lippen. Die einzige Frau auf der Welt, die ihn all diese Jahre ausgehalten hatte — und dann verzerrt sich ihr Gesicht vor Schmerz und es ekelt ihm vor ihr, selbst diese verdammte halbe Sekunde war schon zuviel gewesen. Sie hatte immer behauptet, er sei ein guter Mensch, aber vielleicht kannte sie ihn doch nicht, denn hätte sie ihn gekannt, dann hätte sie auch bemerkt, was für ein mieser Hurensohn er war. Wenn sie sein Gesicht in dem Augenblick gesehen hätte, als ihre Kolik begann, wenn sie wüßte, wie er jetzt dasaß und an das Fotomodell dachte, dessen Telefonnummer er nicht vergessen hatte, als wäre es das Allerwichtigste auf dieser Welt, sich daran zu erinnern, obwohl er sie über ein Jahr nicht mehr angerufen hatte — an die Nummer der kleinen Hure konnte er sich natürlich erinnern, aber die Worte des Gebets für seinen Vater wußte er nicht und mußte sie von einem orangefarbenen Papierfetzen ablesen, auf dem man eine Autowaschstraße anpries.

Er war nichts. Scheiße. Eine Schande für die Menschheit.

Die Zeit schien schneller abzulaufen. Jedesmal, wenn David Aronow auf die Uhr sah, war es vierzig Minuten später. Zehn nach neun.

Er sah aus dem vorderen Fenster. Der Wagen, der ihn zu Karens Wohnung gebracht hatte, stand noch vor der Tür.

Die panische Angst war abgeklungen, aber ihr Nachgeschmack haftete noch immer in seiner Kehle. Fast wünschte er, die Panik würde zurückkommen und den tiefen, moralischen Schmerz vertreiben, dem zu entkommen er vorher nicht die Kraft gehabt hatte und dem er auch jetzt nicht widerstehen konnte.

Er hatte mitgeholfen, einen Menschen zu ermorden — zwar unwissentlich, aber das machte die Sache nur noch schlimmer. Naomi würde morgen nicht mehr unter ihnen sein.

Und er hatte dazu beigetragen, sogar aktiv dazu beigetragen, denn ihre Hilfe war ihm mehr wert gewesen als ihre Sicherheit. Ihr Leben war ihm gleichgültig gewesen. Was bedeutete, daß er sogar zweimal der Strafe anheimfallen würde — einmal dafür, daß er mitgeholfen hatte, die Tat zu vollbringen, und ein zweites Mal, weil es ihm gleichgültig gewesen war.

Das einzige, was er zu seiner Seelenrettung tun könnte, wäre, den Hörer abzuheben, Altheim anzurufen, ihm die Wahrheit zu sagen, und so den deckenden Mantel der Lüge von ihrem ermordeten Körper abzuziehen.

Er zog sein Adreßbuch heraus, erinnerte sich, daß er Altheims Nummer irgendwo mit Bleistift niedergeschrieben hatte, wußte aber nicht mehr, ob er sie schon ausradiert hatte.

Da stand sie, sieben schwach erkennbare Ziffern, die alles verändern konnten.

Er wählte sehr rasch.

„Sergeant Janopolis", sagte eine Stimme am anderen Ende.

David erinnerte sich an ihn — an den nervösen, unterwürfigen Assistenten.

Es war fast unmöglich, nichts ins Telefon zu sagen, dessen surrender Hohlraum von Stille seine Stimme förmlich aus ihm herauszuziehen schien.

David Aronow sah seiner Hand zu, die langsam den Hörer einhängte.

Solly zielte mit dem Zeigefinger auf die Flasche, die neben seinem Fuß stand, verfehlte den Flaschenhals aber. Erst beim dritten Versuch stieß sein Finger hinein, und wie ein vorsichtiger Fischer zog er die Flasche langsam hoch. Von der Flasche wanderte sein Blick auf das auf dem Boden stehende Glas, und er versuchte, einen Entschluß zu fassen, ob er den letzten Tropfen Whiskey aus dem Glas oder direkt aus der Flasche trinken sollte. Der Whiskey brannte ihm auf den Lippen, die aber irgendwie gar nicht mehr zu ihm zu gehören schienen; sie waren zwei Auswölbungen eines brennenden Gummis wenige Zentimeter vor seinem Gesicht. Er stellte die leere Flasche neben seinen Fuß, wo sie umfiel; dann glaubte Solly plötzlich, sich nicht mehr aufrichten zu können. Er nahm alle seine Kräfte zusammen und hievte den Oberkörper langsam hoch, bis der Kopf durch die Schwerkraft gegen die gepolsterte Rückenlehne sank. Er schloß die Augen und versank in eine Welt trunkenen Schlafes, in dem Janopolis als weißgekleideter Chorknabe unter einem Bridgetisch kniete und „Vater unser, der du bist im Himmel" betete. Was zum Teufel hatte Janopolis denn im Tempel zu suchen? Auf der Seite kniete Sollys Vater und betete, sein dünnes, schwarzes Haar war ordentlich gekämmt, das strahlende Weiß der Tallis um seinen Hals leuchtete weithin. Sollys Stuhl stand im Tempel, und die Gläubigen sahen sich nach ihm um, weil er betrunken in den Tempel kam, während sein eigener Vater zu beten versuchte.

„Sol, ich werde dich jetzt lehren, wie man das Totengebet richtig betet", sagte sein Vater mit fester, unbewegter Stimme.

Er hatte gesprochen — nach all diesen Jahren hatte er zu ihm gesprochen —, und Solly spürte, wie ihm Tränen in die Augen stiegen.

„Du weißt einfach nicht, wie man es macht", sagte sein Vater. „Ich werde es dir beibringen."

Solly fühlte eine fast unerträgliche Liebe zu seinem Vater, als dieser auf ihn zukam, und dann, als er plötzlich hinter ihm verschwand, einen fast unerträglichen Kummer.

„Ich stehe direkt hinter dir, Sol", sagte sein Vater, und zu beiden Seiten des Stuhls wurden seine Arme sichtbar. In der einen Hand hielt er eine Bibel, deren geriffelter schwarzer Einband goldene Lettern trug. Die Hand seines Vaters schlug die Bibel auf, und die rechte Hand fuhr langsam von der rechten auf die linke Seite.

„Siehst du", fragte sein Vater. „Siehst du?"

Solly sah genauer hin. Die rechte Seite war orange und trug die

Ankündigung einer Autowaschstraße, die linke Seite war viermal von einer Revolverkugel durchlöchert und in einer Sprache geschrieben, die wie Hebräisch aussah, es aber nicht war.

„Sol, was siehst du jetzt?“ fragte sein Vater mit einem Anflug von Ungeduld. „In Sprachen warst du nie gut, Sol.“

Er öffnete die Augen. Er saß noch auf seinem Stuhl, demselben Stuhl, auf dem er auch im Traum gesessen war.

Sein Vater hatte zu ihm gesprochen. Aber es war mehr als das. Er hatte ihm etwas gesagt. Was war es nur, was war es nur?

Sein Vater hatte gesagt, daß Solly nicht zu beten wußte. Das war richtig. Oder war es doch nicht richtig? Hatte er ihn nicht von den Toten zurückgebetet?

Warum hatte er ihm die Bibel gezeigt? Es war keine echte Bibel gewesen. In einer Bibel findet sich keine Reklame für eine Autowaschstraße. Und die andere Seite hatte Einschußlöcher gehabt. Wie waren die hineingekommen? Er konnte die Seite nicht lesen. Natürlich war sie in einer fremden Sprache geschrieben worden. In Fremdsprachen war er nie gut gewesen. Sogar daran hatte sich sein Vater erinnert.

Langsam hob Solly die Hand und schnalzte dann plötzlich mit den Fingern. Dieser verlogene Hurensohn David Aronow war der blinde Fleck! Und die Schwester mußte davon wissen!

Als er das leise Hupen eines Autos hörte, trat David ans Fenster und sah, daß der Wagen, der vor der Tür gewartet hatte, wegfuhr, um einem gelben Taxi Platz zu machen. Karen stieg aus, drehte sich um, beugte sich nieder und sagte etwas zu Schar, dessen weißblondes Haar im Rückfenster sichtbar wurde, als er eine plötzliche Bewegung machte.

David steckte den Schlüssel in einen Briefumschlag und warf ihn hinunter; kreiselnd wie die Frucht eines Ahorns glitt er zu Boden. Sie streckte die Arme danach aus, in diesem Winkel gesehen wirkte ihr Körper seltsam kurzbeinig. Als sie den Umschlag nicht fangen konnte, zog sie eine verächtliche Grimasse. Einen Augenblick lächelte er liebevoll in dem Wissen, wie sehr ihr daran gelegen gewesen wäre, den Schlüssel aufzufangen.

Er hatte seinen Mantel schon angezogen und zugeknöpft, als sie durch die Tür trat.

„Jewgeni wartet schon", sagte sie.

„Ich weiß. Ich muß das Flugzeug erreichen."

„Geht denn so spät noch ein Flugzeug? Es ist doch schon fast zwölf."

„Um ein Uhr geht ein Flug nach Newark."

„Wenn du den Ein-Uhr-Flug nicht mehr erreichst, kannst du hierher zurückkommen. Ruf' einfach an. Du brauchst dir keine Sorgen zu machen, daß du mich aufweckst."

„Mach' ich", sagte er, um ihr zumindest irgend etwas von sich zu lassen.

„David, ist alles in Ordnung?"

„Bald."

„Wann?"

„Spätestens in einer Woche. Dann reden wir darüber."

Seine Umarmung war etwas ungeschickt, weil er sie nicht den harten Kreis auf seiner Brust spüren lassen wollte.

Am Fuß der Treppe, die nach Katzen und Staub roch, blieb er stehen und blickte durch die Haustür hinaus auf das Taxi, das im nebligen Schein der Straßenlampe lauernd und ockerfarben auf ihn wartete. Zum Teufel, dachte er.

Das Taxi stank nach abgestandenem Zigarettenrauch und Schars süßlichem Cologne. Darüber hatten sie eigentlich nie gesprochen.

„David, es tut mir leid, daß ich mich verspätet habe, aber diese Fernsehmenschen waren wie Parasiten", sagte Schar, als das Taxi anfuhr. „Ich war im Scheinwerferlicht gefangen."

David lächelte. Einen Augenblick lang hatte er den Eindruck, als säßen sie wieder in Schars Hotelzimmer. Dann wies David mit einer Kopfbewegung auf den Fahrer.

„Waska steht uns bei; er ist ein guter Mann."

David blickte in den Rückspiegel und sah die dunklen, lächelnden Augen des Fahrers. „Wohin?" fragte Waska.

„Newark Airport."

„Das würde ich nicht empfehlen", sagte Waska.

„Warum nicht?"

,,Zu viel freie Fläche, zu wenige Menschen um diese Tageszeit."

,,Aber ihr könnt doch so lange bei mir bleiben, bis ich im Flugzeug sitze."

,,Das schon, aber wer erwartet Sie am anderen Ende?"

,,Hör auf Waska. Waska weiß, wovon er spricht", sagte Schar.

,,Ich kann nicht in New York bleiben. Können Sie mir einen Rat geben?"

,,Ich würde vorschlagen", sagte Waska, ,,das wir nach Connecticut hinausfahren. New Haven, vielleicht auch Hartford. Wir können dort in irgendeinem Motel übernachten. Und am Morgen, wenn es hell ist und viele Leute unterwegs sind, können Sie in irgendein Flugzeug steigen und hinfliegen, wohin Sie wollen. Das gibt uns auch genug Zeit, alle Vorkehrungen zu treffen, damit Sie am anderen Ende von Freunden in Empfang genommen werden."

,,Eine gute Idee", sagte David.

Waska nickte. Das Taxi bog nach links ein und nahm den Weg zur West Side Autostraße.

David sah zu Schar hinüber, der müde und abgespannt wirkte, obwohl um seine Mundwinkel ein traurig amüsiertes Lächeln zu spielen schien.

,,Die Welt ist doch klein, nicht wahr, David?"

,,Zu klein."

,,Ja, sicher, wenn man auf der Flucht ist."

,,Du solltest besser auf dich aufpassen, Jewgeni. Ich bin jetzt überzeugt, daß Raissas Bruder ermordet wurde. Das heißt aber, daß auch du beobachtet wirst. Du mußt dich von Raissa fernhalten. Es ist gefährlich für dich, wenn du mit ihr zu engen Kontakt hast."

,,Da hast du sicher recht", sagte Schar. ,,Ist es sehr weit nach Connecticut?"

,,Nicht allzuweit."

,,Waska, werden wir verfolgt?" fragte Schar.

,,Es ist noch zu früh, um das sagen zu können."

David sah aus dem Fenster. Die abgewrackte Karosserie eines Unfallautos stand auf den Achsen mit offener Kühlerhaube am

Straßenrand. Sie fuhren über die George Washington Brücke, die sich in einer Nebelbank verlor.

Es war fast vorbei. Langsam begann er, sich wieder wohl zu fühlen.

„Möchtest du ein Pfefferminzbonbon, Jewgeni?" fragte David.

„Ja, gerne", sagte Schar, „mein Mund fühlt sich an wie ein Reibeisen, wie man so sagt."

Sie lachten.

„Kannst du dich noch an alles erinnern, was dir Juri Trofimowitsch gesagt hat?"

„An fast alles."

„Und du hast es hier?"

„Natürlich. Und du, hast du deine Sache auch bei dir?"

David klopfte sich auf die Brust.

„Auf dem Weg durch die Bronx verriegle ich immer die Türen", sagte Waska und bediente einen Hebel. Die vier Türknöpfe schnappten gleichzeitig zu.

David hatte gelogen, dachte Raissa, es gibt kein Glück. Schar hatte gelogen. Sie hatte gelogen. Die Welt bestand nur aus Lügnern. Jetzt aber hatte sie dem Mann in dem beigen Hemd mit der braunen Krawatte die Wahrheit gesagt. Dem dünnen, jämmerlichen Kerl, der in der Tür stand, hätte sie sicher nichts erzählt, aber es war eine Erlösung gewesen, Altheim alles zu erzählen, sie hatte es ja schon so lange tun wollen.

Solly sah Raissa wütend an, die im Nachthemd und Schlafrock an der Wand hockte. Er hielt den Telefonhörer in der Hand, drehte das Polaroidfoto von der Seite, auf der Karen Coopers Telefonnummer stand, um und besah sich den Mann im weißblauen Trainingsblouson. Jackson war ein guter Zeuge, und das hatte Janopolis wiederum um einen Erfolg gebracht.

Janopolis beobachtete Raissa, mußte aber an das denken, was ihm Solly auf dem Weg hierher von seinem Traum erzählt hatte. Im Schlaf ist er immer noch besser als ich im Wachzustand, dachte Janopolis.

„Vor ungefähr fünfzehn Minuten", wiederholte Solly. „Mit

wem? Jewgeni Schar? In einem gelben Taxi. Wohin? Ach so, Sie wohnen in einer Einbahnstraße. Newark Airport, die Ein-Uhr-Maschine nach Boston? Nein, es ist alles in Ordnung."

„Noch eine Frage", sagte Solly zu Raissa, die müde nickte. „Wohin, glauben Sie, wird Schar unseren Freund David Aronow bringen?"

„Ich weiß es nicht", sagte Raissa und dachte an die russische Enklave in Riverdale.

„Nicht nach Newark?"

„Ich weiß überhaupt nichts mehr."

„Fahren wir rasch zurück in die Stadt", sagte Solly zu Janopolis.

„Lügt sie?" frage Janopolis auf der Treppe.

„In diesem Fall lügen sie alle."

Solly steckte den Zündschlüssel an, startete aber nicht. In demselben Augenblick, in dem Janopolis gegen diese Zeitverschwendung protestieren wollte, legte Solly den Finger an die Lippen und deutete auf Raissas Fenster.

„Warum fährt Waska von der Autostraße ab?" fragte David, als sie in eine Vorstadtstraße einbogen, deren große Ziegelhäuser wie Banken aussahen, die für die Nacht geschlossen hatten.

„Waska, warum biegst du von der Autostraße ab?" fragte Schar.

„Wir fahren bald wieder hinauf", sagte Waska. „Ich möchte gerne hier durchfahren, um sicherzugehen, daß uns niemand verfolgt."

„Ich habe dir doch gesagt, daß Waska weiß, was er tut", sagte Schar.

David bemerkte, daß er sich verkrampft hatte, und zwang sich dazu, sich wieder zu entspannen.

„Ich habe geglaubt, jemand verfolgt uns", fuhr Waska fort. „Ein großer Wagen — ein Caddie oder vielleicht ein Olds —, aber er hat uns vor einer Minute überholt."

„Ich schlage Ihnen einen Handel vor, David", sagte Jewgeni Schar leise, aber sehr deutlich.

David wandte Schar langsam das Gesicht zu, da ihn die nun völlig ungewohnte Förmlichkeit der Anrede erschreckt hatte.

Jetzt, als er Schars Gesicht und Augen klar und deutlich vor sich sah, wurde ihm übel, und Ekel breitete sich wie in Wellen über seinen ganzen Körper aus.

„Jetzt verstehen Sie", sagte Schar.

„Ich verstehe gar nichts."

„Doch", sagte Schar, „nur fehlen Ihnen die Einzelheiten."

David legte seine rechte Hand schützend auf die Brust, wie ein Mann, der einen Treueschwur ablegen will. Aber es gab in dieser Welt nichts mehr, dem man Treue schwören konnte. Die Welt war auf eine versperrte Metallröhre zusammengeschrumpft, die sich langsam durch die Vororte bewegte und bei jeder Stoptafel und jeder roten Ampel anhielt.

„Vielleicht hilft es Ihnen, wenn Sie es sozusagen als Ende unserer Diskussion, als wertvolle Lektion in Sachen Realität betrachten", sagte Schar. „Sie haben zwei Möglichkeiten — daraus ersehen Sie schon, David, wie herrlich dieses Amerika ist, daß Sie selbst hier zwei Möglichkeiten haben. Die erste: Sie öffnen Ihr Hemd und geben uns den Film. Wir fahren zur sowjetischen Enklave; vielleicht wird man Sie einige Zeit dortbehalten, ein bis zwei Wochen, aber man wird Sie sicher wieder gehen lassen. Unsere Leute werden einen Weg finden, Sie zum Schweigen zu zwingen. Ihre eigene Regierung wird sicher auch keinen Wert darauf legen, daß die Geschichte bekannt wird, und keine seriöse Zeitung würde so etwas ohne solide Grundlage an Tatsachen oder Dokumenten abdrucken. Zweitens: Ich kann Ihnen den Film mit diesem Messer von der Brust schneiden." Schar öffnete den Rock und das Trainingsblouson, wodurch das hellgelbe Lederetui an seinem Gürtel sichtbar wurde. „Wenn ich den Film aber abschneiden muß, kann ich Sie nur für einen Dummkopf ansehen, und für Dummköpfe habe ich wirklich kein Verständnis."

David wußte, daß Schar log. Aus der sowjetischen Enklave würde er nie mehr lebend herauskommen. Seine Leiche würde irgendwo in Arizona verscharrt und als Opfer eines jener Massenmörder gefunden werden, die im Südwesten so häufig auftreten.

Er wußte, daß, praktisch gesehen, sein Leben bereits zu Ende war. Er hatte nur mehr eine ganz kurze Zeitspanne zu leben, die Zeit für eine einzige Tat; er war schachmatt, aber es stand ihm noch immer frei, eine Tat zu setzen.

Die Wahl, einer barmherzigen Lüge zu glauben, der ein bitterer Tod folgen würde, oder die Welt wahrheitsliebend, aber in einem blutigen Gemetzel zu verlassen. Eine perverse Ader in ihm drängte ihn, die Lüge zu wählen, wollte ihn glauben machen, daß das besser zu ihm paßte: Er hatte schon so oft gelogen, hatte so viel verraten, daß die andere Möglichkeit nur ein billiges, verzweifeltes Suchen nach Wiedergutmachung in letzter Minute wäre.

„Sehen Sie her", befahl Schar, zog das Messer ganz aus der Scheide, setzte es mit der Spitze auf die Lederscheide und drehte es um seine eigene Achse.

Eine größere Diskrepanz zwischen dem Gedanken an den Tod und dem scharfen Stahl vor ihm, der zwischen seine Rippen dringen würde, war kaum denkbar. Dennoch sagte David: „Nein."

Schar sah ihn erstaunt, irritiert, ja sogar etwas enttäuscht an.

David hoffte, daß Schar sein Geschäft verstand und es bald zu Ende sein würde.

Schar, der das Messer noch immer drehte, rückte etwas näher an David heran, als wollte er ihm noch einmal drohen, ihm noch eine letzte Chance geben, Vernunft anzunehmen. Dann aber erstarrte er vor dem Ausdruck krassen Erstaunens in Davids Gesicht.

Das Leben war mehr als sonderbar, dachte David. Erst ließ es ihn seinen eigenen Tod wählen, und dann sandte es ihm eine Sekunde später einen ganz anderen Tod.

Als der Wagen, den David auf sie hatte zurasen sehen, das Taxi rammte, sah er alles mit fast übernatürlicher Klarheit. Er bemerkte jede Einzelheit — Schar, den der Aufprall nach vorn schleuderte, das Messer, das Schar knapp über dem Beckenknocken in den Körper drang, die Welle fast sichtbarer Energie, die Schars Körper quer über den Sitz schleuderte, worauf der Kopf, der hart wie ein Helm war, Davids Rippen traf, die sich zuerst durchbogen, bevor sie wie Unterzündholz zersplitterten; und das geschah alles mit verschwommener, rasender Schnelligkeit, Davids Kopf wurde gegen das Fenster geschleudert, und sein Schmerz zerbrach die Scheibe.

Darauf einen Augenblick der Stille, in dem David Schar auf sich spürte, der sich wie ein Liebhaber oder ein Epileptiker wand, dann traf sie der andere Wagen ein zweites Mal. Das Taxi schien sich nicht entschließen zu können, ob es sich überschlagen sollte oder nicht, dann aber spürte David, wie die Straße unter seinem Rücken dahinraste. Er mußte die Last von Schars totem Körper abschütteln, um aus dem tiefen Schlund durch das Loch im Fenster klettern zu können, wo er wieder atmen konnte. Aber er konnte seinen Arm nicht bewegen und erstickte an dem Blut, das von dem geschlachteten Wild auf sein Gesicht troff.

Er spannte seine Arme und Hände an. Sein Brustkorb wurde von spitzen Stricknadeln des Schmerzes durchbohrt, bevor das schwere Ding von ihm herunterrollte. Als er sich aufsetzte, fiel aus seinen Haaren Glas wie scharfes Confetti, das Blut, das sich in seinen Augenhöhlen gesammelt hatte, lief ihm über das Gesicht. Er zog sich zum Fenster hoch.

Das erste, was er im Schein der Straßenlampen sah, waren rote und gelbe Blätter, als er dann nach unten blickte, sah er auch den Wagen, der sie gerammt hatte. Das vordere Ende war zertrümmert, aus dem Auspuff drang Rauch. Die Wahnsinnige, die ihnen das angetan hatte, stieg gerade aus. Sie trug einen offenen Mantel über einem Nachthemd. Sie sah wütend aus. Warum sollte sie wütend sein? Sie war es ja gewesen, die das Taxi gerammt hatte — was hatte diese Irre denn nur?

Als sie aber auf ihn zulief und David das Geräusch einer näherkommenden Sirene hörte, erinnerte er sich wieder.

Er riß sich das Klebeband von der Brust, die Schmerzen dabei waren ein Nichts im Vergleich zu seinen anderen Schmerzen.

Sein Kopf, sein Arm und ein Teil seines Brustkastens hingen aus dem Wagenfenster, er ließ die Filmrolle zu Boden fallen. Raissa versuchte nicht einmal, sie aufzufangen, sie schaute nicht einmal, wohin sie fiel.

Einen langen Augenblick sahen sie einander an. Er hatte keine Worte mehr, seine Augen sagten, soviel sie auszudrücken vermochten.

„Lügner! Mörder!" schrie sie, dann bückte sie sich und riß die Filmrolle an sich.

„Lauf davon!“ flüsterte er, als er spürte, daß sich Arme um seine Knöchel schlangen und ihn wieder nach unten zogen. Irgend etwas mit harten Füßen stieg über seinen Rücken und trat ihn in den Kopf, als er sich aus dem Fenster zu winden versuchte.

Wieder zog er sich hoch und sah Schar, der Raissa nachhinkte; ihr Nachthemd, ihr Mantel flatterten im Lauf. Dann blieb Schar stehen, bückte sich, heulte auf vor Schmerz, als er sich das Messer aus dem Bauch zog.

David packte den Griff der rechten Vordertür und zog sich auf die Seite des Taxis hoch, als Raissa in ihren eigenen Wagen sprang; ein blinkendes rotes Licht legte sich wie Kriegsbemalung über ihr Gesicht.

„Du Schwein“, schrie der Fahrer des Wagens mit dem roten Licht. Ein kleiner Mann sprang aus dem Beifahrersitz. David erinnerte sich nicht an ihre Namen, aber er wußte, wer sie waren, als er auf die Straße fiel und ihn Schmerzen vom Knöchel bis in den Schädel durchfuhren.

Altheim stieg aus. Janopolis kniete schon.

Die drei dummen, lauten Geräusche aus Janopolis' Revolver, deutlich voneinander abgesetzt, verwandelten Schars Anzug in eine Flagge, deren Emblem aus drei ineinander verschlungenen roten Kreisen bestand.

Raissa startete, ihre Wagentür fiel zu. Schar fiel wie ein Mohammedaner, der sich nach Osten verneigt, auf die Knie.

„Hör auf zu schießen, du Volltrottel, du triffst ja den Benzintank“, schrie Altheim, als Janopolis immer wieder auf Raissas Wagen anlegte.

Der Wagen fuhr über den Bürgersteig, durch einen Vorgarten bis in die nächste Straße. Dort schleuderte er, als hätte man ihn seitlich angeschoben, gegen einen Postkasten und blieb stehen. Einen winzigen Augenblick war es totenstill. dann explodierte der Wagen in einem schwarz-organgen Feuerball.

David lief auf sie zu, jeder Schritt vergrößerte den Schmerz, den er beim nächsten Schritt überwinden mußte.

Raissa sprang aus dem Wagen, flüchtete vor der lodernden Fackel auf ihrem Rücken.

Jetzt war er auf dem Rasen, stolperte über die Reifenspuren, die sie hinterlassen hatte. Sie rannte direkt auf ihn zu, die Arme wie lodernde Feuerärmel ausgebreitet.

David wußte, daß es auf dieser Welt nur mehr eines gab, das wichtig war — daß er einem Menschen helfen mußte, der brannte.

Er roch den Gestank ihres verbrannten Haares, als sie zusammenprallten, er schlang die Arme krampfhaft um ihren brennenden Mantel, ihre Nasen krachten aneinander, als er sie zu Boden warf und sie auf dem harten Vorstadtrasen zu einem einzigen dahinrollenden Schrei aus Flammen und Mitgefühl wurden.

37

Anton Winias drückte fest sein Knie, in der Hoffnung, den heißen, bohrenden Schmerz wieder zu wecken, der ihn von den Gedanken an seine zerfallende Welt abhalten sollte. Aber der gottverdammte Wunderheiler hatte zu gute Arbeit geleistet; außer einem gelegentlichen scharfen Ziehen hatte ihn das Knie seit Monaten nicht mehr gepeinigt.

Je schneller seine Welt zerfiel, desto verzweifelter versuchte er herauszufinden, was eigentlich die Ursache war. Anfangs konnte Winias die automatischen Gedankenabläufe noch beiseite schieben, die er für genauso absurd hielt wie die eines Technikers, der nochmals seine Bauzeichnungen überprüft, während die von ihm gebaute Brücke unter ihm zusammenstürzt. Aber er konnte seinen Willen genauso wenig zwingen, die Versuche aufzugeben, eine gewisse Ordnung zu schaffen, wie er den Schmerz zwingen konnte, in sein Knie zurückzukehren.

Was sonst sollte er schon tun, während er darauf wartete, daß die Maschinerie ihr Urteil fällte. Es würde lange dauern, vielleicht sogar Monate. Aber schon spürte er die Veränderung um sich herum. Einige Leute mußten gerade immer dann wichtige Dokumente lesen, wenn er vorbeiging; er hatte das verächtliche Lächeln in manchen Augen gesehen, obwohl ihm etliche Menschen noch zögernd Achtung entgegenbrachten, entweder aus Unerfahrenheit oder aus der nicht ungerechtfertigten Befürchtung, er könnte doch wieder auf beiden Füßen landen. Und außerdem war es kein Geheimnis, daß eine Ratte immer dann am gefährlichsten ist, wenn sie in die Enge getrieben wird.

Winias wußte, daß es nur eine Frage der Zeit war, bevor sich sein Büro, sein Schreibtisch und sein Stuhl in Nichts auflösen würden, genauso wie sich seine Position, seine Macht und die Magie seiner Autorität schon in Nichts aufgelöst hatten. In einem, zwei oder drei Monaten würde man ihn in irgendeine unbedeutende Stellung im Fischereiministerium versetzen oder ihm etwas ähnlich Demütigendes antun. Das würde seine offizielle Hölle sein, aber es würde gar nicht so lange dauern, bis er den ekelerregenden Geschmack der Ungnade zu spüren bekäme, der jede Zelle seines Körpers durchdringen würde.

Trotz allem gelang es Winias noch, sich zu einem wütenden Mut anzutreiben, der hauptsächlich auf dem Stolz in die Kraft seiner Geistesgaben beruhte. Er hatte aufgehört, sich selbst zu verspotten, aufgehört, seinem eigenen Verschwinden nachzugeben.

Anfangs kehrten seine Gedanken immer wieder in die Straße zurück, in der alles geschehen war. Er kannte den Ort aus seinen eigenen Dienstjahren bei den Vereinten Nationen; er konnte sich die amerikanischen Häuser, die Bäume, die Straßenbeleuchtung, die in den Einfahrten parkenden Wagen vorstellen. Er hatte eine Zeichnung des Unfallhergangs gesehen, eine sehr ungenaue Zeitungsmeldung gelesen, und bis vor kurzem waren ihm noch andere Nachrichtenquellen zur Verfügung gestanden. Alles war weniger als hundert Meter vor der Einfahrt zur sowjetischen Enklave geschehen.

Vielleicht war es wirklich nichts anderes als eine Serie von unglücklichen Zufällen. Waska war noch am besten davongekommen. Er war beim ersten Zusammenprall bewußtlos geworden und würde überleben, um später wieder in das Geschehen einzugreifen. Man hatte Waska einen guten Rechtsanwalt zur Seite gestellt und ihm zugesagt, daß er nicht sehr lange im Gefängnis würde bleiben müssen; er würde in dem Augenblick ausgetauscht werden, in dem irgendein Mitarbeiter der Botschaft der Vereinigten Staaten von entsprechendem Rang kompromittiert werden konnte.

Es war Winias' letzter offizieller Auftrag gewesen, eine Geschichte für Waska zu erfinden. Eine letzte Version der Wirklichkeit, ein letztes Mal der Griff zur Verschleierungstaktik. Es war nicht ganz klar, wieviel man auf der anderen Seite wirklich wußte. Wie viele Opfer eines Brandes hatte David Aronow eine letzte Stunde ohne Schmerzen durchlebt, bevor er gestorben war, und Winias hatte nichts von dem erfahren, was Aronow gesagt hatte.

Man hatte sich drüben ganz offensichtlich sehr angestrengt bemüht, die Geschichte so weit wie möglich zu vertuschen. Und soweit er wußte, lag Raissa Farb noch immer im Koma.

Die Geschichte, die Waska erzählte, die Geschichte, die man an die Medien und durch verschiedene andere Kanäle durchsickern ließ, beruhte auf der Feststellung, daß Jewgeni Schar kein Spion gewesen war — David Aronow und Raissa Farb waren die Spione —, und Waska mußte es schließlich wissen; denn er war in der Emigrantenszene der KGB-Gewährsmann. Die Geschichte ging so: Raissa Farb verriet ihren Bruder und brachte die New Yorker Polizei dazu, David Aronow für die Übersetzung der Briefe zu verpflichten, obwohl in Wahrheit Aronow Raissas Auftraggeber war. Das hieß natürlich, daß die Briefe nie weitergeleitet werden würden. Das Problem war, daß Schar neue Informationen erhalten hatte (in dieser Version nicht von Juri Trofimowitsch, dessen Selbstmord jetzt auch im Westen bekannt geworden war, sondern von Andruscha). Und daher war es Schar, der zuviel wußte und von Waska und Aronow gekidnappt und in die sowjetische Enklave gebracht werden sollte. Waska behauptete, daß es die Sowjets gewesen wären, die Schar anschwärzen und damit in der Emigrantengemeinde Zweifel und Anschuldigungen hervorrufen wollten. Bei bestimmten Fragen — warum hatte Raissa Farb das Taxi gerammt? wo war der Filmstreifen? wußte Waska von nichts. „Vielleicht übersah sie in der Eile eine Stopptafel. Ich weiß es nicht, da müssen Sie schon sie fragen. Und der Film? Wollen Sie denn sagen, daß den Ihre Wissenschaftler nicht in der Asche finden können?"

Während Winias an dieser Version arbeitete, mußte er an die jüdischen Kupferstecher denken, die man gezwungen hatte, in einer Spezialabteilung in Auschwitz Pfundnoten und Dollarscheine zu fälschen, und die dadurch einen Anstrich von Nützlichkeit bekamen, der sie vor der Ausrottung gerettet hatte. Seine letzte Aufgabe, sozusagen eine Coda zu einem Mißerfolg. Aber selbst in vollem Bewußtsein dieser Tatsache konnte er nicht anders, als sein Bestes zu geben, wenn auch nur, weil er seine Fähigkeiten und seine Stärken mehr denn je anstrengen mußte.

Nach geraumer Zeit kehrten seine Gedanken nicht mehr nach

Riverdale zurück; was auf dem Billardtisch der Straße dort geschehen war, zählte in Wirklichkeit nicht. Alles, was wirklich zählte, waren die unsichtbaren Vektoren der Macht, die die Welt der menschlichen Realität regierten. Was war also die Krafteinwirkung bei jenem letzten Zusammenprall gewesen, wer oder was hatte jenen letzten Stoß getan, durch den Schar, Aronow und Raissa in ihre dunklen Löcher gestoßen worden waren; der die anderen Bälle in die verschiedenen Richtungen zerstreut hatte und der bewirkt hatte, was man ihm jetzt antat?

Eine Zeitlang schob er seinem Vorgesetzten Malonow die Schuld zu — dem dummen Malonow, dem nur daran gelegen war abzusahnen, seine Macht zu behalten, der sich in seinem großen Büro nur für den blöden neuen finnischen Tisch interessierte, dem dummen Malonow, der sich Schars bemächtigt hatte und den Schwerpunkt seines Auftrags von den wesentlichen Dingen auf die Erfordernisse des Augenblicks umgepolt hatte — auf eine dumme Droge, die vielleicht wirken, vielleicht aber auch nicht wirken würde. Es gab allerdings eine Menge guter Gründe, diese Erklärung zwar als richtig, aber nicht von Belang einzustufen, worunter die Selbstachtung sicher nicht der unbedeutendste war. Aufgrund seiner Einschätzung der Realität konnte Winias sich nicht ausschließlich für ein Opfer Malonows halten, eine schwitzende kleine Kröte, die von jedem Absatz zerquetscht werden konnte. Schließlich war ihm Schar direkt unterstanden; Malonow hatte nur andere Prioritäten gesetzt. Winias hatte diese Änderung akzeptiert, in dem Glauben akzeptiert, daß Schar beiden Aufgaben gewachsen sein und sie dementsprechend durchführen würde. Und daher konnte er die Schuld an seinem Sturz nicht Malonow in die Schuhe schieben.

Das ergab genauso wenig Sinn, als würde er dem Polizisten alle Schuld geben, der rund hundert Meter vor der Enklave seine drei Kugeln in Schars Rücken geschossen hatte. Die Tatsache, daß der Polizist auf den Rücken und nicht auf die Beine gezielt hatte, die Tatsache, daß die Geschosse sich als tödlich erwiesen hatten, waren letztlich nicht ausschlaggebend. Was war es dann, das dieses Chaos hervorgerufen hatte? Raissa Farbs Leidenschaftlichkeit, ihre Trauer und ihre Raserei? Nein, auch das war nur eine unstabile

Mischung, so lange harmlos, bis sie sich entzündete. Was war der auslösende Funke gewesen? Es mußte Aronow gewesen sein. Schar hatte Waska erzählt, daß Aronow einer jener westlichen Intellektuellen sei, die klüger waren, als gut für sie war, und die ihr Ende bei der Suche nach dem Sinn in ihrem Leben fanden.

Die amerikanische Zivilisation bot ihren Bürgern nichts anderes als eine erstaunliche Menge von Waren und Dienstleistungen und vertrieb dadurch ihre Intellektuellen, von denen dann einer zufällig auf etwas stieß, das seinem Leben Aufregung und Bedeutung zu geben schien — konnte eine solche kleine Narretei dazu geführt haben, daß sein, Winias', Genie in den Schmutz gezogen, ihm seine Macht genommen, seine Würde und sein gesunder Menschenverstand einer ungeheuren Belastung unterworfen wurden?

Nein, das erklärte nur Aronows Handlungsweise. Aber er, Winias, war nicht ein Spielball der Mächte, wie es Aronow gewesen war, und der Beiweis dafür war, daß er, Winias, selbst die Kraft erschaffen hatte — Schar —, die Aronow getötet hatte.

Oder war es Schar gewesen? Schar hatte gewußt, daß sich sein Aufgabenkreis verlagert hatte, aber er hatte auch gewußt, daß es ihm freistand, in Deckung zu bleiben. Winias bedauerte ihn wegen seiner Jugend und der Panik, der er erlegen war, bedauerte ihn, daß er es nicht geschafft hatte, die erstickende Maske weiter zu tragen, daß er diese einzige klägliche Stunde der Freiheit gebraucht hatte. Winias bedauerte den Verlust von Schar wie den Verlust eines Sohnes, der auf einem weit entfernten Schlachtfeld gefallen war. Aber das Grau seines Leides was durch Wut zerrissen — Schar hatte ihn verraten, er hatte sich gegen ihn erhoben. Winias hätte es wissen müssen, wissen, daß man immer verraten wurde.

War es aber Schar gewesen, der ihn vernichtet hatte, dann hatte er seine eigene Vernichtung geschaffen, als er Schar erschuf, und so mußte er sich letztlich doch wieder selbst die Verantwortung dafür zuschreiben.

Hieß das aber nicht, daß er der Urheber seines eigenen Falles war, wie er immer befürchtet hatte? Diese Erklärung war ihm einfach nicht klar genug.

War es also jener böse Geist, den er im Ursprung des Lebens vermutete? Der Schlangengott, der sich ungerührt vom Leben dieser Welt hie und da erhebt und seine Oberherrschaft dadurch beweist, daß er willkürlich Leben vernichtet. Das zu glauben hieße aber, zu glauben, daß die Welt letztlich ohne Logik und Zusammenhang war. Er aber war immer auf seine Fähigkeit stolz gewesen, seine Gedanken der Welt anzupassen, in Realitäten zu denken. War die Welt tatsächlich verrückt, so blieb ihm letztlich kein anderer Weg, als sich dem Wahnsinn zu ergeben, den er jetzt wie kalte Wassergüsse in alle Kammern seines Gehirns eindringen spürte und der Gesetzen gehorchte, die durch ihre Regelmäßigkeit noch viel bedeutungsloser wurden.

Etwas Absolutes, Zentrales und nicht zu Vereinfachendes widersetzte sich diesem Gedanken. In einer Mischung von Angst und Erleichterung erkannte er, daß er fast am Grund seiner Überlegungen angekommen war.

Er hatte nicht versagt, weil das menschliche Leben ein wahnsinniges, fließendes Chaos war; er hatte versagt, weil es dem Leben gegeben war, immer neue Formen, Gesetze und Abläufe zu erfinden, mehr als sogar ein so großer Geist wie der seine erfassen konnte. Seine Tragödie war die größte aller möglichen Tragödien, da sie sich in dem größten möglichen Über-sich-Hinauswachsen ereignet hatte.

Jetzt erkannte er den Kern des Lebens, in dem alles Wissen paradox wurde, und verstand, daß es ihm nie möglich gewesen wäre, die Wirklichkeit so geschickt zu manipulieren, hätte er gewußt, was sie wirklich war; er hätte dieses Leben nicht leben können, hätte er gewußt, was das Leben wirklich war.

Ein Gefühl des Friedens machte ihn erschauern, als der Stern des Paradoxons immer heller leuchtete. Dann sah er plötzlich das Paradoxon seines eigenen Lebens — was er jetzt wußte, hatte ihn vor Schande, Chaos und Wahnsinn bewahrt, aber in ihm war nicht mehr genügend gesunde Substanz, um dem versengenden Strahl zu widerstehen, der entweder vernichtete oder wiederbelebte; in seinem Herzen war nicht genug Liebe, um sich an diesem Wissen zu erfreuen.

Er hatte die Wahrheit gesehen, und sie würde ihn töten.